역설적
낙원

역설적 낙원

1판 1쇄 찍음 2016년 9월 23일
1판 1쇄 펴냄 2016년 9월 30일

지은이 | 이예담
펴낸이 | 고운숙
펴낸곳 | 봄 미디어

기획·편집 | 김민지, 김자우

출판등록 | 2014년 08월 25일 (제387-2014-000040호)
주소 | 경기도 부천시 원미구 소향로17, 304(두성프라자)
영업부 | 070-5015-0818 **편집부** | 070-5015-0817 **팩스** | 032-712-2815
E-mail | bommedia@naver.com
소식창 | http://blog.naver.com/bommedia

값 10,000원

ISBN 979-11-5810-250-0 03810

역설적
낙원

이예담 장편 소설

contents

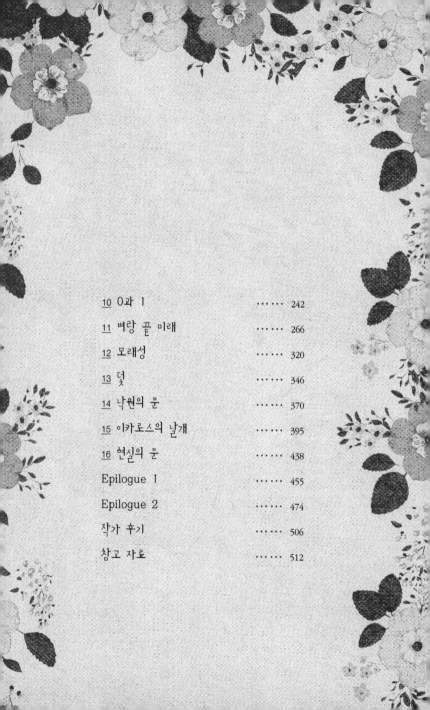

Prologue

유준은 잔뜩 인상을 찌푸렸다. 바쁜 와중에 왜 이곳에 나와 있어야만 하는 건지 이해할 수 없었다.

LK 그룹 단합 대회, 그 자리를 빛내 줘야 한다는 명목으로 참가해야만 하는 수많은 임원들. 물론 그중 가장 중요한 존재가 바로 전 회장의 후계자인 자신과 형 이태준이었다. 당연히 이 자리에서 빠질 수 없었다.

그러나 태준과 달리 자신은 그다지 한가하지 않았다. 처리해야 할 계열사 관련 업무만 수십 개인 데다 믿고 분담할 만한 사람도 주변에 없었기 때문이다.

유준은 축사 아닌 축사를 마친 뒤 계열사 간 단체 응원전이 시작되기 무섭게 구석 벤치에 앉아 한숨을 내쉬었다.

자신의 유능한 비서가 휴가에서 돌아오기 전까지 모든 업무가 제 몫이란 사실이 어깨를 뻐근하게 만들었다. 무엇보다 온몸을 짓누르는 부담감은 나르카디아, 잃어버린 엘도라도 때문이었다.

그때였다.

"어, 응원전에서 도망친 사람이 저 하나가 아닌가 보네요?"

유준이 날카로운 눈빛으로 낯선 사람을 향해 고개를 돌렸다. 양복을 갖춰 입은 자신과는 달리 적당한 티셔츠와 바지, 그러니까 어느 팀인지 알 수는 없지만 눈에 익은 팀 복을 입고 머리를 하나로 질끈 묶고 있는 수수한 여자. 질문으로 유추해 볼 때 응원전에서 도망친 사원인 모양이었다.

유준은 순간 코웃음이 났다. 자신의 직급을 알게 되면 이 여자는 어떤 반응을 보일까.

마치 종로에서 뺨 맞고 한강에서 화풀이하는 유치한 사람이 된 것만 같았지만 유준은 이 지루한 하루의 보상을 그런 걸로나마 받고 싶어졌다.

"누구……."

"진짜 이상하지 않아요? 학생도 아니고 다 큰 성인들끼리 응원전이 뭐예요, 정말."

"네?"

"LK 그룹은 이래서 발전이 더딘 거예요."

유준의 눈빛이 재미있다는 듯 살짝 색을 띠기 시작했다.

여자는 자신이 누군지 모르기에 재잘거렸겠지만 유준에게 이런 식의 뒷담은 흔한 일이 아니었다.

"LK가 발전이 더디다고요? 그럼 왜 이 회사에 들어왔는데 요?"

"그나마 월급이 세니까. 어쩔 수 없었죠. 그쪽은 안 그래 요?"

"그런가. 그리고 보니 그런 것도 같네요."

유준은 비서가 가끔 하던 말을 상기하며 마지못해 고개를 끄덕였다. 아주 조금 눈앞의 여자에 대한 호기심이 생기고 있었다. 유준 자신도 모르게.

"하긴 뭐, 복지는 여러 가지로 꽝인 회사긴 하죠. 완전 시 대에 뒤떨어졌어, 정말."

"좀 더 자세히 말해 봐요."

"어쨌거나 대한민국 대기업 중에 노조가 없는 곳이 여기 말고 또 있나요."

"그건 뭐 삼성도…… 그런데 방금 대우가 제일 좋은 회사 라고 하지 않았어요?"

"그야 도구적인 이유죠. 기계 좋은 거 들여 놓듯 좋은 학 벌과 능력 가진 사원들 뽑아서 적당히 돈 주며 부려 먹는 그 런 거."

"그렇습니까?"

경영자의 아들로 태어나 경영자가 되기 위해 살아왔고 경영자 중 한 사람이 된 지금, 유준에게 있어 여자의 이야기는 진심으로 신선한 견해였다.

돌이켜 보면 대학 시절 동기들의 발표 주제 중 LK 그룹에 대한 비판도 꽤나 있었던 것 같은데 다 시답잖은 이야기라 집중한 기억이 한 번도 없었다. 그런데 이상하게도 이 여자의 이야기에는 호기심이 갔다.

"그런데…… 응원전에서 도망친 사람, 맞죠?"

"글쎄요. 뭘 것 같아요?"

"아, 망했다."

그제야 유준의 정체가 의심스러워졌는지 여자는 고개를 팍 숙였다. 스스로를 타박하면서 머리를 쥐어박는 여자의 손을 유준이 슬쩍 잡았다.

"뭐가요."

"옷차림 보고 눈치 못 챈 제가 바보죠. 자르실 건가요?"

"제가 무슨 권한으로요."

유준은 어깨를 으쓱해 보이며 생긋 웃었다. 여자가 한숨을 길게 내쉬더니 이내 고개를 들어 하늘을 바라보았다.

"어쩔 수 없죠. 이미 엎질러진 물인데."

"마저 이야기나 해 줘요. 그래서 응원전에서 왜 도망쳤는데요?"

"시대에 뒤떨어져서요. 독재 정권이나 전체주의 시대에나 했을 법한 것을 한다고 도움이 될 게 있나요? 팀원 간의 단합? 싸우지나 않으면 다행이게요? 창의력이 요구되는 사회에서 이런 거 해 봤자 열심히 공부만 해 온 사람들 아이돌 안무 베끼기밖에…….'

"하나만 알고 둘은 모르네요."

유준이 여자의 말을 툭 잘랐다. 어쨌거나 살면서 직접 들을 일 없는 재미난 이야기긴 했지만 너무 뻔했다. 예상대로 여자는 조금은 멍한 표정으로, 그러나 궁금하다는 듯 바라보고 있었다. 유준이 피식 웃었다.

"응원전에서 경영진이 원하는 건 단결력이 아닐 겁니다."

"그럼요?"

유준은 경영진에 대해 잘 알지 못한다는 듯 남일 말하는 것처럼 이야기했지만 여자는 이미 최소 임원 이상의 높은 직책에 있으리라 확신하는 표정이었다.

"창의력이죠."

"말도 안 되는 소리예요. 저걸로 창의력이…….'

"개개인의 창의력 말고요."

"네?"

"그러니까 그쪽…… 아, 제가 뭐라고 불러야 하죠?"

"……박하나입니다."

"그래요, 박하나 씨가…… 뭐라고요?"

유준은 순간 당황해 자신의 말을 끊었다. 박하나란 흔하디흔한 이름이 머리를 세게 치듯 너무나도 강렬하게 들렸기 때문이었다.

나르카디아, 그리고 박하나. 설마. 유준의 눈이 번쩍이는 순간 하나는 이미 체념했다는 듯 한숨을 쉬며 자신의 소개를 이어 나갔다.

"그래요, 박하나요. LK 전자 반도체 연구소에서 일하는 박하나입니다. 이제 진짜 잘리겠네요."

"……아마 아닐걸요."

유준은 표정 관리를 하기 위해 가능한 최선을 다하며 얼굴 근육 하나까지도 움직이지 않도록 안간힘을 썼다. 이건 그에게 찾아온 하나의 기회와도 같았다.

"애써 거짓말 안 하셔도 괜찮아요."

"잘리면 할 건 있고요?"

"글쎄요. 복권이나 사 볼까요. 최근에 엄청난 게 당첨이 된 것도 같은데 어쩨 이게 복권이라기보다는 도박 같아서."

진심으로 오늘이 이 회사에서 보내는 마지막 날이 된 기분이라 하나는 처음 본 남자에게 속에 있는 이야기들을 끄집어내 중얼거렸다.

옆의 남자는 낯설면서도 무언가 편안한 느낌을 주었다. 이상하리만치 무슨 이야기라도 할 수 있을 것만 같았다.

오늘 이후로 다시 볼 사이는 아니다 싶었기에 가능한 일이었지만.

"뭔데요?"

"저주 받은 일확천금? 뭐 그런 거요."

"그런 거라."

유준이 말꼬리를 길게 늘어뜨렸다. 점점 표정 관리가 어려워졌다. 가능한 모든 인내심을 끌어 와 하나와의 대화를 이어 가기 위해 애썼다. 어쨌거나 자신의 호기심을 자극하는 사람이었으니까.

유준은 비서가 해 줬던 이야기들을 떠올리며 마음을 가다듬었다.

"어쨌거나 응원전이 창의력을 위한 거라는 이야기는 아무리 경영진의 자기변명이라 해도……."

"변명 같은 거 할 줄 모르는 사람입니다. 뭐, 경영진도 아니고."

유준의 말꼬리가 다시 한 번 늘어졌다. 어쨌거나 이 그룹 오너 중 하나였으니 거짓말은 아니지 않을까. 유준은 스스로를 정당화했다.

"아."

"변명 아니고 진짜란 뜻입니다. 빌 게이츠나 스티브 잡스 정도 되면 모를까, LK 그룹 같은 대기업에서 평범한 개인의 창의력은 생각보다 의미가 없거든요."

"네?"

"한 사람이 한 기업을 살리는 시대는 이미 지난 지 오래예요. 그럼 이 시대엔 무엇이 기업의 핵심일까요?"

"뭔데요?"

"뛰어난 개개인들을 묶어 낸 더 뛰어난 팀 아니겠습니까? 말 그대로 원 팀."

"단합이 필요하단 소리를 그럴 듯하게 포장한 것 같이 들리는……."

"개인 간의 단순한 결합은 일 더하기 일은 이 같은 의미 없는 덧셈이에요. 하지만 진짜 원 팀이 되면 똑같은 일과 일의 만남이라도 그 결과가 10, 100, 혹은 무한대가 될 수도 있어요. 원 팀의 시너지 효과, 그게 이 시대 기업의 핵심이에요."

유준은 자신이 너무나도 확신에 차 이야기했음을 깨달았지만 말을 주워 담을 수는 없는 법이었다. 더 말이 길어졌다가는 정체가 노출될 것 같아 유준은 자리에서 벌떡 일어났다.

하나는 그런 유준을 가만히 응시했다. 재미있는 사람이다. 아주 많이 다른 가치관을 가진. 그래서 대화하면 즐거워지는. 그러나 다시는 만날 일 없을 사람. 더 정확히는 다른 세계에 살고 있을 사람. '그들이 사는 세상'과 자신이 사는 세상은 천지 차이라는 걸 하나는 철이 들기 전에 이미 깨달았다.

"오늘 이야기 즐거웠습니다. 전 일이 있어서 그만 가 보겠습니다."

"네, 저도 재미있었어요. 자르실 거면 미리 말씀해 주셔도 좋을 텐데."

"복권이든 도박이든 일확천금 생겼다면서요."

"저주 받은 일확천금이라니까요. 그리고 뻥이에요, 그거."

하나가 배시시 웃었다. 어차피 자신의 것이 아닌 그것의 가치는 흩날리는 먼지보다 못한 것이었다.

"그러니까 자르지 말아 주세요, 네?"

"……아마 그럴 일 없을 겁니다."

유준의 표정이 바람을 타고 미묘하게 흔들렸다. 하나의 웃음도 덩달아 넘실거렸다. 유준은 그 웃음을 보며 진심으로 눈앞의 여자에게 호기심이 일었음을 인정해야만 했다.

"그럼 안녕히……."

하나가 유준에게 가볍게 고개를 숙이며 인사했다. 왠지 조금 아쉬운 기분이 들었다. 그렇지만 하나에게 그는 그의 세상으로 돌아가야 할 사람이었다. 그것이 하나가 이름조차 묻지 않은 이유였다.

"잠깐이지만 즐거웠습니다. 언젠가 다시 만날 수 있기를 바라죠."

유준 또한 하나에게 가볍게 고개를 숙였다. 처음으로 오래 앓던 숙제를 해결한 것처럼 머릿속에 자그마한 해답이 떠올랐다.

유준은 돌아올 월요일 아침이 아주 기대됐다. 이 인연이

얼마나 엉망진창이 될지는 모르겠지만 한 가지 분명한 건 이
미 이유준의 세계에 박하나가 들어와 있다는 사실이었다.

그것이 이유준과 박하나의 첫 만남이었다.

01

나르카디아

6개월 만에 돌아온 한국은 만연한 봄이었다. 유준은 공항을 가득 채운 꽃향기가 싫어 인상을 찌푸렸다. 선글라스를 쓰고 일부러 모자까지 푹 눌러쓴 채로 게이트를 나왔는데 공항은 예상외로 한산했다.

아직은 이상과 현실의 중간 지대에 있는 모양이었다. 이유준이란 한 사람이 공부하며 자유를 누리던 이상 세계, 그리고 이승권 회장의 아들 중 한 사람으로 되돌아가야 할 답답한 현실 세계.

카메라가 보이지 않는 것을 확인한 유준은 선글라스를 벗었다. 반가운 누군가를 발견한 그의 입가에 희미한 미소가 번졌다.

"오랜만에 보네."

"환영 플래카드라도 만들 걸 그랬나."

"그게 무슨……."

"나오자마자 둘레둘레하는 게 뭔가 기대하는 것 같아서."

냉소적인 웃음을 지으며 상황에 맞지 않는 말을 내뱉는 이는 자신의 친구이자 비서인 세준이었다.

냉랭한 세준의 태도에 유준은 조금 당황했다. 오랜 비행으로 피곤했던 유준은 사실 농담할 여유도, 그것을 받아칠 기운도 없었다. 어차피 지금부터 맞이할 현실이 농담보다 더 우스울 터였다.

"기자들이 잔뜩 진 치고 있을 줄 알았지."

"그럴 리가. 대부분 장례식장에 있어. 기자들을 보고 싶어 할 줄은 몰랐는데."

"보고 싶었던 게 아니라!"

유준은 발끈해서 소리쳤다. 공항 내 몇몇 사람이 바라보았지만 그 시선들을 아랑곳하기에는 충분히 짜증 난 상태였다. 정글에서 자신을 지지해 줄 몇 안 되는 사람이 이런 진지하지 못한 자세라면 태준과 싸워 봐야 패배할 것이 뻔했다.

"감정은 숨기는 게 좋을 거야."

세준이 조금은 진지한 어투로 말을 받았다.

"내가 그랬지, 넌 아직 어리다고. 그래도 나는 너를 택했어. 후회하게 하지 마."

"안 그래도 물어보고 싶었는데, 왜 나야?"

유준은 진심으로 궁금했다. 뛰어난 재능을 가진 그가 불현 듯 되돌아와 왜 자신을 선택했는지.

자신은 막내아들에 MBA조차 수료하지 못한 새파랗게 어린 핏덩어리였다.

대부분의 이사진들은 태준에게 가거나 혹은 LK 그룹을 떠났을 것이다. 하루 전에 터진 이승권 회장의 갑작스런 죽음과 함께.

이승권 회장, 그가 누구던가. 대한민국 재계 1위, 포브스가 선정한 세계 100대 부자 중 한 사람. 하청 업체까지 합치면 우리나라의 GDP의 대략 20%를 쥐고 흔드는 LK 기업의 총수이며 제 아버지였다. 유준은 아버지의 죽음을 제대로 슬퍼할 수도 없었다. 제대로 슬퍼할 줄 모르는 사람으로 자신을 키워 낸 것이 아버지 본인이었으니 후회는 없으시길 바랄 뿐이었다.

"글쎄, 감정 하나 조절 못 하고 이렇게 제멋대로 표출해 승냥이한테 물어뜯길 사람인 줄 알았으면 괜히 마중 나왔나 싶긴 하다만. 참고로 난 시체 뜯어 먹는 하이에나 대접은 사절이다."

유준은 그제야 정글에 돌아와 있음을 깨달았다. 이 정글에서 자신은 핸디캡을 딛고 싸워야만 했다. 기자들이 지금 진을 치고 취재하고 있을, 누구라도 짐작 가능한 아버지의 후계자. 승냥이나 하이에나가 아니라 진짜 맹수인 형 이태준과.

"무슨 뜻인지 알아. 그렇지만……."

"일단 과소평가된 유망주에 투자하는 중이라고 해 둘까?"

"뭐?"

"일단 그렇다고. 그럼 우선은……."

세준이 조금은 의미심장한 미소를 입가에 담았다.

"가자."

한 발짝 앞장서는 세준의 걸음이 너무나도 현실적이라 유준은 아주 오랫동안 쉴 수 없을 것 같다고 생각했다.

✻　　　✻　　　✻

이승권 회장의 장례식은 간결하게 진행되었다. 어차피 모두의 관심사는 유언장뿐이었다. 그리고 그 유언장의 파급력은 그야말로 엄청났다.

일단 유준에게는 일주일 정도 예정된 지옥이 펼쳐졌다. 장례식 다녀온 그날부터 계열사 인수인계가 시작되었다. 여러 계열사가 존재하는 만큼 만만할 거라고 생각한 적은 없었지만 예상보다 더 고된 전쟁이었다.

고(故) 이승권 회장이 회사를 설립하던 때부터 그를 보필해 왔던 임원진들은 아직 애송이인 막내아들을 새 주인으로 호락호락 인정할 생각이 없었다. 덕분에 유준은 하루하루 기싸움을 펼쳐야 했다. 일주일 동안 철야로 설득하고 싸운 끝에 가까스로 인정받긴 했으나 어디까지 임시방편에 불과하다는 것을 누구보다 유준 본인이 잘 알고 있었다. 제대로 자리를 지키고 그보다 더 높은 곳으로 올라서려면 더 큰 힘이 필요했다. 그리고 유준은 그것이 무엇인지를 정확히 알고 있었다.

자정을 넘긴 새벽, 텅 빈 사장실 의자에 유준은 늘어져라 기댔다. 한쪽 팔은 눈을 가리고 있었으며 다른 팔은 맥없이 의자 밑으로 떨어져 있었다.

불조차 켜지 않은 적막한 공간의 문이 열리고 신선한 공기가 스며들자 유준은 문을 등지는 방향으로 의자를 돌렸다. 찰나의 시간 동안 흐트러진 자세를 바로 잡았다. 누구도 믿을 수 없는 공간, 그곳이 회사였다.

달칵. 고요함을 깨는 소리와 함께 불이 켜졌다. 유준은 순간적으로 눈을 질끈 감았다 떴다.

"이유준."

익숙한 목소리에도 유준은 긴장을 늦출 수 없었다. 아주 서서히 몸을 돌리자 그곳에는 세준이 서 있었다. 그를 보는 것도 일주일 만이었다. 유준이 하이에나 떼들과 외로운 싸움을 하고 있을 때 세준은 알짜배기 먹잇감을 쫓고 있었다. 나르카디아, 그리고 나르카디아의 새 주인 박하나. 세준이 얼

21

굴을 보였다는 건 무엇이라도 결과가 나왔다는 것. 유준은 꿀꺽, 다 말라 버린 침을 삼켰다. 진짜 전쟁은 이제부터 시작이었다.

나르카디아, 엘도라도 혹은 아틀란티스라는 별칭을 가진 황금의 섬. 젊은 시절, 독재 정권과 손을 잡은 이승권 회장은 남해 부근에 인공적인 커다란 섬을 만들었고 나르카디아 북섬이란 이름을 붙였다. 그곳은 인도양의 휴양지와 비견되는 풍경을 자랑했으며 내부엔 최고급 리조트가 조성돼 있었다. 1년에 출입할 수 있는 인원수를 엄격히 제한해 희소성을 극대화시켰다. 베일에 가려진 신비함은 엄청난 관광 수익을 안겨 주었다.

그러나 더욱 중요한 것은 북섬 옆에 원래 존재하던 조그마한 남섬이었다. 그곳의 지하자원은 대한민국 사회 교과서를 완전히 바꿔 놓기에 충분했다. 천연가스, 철광석, 금광까지. 무엇보다 석유가 극소량이나마 매장되어 있었다. 남섬의 값어치는 지하자원의 매장량 그 이상이었다.

이승권 회장은 남섬에서 캐낸 금을 이용해 아시아의 노벨상이라 불리는 '리 메달'을 만들어 냈고 그룹의 이미지를 포장했다.

이승권 회장과 LK 그룹, 나르카디아를 둘러싼 신화는 전 세계 모든 사람에게 현대판 동화 같은 것이었다. 그렇기 때문에 이씨 집안에서 나르카디아란 다름 아닌 '옥새'였다. 진정한 후계자만이 가질 수 있는 그것.

나르카디아의 소유권이 듣도 보도 못한 여자에게 넘어가기 전까지 LK 그룹 관계자 모두가 그렇게 생각해 왔다. 하지만 아버지의 유언장은 모든 것을 바꿔 놓았다.

LK 그룹이 태준과 유준에게 7:3 정도로 쪼개졌기에 나르카디아는 반드시 손에 넣어야만 하는 무기가 되었다. 그것이 있어야만 유준은 태준과 싸울 수 있었다. 그 중요성을 아는만큼 유준은 피곤함을 가능한 숨기려 애쓰며 세준을 바라보았다.

"좀 알아봤어?"

"눈 좀 붙여라. 좀비가 다 됐네, 재미없게."

"괜찮으니까 알아본 거, 빨리."

유준은 손가락으로 양미간을 꾹꾹 누르며 흐릿한 정신을 가다듬었다. 본격적인 전쟁이 시작되는 마당에 여유 부릴 틈이 있을 리 없었다.

"일단 이거부터."

세준은 고개를 설레설레 저으며 손에 들고 있던 하얀 비닐봉투를 유준의 책상 위에 떡하니 내려놓았다.

유준은 눈앞이 빙 도는 기분을 느꼈다. 그제야 하루 종일 아무것도 먹은 게 없음을 깨달았다. 사실 무얼 먹을 정신이나 시간이 없었다. 정확히는 먹어야 한다는 생각조차 하질 못했다.

세준은 유준의 멍한 표정을 보며 한숨을 푹 쉬더니 마음에 안 든다는 듯한 표정으로 소파에 털썩 앉았다. 그리고 팔짱을 낀 채 두 눈을 감았다. 유준이 무언가를 먹기 전까진 입을 열지 않겠다는 무언의 시위였다.

유준은 하는 수 없다는 듯 비닐 봉투를 열었다. 대학 시절 유준이 즐겨 먹던 초밥이었다. 그것도 그가 가장 좋아하던 가게에서 취향대로만 담아 온. 공복인 그를 염려한 듯 닭죽도 함께였다.

"먹으면서 들을 테니 말 좀 해 봐. 궁금해서 체할 것 같아."

닭죽을 퍼 입에 문 채 세준을 불렀으나 그는 꿈쩍도 하질 않았다. 유준은 어쩔 수 없다는 듯 한숨을 내쉬고는 초밥을 입에 넣었다. 그리고 작은 목소리로 제발, 하고 덧붙였다.

좀비 같은 그의 모습에 세준의 마음이 복잡해졌다. 어쨌거나 최세준이 그리는 이유준은 사람 같아야 했다. 먹을 땐 먹고, 잘 땐 자는.

그는 오물거리며 자신을 응시하는 유준을 바라보다 책상 쪽으로 다가갔다. 눈을 동그랗게 뜬 모습에 순간적으로 웃음이 터진 세준이 손을 뻗어 통통한 새우 초밥을 집었다.

"나도 하나 먹는다?"

유준이 눈을 흘기며 어이없다는 표정을 지었지만 세준은 어깨를 으쓱해 보일 뿐이었다. 어차피 몇 년, 빠르면 몇 달

안에 이유준은 인간적인 모습을 전부 잃어버릴 게 분명했다. 정글은 그런 곳이었다.

"야!"

"보물섬 지도, 여기 있다."

유준이 볼멘소리로 부르자 세준이 가방에서 갈색 서류 봉투를 하나 꺼내 내밀었다. 받아 드는 유준의 손이 미세하게 떨렸다. 나르카디아로 가기 위한 첫 단추였다.

서류 봉투 안에 들어 있는 보고서는 생각보다 간결했다. 일 처리 하나만큼은 분명한 세준의 성격을 반영하는 것이기도 했고 핵심만 보는 것을 좋아하는 유준의 성격을 고려한 것이기도 했다.

유준은 우선 간단한 신상명세서가 있는 첫 페이지를 쓰윽 훑었다. 스물일곱, 여성, 대졸, 병중에 있는 홀어머니를 둔 외동딸. 별로 유준의 흥미를 끌 만한 게 없었다. 오히려 도저히 아버지의 의중을 읽을 수 없어 머리만 아플 뿐. 그러다가 유준의 눈이 다음 줄에서 멈췄다.

LK 전자 반도체 연구소 신입 연구원, 2주 전 부서 배치받음.

LK 전자 반도체 연구소? 유준은 몇 번이고 다시 읽었다. 그리고 명백하게 적혀 있는 LK 전자 반도체 연구소란 단어에 기가 막혀 할 말을 잃었다. 쾅, 주먹으로 책상을 강하게 내리쳤다. 있을 수 없는 일이었다.

"……진정해, 이유준."

"진정? 지금 진정하게 생겼어? LK 전자라잖아. 이게 말이
돼?"

애초에 조사할 때부터 예측했던 반응이지만 마땅히 대답
할 말이 없어 세준은 입을 다물 수밖에 없었다. 유준은 머리
가 핑그르르 도는 기분이 들었다. 차라리 이 모든 게 다 꿈이
었으면 좋겠다 생각하며 엄지로 제 관자놀이를 꾹꾹 눌렀다.
편두통이 도진 모양인지 한쪽 머리가 지끈지끈거리기 시작
했다.

LK 전자는 LK 그룹에서 가장 알짜 계열사였다. 해외 사업
장만 70여 개국에 갖고 있으며 국내에선 단연 넘버원이었다.
유언장에 따라 일주일 전 태준의 손에 넘어간 이른바 황금
알을 낳는 그 거위는 유준이 나르카디아를 차지한 이후 제
손에 넣어야 할 계열사이기도 했다.

그런데 나르카디아도, 거위도 모두 태준의 손에 있다니.
기가 찼다. 박하나가 LK 전자의 사원인 이상 태준에게 절대
적으로 유리한 싸움이었다. 어쩌면 이미 그가 박하나를 구슬
려 나르카디아를 손에 넣었을지도 모를 일이었다.

황당하기까지 한 정보에 아버지의 진짜 속마음이 의심스
러울 지경이었다. 분명 둘을 싸움 붙이려는 것이라 생각했고
성실한 '싸움닭'이 될 생각이었는데…… 이쯤 되면 포기하란

소리가 아닌가.

"일단 네 후배기도 해. 보고서 똑바로 읽어 봐."

"나도 박하나도 어차피 대학생이 아니잖아?"

유준은 고개를 설레설레 저으며 지끈거리는 머리로 서류를 다시 훑어보았다.

박하나, 한국대학교 전기컴퓨터공학부 졸업. 경영학 복수 전공.

경영학이라…… 유준은 자신보다 2년 후배인 그녀를 수업 시간에 본 적 있는지 머리를 굴렸지만 이내 그마저도 포기했다. 자신이 얼마나 학교를 조용하게 다녔었는지를 상기한 것이다.

유준의 대학 생활은 남들과 전혀 달랐다. 야심 많은 경영학과 학생들 사이에서 이승권 회장의 막내아들이란 위치가 얼마나 족쇄였던가.

박하나가 학교 후배란 사실은 오히려 도움보다 독이 될 가능성이 컸다. 당시 경영학과 수업을 들었던 사람들 치고 이승권 회장의 막내아들이 한국대학교에 다닌다는 걸 모르는 사람은 없었다.

불행 중 다행은 입학식, 졸업식을 포함한 그 어떤 행사도 참석하지 않았고 수업마저 그림자처럼 듣고 사라지길 반복했기에 대부분이 유준의 얼굴을 모른다는 것쯤.

그러나 박하나가 자신의 얼굴을 모른다는 보장이 없었다. 분명 대학 시절 얼굴을 본 사람들이 있었을 테고 안타깝게도 누가 자신을 아는지 전혀 알지 못했다.

유준은 갑자기 아찔해졌다. 자신이 누군지 뻔히 아는 사람에게 나르카디아를 달라고 수작을 거는 게 가능하긴 한 건지, 그게 안 된다면 나르카디아 문제를 다른 사람 손에 맡겨놔야 하는 건지, 아니 정말 태준을 이길 수는 있는 건지…… 그 어떤 것도 확신할 수가 없는 이 상황이 정말 끔찍했다.

유준은 낮은 신음 소리를 내며 머리를 감싸고는 고개를 푹 숙여 버렸다. 앞이 이토록 깜깜한 적이 있었던가.

"일단 좀 쉬어. 너 진짜 이러다 죽겠다."

"아, 생각해 보니 이태준도 한국대 경영학과 졸업이야. 벌써 까마득한 일이지만."

멍하니 중얼거리며 생각을 이어 나갔다. 얼굴이 알려진 문제라면 태준 쪽이 훨씬 심각했다.

며칠 새에도 태준은 차기 LK의 수장으로 언론에 노출되었고 그전에도 차세대 경영인으로 끊임없이 조명을 받았었다. 대한민국 국민 중 절반 이상은 아마 태준의 얼굴을 알 터였다.

반면 유준은 일주일 전만 해도 이승권 회장의 늦둥이 막내아들로 언론의 관심을 받지 못하던 풋내기였다. 최근 들어 보도가 많이 나간 것은 사실이었지만 어쨌든 태준에게 묻혀 크게 부각되진 않았다. 특히 유준의 사진까지 나간 경우는 극히 적었다.

만일 하나가 자신을 학교에서 본 적이 없거나 봤다 해도 기억을 하지 못한다면 그에게도 승산은 있었다. 확률 게임에 나르카디아를 걸어야 하나 싶어 자괴감이 들었지만 지금은 끊어진 지푸라기라도 매달려야 했다. 하물며 꽤나 높은 확률의 도박쯤이야. 유준은 입술을 잘근 깨물었다.

그리고 다시 서류를 들여다보기 시작했다. 유준의 눈이 까만 글씨를 따라 빠르게 굴러갔다. 적어도 이 도박의 확률을 올릴 수 있는 정보가 필요했다.

"회장님이 말년에 자선 사업이라도 했나 보네. 하."

그러나 눈 빠지게 들여다본 것치곤 별다른 소득이 없었다. 아픈 홀어머니 밑에서 힘들게 공부하여 LK 전자에 입사했다는, 지극히 평범한 여대생의 지극히 평범한 성공 스토리를 가진 여자. 그러던 중 나르카디아를 손에 넣었다니 정말 신데렐라가 따로 없었다.

"재미있는 사실이 있어."

"뭔데?"

"김 변호사가 박하나에게 나르카디아의 소유권을 전달한 건 유언장 개봉 당일이야."

일주일쯤 되었다는 이야기네. 갑자기 일확천금을 만진 여자는 어떤 반응을 보였을까? 이사할 집을 알아보고 새 차를 구입하거나 백화점을 쓸고 다녔으려나. 사표라도 내지 않았는지 모르겠군.

생각이 거기까지 다다르자 유준은 자신도 모르게 주먹을 꽉 쥐었다.

"그런데 말이지."

"왜? 사표 내고 외국으로 나갔대?"

박하나가 태준의 손아귀에 있는 것보다는 차라리 그편이 나을지도 모르겠다.

치밀어 오르는 화를 꾹 눌렀다. 나르카디아의 돈은 개인적 욕심을 채우기 위해 쓰일 돈이 아니었다. 그 돈과 힘이면 LK그룹을 어마어마하게 키울 수 있었다. 자신에겐 그럴 능력이 충분했다. 아버지의 죽음 이후 태준이 자신의 발목을 잡을 것이란 생각은 했지만 예상치 못한 방해물이 또 있을 줄이야.

"세상 사람들이 전부 너 같은 줄 알아? 오히려 전혀 손을 안 댔대."

"뭐?"

유준은 순간 자신의 귀를 의심했다. 의심은 고리를 타고 다시 박하나에게 닿았다. 숨겨진 무언가가 있거나 아님 더 큰 꿍꿍이가 있거나.

"나르카디아의 어떤 분야에도 관여하지 않았을 뿐 아니라 통장의 돈 역시 1원도 손대지 않았다고."

애초에 일반인이 건드릴 수 있는 규모의 것이 아니었다. 아무리 경영학을 복수 전공했대도 학문과 실전은 다른 법이 었다. 그러니 나르카디아 관련된 것 모두를 내버려 둔 건 사실 당연한 일이었다.

이씨 집안 사람이라면 기본적으로 수많은 계열사를 굴리고 불리고 다룰 줄 알았다. 하등 관계도 없는 일반인에게 넘겨주었다는 건 도저히 납득할 수 있는 일이 아니었다.

그저 말도 안 되는 결정을 한 아버지에게 화가 날 뿐. 사업가로서 절대 받아들일 수 없는 일이었다. 태준에게 주었다 해도 이렇게 화가 나진 않았으리라.

"산업이야 그렇다 치고 돈도 그냥 놔뒀다?"

돈은 얼마든지 쓸 수 있지 않을까. 세준은 고개만 가만히 끄덕였고, 유준은 뒷목이 뻐근해지는 느낌에 고개를 확 뒤로 젖혔다. 피로감이 한 번에 몰려오는 기분이었다. 신데렐라 주제에 보물에 관심이 없다는 듯 행동하는 건 유준을 더더욱 불쾌하게 만들었다.

"최세준."

유준이 고개를 뒤로 한 채로 나지막하게 읊조렸다.

"세상에 욕심 없는 사람이 있을까?"

분명 질문의 형태를 띤 말이었으나 말꼬리는 평평했다. 묻는 유준도 대답 없이 서 있는 세준도 정답을 알고 있었다. 세상에 욕심 없는 사람은 없다. 정도의 차이는 있을지언정 인간은 누구나 재물 앞에 장님이 된다. 인간의 물욕은 늘 스스로를 파괴하기 마련이다.

유준이 봐 온 세상은 지금껏 그래 왔다. 그에겐 당연한 진리였다. 문명을 가장한 정글.

유준이 어처구니없다는 듯 웃음을 터뜨렸다. 가난뱅이 주제에 욕심이 없는 척하는 것들, 딱 신데렐라 꼴이라고 생각했다. 신데렐라, 동화 속 여주인공.

유준은 의자를 튕겨 몸을 바로 했다. 매서운 눈빛으로 세준을 바라보더니 제 손으로 연신 턱을 쓰다듬었다. 아주 찰나의 생각 끝에 그가 입을 뗐다.

"세준아."

"말해."

"여자들은 뭐에 약할까?"

"뭐?"

박하나가 어떤 사람이든 유준에게 나르카디아가 필요하다는 것은 변치 않는 사실이었고 어떤 방식으로든 빼앗아 와야 했다. 사람의 약점만큼 이용하기 좋은 것도 없었다. 그것이 어렸을 때부터 유준이 이승권 회장으로부터 배워 온 것이었다.

"글쎄다. 사람이라면 누구나 돈에 약하겠지. 도련님은 모르는 세상에서는 말이지."

세준의 조금은 냉소적이고 현실적인 답변에 유준은 하, 실소를 내질렀다.

"나르카디아의 주인에게 돈을 주고 엘도라도를 달라고 하라고? 그게 말이 돼?"

"박하나 이야기였어?"

"지금까지 계속 박하나 이야기하고 있었잖아?"

유준은 이해할 수 없다는 듯 세준을 조금 흘겨보았다. 어디서부터 어떻게 시작해야 할지 답이 보이질 않았다. 그 순간 세준이 너털웃음을 터뜨렸다. 유준이 결국 볼멘소리를 내뱉었다.

"뭐가 그렇게 우스운 거야, 지금."

"야, 도련님. 아니 이유준 사장님? 난 또 우리 사장님께 여자라도 생긴 줄 알았네. 왜 그렇잖아? 충분히 젊고 매력 있고 재력도 빵빵하고……."

"지금 한가하게 연애 놀음 할 정신이 있겠냐, 내가? 세준아, 제발!"

"여자들이야 돈, 명품, 보석 이런 거에 눈 뒤집어진다고들 하지만 박하나는 좀 특이한 케이스 아니겠어? 그러니 접근법도 달라야지."

유준이 깊은 한숨을 품었다 내쉬었다. 마치 담배라도 핀 양 머릿속이 하얀 연기로 가득 차 흐렸다. 지금 이 순간에도 방치되어 있을 나르카디아. 눈앞에 어른거리는 엘도라도. 그러나 제 것이 아닌 아틀란티스.

"아버지 진짜 노망났던 거 아냐? 그렇지 않고서야 어떻게…… 하."

유준이 소리를 내질렀다. 유준은 씩씩거리면서 박하나 관련 보고서를 다시 한 번 빠르게 넘겼다. 뭐라도 찾아야 했다. 아주 작은 단서나 약점 하나라도, 아니 하다못해 반 개, 반의 반 개라도 쥐어야 했다. 그러다가 문득 유준의 눈이 가족 관계에 닿았다.

홀어머니, 입원 중, 상태는 점차 악화됨. 중소기업 경영자이던 부친은 사업이 망한 뒤 여러 막노동을 전전하다 박하나가 열 살 때 교통사고로 사망.

어떻게 하면 불쌍해 보일 수 있을까 고민하고 연구하여 나열한 것처럼 보이는 단어들이었다. 그러나 정작 유준은 측은 지심 대신 미묘한 거슬림을 느꼈다.

"가족 관계, 이게 다야?"

"응, 더는 나오는 게 없던데."

"중소기업 경영자라고 되어 있는데, 파 봤어? LK랑 관계 있는 거 아냐?"

"LK 물산 하청 업체였어."

LK 물산은 지금 유준이 앉아 있는 건물에 자리한 계열사 이며 동시에 유준의 차지가 된 LK 그룹의 굵직한 계열사 중

하나였다.

틈을 찾았다는 표정으로 의기양양하게 바라보는 유준의 모습에 세준이 어이없다는 듯 고개를 가로저었다.

"알다시피 LK 그룹은 국내에 관련 하청 업체만 수천 곳이 넘어. 애초에 중소기업치고 LK랑 안 닿아 있는 게 이상할 정도라고. 물론 혹시나 해서 파 보긴 했지. 그저 그런 하청 업체 중 하나였지만."

"그럼!"

순식간에 표정이 굳어 버린 유준이 주먹으로 쾅 책상을 내리쳤다. 그 충격에 서류들이 슬쩍 들썩였고 공기는 지나치다 싶을 정도로 가라앉았다.

"하, 정말…… 설마 그럼 회장님의 숨겨진 자식이라도 된다는 말이야?"

"그럴 리가 있나."

세준의 표정이 순식간에 굳어졌다. 그는 칼날같이 날카로운 목소리로 가능성을 끊어 버렸다. 하지만 유준은 그런 세준의 미묘한 변화를 전혀 눈치채지 못한 채 제 분에 가로막혀 씩씩거릴 뿐이었다.

"이유준, 정신 좀 차려. 영희 아가씨 외에 그 누구도 혼외 자식으로 인정하지 않으셨던 거 누구보다 잘 알잖아?"

"나보다 두 살 어린 거면 가능성 충분하잖아?"

사실 이 추측은 LK 그룹의 상속 문제를 아는 모든 사람들로부터 쏟아진 이야기 중 가장 그럴싸한 시나리오였다. 여성 잡지를 가장한 시시콜콜한 쓰레기 더미조차 정체 모를 나르 카디아의 새 주인에 대해 이 회장의 혼외 자식이라고 떠들어 댔다.

"글쎄, 얼마 전에 안 사실이지만 회장님께 찾아왔던 수많 은 여자들과 그 자식들 중 정말로 회장님 핏줄도 있었다던 데?"

"뭐라고?"

"인정하실 생각이 없었다나 뭐라나. 그래서 돈만 두둑하게 쥐여 보냈다던데. 너야말로 아는 바 없어?"

유준은 새삼 이승권 회장이 얼마나 냉혈한인지 실감했다. 애초에 자기 핏줄이라고 인정하는 사람이 아니란 것은 유준 본인도 잘 알고 있던 사실이었다. 본처 자식일지언정 능력 없다 생각하면 과감히 잘라 냈던 이가 아닌가.

이승권 회장은 파이를 잘게 부수는 걸 끔찍하게 싫어하는 사람이었다. 그 때문에 망가진 기업을 많이 보았던 사람이니 까.

그런 이가 자신의 죽음 앞에서 재산을 세 등분했다. 이태 준, 이유준, 그리고 박하나. 유준은 입술을 한 번 더 깨물었 다.

"그래서 넌 이 시나리오가 말이 안 된다고 봐?"

"전혀 가능성 없어."

세준의 목소리는 이상하리만큼 확신에 차 있었고 놀라우리만큼 차가웠다. 유준은 그 이유를 어렵지 않게 추측할 수 있었다.

"……이미 해 봤구나, 너."

"얼마 전 머리카락으로 유전자 검사해 본 결과 혈연관계 아니라고 나왔다."

"하, 그럼 결론은 둘 중 하나겠네. 박하나가 진짜로 아버지랑 생판 남이거나……."

아니면 내가 아버지의 친아들이 아니거나. 세준이 유전자 검사를 위해 선택한 방식은 유준의 것과 하나의 것을 대조하는 법일 터였다. 그러니 둘 중 하나는 이승권의 친자가 아니란 뜻이었다.

그러나 유준 스스로도 인정할 수밖에 없는 사실은 누가 뭐래도 자신은 그의 아들이라는 점이었다. 아니라기엔 지나치게 닮은 부분이 많았다. 경영 전략과 사람 다루는 방식, 하다못해 음식 취향까지.

그러니 결론은 사실상 한 가지였다. 박하나는 정말로 이승권 회장과 관계가 없다.

"대조해 볼 만한 머리카락은 어디서 얻었는지 안 궁금한가 보네."

유준은 깍지 낀 손으로 제 턱을 괴었다. 세준은 능구렁이 같은 농담을 뱉었지만 유준은 대답 없이 의자를 빙그르르 돌

려 창문 밖을 내다보았다. 새까만 적막 속에 화려하게 퍼져
가는 자동차의 빨간 불빛들. 어느덧 시계는 새벽 2시를 가리
키고 있었다.

"……세준아."

한참을 조용히 있던 유준이 세준을 불렀다. 세준은 대답
없이 유준의 뒤통수를 가만히 응시하고 있을 뿐이었다. 유준
은 두 사람의 처음을 상기했다.

최세준은 대학 시절, 유준의 친구라고 부를 수 있는 유일
한 사람이었다.

적어도 4년 전, 세준이 바람처럼 사라지기 전까지는. 찰나
같은 1년이었으며 1년 같은 찰나였다.

✳   ✳   ✳

유준이 세준을 처음 만난 건 공익 근무를 가장한 아버지의
과제들을 마치고 학교로 복학했던 스물넷, 대학교 3학년 때
였다.

"경영학과 3학년 이유준, 맞지?"

교수의 말을 한 귀로 듣고 한 귀로 흘리던 유준은 자리를
뜰 타이밍을 놓쳤다. 어쩔 수 없이 모두가 다 나갈 때까지 고

개를 푹 숙이고 있던 중 자신을 부르는 말에 굉장히 당황하여 반사적으로 고개를 들었다.

중저음의 적당히 무게감 있는 목소리. 눈앞에는 생전 처음 보는 또래의 남자가 서 있었다. 유준이 멀뚱멀뚱 눈만 깜빡이며 바라보자 그가 알 것 같다는 듯 고개를 끄덕이며 손을 내밀었다.

"심리학과 최세준이다."

그러나 유준은 세준의 손을 잡을 생각이 없었다. 이 뜬금없는 상황을 어떻게 받아들여야 할지 혼란스러울 뿐이었다.

학교에서 이런 일은 1학년 첫 학기 때 이후로 처음이었다. 아니, 1학년 때도 이 정도로 자연스레 다가온 사람은 없었다. 유준에게는 매우 부자연스러운 일이었다.

내민 손이 쑥스러웠던지 세준은 멋쩍게 하하 웃으며 손을 거두었다. 그러나 갈 생각은 없는 듯했다. 유준은 자신이 먼저 자리를 떠야겠다고 생각하며 벌떡 일어났다. 그때 세준이 유준의 앞을 가로막았다.

"어디 가."

눈앞의 사람을 상대할 생각이 없었던 유준은 당연하다는

듯 길을 막는 세준을 노려보았다. 그러나 세준은 그저 어깨를 으쓱해 보일 뿐이었다.

군이 실랑이할 생각이 없었던 유준은 반대쪽으로 나가려 몸을 틀었다. 그러자 그가 팔목을 붙잡았다.

"이보세요, 지금 뭐하자는 겁니까."

"뭐 이리 까칠해. 내가 너한테 연애하자 했어? 할 말 있어서 그러는 것뿐인데."

세준이 오히려 어이없는 건 자신 쪽이라는 듯 잡고 있던 손을 탁, 놓았다.

유준은 그런 세준을 바라보며 곰곰이 기억을 더듬었다. 눈앞의 사람을 혹시라도 어디서 본 적이 있는지, 어떤 일이든 얽힌 적이 있는지 생각하기 위해 애썼다. 그러나 기억의 끝에 닿는 건 아무것도 없었다. 오히려 세준의 얼굴을 가만히 들여다보니 이유도 모르게 자신의 형들이 떠올라 기분이 불쾌해졌을 뿐.

세준은 표정이 굳은 그를 보며 고개를 설레설레 저었다. 그리고는 어쩔 수 없다는 듯 입을 뗐다.

"소문은 많이 들었지만, 학교 진짜 그냥 다니는구나? 팀플 이야기하자는 거잖아."

유준은 당황스러웠다. 이 수업 커리큘럼에 팀 프로젝트가 있다는 것을 모르기도 했지만 있든 없든 애초에 그와는 관계없는 것이었다. 아직 담당 교수와 직접 이야길 나눠 본 적은 없지만 늘 그렇듯 으레 넘어갈 일이기 때문이었다.

세준의 말마따나 유준은 정말로 학교를 '그냥' 다니고 있었으니까. 물론 그 말을 인정하는 것은 유준의 성격상 그리 유쾌한 일은 아니었다. 하지만 쓸데없는 사람들과 얽히는 것보다는 나았다. 그래서 단호하게 말을 뱉었다. 뒤끝이 조금 썼고 입안이 텁텁했다.

"저는 팀플 같은 거 안 합니다."

세준의 표정이 이상했다. 당연한 이야길 왜 하느냐는 듯한 얼굴. 경영학과가 아니라 자신에 대해 제대로 모르는가 싶어 내뱉고 싶지 않은 말까지 꺼냈는데.

유준의 두 눈 가득 물음표가 담기는 것을 본 세준이 웃음을 터뜨렸다. 그리고 다시 자신감에 가득 찬 표정으로 이야기를 이어 갔다.

"너야 팀플 안 하겠지. 그런데 나는 해야 돼. 넌 학점 같은 거 연연하지 않아도 되겠지만 나는 다르거든."

"그게 저랑 무슨 상관입니까?"

유준은 점점 이 상황이 거북해졌다. 차라리 회사로 들어가 일주일 전처럼 서류 더미에 파묻히는 게 낫겠다 싶은 생각이 들 정도였다.

"이 수업 수강생이 이유준, 너 포함해서 스물네 명. 그리고 이 수업 팀플은 2인 1조. 따라서 네가 안 한다고 하면 나는 팀플을 못 하게 되는 거지. 왜냐하면 저번 주 첫 수업에 조 짰는데 하필이면 집안 사정으로 결석을 했거든. 나한텐 선택의 여지가 너 말곤 없단 소리야. 이해돼?"

"이보세요."

"나는 장학금이 필요하고 따라서 학점이 중요해. 어쨌거나 타과 교수한테 구구절절 이야기 늘어놓고 싶지 않아. 도련님이 왜 팀플을 안 하는지는 관심 없는데 적어도 이 수업 팀플은 나랑 해 줘야겠어. 왜? 내가 필요하니까."

유준은 머리를 굴리기 시작했다. 교수에게 찾아가 상황을 설명하면 귀찮은 일쯤 충분히 처리할 수 있었다.

3인 1조로 최세준에게 팀을 구성해 주든 개인 과제로 대체를 해 주든 교수는 전부 용납할 터였다.

아니면 과감히 이 수업을 포기하는 것도 하나의 방법이었다. 어차피 한 수업쯤 수강 취소한다고 졸업에 무슨 문제가 있진 않았다. 아니면…….

"난 네 배경에 관심 있어서 달려드는 승냥이 떼들이랑은 달라. 걱정 마. 오늘 이 순간 이후로 너 도련님 취급하는 일 없을 테니."

유준은 세준이 진심이라는 것을 어렵지 않게 추측할 수 있었다. 정글에서 살아가기 위해 키워야 했던 능력 중 하나, 사람 보는 힘. 유준은 그에 있어선 자신 있었다.

"나 고등학교 미국에서 나왔어. 철저히 개인주의라고, 알아들어? 그리고 솔직히 남한테 관심 두기엔 내 인생이 충분히 팍팍해."

"해요."

자신도 모르게 승낙의 말을 내뱉은 유준은 순간적으로 당황했지만 이내 어쩔 수 없다는 듯 입술을 삐죽이며 손을 내밀었다.

"뭐?"

"하자고요, 팀플. 도움이 될지는 모르겠지만."

세준은 삐죽 나온 손을 빤히 바라보다 맞잡았다.

"다시 인사하죠. 이유준입니다."

학교 다니며 딱 한 번쯤은 진짜 대학생같이 살아 보는 것
도 나쁘지 않겠다는 생각이 머릿속을 스쳤다. 평생에 딱 한
번 있는 일일 터였다.

유준은 빠르게 뛰는 제 심장을 느낄 수 있었다. 정글로부
터의 일탈, 궤도를 벗어난 도련님. 뭐라 해도 괜찮았다. 처음
이자 마지막임을 알고 있었으니까.

"최세준이다."

세준의 말에 고개를 끄덕이던 유준은 순간적으로 눈을 치
켜떴다. 두 사람의 손이 떨어지기가 무섭게 유준의 입이 열
렸다.

"그런데 왜 반말입니까, 다짜고짜 초면에."
"그럼 안 돼?"
"이봐요, 미국에 계셔서 모르시나 본데……."
"싫으면 너도 말 놔."

"몇 살이신데요?"

"너랑 동갑."

또 한 번 당연하다는 듯 던진 그 말에 유준이 얼굴을 구겼
으나 세준은 더 이상 부연 설명할 이유가 없다는 듯 어깨를
으쓱하더니 먼저 강의실 밖으로 나갔다.

유준은 그날 이후로도 한참 동안 세준에게 존대를 했다.
기말고사까지 치고 난 뒤에야 유준은 세준과 꽤 잘 맞는다는
것을 인정하고 자연스럽게 말을 놓을 수 있었다.

뒤늦게 수강생이 애초에 스물세 명이라 세준이 꼭 자신과
팀플을 할 필요가 없었음을 알아차렸지만 유준은 크게 개의
치 않았다. 이미 단순히 팀원을 넘어서 '친구'가 되었기 때
문이었다.

세준은 유준에게 적당히 관심을 두었고 때로는 적당히 무
심했다. 첫 만남에 내뱉은 말이 진심인 듯 유준에게 특별히
바라는 것이 없었다. 자존심이 센 세준을 알기에 형편이 많
이 어렵다는 걸 알면서도 유준은 선뜻 도움을 줄 수 없었다.
두 사람이 밥을 먹을 때 유준이 계산하는 걸로도 세준은 충
분하다고 말했다. 그래서 그 역시 학교를 나가는 날엔 웬만
하면 세준과 밥을 먹었다.

간혹 세준의 얼굴에 이상한 상처가 자리한 날이 있었지
만 유준은 굳이 의문을 품지 않았다. 서로에겐 지켜야 할 '세

45

상'이 있었으며 그것이 그들의 마지막 보루라는 걸 두 사람 모두 잘 알고 있었다.

세준은 제멋대로였다. 첫 만남부터가 그랬으니 조금은 예상했었지만 간혹 그것이 당황스러웠다. 처음 사귄 친구였으니까.

서로를 알게 된 지 1년 만에 세준은 한마디 말도 없이 떠나 버렸다. 처음엔 며칠 연락이 닿지 않는 것이려니 했고 그후에는 무슨 일이 생긴 게 아닌가 걱정을 했다.

그때 유준이 깨달은 건 자신이 생각보다 그에 대해 아는 게 없다는 것이었다. 비상 연락처는커녕 집 주소조차 몰랐다. 고민 끝에 찾아간 심리학과 사무실에서 유준이 들은 이야기는 그런 학생이 없다는 지극히 황당한 말뿐이었다. 그렇게 찰나 같은 1년, 1년 같은 찰나를 남긴 채 세준은 홀연히 떠나 버렸다.

4학년을 맞이한 유준은 이전처럼 홀로 학교를 다녔다. 예전처럼 수업보다 회사 일이 우선인 모습으로.

그해에 유준은 매우 바빴다. 유학 준비와 회사 일로 정신이 없었다. 주어진 모든 일이 흘러가는 시간만큼이나 더 복잡해져 갔다. 다른 생각을 할 여유가 없었다.

그렇게 정신없이 보내다 뜬 눈으로 새벽을 맞이할 때면 가끔 세준을 생각했다. 그때마다 유준은 쓸쓸함을 쌓아 갔다. 그건 예전에는 모르던 외로움이란 감정이었다.

* * *

"다시 돌아와서 내 옆에 있는 거 후회 안 해?"

"글쎄, 월급 많이 주잖아?"

"진짜 그게 다야?"

"가진 거 없는 놈이 바랄 게 그거밖에 더 있겠어?"

세준은 어쨌거나 유준의 친구였다. 유준이 평생 동안 옆에 두었던 단 한 명, 어쩌면 이 정글 속에서 유일하게 기댈 수 있는 사람. 4년 만에 갑자기 연락이 닿은 세준에게 자신을 도와 달라고 손 내밀었던 이유이기도 했다.

세준의 너털웃음이 쓰다고 유준은 생각했다.

"어쨌든 도와줘서 고마워. 이번 일 대강 마무리되고 나면……."

"나르카디아의 여주인."

세준이 갑자기 주제를 바꾸려는 듯 박하나에 관한 이야기를 꺼냈다. 그에게는 분명 유준이 모르는 무언가가 존재했다. 언젠가는 들어야 할 이야기였지만 세준이 원하지 않는다면 굳이 지금 캐고 싶지는 않았다.

"여자는 말이다, 이유준."

조금은 지쳐 보이는 유준에게 세준이 '정답'을 던졌다.

"사랑에 약해."

"뭐?"

"돈? 명예? 다 필요 없어. 여자는 사랑 때문에 그 모든 걸 다 버릴 수 있어."

사랑. 그 얼마나 단순하면서도 복잡한 단어인가.

유준은 제 앞에 놓여 있는 서류 더미를 노려보았다. 가슴이 울렁거려 진심으로 싹 쓸어버리고 싶었다. 그러나 책상 너머 서 있는 세준은 지극히 쉬운 문제라는 듯 태연히 내뱉었다.

"사랑으로 나르카디아를 사. 그게 답이야."

"야."

"그리고 나 휴가 좀 쓰자. 한 일주일이면 충분해."

"어?"

유준이 당황한 듯 멍한 표정으로 그를 바라보자 세준이 다시 입을 뗐다. 여전히 태연한 표정이었지만 조금은 날카로운 말투로.

"아빠가 돌아가셔서 엄마 보러 가 봐야겠어. 잠시 다녀올 곳도 있고."

"……뭐? 언제? 대체 그 이야길 왜 지금 해?"

너무 덤덤하게 이야기해서 잘못 들은 줄로만 알았다. 그러나 이내 이어지는 세준의 대답은 청각의 멀쩡함을 증명해 주었다.

"며칠 전에. 그다지 중요한 일은 아니라서."

"아니, 그게 대체…… 같이 가. 도와줄……."

"이유준, 말하지 않았었나? 나는 네 배경에 관심 없어. 월급 많이 주는 건 고마운데, 거기까지만 해. 내가 너랑 같이 일하는 건 어디까지나 내 능력을 너라는 사람한테 투자하는 것뿐이야."

"최세준, 지금 그 이야기가 왜 나와. 그냥 친구로서……."

"너 그런데 시간 낭비할 만큼 한가하지 않아, 지금."

유준은 세준의 자존심이 내로라하는 수준임을 잘 알고 있었다. 하나뿐인 친구와 대체 왜 이렇게까지 거리를 느껴야 하는 건지 알 수 없었지만 자신의 배경만 보고 접근하는 이들보다는 훨씬 낫다고 생각하며 한숨을 푹 내쉬었다. 무엇보다 LK 그룹과 나르카디아 외의 일에는 신경 쓰지 못할 만큼 바쁜 것도 사실이었다.

"그러니까 한동안은 나한테 신경 끄고, 사장님."

"진짜 괜찮겠어?"

"넌 그사이에 사랑으로 나르카디아를 살 방법이나 생각해. 내가 돌아올 때까진 일 때문에 바쁠 테니 계획이나 잘 세우고 있으라고."

말을 마친 세준은 가볍게 밖으로 나가 버렸다. 유준은 닫혀 버린 사무실 문을 허탈하게 바라보았다. 그러다가 이내 크게 웃어 젖혔다. 사장실 전체가 반사된 웃음소리로 가득 찰 때쯤 유준의 입가가 딱딱하게 굳어졌다. 세준의 말대로

자신이 지금 염두에 두어야 하는 건 시답잖은 우정 놀음이
아니었다.

중요한 것은 따로 있었다. 엘도라도, 그리고 아틀란티스의
유일한 새 주인 박하나. 여자는 사랑에 가장 약하다. 동서고
금에서 수없이 많은 여성들이 증명해 준 바가 아니던가.

그동안 책과 현실에서 봐 온 모든 여자들이 머릿속에서 교
차했다. 몇몇은 아양을 떨었으며 몇몇은 도도했다. 또 사랑
을 말하거나 이별을 말하기도 했다.

그들의 목소리가 머릿속에 울림과 동시에 거칠게 의자를
박차고 자리에서 일어났다. 그리고 대충 중요한 서류들만 가
방에 구겨 넣었다.

사랑으로 나르카디아를 사기 위해서는 결국 자신이 직접
박하나를 만나야 했다. 위험부담이 있긴 했지만 크게 나쁘진
않았다. 그리고 계획에 대한 실천은 빠르면 빠를수록 좋았
다. 나르카디아는 하루라도 빨리 제 손에 넣어야 하는 무기
이자 방패였기 때문이었다.

이 모순(矛盾) 같은 생각의 끝에 유준은 아주 자명한 결론
을 내렸다. 지금 자신에게 가장 필요한 것은 잠이었다. 모든
것은 그 다음에 처리 가능한 일이었다.

02

신입 사원

이른 아침이었다. 잠은 여전히 부족했지만 유준은 침대에 등을 댄 것만으로도 만족했다. 가볍게 샤워를 하고 출근 준비를 시작했다. 시계를 단단히 채우고 검은 실크 와이셔츠의 깃을 정리하며 커프스 링크를 정성스레 매만졌다.

마지막으로 가죽 구두를 신고 한참 동안 자신의 발을 내려다보던 유준은 오랜만에 짧았던 훈련소 생활을 떠올렸다. 전쟁, 유준이 나지막하게 중얼거렸다.

준비하는 내내 싱숭생숭했지만 이젠 나가야 할 시간이었다. 익숙하지만 이질적인 문을 열고 밖으로 향하며 생각했다. 인생이 전쟁일 수밖에 없다면 차라리 승리자로 살아가겠다고.

차에 올라타 가볍게 핸들을 쥔 유준은 출발과 동시에 이어폰을 꽂았다. 연결음이 들리고 달칵 소리와 함께 상대방이 전화를 받았다.

—딱 일주일 지났다 이거지? 아무리 그래도 아침 댓바람부터 전화냐? 걱정 마, 오늘부터 출근하려고 하긴 했으니까…….

정확히 일주일 만에 듣는 세준의 목소리는 여전히 다정하지 않았지만 충분히 반가웠다.

핸들을 쥐고 부드럽게 액셀러레이터를 밟던 유준의 눈이 잠시 시계로 향했다. 아침 7시 30분. 이른 만큼 선전포고하기엔 적당한 시간이었다.

"나, 출근 중."

—그 당연한 말을 하려고 아침부터 전화한 거야?

세준의 목소리에 불만이 섞여 있었지만 유준은 개의치 않기로 했다. 어차피 더 큰 불만이 잠시 후에 터져 나올 터였다.

"나 오늘, 그리고 가능하면 앞으로 쭉 LK 전자로 출근하려고."

—그것도 당연한…… 아니, 잠깐만 이유준. 뭐, 뭐라고?

"놀라는 걸 보니 정확히 들었네. 나 LK 전자로 출근할 거라고."

—이유준! 아니, 사장님!

"네가 그랬잖아, 너 쉬는 사이에 계획이나 짜 보라고. 그
게 이거야."

—그니까 좀 더 자세하게 설명을…… 너 진짜 가서 납치
라도 해 올 생각은 아니지?

"그 생각도 해 보긴 했는데 그럼 내가 직접 움직이면 안
되지. 어쨌든 당분간 계열사들 일은 네 선에서 알아서 처리
해 줘. 자잘한 것들은 바로바로 대응하기 쉽지 않으니까. 내
가 믿을 사람이 너밖에 없잖아."

당황하는 세준의 목소리가 들려왔지만 유준은 꿋꿋하게
제 할 말을 이어 갔다. 어차피 계획은 세웠고 일말의 망설임
없이 진행하여야 했다. 그는 그만큼 절실하게 나르카디아가
필요했다.

—넌 날 믿냐?

"당연하지. 게다가 한시가 급하잖아. 직접 움직이는 게 낫
다는 판단이야. 이태준과 담판 지을 수 있는 사람도, 박하나
한테 접근할 수 있는 사람도 나뿐이라. 그리고……."

지난 주말의 기억이 머릿속을 스치고 지나갔다. 단합 대
회, 응원전, 그리고 박하나.

"호기심이 좀 생겼거든."

—너 무슨 일 있었구나.

"응."

—말해 달라고 해도 안 해 줄 거지?

"너도 그럴 거잖아. 무단 휴가에 대한 상사의 조치라고 생각해."

전화기 너머에서 세준의 웃는 소리가 들려왔다. 사실 따지고 보면 매우 소심한 행동이었지만 어쩔 수 없었다. 지난 주말의 일은 세준에게 숨길 생각이었다. 어쨌거나 모든 것이 정확한 사실이라기보다는 직감이었으니까.

물론 유준은 자신의 타고난 감을 믿었다. 형제 중에서도 이승권 회장의 사업적 감각을 쏙 빼닮았다는 이야기를 듣던 막내아들이었으니. 엘도라도의 주인은 자신이 될 것이었다. 그러기 위해선 신데렐라를 움켜쥐어 라푼젤로 만들어야 했다.

─하아, 이렇게 나오시겠다 이거지?

"나르카디아, 반드시 가져올게. 그건 진심이야. 그러니 오늘부터 내 대리 노릇 잘 부탁해, 세준아. 다시 연락할게."

툭. 유준은 할 말을 빠르게 마치고 이어폰을 빼 옆자리로 던졌다. 세준의 성격상 한동안은 툴툴거릴 수도 있겠다 생각했지만 지금 유준에겐 그 말고는 믿을 사람이 없었다. 그 사실을 세준 또한 잘 알고 있었다.

그는 나르카디아를 쟁취할 방법으로 아틀란티스의 여주인과의 사랑을 택했다. 그러기 위해선 반드시 LK 전자에 '취업'할 필요가 있었다.

이유준이 아닌 다른 사람으로. 그것이 이 전쟁의 첫 단추였다.

"자, 잠시 주목. 오늘부터 본사 경영전략팀에서 우리 팀으로 파견 나온 신입 사원 최세준 씨. 다들 인사들 하지."

반도체 연구소 차세대 연구팀을 이끄는 유 팀장은 땀을 삐질삐질 흘리며 최대한 태연한 척 '신입 사원'을 팀원들에게 소개했다.

출근하자마자 이사에게 불려가 상황 설명을 들었다. 말로만 듣던 막내 사장님을 자기 밑 신입 사원으로 두어야 한다는 이야기에 기겁한 것이 불과 몇 분 전이었다. 막무가내로 '오늘부터'를 주장한 유준 때문에 결국 유 팀장은 가시방석 같은 자리를 마련할 수밖에 없었다.

그런 미묘한 기류를 눈치채지 못한 팀원들은 전부 눈길을 신입 사원에게 향했다. 이미 신입 사원 부서 배치는 3주 전에 끝났다. 새로운 신입 사원이 온다는 이야기는 금시초문이었다. 게다가 지금은 12시를 10분 남겨 놓은 시각. 조금 있으면 무려 직장인들이 가장 기다린다는 점심시간이었다. 어떤 신입 사원도 이런 식의 개념 없는 출근을 하진 않았다.

"안녕하세요, 최세준입니다."

유준은 불신 가득한 팀원들의 시선에 사람 좋아 보이는 웃음을 지으며 고개를 푹 숙였다. 누군가에게 몸을 낮추는 것이 지극히 낯설었지만 당분간은 적응할 필요가 있었다.

왼쪽 바지 주머니에서 진동이 울리는 것을 느꼈지만 유준은 깔끔히 무시했다. 세준의 전화일 테지만 이유준이 아닌 친구의 이름을 빌린 신입 사원을 연기하는 지금의 자신에게는 무의미한 파동이었다.

조심스레 팀원들을 훑던 유준의 눈길이 한 여자에게 닿았다. 단 한 번 보았을 뿐이지만 기억 속에 명확하게 남아 있는 여자. 청바지에 하얀 면 티, 지극히 가벼운 차림을 한 그녀는 앞에 놓인 서류 더미와 회로 도면들에서 자신을 소개하는 유 팀장에게로 시선을 옮겼다. 포니테일로 질끈, 머리까지 묶어 올리고 화장기라곤 찾아볼 수 없는 얼굴을 한 그녀를 보며 유준은 자기도 모르게 피식 웃었다. 흔한 연구원의 모습이었다.

"세준 씨는 개인적인 이유로 이제야 회사에 출근하게 되었으니까…… 그래, 박하나 씨!"

유 팀장이 박하나를 불렀다. 의문 가득한 표정으로 유준을 바라보던 하나는 갑작스런 팀장의 부름에 소스라치게 놀라 허겁지겁 네, 하고 대답하며 자리에서 벌떡 일어났다. 군기 바짝 든 신입 사원의 모습이었다.

"신입 사원 동기니까 하나 씨가 세준 씨 좀 잘 챙겨 주면 되겠네. 세준 씨는 하나 씨 옆자리 쓰면 되겠군. 업무 전달은……."

"경영전략팀에서 받았습니다. 필요한 건 오후에 여쭙겠습니다. 감사합니다."

LK 전자가 자신의 것이 된다면 유 팀장부터 승진시켜 주어야겠다고 생각하며 유준은 속으로 쾌재를 불렀다.

굳이 연극까지 하며 반도체 연구소에 잠입한 건 어디까지나 박하나 때문이었다. 박하나와 친해질 수 있는 기회를 어떻게 노려야 하나 싶었는데 유 팀장이 자연스러운 계기를 만들어 준 셈이었다.

유준은 재빨리 유 팀장의 말을 막은 다음 가방을 들고 하나의 옆자리로 향했다. 연신 헛기침을 내뱉던 유 팀장은 불편한 표정을 애써 감추고 이내 자리에서 일어나 사무실 밖으로 향했다. 나머지 사원들도 하나둘 유준에게 어색한 묵례를 한 뒤 점심을 먹기 위해 자리를 떴다. 정체를 알 수 없는 신입 사원이 평범한 사람은 아닐 것이라 본능적으로 느꼈기 때문이었다.

애초에 연구소의 연구원들은 기본적으로 랩(Lab)에서 일하는 경우가 많았기에 사무실 자체가 작았다. 그 작은 사무실에 단둘이 남겨졌다. 이 좋은 기회에 어떤 말로 입을 떼야 하나 유준이 고민하고 있는 찰나 하나가 먼저 살짝 웃으며 오른손을 내밀었다.

"정식으로 소개할게요. 박하나예요. 반도체 연구소 차세대 연구팀의 막내 연구원이죠."

유준은 그 손을 가만히 내려다보았다. 자신의 눈앞에 신데렐라가 있었다. 조심스럽게 유준이 손을 뻗었다. 두 사람의 손이 맞닿는 순간 찌릿, 정전기가 흘렀다. 앗, 소리와 함께 하나의 손이 떨어졌다. 유준이 피식 웃으며 다시 하나의 손을 잡았다. 그리고는 위아래로 경쾌하게 흔들었다. 한국에 돌아와서 처음 느끼는 즐거움이었다. 천천히 음미하고 싶을 정도로 만족스러웠다.

"최세준입니다. 경영전략팀에서 반도체 연구소로 파견 온 평범한 신입 사원이고요."

유준은 '평범한'이라는 단순한 세 음절을 일부러 강하게 내뱉었다. 하나가 유준의 말에 밝게 웃어 보였다.

"다시 만나니까 진짜 반갑네요! 같이 연수받은 동기들 다 뿔뿔이 흩어지고 반도체 연구소엔 고작 둘 들어왔는데 그 사람하고도 팀이 갈려서 얼굴도 제대로 못 봤거든요. 그런데 안면 있는 사람이 우리 팀에 올 줄이야! 이제야 출근한 이유는 대체 뭐예요?"

쉴 새 없이 말을 쏟아 내는 조그마한 입술에 순간 말문이 막혔다. 연구소로 오는 내내 어떻게 박하나에게 접근할 수 있을까를 고민했고, 유 팀장 덕에 박하나 옆자리에 배치받고서도 빠른 시간 안에 가까워질 수 있을까 염려했었다. 그런데 그 모든 것이 참으로 쓸모없는 걱정이었다. 자신이 평범한 신입 사원 '최세준'인 이상 박하나는 생글생글 순진한 웃음을 지어 줄 터였다.

"그냥 개인적인 일이라고 해야 할까요. 어쨌거나 환영해 줘서 고마워요. 팀원들은 다들 어디……."

"세준 씨는 시계도 안 봐요? 그건 안 물어봐도 알 것 같은 데…… 일 이야긴 나중에 하고 우리도 일단 나가요."

"네?"

"연구소 구내식당, 세준 씨는 처음이죠? 본사보다는 별로일 수도 있겠지만…… 뭐 그래도 어쨌든 밥 먹어요, 밥. 금강산도 식후경이라잖아요. 밥은 중요한 거예요."

하나가 씽긋 웃으며 맞닿아 있는 유준의 손을 잡아끌었다. 벌써 시간이 그렇게 됐었나, 유준은 조심스레 시계를 확인하고 어색하게 웃었다.

"그래요, 밥 먹죠."

유준의 웃음이 하나의 웃음과 맞닿았다. 두 사람 사이에 흐르는 공기엔 이상하리만치 어색함이 없었다.

유준은 상황이 생각보다 쉽게 돌아가는 것이 재밌어 차마 더는 웃질 못했다. 일이 이렇게만 흘러가 준다면 나르카디아를 되찾을 가능성이 높아 보였다. 서서히 최세준으로 신데렐라를 낚아 엘도라도의 주인 이유준으로 화려하게 복귀하면 이 모든 게임은 끝날 것이다.

황홀하고도 짜릿한 상상, 인생이란 전쟁에서 승기를 쥐는 아주 멋진 상상! 게다가 이것은 비단 상상이 아닌 눈앞의 여자를 잘 요리하면 보게 될 현실이었다.

생각이 거기에 닿았을 때 유준의 속이 조금 거북스러워졌다. 이 생경한 감정은 아마도 해 본 적 없는 연기 때문일 터였다.

닫힌 엘리베이터 문에서 시선을 돌려 딴청을 피웠다. 자신은 왕자님도, 도련님도, 사장님도 아닌 신입 사원이라고 스스로 세뇌할 아주 찰나의 시간이 필요했다.

딩동, 하는 소리와 함께 엘리베이터 문이 열리자 하나는 활짝 웃으며 유준의 옷자락을 잡아끌었다. 하나는 그의 두리번거림을 충분히 이해할 수 있었다. 자신도 첫 일주일 동안은 어색함과 신기함에 계속 둘레둘레 살피며 다니지 않았던가.

고작 보름 차이였지만 그래도 자신이 선배이자 유일한 동기라는 사실에 하나는 반가움을 넘어 약간의 책임감까지 느끼고 있었다. 박하나에게 '최세준'은 삭막한 회사에서 만난 반가운 존재, 그 이상도 그 이하도 아니었다.

동시에 엘리베이터로 발걸음을 내딛는 두 사람의 뒷모습은 닮은 듯 달랐다. 한 사람에겐 다른 한 사람이 반가운 동료였지만 한 사람에겐 옭아매야 할 라푼젤이었다. 두 사람 사이의 공기가 아그작 갈라지는 순간 엘리베이터 문이 하나로 모였다.

유준은 식당에 도착해서야 회사 구내식당에서 밥을 먹은 적이 단 한 번도 없다는 것을 깨달았다. 대학교 학생 식당에서 밥 먹은 적이야 몇 번 있었지만 어디까지나 일본과 미국에서만 있었던 일이었다. 이처럼 시끌벅적하면서 사람들이 빼곡하게 들어차 있는 수용소 같은 느낌의 식당은 정말이지 난생처음이었다.

사람들은 밥을 먹는 건지 노동을 하는 건지 알 수 없게 빠르게 식사를 하고 있었고 수저와 식판이 부딪치는 쇳소리가 요란하게 귓가를 울려왔다. 유준은 자기도 모르게 눈살을 찌푸리며 그 자리에 멈춰 섰다.

원래도 배가 고프진 않았지만 그나마 있던 식욕마저 다 떨어져 나가는 공간에 굳이 발을 들여놓고 싶지 않았기 때문이다. 그러나 그의 속마음을 전혀 알 리 없는 하나는 서두르자는 듯 팔을 잡아끌었다.

"뭘 그렇게 쳐다보고 그래요. 구내식당 처음 보는 사람처럼."

'처음 보는 건데요'라고 뚱하게 쏘아붙인 뒤 차라리 밖에 가서 샌드위치나 하나 베어 무는 게 낫겠다고 찰나의 순간 생각했다. 그러나 애초에 여기 잠복한 건 자신의 선택이었고 박하나와 가까워지는 것이 중요한 이상 섣부른 행동은 자제할 필요가 있었다. 애써 표정 관리를 하며 유준이 하나에게 입을 뗐다.

"지갑을 가방에 두고 내려온 모양이라 오늘 밥은⋯⋯."

"무슨 상관이에요? 거기, 목에 잘 걸고 있고만."

하나가 쾌활하게 웃으며 턱 끝으로 유준의 가슴팍을 가리켰다. 유준의 눈이 자연스레 아래로 깔렸다. 거기엔 발급받은 가짜 사원증이 턱 하니 걸려 있었다.

사원증과 밥이 도대체 무슨 상관인가 싶어 미간이 다시 찌푸려지려는 순간 하나가 유준의 팔을 다시 세게 잡아끌었다. 결국 두 사람은 엉거주춤하게 줄의 가장 뒤편에 자리를 잡게 되었다.

시끄러운 것이 딱 질색인 유준은 눈 둘 곳을 찾지 못해 식당 곳곳을 훑었다. 그러는 사이 줄은 척척 줄어 갔고 자신의 차례가 된 하나는 자연스럽게 배식대 벽면에 부착된 계산기에 사원증을 찍었다. 딩동, 경쾌한 소리가 울렸다. 그러나 유준은 그 손놀림과 소리를 알아차리지 못했다. 그러기엔 식당 자체가 너무나도 시끄러워 마치 혼이라도 뺏긴 것마냥 멍했기 때문이었다. 그냥 앞사람들이 하듯 수저를 챙기고 식판에 밥을 받으려는 찰나 배식대의 아주머니가 날카롭게 노려보고 있음을 알아챘다.

"왜 그러시죠?"

혹시라도 자신을 알아보기라도 했나 싶어 눈을 내리깔며 유준은 빠르게 의문을 뱉었다. 머릿속엔 수많은 생각들이 실타래처럼 엉켜 공존했다. 빌어먹을 나르카디아, 속으로 그렇게 읊조리며 시선을 마주치지 않기 위해 고개를 돌리는데 벌써 저만치 가서 국을 챙기고 있던 하나가 허겁지겁 다가왔다.

"왜 그래요, 세준 씨?"

"그게…….'

이게 다 아버지와 너 때문이라고 나르카디아를 내놓으라며 몰아붙이고 싶었다. 그러나 정작 하나는 아주머니와 유준을 번갈아 보며 상황 파악을 하는 순진무구한 표정이었다. 그러더니 이내 입을 딱 벌리며 고개를 끄덕였다.

"설마, 계산을 안 했어요?"

"이봐요, 멀쩡하게 생긴 양반이 식권도 안 넣고 계산도 안 하고 지금…….'

"죄송합니다. 오늘 처음 와서 아직 잘 몰랐나 봐요. 제가 대신 계산할게요!"

아주머니가 쯧쯧, 혀를 차며 그릇에 밥을 퍼 담는 사이 하나는 사방으로 고개를 숙이고는 재빨리 사원증을 계산기에 가져다 댔다. 그리고는 여전히 이해가 가지 않는다는 듯 상황을 관조하며 서 있는 유준을 재빨리 끌어당겼다.

적어도 하나에겐 이 민망한 상황으로부터 빨리 도망갈 필요가 있었다.

배식을 받는 건지 질질 끌려다니는 건지 알 수 없던 몇 분의 시간이 흐른 후에야 유준은 하나의 손에 붙잡혀 간신히 식탁에 자리를 잡을 수 있었다.

"본사 식당은 다른 시스템이에요?"

"그게⋯⋯."

자리에 앉자마자 한숨을 푹 내쉰 하나는 재빨리 유준을 타박했다. 이 모든 상황이 당황스럽기 그지없던 유준은 채근하는 하나의 말에 어떻게 반응해야 좋을지 묘수를 떠올릴 수 없었다. 그래서 차라리 솔직해지기로 마음먹었다.

"안 가 봤습니다."

아주 약간의 거짓말을 보태서.

"뭐라고요?"

비록 본질을 왜곡하는 거짓이라 해도 그 순간 유준에겐 그것이 최선이었다.

"제대로 입사하고 첫날, 여기로 발령받아 온 겁니다. 지금까진 개인적인 문제⋯⋯ 그러니까 실은 상을 당했어요. 그래서 제대로 회사를 나오지 못했고요. 본사에서 밥 먹을 일도 없었던 게 당연한 거죠."

유준은 이만하면 진실에 가깝다고 생각하며 평정심을 찾았다. 인간은 적응의 동물이라고 했던가. 시끄러운 것이 딱 질색이긴 했지만 떠들어 대는 소리나 쇳소리도 어느 정도 익숙해지니 배경음처럼 느껴졌다.

어느새 하나의 목소리만 또랑또랑 귀에 꽂혀 오는 이상한 효과를 경험할 수 있었다.

하나는 사원증으로 계산하면 알아서 월급에서 차감된다며 간략하게 설명을 마치고 유준을 찬찬히 바라보았다.

"근데 상이라면……."

"최근에 아버지께서 돌아가셨습니다."

"미, 미안해요. 그런 줄도 모르고……."

하나는 사람의 상처를 건드리는 것에 익숙하지 않았다. 특히나 가족과 관계된 부분이라면 더더욱. 따지고 보면 자신의 개인 사정만큼 아픈 부분도 없었기 때문에 당연한 것이었다. 진심으로 미안한 표정을 지은 하나가 고개를 푹 숙이자 오히려 유준이 당황해 먼저 어깨를 으쓱해 보였다.

"뭐, 그사이에 잘리지 않은 건 다행이라고 생각하고 있습니다."

"괜찮……."

"아버지와는 좋은 기억이 없어서 그런가, 딱히 상관없습니다. 묻고 싶은 부분이 그게 맞는지는 모르겠지만요."

"아."

유준의 냉정한 대답이 조금은 의아했지만 하나는 차마 더 캐물을 수 없었다. 그래 봤자 두 번째 보는 사이였기 때문이었다. 하나는 고개를 끄덕이며 대화 주제를 돌렸다.

"그나저나 운이 좋았네요."

"……그렇죠, 뭐."

현재 LK 전자 사장인 자신의 형이자 가장 큰 라이벌 태준과의 카드 게임으로 따낸 '취직'이었으니 운이라고 해도 무방하지 않을까. 유준은 그리 생각하며 숟가락을 들었다. 아무리 취향에 맞지 않는 것들이 즐비한 식판이라 해도 평범한 신입 사원으로 가장하겠다 마음먹은 이상 적응해야 할 필요성을 느꼈다.

그러나 싱겁다 못해 밍밍하기까지 한 국 한 숟갈 넣자마자 양미간이 잔뜩 찌푸려졌다. LK 전자를 손에 넣거든 반도체 연구소 구내식당부터 갈아엎어야겠다고 속으로 몇 번이고 되뇌게 될 정도였다.

"진짜 능력자인가 봐요, 세준 씨."

"네?"

"그렇잖아요. 회사에서 어지간히 놓치기 싫은 인재였나 봐요. 솔직히 저는 이 회사가 신입 사원 사정을 다 봐주는 곳인지는 몰랐거든요."

"글쎄요."

고기인지 고무인지 알 수 없는 것을 질겅질겅 씹다 뱉은 유준은 재잘재잘 떠들며 잘도 먹는 하나를 신기하다는 듯 바라보았다.

그러고 보니 이 밥도 박하나가 사 준 것이었다. 집안 형편이 어려웠다더니 아무거나 잘 집어 먹는가 보다, 그런 주제에 나르카디아의 여주인이 됐다고 아무렇지도 않게 돈 펑펑

쓰고 다니는 게 분명하다며 유준은 탐탁지 않은 생각들을 머릿속에 늘어놓았다. 고작 몇 천 원이겠지만 나르카디아의 돈이 허투루 쓰이는 모습을 상상하니 갑자기 속이 울렁거렸다. 그러나 알아채지 못한 하나는 하고 싶은 말을 이어 갈 뿐이었다.

"학교 어디 나왔어요?"

"네?"

"되게 능력 있어 보여서…… 뭐 이 회사 사원들이 다 그렇겠지만 그래도 궁금해서요. 어디 학교 나왔어요?"

보통 첫 만남에 사적인 질문을 하면서 가까워지는 건가. 유준은 애초에 질문을 받는 것이 익숙지 않았기에 이 상황 자체가 못마땅했다.

게다가 자신은 지금 이유준이 아니라 최세준이었다. 아무리 세준이 자신의 최측근이라 해도 그의 허락 없이 밝혀도 되는지 알 수 없었다. 게다가 세준에 대해 아는 것조차 확신할 수 없기도 했다.그러나 어차피 이건 연극이었다. 조금은 태연하게 넘길 필요가 있었다.

"한국대 경영학과 졸업했어요."

"어?"

"왜요?"

분명 대학 시절 세준은 심리학과를 다닌다고 했으나 자신은 심리학에 대해 아는 바가 없었기 때문에 둘러댈 수밖에 없었다. 하나가 놀랐다는 듯 숟가락을 떨어뜨리고 그를 바라보자 자기도 모르게 그 시선을 피했다.

하나가 한국대를 다녔던 건 이미 아는 사실이었다. 설마 자신의 정체를 알아차린 걸까, 자신이 거짓을 이야기하고 있음을 눈치챈 걸까. 심장 박동이 빨라지며 손끝이 파르르 떨릴 때쯤 하나가 까르르 웃음을 터뜨렸다.

"뭡니까."

"아, 미안해요. 좀 웃겨서."

"뭐가요? 내가 한국대 나온 게요?"

괜히 찔리는 게 있어 필요 이상으로 날카롭게 반응했다. 그러나 정작 하나는 유준의 날카로움엔 아랑곳하지 않고 나오는 웃음을 애써 참으며 간신히 입을 뗄 뿐이었다.

"네. 아, 오해하진 마세요. 공부 못하게 생겼다거나 그런 게 아니라 사실 세준 씨는 뭐랄까, 외국에서 대학 나왔을 것 같았어요."

여전히 웃음 섞인 목소리였으나 가능한 한 차분하게, 그리고 유준이 오해하지 않게끔 말하기 위해 노력했다. 유준의 표정은 여전히 칼날 같았다. 아무래도 입이 방정이었던 것 같다고 생각하며 속으로 한숨을 내뱉은 하나는 눈동자를 이리저리 굴리다가 다시 입을 뗐다.

"그러니까 좀 이지적이라고……."

"이질적이라고요?"

"아뇨, 이지적…… 이질적이기도 한 것 같네요. 둘 다 맞는 것 같아요."

하나는 배시시 웃어 보이고는 밥을 한 숟갈 퍼 입안 가득 넣었다. 살짝살짝 움직이는 입술을 가만히 보던 유준은 가느다란 웃음을 내뱉고 고개를 끄덕였다. 그리고 하나를 똑바로 바라보며 입을 뗐다.

"뭐, 눈치 좋네요."

"왜요?"

"대학만 여기서 나오고 석사, 박사는 전부 외국에서 했으니까요."

"어? 박사예요?"

굳이 대답할 필요를 느끼지 못한 유준은 어깨를 으쓱해 보였다. 젓가락으로 콩나물 무침 몇 가닥을 집어 입에 넣고 오물거릴 뿐.

하나는 그런 그를 가만히 바라보다가 웃음기 가득한 얼굴로 고개를 끄덕이며 엄지를 치켜들었다.

"그럼 그렇죠. 그러니까 회사에서도 안 놓치려고 애썼구나. 대단하네요."

"박사 과정은 밟던 도중이었어요. 그냥 다 운이라니까요."

어차피 학벌은 아버지에 의해 필요에 따라 만들어진 것이나 다름없어 대단할 것도 없었다.

이 이상한 연극을 꾸밀 수밖에 없도록 자신을 방치하고 떠나 버린 아버지에게 생각이 닿자 순간적으로 위액이 역류해 식도가 타들어 가는 듯했다. 하지만 하나 앞에서 내색할 수 없어 콩나물과 함께 쓰디쓴 기억을 되삼켰다.

"어쨌든 그래서 그런 느낌을 받았던 건가 싶네요."

"무슨 뜻이에요?"

"아뇨, 지난 주말에 만났던 거 말이에요."

"아."

"짧은 만남이었지만 워낙 강렬했거든요. 그래서 전 당연히 임원진인 줄 알았어요. 왜 그런 거 있잖아요, 회장님 아들?"

하나는 까르르 웃었다. 자기가 생각해도 농담을 너무 과하게 던진 것 같았다.

그러나 유준은 차마 웃지 못했다. 가능한 동요하지 않으려 애썼지만 자신도 모르게 손이 떨려 와 젓가락을 내려 둘 수밖에 없었다.

애초에 단합 대회는 임원진이자 실제로 '이승권 회장의 후계자'로서 간 것이었다. 따라서 하나가 느낀 것이 정확했지만 그렇다고 벌써 자신의 정체를 들킬 수는 없었다. 마냥 만만하게 볼 사람은 아니라고 생각하며 유준은 속에서 숨을 골랐다.

"아, 미안해요. 좋은 뜻이었어요. 워낙 깔끔하고 부티 나서. 그리고…… 말하는 것도 우리랑 다르고……."

"내가 임원이었으면 하나 씨 진작 잘리지 않았겠어요?"

"아, 그런가."

하나가 멋쩍게 웃어 보였다. 사실 잘릴 각오를 하고 있었기에 어쨌거나 하나는 진심으로 그를 다시 만난 것이 기뻤다. 남들과는 조금 다른, 독특한 말을 하던 사람과의 짧은 첫 만남이 워낙 강렬했기 때문이었다.

"뭐 어쨌든! 몇 살이에요, 세준 씨는?"

"네?"

"마치진 않았어도 어쨌든 박사 과정까지 들어갔다는 건데 그렇게 나이 들어 뵈지도 않고. 설마하니 신입 사원인데 군 미필일 리도 없고요. 좀 궁금해서……."

"호구 조사해요?"

식도를 타고 내려가는 쓰디쓴 기억에 유준은 냉정하게 말을 뱉었다. 하나는 실수했나 싶어 어쩔 줄 모르겠다는 듯 시선을 이리저리 식판 위에서 굴렸다. 그런 하나의 모습에 자신의 음성이 필요 이상으로 차가웠다는 걸 깨달은 유준이 한숨을 내쉬면서 본심에도 없는 말을 내밀었다.

"그쪽 이야기도 좀 하란 소리였어요."

어차피 박하나에 대해 궁금한 건 없었다. 적어도 이 자리에서 소개하듯 나올 법한 이야기 중에는. 기본적인 신상 명세는 세준에게 받은 보고서로 충분했고 어차피 그보다 더 자세한 이야기를 첫 만남에 밥 먹으며 늘어놓을 리도 없었다.

그리고 유준이 궁금한 건 나르카디아, 딱 한 가지였다. 다만 그 목적을 위해 하나와 가까워져야 하는 이상 궁금한 척 연기하는 것도 나쁘지 않았다. 하나의 눈이 다시 한 번 동그랗게 변했다.

"아, 미안해요. 제가 원래 좀 호기심이 많아요. 게다가 이렇게 다시 만난 게 신기하고 반가워서…… 그리고 세준 씨는 나에 대해 궁금한 거 없는 줄 알았어요. 원래 우리나라 사람들 처음 만나면 호구조사 아닌 호구조사를 하잖아요. 그런데 세준 씨는 아무것도 안 묻기에…… 그런데 아니었구나. 말해 봐요. 뭐가 궁금해요?"

아무리 생각해도 박하나는 말이 많았다. 쾌활하고 명랑했다. 이런 이야기는 세준이 올린 보고서에선 찾아볼 수 없었다. 어려운 집안 형편을 원망하며 살아가는 비관주의자거나 혹은 나르카디아를 쥐었단 이유만으로 콧대가 하늘을 찌르는 교만한 신데렐라이지 않을까 막연히 추측했었다.

하지만 하나는 유준의 예상을 벗어난 인물이었다. '신데렐라에 관한 보고서'를 새로 써야할 지도 모르겠다는 생각이 들 정도였다. 물론 그 보고서의 작성자는 가짜 최세준, 보고받는 자는 진짜 이유준이 될 터이니 필요는 없었지만.

"글쎄요, 학교는 어디 나왔는데요."

"아, 맞다. 아까 그거 말씀드린다는 걸 깜빡했네요. 저도 한국대 나왔어요."

"컴퓨터?"

"전공은 그쪽인데 경영학도 복수 전공하긴 했어요."

"그럼 우리 마주쳤을 수도 있겠네요."

유준은 무심코 가장 마음에 걸리던 부분을 입 밖으로 꺼냈다. 그럴 리 없다고 생각하면서도 혹시나 하는 마음을 지울 수 없었기 때문이었다. 확신이 필요했다. 괜히 이 말이 하나의 기억을 자극하여 헤집어 놓을 수도 있었지만 늘 위험을 감수하는 만큼 보답이 큰 법이라고 유준은 생각했다.

"그런가요? 저야 복수 전공이어서 경영대생들이랑 별로 안 어울렸거든요. 그리고 칼 졸업한 거라 선배들은 잘…… 세준 씨, 몇 살인데요?"

"스물아홉입니다. 하나 씨는요?"

"스물일곱이요. 어라, 세준 씨 군대도 다녀왔을 거고 그럼…… 진짜 학교에서 봤을 수도 있겠네요?"

하나의 눈망울이 초롱초롱해졌다. 반가움 외에 다른 감정을 찾아볼 수 없는 그 눈빛을 보며 유준은 속으로 안도의 한숨을 내쉬었다.

그녀의 눈동자를 따라 이젠 정말로 연극을 해도 된다는 확신을 아로새겼다. 지나치게 늘어질 필요도, 그렇다고 지나치게 서두를 필요도 없는 인생 최대의 도박. 거짓을 걸어 진심을 사리라.

"그러게요. 천천히 생각해 보죠. 그나저나 식사 다했으면 일어날까요? 이미 1시가 넘은 것 같은데."

"괜찮아요. 오늘은 회의 있거나 함께하는 프로젝트가 있는 날이 아니라, 설계 회로에 혼자 코 박고 있으면 되는 날이거든요."

하나가 배시시 웃었다. 웃음이 참 헤픈 여자라고 생각했지만 굳이 내색하진 않았다. 그저 눈치채지 못할 만큼 조금씩 목소리를 누그러뜨리며 가장무도회의 주인공이 될 뿐. 최세준이라는 가면을 쓴.

"그래도 신입들이 나란히 늦게 들어가면 좀 그렇잖아요. 후식 커피는 제가 살게요."

유준은 천천히 식판을 정리하고 자리에서 일어났다. 먹은 것은 거의 없었지만 배가 부른 기분이었다. 박하나란 먹이를 살살 뜯어먹으면 될 판에 맛없는 구내식당 밥 따위가 들어올 리가 없었다.

유준을 따라 하나 역시 자리에서 일어났다. 삶은 밥의 힘으로 살아가는 거라고 주장하던 하나답지 않게 오늘따라 제대로 먹은 게 없음에도 배가 부른 기분이었다. 좋은 동료, 혹은 좋은 친구는 먹구름 잔뜩 낀 그녀의 일상에 찾아온 반가운 햇살이었다.

03

동상이몽

한 손에 커피 컵을 들고 진실인지 거짓인지 알기 힘든 미소를 가득 머금은 채 나란히 사무실에 들어선 두 사람을 반겨 주는 건 텅 빈 허전함이었다. 애초에 차세대 연구팀 사무실 자체가 큰 공간은 아니었지만 나갈 때와 똑같이 빈 공간을 마주하게 되니 허탈하기 그지없었다.

"제가 뭐랬어요. 아무도 없을 거라 했잖아요."

하나가 자신의 자리에 두 팔을 뻗고 편하게 털썩 앉더니 씽긋 눈짓을 하며 의기양양하게 재잘거렸다. 유준 역시 자신의 자리에 앉으며 나지막이 웃음을 터뜨렸다.

"원래 이래요? LK 전자 기강 별로네."

문득 자신의 계열사 직원들도 이런 식인가 싶어 새삼 아찔해졌다. LK 전자야 직원들이 30분 정도 농땡이를 피우든 말든 굳건할 테지만 자신의 계열사들은 상황이 달랐다. 만에 하나 이런 식이라면 곤란했다.

세준에게 직원들 근무 태도에 대해 알아봐 달라 연락해야 겠다는 생각이 들었을 때쯤 바지 주머니에서 미세한 진동을 느꼈다. 아마도 진짜 세준의 연락일 확률이 컸지만 하나 앞에서 섣불리 받을 수는 없었다.

일단 유준은 출시된 지 고작 며칠밖에 안 된 LK 전자 최신 스마트폰을 꺼내 놔도 되는 건지 확신할 수 없었다. LK의 후계자 이유준일 때야 문제가 되지 않았지만 지금은 엄연히 평범한 신입 사원 최세준이었다. 출고가가 100만 원을 훌쩍 넘어 연일 언론에서 귀족 폰으로 지탄받고 있는 기종을 떡하니 들고 다니는 모습을 보여도 되는지, 도대체 '평범한' 사람들은 어떤 핸드폰을 쓰는 건지 유준은 알지 못했다. 괜히 머리가 지끈거려 한쪽 검지로 관자놀이를 꾹꾹 눌렀다.

"세준 씨? 무슨 생각을 그렇게 해요."

"아, 미안해요. 무슨 이야기했어요?"

"공돌이, 공순이는 원래 그렇단 이야기요."

"네?"

"여긴 엄연히 연구소고 그중에서도 차세대 연구팀이에요. 사무실에 앉아서 컴퓨터 두드리는 것보다 어떻게 하면 반도체를 더 빠르게, 더 작게, 더 싸게 만들 수 있는지 연구하고

개발하는 사람들이 모여 있는 곳이죠."

유준도 잘 알고 있는 이야기였다. 애초에 유준이 대놓고 차세대 연구팀 신입 사원으로 꾸미지 못하고 경영전략팀에서 파견 나온 것처럼 가장할 수밖에 없었던 이유도 공학 전공자가 아니기 때문이었다.

"그러니까 이 사무실은 형식적인 거죠. 회의 같은 거야 여기서 하는데 실상 거의 대부분의 업무는 저기에 보이는 랩에서 진행하기 마련이에요. 공학 전공자들은 이런 공간보다 저기가 편해요. 세준 씨는 다르겠지만. 안 그래도 우리 팀 업무 파악하려면 랩도 소개해 줘야 할 것 같아서 점심 먹고 돌려고 했는데 가 볼래요?"

"하나 씨 바쁜 일 없으면요."

"뭐, 조금 솔직히 말하자면 지금 급하게 훑어봐야 할 '아가'들이 있긴 하죠."

하나가 다시 한 번 쾌활하게 웃으며 커피를 한 모금 입에 머금었다. 유준은 어깨를 으쓱해 보였다.

"그럼 업무 보고 내일 소개해 주세요. 급할 건 없으니."

사실이었다. 어차피 형식적으로 앉아 있는 자리, 업무 파악 정도는 특별히 급할 이유가 없었다. 오히려 하나와 가까워지는 게 유준에겐 훨씬 시급한 문제였다. 나르카디아를 차지하고 난 뒤 LK 전자를 손에 넣을 때를 대비하여 반도체 사업에 대해 정보를 캘 수 있으면 좋겠지만 어차피 신입 사원으로서 알 수 있는 정보는 한정적이었다. 굳이 그 정보를 얻자고 태준의 비위를 거슬러 섣불리 일을 망칠 필요는 없다고 생각했다.

유준의 말에 하나가 안도인지 걱정인지 알 수 없는 한숨을 푹 내쉬며 다시 커피 한 모금을 입에 머금었다. 이윽고 자신의 앞에 놓여 있던 서류들을 하나씩 챙기기 시작했다.

"세준 씨 핑계로 땡땡이 좀 치려고 했더니 안 되겠죠?"

"그러다 야근하려고요?"

"어우…… 8시 출근이면 됐지, 뭘 또 야근이에요. 그런데 세준 씨 혼자 심심하겠네요. 할 건 있어요? 첫날인데…… 팀장님은 원래 사무실에 자주 계시는데 어디 가셨지?"

"괜찮아요. 경영전략팀에서 받은 업무 있어요. 걱정 말고 가서 일해요."

경영전략팀 이야기는 거짓이었으나 할 일이 없는 건 아니었다. 오히려 할 일이 쌓여 있다고 하는 편이 더 정확할 정도로 처리해야 할 일들이 꽤나 많았다.

무엇보다 세준에게 전화를 걸어 어느 정도 상황 설명을 해 둘 필요가 있었다. 잠시 자리를 비운 사이조차 틈을 보일 순 없었고 세준 외엔 자신을 대신 해 줄 수 있는 사람도 없었다.

유 팀장은 유준을 마주하기가 불편해 의도적으로 자리를 피했을 터. 여러모로 텅 빈 사무실은 유준 입장에선 고맙기 그지없는 장소였다.

그러나 하나는 정말로 유준 혼자 두고 가는 것이 미안한 듯했다. 할 일이 많다는 것이 손에 든 서류 뭉치에서 뻔히 보임에도 쉽게 발걸음을 떼지 못하는 것을 보면. 유준은 어쩔 수 없다는 듯 고개를 살짝 젓더니 이내 입가에 미소를 담은 채 툭툭 하나의 어깨를 쳤다. 나름대로는 잘 다녀오라는 격려였으며 걱정하지 않아도 된다는 신호였다.

"그럼 일 빨리 보고 올게요. 어차피 퇴근 시간 되면 사람들 다 올 거예요. 다들 칼퇴근하려고 애쓰거든요!"

"그래요. 파이팅해요."

"세준 씨도 첫 업무 파이팅이요!"

유준의 눈앞에 주먹을 불끈 쥐어 보이며 씩씩하게 파이팅을 외친 하나는 이내 시계를 확인하고는 한 손엔 서류 더미, 다른 한 손엔 커피 잔을 쥔 채 부랴부랴 사무실 밖으로 향했다.

하나가 밖으로 나간 것을 확인하고서야 유준은 한숨을 내쉴 수 있었다. 그리고는 목을 갑갑하게 조이는 넥타이를 아주 조금 풀어냈다.

거의 빈속이나 다름없는 곳에 커피를 부으려니 속이 쓰리다 못해 타들어 가는 듯 아렸지만 유준은 꾹 참고 들이마셨다. 지금은 각성이 필요한 때였다.

유준은 입술 위에 묻은 커피를 혀로 핥아 내며 가방에서 노트북을 꺼내 세팅했다. 본래 보안이 철저하다 못해 청와대

보다 더 심하다는 농담까지 달고 사는 곳이 LK 전자였다. 그 중에서도 핵심적인 공간인 반도체 연구소이기에 개인 전자 기기는 엄격한 검사를 거쳐야만 드나들 수 있었으나 유준의 노트북은 여러모로 예외였다.

태준은 사내 네트워크를 쓰는 조건으로 유준이 노트북을 쓰는 것을 허락해 주었다. 네트워크를 통해 노트북을 감시하 겠다는 태준의 얄팍한 수 정도는 유준 역시 파악한 뒤였다. 그 정도에 잡히기엔 유준의 노트북에 걸려 있는 보안도 만만 치 않았다. 뭐, 의심을 피하려면 간혹 피라미 정도는 잡히게 내버려 둬야겠지만 그 정도는 형에게 선의로 내어 줄 수 있 다 생각하며 전원 버튼을 켰다.

컴퓨터에 파란 화면이 떠오르자 유준은 암호를 입력하려 던 손을 멈추고 이내 주머니에서 핸드폰을 꺼내들었다. 예상 대로 수십 통이 넘는 부재중 전화는 온통 세준에게서 걸려 온 것이었다. 마치 성적표 빼돌리다 걸린 중학생이라도 된 마냥 괜히 가슴이 답답해진 유준은 한숨을 푹 내쉬고는 통화 연결 버튼을 눌렀다.

—야, 이유준.

성적표를 빼돌리긴 했지만 성적은 괜찮게 나왔다고, 아니 나온 것 같다고 변명하려는데 다짜고짜 소리를 지르는 세준 덕에 유준은 잠시 핸드폰을 귀에서 떨어뜨려야만 했다. 그렇 게 고함 같은 부름이 몇 차례 지나가고 나서야 유준은 입을 뗄 수 있었다.

"소리는 지르지 마."

—지금 무슨 일을 벌이고 있는 건데, 도대체.

"그냥 연극."

—연극?

"자세한 건 만나서 말해 줄게. 전화로 일일이 설명하기엔 지금도 연극 무대 위라."

전화기를 한쪽 손으로 틀어쥔 유준은 사무실에 드나들 수 있는 단 하나의 출입문에 눈을 고정시킨 채 말을 이어 갔다. 혀를 차는 세준의 목소리에서 어이없다는 듯한 표정이 전파 너머로 충분히 전달되었지만 그로서는 어쩔 도리가 없었다.

—LK 전자에 진짜 취직이라도 했어?

"어, 그러니까 당분간은 여기서 일 좀 볼게."

—이태준 사장이 자기 코앞에서 나르카디아의 여주인을 노리는 네 계획을 오케이 했다고?

"뭐, 그렇게 자세한 건 아냐. 그냥 날 취직시켜 줬을 뿐이지. 그리고 그건 정당하게 내기에서 딴 거고."

—대체 무슨 내기를 한 건데, 너?

전화기 너머 세준의 목소리가 필요 이상으로 날카로웠지만 유준은 이 이상 자세한 설명을 이 자리에서 하는 것이 위험하다 생각했다. 그리고 애초에 설명할 필요가 없는 문제이기도 했다. 그건 아주 단순한 것이었으니까.

"포커."

—뭐?

"나 처음 이겨 봤다."

유준은 아침에 태준과 벌였던 판을 머릿속에 그려 냈다. 지금 생각해 보면 말도 안 되는 블러핑이었다. 아무것도 아닌 패를 쥐고서 스트레이트를 연기했다. 무려 계열사 하나를 통으로 걸고서.

태준이 유준을 지나치게 의식하고 있었기에 속임수가 정확히 적중했다. 유준은 태준에게 최세준이란 이름을 팔았다. 또한 박하나와 같은 부서 신입 사원 자리를 요구했다.

LK 전자를 고작 포커 게임 한 판으로 넘겨줄 수 없었던 태준으로서는 어쩔 수 없이 그의 요구를 다 들어줘야만 했다. 태준의 자동차 한 대는 유준도 예상치 못한 덤이긴 했지만.

—미쳤네, 이씨 형제들.

"그러게."

—야!

"급한 서류는 메일로 보내 줘도 돼. 그렇지만 기밀 서류들은 가능하면 저녁 때 집으로 가져와 줘. 어쨌든 적진 한복판이잖아."

—정말 이럴 거지, 너.

"야근 수당 두둑이 챙겨 줄게. 어?"

유준이 어울리지 않게 애교 섞인 목소리를 하자 세준이 한숨을 깊게 내쉬었다.

—내가 너한테 이러자고 찾아온 거 아니라고 분명히…….

"아니, 그니까 너나 나나 돈 벌자고 사는 건 맞잖아?"

—야, 이유준! 너 사람 무시…….

"정확히는 나르카디아. 돈, 그 이상의 돈."

유준의 목소리는 단호했다. 한 치의 흔들림도, 일말의 애교도 없는. 순식간에 바뀌어 버린 목소리에 세준은 새삼 어쨌거나 그가 LK 그룹 후계자 중 한 사람임을 느낄 수 있었다.

—좋아. 대신 조용히 기다리는 건 오늘 저녁까지야.

"웬만한 건 네 선에서 해결 봐. 사인이야 뭐, 대리로 하든지. 그게 마음에 걸리면 도장 찍어도 되고. 저녁 7시쯤 집에서 보자."

—그렇게 일찍 퇴근할 수 있겠어? 보아하니 공작 중인 것 같은데…….

"신입 사원이 출근 첫날 늦게까지 남아서 뭐하겠어? 일찍이라도 들어가야 나도 내 일하지. 너도 덜 화낼 거고."

—신입 사원?

세준의 말꼬리가 미세하게 올라갔다. 유준은 굳이 대답하지 않겠다는 듯 적당히 웃으며 할 말만 이어 갔다.

"아, 말 나온 김에 나 핸드폰 하나만 구해서 보내 줘."

—연극에 소품도 필요한가 봐?

"그야 당연하지. 적당히 중저가 핸드폰으로 하나 구해서 보내 주면 될 것 같아. 신입 사원이 쓸 만한 걸로. 도저히 내 건 꺼내 놓을 수가 없어서. 쓸데없는 일 미연에 방지해야 할 것도 같고."

원래 쓰고 있는 핸드폰이 고가의 기종이란 이유를 차치하고라도 이유준용, 최세준용을 구분할 필요가 있다고 생각했다. 사람인 이상 아무리 신중을 기한다 해도 분명 실수할 수 있었기 때문이었다.

—아예 피처 폰으로 구해 줘? 평범한 신입 사원을 위해?

분명 비꼬는 기색이 역력한 말이었지만, 유준은 개의치 않았다.

"에이, 요즘 세상에 아무리 평범해도 스마트폰은 쓰지 않겠어? 적당히 한 1, 2년쯤 된 모델로. 부탁 좀 할게."

—그럼 하나 구해서 LK 전자로 보내 줄게. 이유준 사장님 앞으로 보내?

"당연히 안 되지. 그게 말이야."

유준이 잠시 머뭇거렸다. 자신의 가명을 전해 들었을 때 세준이 어떤 반응을 보일지 유준은 짐작할 수 없었다. 그러나 이미 엎질러진 물이었다. 유준은 잠시 한숨을 내쉰 뒤 다시 말을 이어 나갔다.

"반도체 연구소 차세대 연구팀, 신입 사원 최세준 앞으로."

—뭐, 당연한 건가.

의외로 세준의 반응은 담담했다. 전화기 너머에서 웃음소리가 들리는 듯도 했지만 유준은 묻지 않았다. 화를 내지 않는 게 어딘가 싶었기 때문이었다.

"화는 안 내네?"

—내가 너한테 화낼 일이 그거 하나가 아닌 거 같아서.

"미안, 어쨌거나 부탁 좀 할게. 알잖아, 지금은 진짜 너밖에 없어."

—뭐, 믿어 준다니 고맙긴 한데 사람 너무 믿지는 마라. 그러니까 배신하고 싶어지잖아.

"청개구리도 아닌 게."

유준은 시답잖은 농담은 하지 말라는 듯 가볍게 웃으며 받아쳤다.

—어쨌거나 오케이. 정확히 무슨 일을 하고 있는 건지는 모르겠지만 대충은 알 것도 같으니 오늘 저녁까지 기다리지, 뭐.

"걱정 마. 다 말해 줄게. 아, 그리고 한 가지 더."

유준의 눈길이 잠시 옆자리로 향했다. 이 연극의 여주인공. 본인도 엑스트라들도 관객들조차도 몰라야 할 무대 위의 유일한 히로인.

"박하나 보고서, 메일로 한 통만 더 보내 줘."

이 연극이 끝나기 전에 유준은 사랑으로 나르카디아를 살

것이었다. 그리고 연극은 막이 내릴 터였다. 발단, 전개, 위기, 절정, 결말이라는 식상한 구조 따위는 필요 없었다. 이 연극은 처절하리만치 포스트모던하게 절정의 순간 막을 내려야 했다. 한가롭게 결말을 볼 시간 같은 건 없다는 걸 잘 알고 있었다. 결말임을 자각하는 순간 현실이 되어 있을 테니. 그 결말의 순간 과연 신데렐라는 어떤 표정으로 자신을 바라볼까.

유준은 전화기를 내려놓으며 커피 컵을 아그작 구겼다. 미처 다 마시지 못한 커피가 유준의 핏줄을 따라 흘러내렸다. 쓰디쓴 향이 퍼졌다. 유준은 마음껏 쓴 숨을 들이쉬고 내쉬었다. 이미 막이 올린 연극을 돌이킬 수 없는 법이었다. 고작 사랑 따위를 걸어 나르카디아를 가져올 수 있다는 데에 축배를 들 뿐.

✳   ✳   ✳

유준은 세준이 보내 놓은 몇몇 서류들을 검토하고 전 세계의 주식 동향을 확인하는 등 시간을 보냈다. 팀원들은 거의 사무실에 모습을 보이지 않았다. 간간히 한두 사람이 서류를 가지러 들어왔다가 쌩 나갈 뿐이었다.

그들은 묘하게 차가운 분위기를 풍기는 유준과 말을 주고받을 생각도 하지 않았고 유준 또한 곧 헤어질 이들에게 굳이 말을 건네길 원치 않았다.

신입 사원이면 자고로 먼저 인사도 하고 사근사근하게 굴기도 해야 한다는 걸 전혀 모르는 탓에 이유준일 때와 다를 바 없이 행동하고 있는 셈이었다. 그러나 그것을 지적하기엔 팀원들이 너무나 바빴으며 한두 차례 사무실에 들어왔던 유 팀장은 눈치를 보기에 급급해 진실은 머나먼 곳에 묻힐 수밖에 없었다.

부자연스러운 분위기 속에서 퇴근 시간이 다가오자 팀원들이 하나둘씩 사무실로 돌아오기 시작했다. 유준 역시 세준이 보내 준 구식 핸드폰으로 시간을 확인한 뒤 자연스럽게 자리를 정리했다.

6시 땡 하면 신데렐라라도 된 것처럼 밖으로 빠져나갈 생각이었다. 갑갑한 연극에서 벗어나 세준과 머리를 맞대고 전략을 세워야 했다. 아까 내기에서 건진 태준의 차도 처리를 해야 했다. 우연이었지만 기왕 이렇게 된 김에 고생하는 세준에게 줘야겠다고 생각하며 재킷을 걸쳤다.

6시가 되기 3분 전, 하나와 유 팀장까지 들어오고 모두가 사무실에 모여 앉았을 때 한 사람이 입을 뗐다. 그것도 아주 큰 목소리로.

"팀장님, 오늘 회식 안 합니까?"

"회식? 김 대리, 회식이라 했나?"

"신입 사원 들어왔잖아요. 자기소개 짧게 한 거 말곤 저 친구에 대해 아는 게 너무 없어서요."

"김 대리 말이 맞네요. 저희야 랩에 틀어박혀 있어야 하니 사무실에서 얼굴 마주칠 일도 별로 없겠지만 그래도 같은 팀인데 너무 서먹서먹하면 안 되잖아요?"

"천 과장까지 왜 이러나. 내일 업무도 해야 하는데……."

유 팀장이 땀까지 삐질 흘려 가며 유준의 눈치를 살폈다. 유준은 확 표정을 구기며 가방을 들고 일어나고 싶었지만 지금은 엄연히 연극 중인지라 그럴 수가 없었다. 애써 표정 관리를 하며 입을 꾹 다문 채 상황을 지켜볼 뿐.

사장으로 취임하고 이사진과는 몇 차례 술자리를 가진 적이 있었다. 하지만 자신이 가장 아랫사람으로 참석하는 회식 자리는 무척이나 낯선 것이어서 피할 수 있다면 피하고 싶었다.

"그거 괜찮은 생각이네요. 다들 친해지면 좋죠. 저 왔을 때도 환영 회식했잖아요, 팀장님."

그때 하나가 유준을 바라보며 한마디를 거들었다. 유준은 속으로 끓어오르는 걸 간신히 억누르며 억지로 하하 웃었다. 팀원들의 분위기를 보아하니 오늘 회식은 빠지기 힘들 모양이었다. 사회생활에 서툰 유준이었지만 모두가 자신을 바라보자 어쩔 수 없이 굳게 닫혀 있던 입을 떼야만 했다.

"저도 환영해 주신다면 영광입니다."

이 상황에 이런 단어 선택이 적합한 건지 생각할 겨를도 없었다. 습관처럼 뱉은 말이었고 본능적으로 꾸며 낸 밝은 목소리 톤이었다. 그러자 사무실 내에 박수 소리가 울려 퍼졌다.

"오늘 죽자고 마셔 봅시다. 공돌이들 체면이 있지 설마 내일 지각하고 그러는 사람 없겠죠?"

"그럴 리가 있겠습니까, 과장님."

"가시죠, 팀장님. 자자, 다들 가자고!"

갑작스럽게 잡힌 회식임에도 아무도 당황한 기색 없이 화기애애하고 왁자지껄한 분위기 속에서 제각각 사무실 밖으로 향했다. 유 팀장은 마지막까지 유준의 눈치를 살피며 곤란하다는 표정을 지어 보였다. 그러나 유준이 한숨을 내쉬며 제 가방을 챙겨 들자 그 역시 어쩔 수 없다는 듯 다른 팀원들을 따라 나갈 뿐이었다.

사무실엔 또다시 하나와 유준만 남겨졌다. 자리 정리를 끝내고 일어서는 그녀를 바라보며 고개를 설레설레 젓던 유준은 세준 생각이 불현듯 떠올랐다. 회식에 참여하면 7시까지 집에 가는 건 불가능했다. 유준은 입술을 꾹 깨물었다. 일이 안 풀리거나 짜증이 날 때 본능적으로 나오는 습관 중 하나였다.

"세준 씨! 피, 피 나요."

하나가 허겁지겁 책상에서 휴지 한 장을 빼 들더니 유준에게 불쑥 내밀었다. 알싸한 피의 향이 혀끝에 감기는 걸 느끼며 유준은 엉거주춤 휴지를 받아 들었다.

"가기 싫죠, 회식."

"아, 뭐……."

"애인이랑 데이트 약속 있고 그런 건 아녜요?"

"없습니다."

입술을 휴지로 꾹 눌러 닦으며 나지막하게 읊조렸다. 유준은 딱히 무슨 생각을 하고 던진 대답이 아니었지만 하나는 왠지 모르게 그 대답이 마음에 걸렸다.

"약속이 없다는 거예요, 아님 애인이 없다는 거예요?"

유준은 그제야 자신의 대답이 애매하게 들릴 수도 있음을 깨달았다. 정확히 말하자면 약속은 있었다. 애인은 없는 게 맞았지만. 유준이 휴지를 휴지통에 가볍게 던지고 씨익 웃었다.

"둘 다요."

"그럼 그나마 다행이네요. 술은 좀 하세요?"

"적당히 하는 것 같습니다."

"경영대생들도 좀 마시지 않나요?"

대학에서 술자리에 참석해 본 적이 없었다. 유학 시절엔 나름대로 술자리를 가진 적이 있었지만 끝까지 마셔 본 적은 없다고 보는 게 맞았다.

개인적으로도 술을 그다지 즐기지 않았다. 그저 비즈니스 차원으로만 마셨고 그 외엔 자기 관리를 위해 와인을 제외하면 거의 손을 대지 않았다.

자신의 주량이 어디까지인지 도대체 '좀 마신다'는 게 어느 정도 수준인지 유준으로서는 감을 잡을 수가 없었다. 그나마 믿는 건 자신의 아버지가 생전에 애주가였다는 사실과 큰형 이희준이 알코올 중독이 의심될 만큼 술을 좋아한다는 사실이었다. 알코올에 강한 것도 엄연히 유전이었으니까.

"대학 졸업한 지는 좀 됐으니까요."

"그렇구나. 전 공돌이 치고는 술 잘 못 마셔서 회식 때면 늘 겁이 좀 나죠."

"공돌이?"

"아, 공대에서 여자는 원래 여신 아니면 남자예요. 전 남자처럼 같이 어울려 지내는 타입이었고요. 그래서 그냥 공돌이라고 불려요. 여기 연구소 여직원 거의 대부분이 다 그럴걸요."

"하나 씨, 술 잘 못해요?"

"뭐…… 자요, 세준 씨도 얼른 이거 하나 마셔요."

하나가 재빨리 서랍에서 조그마한 병을 꺼내 건넸다. 쭈뼛거리며 무엇인지도 모를 것을 유준이 받아 든 사이 하나는 한 병을 더 꺼내 뚜껑을 따고 한입에 털어 넣었다.

"안 마셔요?"

"이게 뭔데요?"

"이거 모르는 거 보니까 술 진짜 잘하나 보구나. 비밀의

91

약이에요. 제 마법의 약이라고 해 두죠, 뭐. 이거 마시고 술 마시면 속이 그나마 편하더라고요. 덜 취하는 것 같고. 실수하면 안 되잖아요, 신입 사원이."

유준이 고개를 천천히 끄덕이더니 이내 손해 볼 건 없겠다 싶어 한 번에 털어 넣었다. 그다지 유쾌한 맛은 아니었지만 어쨌든 보험은 필요했다.

"술 적당히밖에 못하는 신입 사원들끼리 서로 돕고 살아요. 자, 가요."

하나가 쾌활하게 웃었다.

그 순간 유준의 머릿속에 한 가지 재미있는 생각이 스쳤다. 남녀 관계에서 술이 미묘하게 작용하는 것은 동서고금의 진리였다.

어쩌면 이 숙취 해소제가 아니라 술이 진짜 '마법의 약'이 될지도 몰랐다. 우연이 만들어 준 것치고는 굉장히 잘 짜인 시나리오란 느낌이 들었다. 아무래도 이 회식 자리는 연극 전개에 필연적인 요소가 될 모양이라 생각하며 유준 또한 진심 어린 웃음으로 답했다.

두 사람의 웃음이 처음으로 교차하는 동상이몽의 순간이었다.

04

술, 술, 술

가타부타 설명 없이 세준에게는 조금 늦을 것 같지만 기다려 주길 바란다는 문자만 틱 하니 보내 놓고 유준은 핸드폰의 전원을 꺼 버렸다. 폭풍 잔소리가 어떤 방식이든 끊임없이 날아올 게 뻔했기 때문이었다. 재킷 안쪽 주머니 깊숙한 곳에 매장하듯 집어넣어 버리고는 무언가 잘 풀릴 것 같은 예감에 즐거운 마음으로 회식에 동석했다.

열 명도 안 되는 팀원들은 유준의 인사에 본인들의 소개를 했고 화기애애한 분위기 속에서 소주를 곁들인 삼겹살로 1차를 끝냈다. 팀원들이 회식의 본격적인 자리, 그러니까 2차를 외치자 유 팀장은 여전히 안절부절못하는 듯 보였으나 유준은 그저 웃었다. 물론 간간히 옆자리에 앉은 하나를 살피는 것도 잊지 않았다.

2차를 가 주문을 하려 할 때쯤에야 유준은 무언가 잘못되어 가고 있다는 느낌을 받았다. 잘 짜인 시나리오가 산산조각 나는 그런 기분. 그러니까 그건 어느 부서 어느 팀에나 하나쯤은 있다는 만년 과장, 천 과장의 말에서 시작됐다.

"쿨하게 소주로 가죠. 다들 이의 없으시죠? 어디 보자……
우리가 여덟 명이니까, 일단 네 병?"

도대체 뭐가 쿨하다는 건지 유준으로서는 알 재간이 없었다. 그는 소주를 굉장히 싫어했다. 차라리 에탄올을 들이부으면 들이부었지, 무슨 맛인지도 모르겠고 역하기만 한 것을 도대체 왜 먹는지 이해할 수 없었기 때문이었다. 벽면에 붙은 한국인의 술이란 광고 포스터도 소용없었다. 유준은 차라리 고급 주종들에 더 친숙했다. 게다가 유준의 상식에 의하면 한국 회식 자리에서 많은 비중을 차지하는 주종은 엄연히 소맥이었다. 이렇게 무식하게 소주로 인당 반병을 계산하여 들이붓는 것은 유준의 기준에선 미친 짓이었다. 제 귀가 잘못되어도 한참 잘못되었다고 애써 참으며 입을 뗐다.

"맥주도 같이 시켜야 하지 않을까요, 과장님?"

"맥주? 맥주는 무슨 맥주야. 맥주가 음료수지, 술이야?"

"하지만 내일 출근도 해야 하고…….."

"그러니까! 과장님 말씀이 그거잖아요. 내일 출근을 해야
하니까 소주로 달려야죠."

그게 무슨 귀신 씻나락 까먹는 소리냐고 크게 소리치고 싶은 마음을 다시 한 번 다스린 유준은 김 대리와 천 과장을 번갈아 바라보았다.

유준은 도통 둘을 이해할 수 없었지만 사실 그 둘 입장에 선 유준이 이해되지 않는 존재였다. 애초에 이게 당연한 관습이었던 것이 문제라면 문제였을까. 유 팀장이 중재하겠답시고 곤란한 표정으로 입을 떼려는 찰나 김 대리가 쐐기를 박았다.

"공돌이들은 다 그래요. 차라리 빨리 먹고 빨리 흩어지는 게 나아요. 그래야 일찍 자고 내일 출근도 멀쩡히 하죠. 그리고 그까짓 것도 못 버티면서 공돌이라고 하면 안 되죠."

"저는……."

"알아요, 세준 씨 공돌이 아닌 거. 그런데 어쩌겠어요. 로마에 가면 로마 법을 따르랬다고 여긴 공돌이 천국이에요. 반도체 연구소에 신입 사원으로 들어왔으면 우리 법을 좀 따라 줬으면 좋겠는데?"

김 대리의 어투가 묘하게 거슬렸다. 들으라는 듯이 신입 사원, 네 글자를 꾹꾹 눌러 강조하는 모양새가 유준을 무척이나 불쾌하게 만들었다. LK의 후계자였다면 상을 뒤집어엎었겠지만 엄연히 이 자리에서는 김 대리가 강조한 것처럼 신입 사원이었다.

유준은 말리려 입을 떼려 하는 유 팀장에게 가만히 눈짓을 보냈다. 놔두라는 신호였다. 연극을 벌인 이상 감당 해야 할 몫이었다. 점차 그 몫이 늘어나는 것이 몹시 거슬렸으나 빨리 막을 내리면 자연스레 해결될 일이었다.

"죄송합니다, 대리님. 제가 생각이 짧았네요."

아마 생각이 짧았던 건 당신 쪽일 거라고, 나르카디아를 손에 넣어 LK 전자를 차지하는 순간 당신부터 해고하고 말 겠노라고 속으로 곱씹으며 유준은 완벽한 웃음을 입가에 폈다.

그때부터 이럴 거면 차라리 알코올 주사를 혈관에 꽂는 게 낫겠다는 생각이 들 정도로 격한 술자리가 이어졌다. 유준은 처음으로 연극을 시작한 것을 뼈저리게 후회해야만 했다. 물론 후회는 늘 그것이 어느 때라 해도 늦는 법이지만.

우웨에에엑.

불과 두 시간 전에 먹은 삼겹살부터 점심에 먹은 몇 젓가락 안 되는 밥까지, 위에 남아 있던 모든 걸 게워 낸 유준은 생전 처음으로 땅이 두 개로 보이고 하늘이 세 개로 보여 무척 난감했다.

스트레스성으로 위염이나 장염을 종종 앓았던지라 속을 비우는 건 예삿일이었음에도 그 원인이 알코올인 건 처음이었다.

한참을 게워 내고 위액마저 다 긁어 더 이상 비울 게 없을 때가 되고 나서야 유준은 생각이란 것을 할 수 있었다. 아무리 따져 보려고 해도 도대체 얼마를 들이부은 건지 알 수가 없었다. 처음 몇 잔은 셌던 것도 같은데 어느 순간부터 숫자를 헤아리지도 못할 만큼 정신이 물렁해졌다. 일단 환영주랍시고 모든 사람이 따라 주는 술을 한 잔씩 받아 전부 원샷하라는 말도 안 되는 관례를 따라야 했던 것도 같은데…….

황당하고 어처구니가 없어 역한 공기를 깨뜨리며 실소를 뱉었다. 이윽고 웃음을 터뜨렸다. 사람이란 기가 막힐 때 크게 웃을 수 있는 존재라는 걸 처음 깨달은 사람처럼.

드디어 자리를 파하겠다고 했다. 그래서 잠시 화장실에 다녀오겠다는 핑계로 모든 것을 게워 낸 것이었다. 이젠 곱게 집에 들어가면 될 터였다. 오로지 정신력으로 버티고 있었으니 택시를 타는 순간 세준에게만 전화를 걸자. 속으로 반복해서 되뇌었다. 그대로 뻗을 가능성이 높았다.

비틀거리는 몸을 간신히 세면대에 기댄 유준은 콸콸 쏟아지는 냉수로 몇 번 입을 헹궈 내고 물을 아예 얼굴에 끼얹었다. 얼음보다 차갑게 흐르는 물이 마지막 버팀목이 되어 줄 터였다.

유준은 자신에게 박수를 보내고 싶은 심정이었다. 어찌되었든 버텨 냈으니까. 그 자리에서 LK의 이유준이라고 깽판

치지 않고 끝까지 신입 사원 최세준으로 버텨 냈으니까.

내일쯤 유 팀장을 불러 한 소릴 해야겠다고 마음먹으며 유준은 마지막 남은 정신을 모두 모아 밖으로 향했다. 그리고 툭.

"죄송…… 어, 하나 씨."

반대쪽 여자 화장실에서 급히 나오던 사람과 강하게 어깨를 부딪힌 유준이 혀 꼬인 발음으로 인사를 하다 박하나임을 깨달았다. 이 모든 일의 원흉이나 다름없는 존재.

"세준 씨, 괜찮아요? 안색이 많이 안 좋아 보이는데……."

"괜, 괜찮아요."

유준이 긴 한숨을 덧붙였다. 누가 봐도 괜찮아 보일 리 없었지만 어쨌든 끝났다는 것 하나만으로도 충분했다. 유준은 쓰윽 하나의 위아래를 훑었다. 그리고 이내 입술을 꾹 깨물었다. 아무래도…….

"안 괜찮아 보이는데…… 진짜 괜찮아요? 세준 씨 진짜 술 못하는구나."

"그럼 하나 씨는 괜찮아요? 하나 씨도 술 못한다면서요."

"공돌이치고는 이랬잖아요. 공돌이치고 못 마시는 거지 일반 여자들 중엔 탑 수준일걸요. 뭐 남녀 합쳐도 중간 이상은 자신 있고."

계획은 완벽히 실패였다. 연극 첫날부터 망한 시나리오가 나올 줄이야.

유준은 그 자리에서 하나에게 화를 내고 싶은 기분에 사로잡혔지만 다시 속에서부터 차오르는 헛구역질 때문에 생각을 멈춰야 했다. 박하나의 말을 곧이곧대로 들은 제 계산 착오였다.

취한 여자와 멀쩡한 남자. 남녀 관계에서 터닝 포인트가 될 수 있을 것이라 생각했는데 딱 반대 상황 아닌가. 유준은 스스로를 향해 비릿한 웃음을 머금었다. 누굴 원망할 것도 없었다. 나르카디아를 너무 쉽게 본 제 탓이었을 뿐.

"괜찮아요?"

헛구역질을 하는 유준의 등을 살살 두들기며 하나가 걱정스러운 듯 물었다. '못 마신다'의 기준이 사람마다 제각각인 건 알고 있었지만 이렇게나 차이가 날 줄이야. 유준의 안색을 살피다 보니 이 모든 일이 자신의 잘못 같다는 생각을 감출 수가 없었다.

"괜찮습니다."

유준은 거칠게 하나의 팔을 쳐냈다. 엘도라도의 여주인인 주제에 신입 사원 놀이나 하고 있는 하나의 꼴이 무척이나 거슬렸기 때문이었다. 물론 후계자면서 신입 사원 가면을 둘러쓰고 있는 건 자신도 매한가지였지만 반 이상 마비된 이성은 감정을 제어하기엔 한참 모자랐다.

"나가죠."

비틀비틀, 의지할 생각은 하지 않은 채 꿋꿋이 제 발로 밖으로 향하는 유준의 뒷모습을 보며 하나는 묘한 기분에 휩싸였다. 이내 어깨를 으쓱하더니 어쩔 수 없다는 듯 그 뒤를 따랐다. 어쨌든 동지애를 느끼는 사람에게 미리 경고하지 못한 건 제 탓이었다.

유준은 바깥에 나오자마자 마지막 이성의 줄이 싹둑 잘려 나가는 기분을 맛보아야만 했다.

"자, 이제 3차 가 봅시다. 깔끔하게 3차에서 끝냅시다, 오케이?"

천 과장 때문이었다. 천하의 이유준을 알코올에 푹 절이더니 뭐가 어쩌고 저째? 말도 안 되는 소리였다. 다들 반대할 거라고 생각했으나 웬일인지 아무도 부정적인 반응을 내놓지 않았다.

이젠 도저히 참을 수가 없어 빠른 눈짓으로 유 팀장을 찾았다. 어떻게든 막아야 했다. 이 이상은 정말로 곤란했다. 이 연극이 소득도 없이, 아니 오히려 손해만 입은 채 끝날 수도 있었다.

"팀, 팀장님은요?"

"이미 가셨지. 힘들어 보이시기에 방금 택시 태워 보내 드렸어. 눈치 안 봐도 되니 좋지?"

엎친 데 덮친 격이란 게 이런 걸까. 엄연히 눈치를 봐야 할 사람은 유 팀장이었고 알아서 이 자리를 정리한 뒤 자신을 곱게 들여보내 줄 마지막 동아줄이었다. 그렇게 해도 봐

줄까 말까 한 상황이었다. 유준이 아무도 모르게 한 손으로 주먹을 꽉 쥐었다. 손톱이 살에 박힐 정도로 아주 세게. 취하면 감각이 마비된다고 했던가. 아픔을 느끼기에는 지나치게 기가 막혀 유준은 다급히 지원군을 찾았다.

그러나 공돌이들은 죄다 한마음인 모양인지 하나같이 천 과장에게 긍정의 답변만을 던질 뿐이었다. 아무리 봐도 신입 사원 물 먹이기 위한 텃세였다. 더 짜증이 나는 건 신입 사원은 아무런 의사 표현도 할 수 없다는 거였다.

옆에서 안절부절못하고 미안하다는 듯한 표정만 짓고 있는 하나를 보며 유준은 신입 사원이 어떤 존재인지를 뼈저리게 깨달을 수 있었다. 눈을 질끈 감았다 떴다. 어찌되었든 이 연극은 지속되어야만 했다.

✳   ✳   ✳

"세준 씨, 정신 차려 봐요. 세준 씨."

하나는 자신에게 기댄 채 거의 몸을 가누지도 못하는 유준을 보며 발만 동동 굴렀다.

3차 자리 들어가자마자 주는 대로 잘 마신다 싶더니, 아니나 다를까 이미 정신이 나간 채였다. 하필이면 앉은 자리도 멀리 떨어진 데다가 챙겨 주려니 자신도 신입 사원에 불과했기에 신경 쓰지 못한 것이 실수였다. 곤란하다는 듯 상사들을 향해 눈길을 보냈지만 이미 그들도 반쯤은 제정신이 아니었다. 그래서였을까.

"박하나 씨, 잘 챙겨요!"

"신입들끼리 서로 챙겨 주고, 보기 좋네."

상사들은 응원인지 놀림인지 알 수 없는 한마디만 던진 채하나둘 먼저 택시를 타고 사라졌다. 얼마의 시간이 채 흐르기도 전에 자신과 유준만 덩그러니 대로변에 남겨졌다. 굉장히 난감한 상황이었으나 이대로 멈춰 있을 순 없었다. 하나는 자신에게 기대 있는 건지, 아니면 정신을 잃고 쓰러져 있는 건지 알 수 없는 유준을 어떻게든 깨우려 했다. 그리고 동시에 택시를 잡아 내팽개치듯 밀어 넣었다.

"어디로 가 드릴까요?"

"일단…… 출발해 주세요."

"네?"

"이 사람 집을 아직 몰라서요. 일단 출발해 주세요."

취직한 지 일주일 만에 어머니와 둘이 살던 허름한 집을 정리하고 회사 근처에 자취방을 잡았다. 어차피 어머니가 퇴원하려면 한참 남은 상황이었고 어떻게든 돈을 모을 필요가 있었기 때문이었다.

자취방은 술을 마신다 해도 충분히 걸어갈 수 있는 거리였다. 이렇게 어처구니없는 이유로 어처구니없는 말을 해 가며 택시를 타게 될 거라고는 상상도 못 했는데…… 황당하다는 표정으로 출발하는 택시 기사에게 하나는 마지못해 웃어 보이며 유준을 다시 흔들어 깨웠다.

"세, 세준 씨. 집이 어디예요! 집만 말해 주면……."

"평…… 우엑."

친구의 이름으로 자신을 불러 대는 여자의 목소리가 유준의 몽롱한 정신을 거슬리게 했다.

집에서 일하는 아주머니는 자고 있을 땐 절대 건드리지 않았고 가끔 귀찮게 구는 비서도 이런 목소리를 내진 않았다. 질문도 희한했다. 집이라니. 이미 집 아니던가. 게다가 속이 몹시도 불편했다. 불편한 속을 참지 못해 헛구역질을 뱉어 내자 다시 공간이 소란스러워졌다. 유준은 귀에 거슬리는 모든 것들을 깨는 순간 치워 버리겠노라고 다짐을 하며 다시 잠을 청했다. 차 시트는 제정신이 아닌 유준에겐 그저 딱딱한 베개처럼 느껴졌다.

"이봐요, 지금 토하는 거 아니죠? 시트에 토하면 안 된다고요!"

"아니에요! 운전이나 해 주세요. 집이 어디라고요? 제발요. 제발, 세준 씨."

곱게 자려 했건만 또다시 낯선 목소리가 들려왔다. 뭐가 그리 급한지 헐떡헐떡대는 여자의 목소리였다. 이 상황이 무척 마음에 들지 않아 유준은 몸을 반대로 돌렸다. 그리고 나지막이 중얼거리듯 한 단어를 뱉어 냈다.

"평, 평창⋯⋯."

그 말을 끝으로 유준은 입을 꾹 다물었고 하나는 제풀에
지쳐 옹알이를 해석하기 위해 머리를 굴렸다. 목적지를 잡지
못한 차가 빙빙, 같은 도로를 몇 번 돌았다. 아찔한 머리를
부여잡고 다시 한 번 흔들어 깨워 보려 했으나 유준은 새근
새근 잘도 잤다. 하나가 입술을 꾹 깨물었다가 택시 미터기
를 확인하고는 입을 뗐다.

"기사님, 그러니까 평창이라는데⋯⋯ 짐작 가는 곳이라도
있으신가요?"

"남자 친구가 어디 사는지도 몰라요?"

"남자 친구가 아니고 회사 동료라⋯⋯."

왜 이 시간에 택시 안에서 추궁을 받아야 하는 건지 하나
는 조금 황당했다. 그러나 회식 자리를 말리지도, 그렇다고
제대로 된 경고를 해 주지도 못한 것에 일말의 책임감이 남
아 어쩔 수가 없었다. 다시 한 번 같은 길을 유턴했을 때 택
시기사가 입을 열었다.

"어휴, 혹시 종로구 평창동. 거기 말하는 건가? 아가씨, 남
자 친구가 부자예요?"

"저도 잘 모르⋯⋯ 아, 남자 친구 아니에요!"

하나가 알코올로 붉어진 얼굴을 더욱 붉히며 말했다. 지금
상황에 올바른 대답이 아니긴 했지만 하나의 뇌 또한 유준
못지않게 알코올에 푹 절여진 상태였기에 판단이 올바를 리

만무했다.

하나의 엉뚱한 대답은 결국 택시 기사의 인내심을 폭발시켰다. 끼익 소리와 함께 잠시 후 택시가 갓길에 멈춰 섰다.

"이봐요, 아가씨. 종로구로 가요, 아님 여기서 내릴래요?"

"그게⋯⋯."

"종로구로 가면 주소는 알아요?"

"모, 모르죠."

간신히 평창이란 단어만 알아들었다. 맞게 들었다는 보장도 없는 데다 더 큰 문제는 그 이상 정확한 주소를 들을 방법이 없다는 것이었다.

"지갑이나 핸드폰이라도 열어 봐요!"

기사가 빽, 소리를 질렀다.

지푸라기라도 잡는 심정으로 하나는 유준의 재킷 오른쪽 앞주머니에 손을 뻗어 조심스레 핸드폰을 꺼내 들었다. 3년 전쯤 출시되어 이미 충분히 구닥다리가 된 모델이지만 기능은 적당히 잘 돌아가는 듯했다.

남의 것을 몰래 봐도 되는 건가 하는 고민이 들었지만 상황이 상황이니만큼 어쩔 수가 없었다. 하나는 한숨을 푹 내쉬며 핸드폰 주소록을 확인했다. 놀랍게도 전화번호부는 텅비어 있었다.

당연한 것이었다. 애초에 그 전화기는 최세준용으로 오늘 오후에서야 전달받은 물건이었기 때문이었다. 이유준용의 핸드폰, 그러니까 진짜 핸드폰은 전원이 꺼진 채 재킷 안쪽 주머니에 곱게 보관되어 있었다.

하나로서는 더 난감한 상황이었다. 최신 통화 내역도 문자 메시지 함도 텅텅 비어 있었다. 요즘 세상에 전화번호를 다 외우고 다니는 사람도 있나 싶어 하나는 혀를 내두를 수밖에 없었다.

"뭐해요, 없어요?"

"핸드폰에 아무것도 없어서……."

"그럼 지갑은?"

기사의 호통에 하나는 얼굴을 잔뜩 찌푸리며 핸드폰을 다시 오른쪽 주머니에 넣었다. 왼쪽 주머니를 향하던 손이 멈추었다.

"아무래도 안 될 거 같아요."

"뭐요?"

"아무리 직장 동료라 해도 겨우 두 번 본 사이에 지갑까지 맘대로 열어 볼 순 없어요. 아저씨 그냥……."

예의 차릴 때가 아니긴 했으나 껄끄러운 건 어쩔 수 없었다. 남의 지갑을 함부로 건드는 건 여러모로 마음에 걸렸다. 핸드폰을 열어 본 것만으로도 충분히 불편했다. 다행인지 불행인지 본 게 아무것도 없었지만 어쨌든 몰래 훔쳐본 것은 확실하니까.

그리고 신분증에 쓰인 주소가 정확하다는 보장도 없었다.

이건 어디까지나 경험에 근거한 가치관이었다. 빚에 쫓겨 살던 어린 시절, 주민등록상 주소를 남의 집에 두었던 적이 있었다. 신분증에 이상한 주소가 쓰여 있는 것은 예삿일이었다. 전화기 역시 마찬가지였다.

하나는 누군가 자신의 물건을 함부로 들여다보는 것에 대한 트라우마가 강했다. 속살을 까 내보이는 기분이랄까. 눈앞에서 쓰러져 자고 있는 남자의 속사정이야 알 수 없었지만 어찌되었든 허락 없이 들춰 보는 것은 마음에 걸렸다.

"이봐요, 아가씨. 그럼 차라리 모텔에라도 데려다 눕혀 놓던가."

"그, 그건 아닌 것 같고……."

잠깐의 시간 동안 고민을 했다. 그리고 결심한 듯 한숨을 푹 내쉬더니 이내 하나는 나지막하게 주소 하나를 뱉어 냈다.

택시 기사는 애초에 갈 곳이 있었으면 진작 말하든가 하고 중얼거리며 혀를 끌끌 차더니 다시 출발했다. 하나는 기사의 반응 따위는 상관도 없다는 듯 깊은 한숨을 내쉬었다. 이래도 되나, 하는 생각이 들었지만 뾰족한 수가 없었다. 하나는 잠시 의자에 등을 대고 눈을 감았다.

도착한 곳은 하나의 자취방이었다. 태어나 처음 가져 본 온전히 자신만의 공간. 무척이나 작은 곳이었고 남자는커녕 여자도 한 명 들인 적 없는 곳이었다.

몽롱한 술기운 때문인지, 아니면 정말로 어쩔 수 없기 때문인지 하나로서는 알 수가 없었지만 어찌되었든 이미 엎질러진 물이었고 더 이상 어딘가를 헤매기엔 충분히 지쳐 있었다.

하나는 그렇게 처음으로 자신의 공간에 타인을 들여놓았다. 확실히 그와 인연은 인연인 모양이라고 생각하면서.

※   ※   ※

다음 날 아침, 눈을 뜬 유준은 몸이 찌뿌듯해 가누기가 힘들다는 걸 깨달았다. 게다가 어찌된 일인지 제 방에 햇빛이 잔뜩 들어오고 있었다. 분명히 아주머니께 커튼은 꼭 쳐 달라고 말했던 것 같은데. 오늘따라 여간 불쾌한 아침이 아닐 수 없었다.

유준은 침대 머리맡 사이드 테이블 쪽으로 손을 뻗었다. 그런데 온전히 놓여 있어야 할 것들이 한 가지도 집히질 않았다. 핸드폰도, 물컵도, 그리고 무엇보다 아주머니를 부르기 위한 벨도.

무언가 이상하다는 걸 눈치챈 유준은 두 손으로 눈을 비볐다. 뿌옇던 시야가 맑아지며 점차 낯선 공간이 눈에 들어왔다. 천장도 벽지도 분위기도 전부 낯선 공간. 깜짝 놀란 유준이 벌떡 자리에서 일어났다.

자기 몸을 감싸고 있던 핑크빛 이불을 보는 순간 유준은 소스라치게 놀라 침대에서 허겁지겁 뛰쳐나왔다. 그리고는 쿵, 그대로 발이 꼬여 바닥에 다이빙을 했다.

아찔아찔한 머릿속에 폭풍이 몰아쳤다. 원래 거의 벗고 자는 제 몸에 불편한 와이셔츠와 양복바지가 들러붙어 있었다. 게다가 집이라고 부르기엔 작은, 제집의 방 한 개 크기도 되지 않을 공간을 둘러보며 유준은 기억을 더듬기 위해 애썼다. 그러나 속이 무척 쓰려서 죽을 것 같다는 걸 제외하면 딱히 떠오르는 것이 없었다.

공간의 모양새로 보아 납치 따위의 공작은 아닌 듯한데. 그렇다면 누가 왜 자신을 이런 공간에 데려다 놓았단 말인가! 재빨리 바지 주머니를 더듬었다. 아무것도 없었다. 지갑과 핸드폰 모두 다 어디 있으며 이 공간은 누구의…….

"깼어요?"

침대에서 보면 정면으로 놓인 낡은 나무 문에서 젖은 머리를 수건으로 탈탈 털며 웬 여자가 걸어 나오는 걸 본 유준은 다시 한 번 소스라치게 놀랐다. 엉덩이로 뒷걸음질을 치다 이내 쿵, 옷장에 머리를 박고야 말았다. 진짜 제대로 부딪힌 건지 뒤통수가 알알했다.

"세, 세준 씨 괜찮아요? 진짜 아플 텐데……."

세준이란 이름을 듣는 순간 유준은 이 상황을 이해할 수 있었다. 그러니까 이건 어제 벌려 놓은 연극 판이었다. 이해

와 더불어 쓰디쓴 아세트알데히드가 목구멍까지 서서히 차올랐다.

"하, 하나 씨?"

"정신이 좀 들어요? 어제 너무 많이 마셔서…… 못 마시면 못 마신다고 해야지, 그걸 주는 대로 다 받기에 나는 그래도 버틸 수 있는 줄 알았죠."

"여기 박하나 씨 집입니까?"

유준의 눈이 다시 한 번 방 안을 훑었다. 집이라 부르기엔 아무리 봐도 작은 공간. 방 안에 작은 부엌이 포함되어 있었으며 책상, 침대, 옷장, 심지어 세탁기까지 놓여 있었다. 그리고 저 나무 문 뒤에 아마 화장실이 있겠지.

유준은 이런 공간이 정말 집일 수 있는 건지 의심스러웠지만 유학 시절 동기들의 기숙사 방을 떠올리며 물었다. 세준의 보고서에 적혀 있던 박하나 집 주소를 기억하기 위해 애쓰며.

"네, 뭐. 저도 여기 살기 시작한 지 얼마 안 됐지만요."

"제가 왜 여기……."

"기억나는지 모르겠지만, 세준 씨 완전히 뻗었어요. 다들 저한테 세준 씨 맡겨 놓고 가 버리는데 제가 뭘 어떻게 할 수 있어야지요."

"그래서 여기로 데리고 온 건가요?"

하나의 이야기를 듣다 보니, 서서히 정신이 돌아오는 기분이었다.

자신이 기억하는 순간까지만 떠올려 봐도 이미 충분히 많이 마셨었다. 기억나지 않는 부분까지 합하면 알코올에 장기를 푹 절인 것만큼 많이 마셨을 터였다. 실수라도 했으면 나르카디아에 대한 계획은 끝장이었다.

분명 처음 술자리로 향할 때만 해도 정반대의 상황을 머릿속에 그리고 있었던 것 같은데 어쩌다 이 지경이 됐는지. 유준으로서는 답답하기 그지없었다.

다행히 계속 세준 씨라 부르는 걸 보면 큰 실수는 안 한 모양인데. 유준이 입술을 꾹 깨물었다. 연극을 하는 동안 술은 어떻게든 피해야 할 대상 1호였다. 유 팀장을 협박하든 구슬리든 무슨 수를 써서라도 절대 이런 자리는 만들면 안 되겠다고 생각하며 기억을 계속 더듬었다.

그러나 하나는 세준이 혹시라도 자신을 어처구니없는, 그러니까 겨우 두 번 본 남자를 함부로 집에 들이기나 하는 여자로 생각하게 될까 두려워 재빨리 말을 이었다.

"아, 아뇨! 사실 여자 혼자 사는 집이라 저도 웬만하면 피하고 싶었거든요. 그래서 택시 타고 세준 씨한테 집을 물어봤는데 제대로 대답을 안 하니까 너무 곤란해져서 어쩔 수 없이……."

"제 주소 혹시 들었습니까?"

유준이 다급하게 물었다. 하나가 자신을 어디에 눕혀 놓았든 그것은 중요하지 않았다. 다행이도 자신에겐 특별히 잠버릇이 없었다.

그러나 이 정도로 취한 것이 처음이라 술버릇에 대해선 아는 바가 없었다. 하나의 반응을 보아하니 술에 취해 이상한 말을 내뱉었을 것 같진 않은데…… 아무래도 불안해지는 건 어쩔 수가 없었다.

하나는 어젯밤을 가만히 떠올리며 풉, 웃음을 터뜨렸다. 그리고는 다시 한 번 수건으로 젖은 머리칼을 감싸 매며 대수롭지 않다는 듯 말을 던졌다.

"글쎄요. 세준 씨, 혹시 평창동 살아요?"

"네?"

"아니, 어제 평창이란 단어만 간신히 말하는 거예요. 설마 강원도 평창은 아닐 테고…… 기사 아저씨가 평창동 아니냐고 하시는데 평창동이 너무 멀기도 하고…… 뭐랄까, 거긴 드라마에나 나오는 진짜 부자 동네잖아요. 확신을 못 하겠더라고요. 그렇다고 모텔 가기도 좀 그랬고요. 그래서 그냥 날 밝을 때까지 몇 시간이면 되니까 저희 집으로 왔죠."

"아."

하나가 재잘재잘 말을 이었지만 유준의 귀에는 '평창동'이란 단어 말고는 들어오는 것이 없었다.

제길, 나지막하게 중얼거리며 유준은 검지로 관자놀이를 꾹꾹 눌렀다. 술에 취해 하마터면 연극을 망치다 못해 눈앞에서 나르카디아를 잃을 뻔했다니. 무슨 거짓말로 어떻게 수습해야 할지 캄캄했다. 숙취의 고통이 머릿속을 온통 하얗게 만들었기 때문이었다.

아, 최고의 거짓말은 진실과 함께일 때 가능하다 했던가.

"얼마 전까지 거기 살았었습니다."

"와, 진짜요?"

"그 동네가 전부 부자들만 사는 건 아닙니다. 일반적인 편견이죠. 사실 저 살던 곳도 행정구역상으로만 평창동이지, 사실은 다른 동에 더 가까운 곳이었고……."

유준은 제멋대로 중얼거리는 입을 황급히 닫아 버렸다. 이승권 회장의 자택도, 자신의 집도 평창동에 있었다.

그만큼 오랫동안 살아온 동네였지만 그가 알고 있는 것은 사실상 하나도 없었다. 늘어놓는 이 모든 말은 허울 좋은 변명일 뿐.

"그, 그런가요? 사실 전 그 동네 전혀 몰라요."

하나가 머쓱하게 웃으며 어깨를 으쓱해 보였다. 유준은 다시 한 번 입술 안쪽을 꽉 깨물었다. 아무래도 이곳에서 나가자마자 평창동 말고 다른 곳에 '최세준'이 살 만한 집을 구해야 할 모양이었다. 이대로는 너무나도 위험했다.

"저도 이사했습니다, 얼마 전에. 아직 주소가 입에 안 붙은 모양이네요."

어느 정도 합리적으로 둘러댔다 싶어지자 잊고 있었던 물건이 떠올랐다. 마음이 조급해진 그가 벌떡 자리에서 일어났다.

"그렇구나. 어쨌든 씻을래요? 화장실은 저쪽이에요. 별달리 줄 건 없지만 출근 시간 얼마 안 남았거든요. 다행히 여분의 칫솔은 있더라고요. 아, 싱크대에 꿀물 타 놓은 거 있어요. 그것도 마시고요. 여긴 회사 바로 옆이니까 15분 전에만 나가도 충분해요. 그렇다고 여유 부리면 곤란해요. 이미 늦잠……."

"제 재킷은 어디 있습니까?"

지갑과 핸드폰, 자신이 LK 그룹의 이유준이란 걸 증명할 두 가지의 물건이 전부 거기 들어 있었다. 재잘재잘 필요 없이 늘어놓는 박하나의 말 따위는 중요하지 않았다. 그녀의 태도로 보아 아무리 봐도 자신의 정체를 안 것 같진 않지만 혹시라도 무언가 봤다면…… 유준이 고개를 저으며 얼굴을 굳혔다.

하나는 갑작스럽게 굳어진 유준의 얼굴에 조금 놀랐지만 어깨를 으쓱하며 옷장을 열어 말없이 재킷을 꺼내 주었다.

"와이셔츠나 바지는 차마 못 건드렸지만 그래도 재킷은 구겨지면 안 되겠더라고요. 그래서……."

"그 안에 핸드폰이랑 지갑이……."

"그대로 놔뒀어요. 남의 물건 건드리고 그런 사람 아니에요, 저."

하나의 말투가 씁쓸했다. 구해 줬더니 봇짐 내놓으라는 것도 아니고. 기껏 재워 줬더니 물건부터 챙기는 유준의 태도가 탐탁지 않기도 했을 뿐더러 어젯밤 텅 빈 핸드폰이긴 해도 본의 아니게 들여다보았던 것이 마음에 걸렸기 때문이었다.

그러나 유준은 그런 하나의 미묘한 심경을 알아차리기엔 마음이 급했다. 재빨리 재킷을 받아 들고서 손을 더듬어 안쪽 주머니를 확인했다. 지갑과 진짜 핸드폰이 멀쩡히 만져졌다.

"고맙습니다, 재워 줘서. 신세는 다음 번에 갚을게요. 우선은 나가 봐야 할 것 같네요."

"그, 그러고 어딜 가게요? 출근 시간도 얼마 안 남았고……."

"어차피 오전엔 경영전략팀 쪽으로 나가 봐야 해서요. 반도체 연구소는 오후에나 들어갈 수 있을 것 같습니다."

빠르게 내뱉은 말은 전부 거짓이었으나 어려서부터 자신은 거짓을 진실처럼 말하는데 탁월했다.

유 팀장에게 전화해 말을 맞춘 뒤 세준을 만날 생각이었다. 아니, 반드시 만나야 했다. 연극을 위해 필요한 준비물들을 좀 체계적으로 갖출 필요가 있었다.

집부터가 그랬다. 첫날부터 이런 일이 터질 줄 몰랐던 것도 있었지만 애초에 너무 안일하게 임했던 태도가 문제였다.

그리고 단단히 화가 나 있을 세준에게 상황 설명을 명확히 할 필요도 있었다. 어찌 됐든 자신에게는 거의 유일무이한 지원군이었으니까.

"하지만 바로 들어가기엔……."

"사실 새로 이사한 집이 그리 멀지 않아요. 주소만 제대로 외워 놨어도 이럴 일은 없었을 텐데…… 어쨌든 다음에 한번 초대할게요. 실례에 대한 대접도 할 겸해서요."

각인되었을 것이 뻔한 평창동이란 단어를 박하나의 기억 속에서 지워 내려면 소품과도 같은 가짜 집에 초대할 필요가 있었다.

하나로서는 유준의 속마음을 알 리가 없었으므로 그의 집이 가깝다는 것이 반가울 뿐이었지만.

"그럼 이만 가 볼게요. 여러모로 실례했네요. 하나 씨도 바쁠 테니 이제 그만……."

"다른 건 몰라도 꿀물은 먹고 가요. 속 진짜 안 좋을 텐데."

하나가 배시시 웃으며 싱크대 위에 놓여 있던 사발 하나를 내밀었다. 실제로 속이 쓰리다 못해 위에 구멍이라도 난 것 같은 상태였던 유준은 그걸 거절할 명분도 이유도 찾지 못했다. 그저 급하게 받아 들고 벌컥벌컥 마실 뿐.

"고마워요."

민망할 정도로 빠르게 들이마신 유준이 사발을 다시 하나에게 건네며 겸연쩍게 웃었다. 그리고 덧붙였다.

"숙박비하곤 별개로 꿀물값은 다음에 밥으로 대신 치를게요. 어제 점심 얻어먹은 것도 있고."

"다 기억하네요. 알코올 핑계로 다 잊었을 줄 알았더니. 아참, 택시비도 있어요. 그러니까 무지 비싸게 받을 거예요. 절대 도망가기 없어요."

하나가 웃으며 농담처럼 던졌다. 유준이 그 말에 피식 웃었다. 두 사람의 웃음이 다시 맞닿는 순간이었다.

"네, 그러죠."

현관에서 구두를 신던 유준의 눈이 다시 한 번 방 안으로 향했다. 이 방 안 어딘가에 있을 터였다. 아틀란티스로 가는 열쇠.

세준의 보고대로라면 하나는 돈조차 쓰지 않고 있다고 했다. 이처럼 작은 방, 보안이라곤 무지 허술할 것 같은 공간에 LK의 옥새가 잠자고 있을 거라 누가 상상이나 할까. 유준은 어처구니가 없어 실소가 터져 나왔지만 그 웃음을 아름답게 물들일 줄 아는 사람이었다.

신발장의 거울을 보며 옷매무새를 정리한 뒤 하나를 바라보고는 목적 있는 말을 덧붙였다.

"아깐 몰랐는데 지금 보니 아늑하고 좋은 방이네요. 다음에 한 번 정식으로 초대해 주세요. 그때 제대로 놀러 올게요."

하나가 활짝 웃었다. 방에 '친구'가 들어온 것은 처음이었다. 시간을 거슬러 부모님과 함께 살던 낡은 집으로 돌아간다 해도 처음인 것은 명백했다.

그리고 그 친구가 '다음'을 기약했다. 여러모로 반가웠다. 설사 그것이 여자 혼자 사는 집에 남자가 찾아오는 것이라 해도.

"당연하죠. 그럼 이따 회사에서 뵐게요."

서로를 마주했다. 그들의 웃음이 만났고 그들의 꿈이 마주했다. 같은 웃음, 그러나 다른 꿈이. 혹은 다른 웃음, 그러나 같은 꿈이.

05

욕구와 동기

세준은 화가 단단히 나 있었다. 그도 그럴 것이 자신을 기다리다 날을 통째로 샌 모양이었다. 그러나 모든 변수를 통제한다는 건 제아무리 이유준이라 해도 불가능한 일이었다. 통제할 수 없는 변수에 대한 형식적인 사과 대신 유준이 택한 것은 앞으로의 일에 대한 심도 깊은 논의였다.

"박하나에게 직접적으로 접근할 수 있는 방법이 떠올라서."

"그러니까 그게 신입 사원으로 취직하는 거랑 무슨 상관인데."

"실은 너 휴가 갔을 때 공식 일정으로 LK 그룹 단합 대회에 갔었어."

"그런데."

"우연히 박하나 거기서 마주쳤고."

유준이 순간 피식 웃었다. 우연한 계기, 필연적 만남, 그리고 운명적 관계. 나쁘지 않은 그림이었다. 즉흥적인 것치고는.

"그때 대화 몇 마디 나누다 느꼈지. 어쨌거나 네 말대로 사랑으로 나르카디아를 사려면 내가 직접 그 여주인 옆으로 가야 할 필요가 있겠다 싶더라."

"그래서 남의 이름도 도용하고?"

"알다시피 내 인간 관계가 좁아서. 아, 이거."

유준이 어깨를 으쓱하다가 이내 주머니에서 차 키를 하나 꺼내 자연스레 내밀었다. 태준에게 포커로 딴 부수적인 전리품.

"뭔데."

"너 이런 거 싫어하는 거 알아. 그렇지만 업무 볼 땐 차 필요하잖아. 그러니까 일단 받아 둬. 어제 일에 대한 사과라고 생각하든 앞으로 있을 야근 수당 미리 지급하는 거라 생각하든 네 뜻대로 받아들이고. 그리고 하나 덧붙이자면 내가 산 차는 아냐."

"그래서 구체적인 작전은? 내가 너보고 사랑으로 사 오라고 했다만 이유준 너 나르카디아의 여주인과 결혼이라도 할 거냐?"

"그럴 리가."

유준의 입에서 터져 나온 실소는 진심이었다. 형제들과 나이 터울이 있는 막내 유준에게 이승권 회장은 결혼보다 후계자로서의 시험을 강조했던지라 한 번도 결혼을 염두하지는 않았다.

그러나 자신의 결혼 상대가 절대 평범하지 않으리란 건 어릴 때부터 생각해 왔다. 그래 봤자 같은 재계의 일원이거나 혹은 정계의 관계자 정도.

적어도 박하나는 아니었다. 똑 부러지는 데다가 밝고 나르카디아를 손에 쥐고 있는 여자. 나쁘지 않았다. 그러나 적어도 LK 이유준의 결혼 상대는 될 수 없었다. 아무리 옥새를 쥐고 있다 한들 LK와 이유준이 성장하는데 도움이 될 '배경'이 없으므로.

"잘 모를 수도 있겠지만 LK에서, 그러니까 이씨 집안에서 결혼이 사랑이었던 적은 단 한 번도 없어."

유준이 씁쓸하게 말을 뱉었다. 속이 메스꺼웠다. 아까 하나가 타 준 꿀물은 두통과 속 쓰림을 완전히 없애기엔 조금 부족했다.

"모를 리가."

세준이 필요 이상으로 냉정하게 대답했다. 그의 얼굴에도 유준과 닮은 실소가 겹쳐 흘렀다. 유준은 괜히 멋쩍어졌다. 무언가 치부를 들킨 느낌이었다.

유준이 잠시 눈을 다른 곳으로 돌리자 세준이 다시 말을 이어 나갔다.

"글쎄, 그냥 연인 놀음을 하기엔 너 '사랑'을 알기나 하냐. 내가 너보고 사랑으로 나르카디아를 사라고 했지만 너 솔직히 여자 모르잖아?"

비꼬는 듯한 세준의 말에 유준의 미간이 구겨졌다. 아버지인 이승권 회장도 큰형인 이희준도 여자를 좋아했다. 여자를 좋아하는 것이 사랑한다는 의미는 아니었지만 적어도 그들에게는 가능성이란 것이 있었다. 심지어 사생활 깨끗하기론 둘째가라면 서러울 태준 역시 결혼이란 걸 하긴 했으니 아예 여자를 모르진 않을 것이다.

그러나 유준은 이야기가 달랐다. 배경을 보고 달려드는 여자들이 없었던 것은 아니나 단 한 번도 제 곁을 허락한 적이 없었다. 여자를 모르는데 사랑을 알 리가 없었다.

"개인 교습을 받아서라도 해 볼게. 너무 걱정 마."

"글쎄다, 너라면 차라리 정보나 약점 조사해서 공작을 하는 게 잘 어울릴지도 모르겠다. 뭐 그것도 좀 그러면 도둑질이라도……."

"화 많이 난 건 알겠는데 비꼬는 것도 적당히 해. 나도 힘든 거 알아. 어쨌거나 나르카디아 문제니까 직접 뛰어들겠단 거야. 그러니까 좀 도와줘, 어?"

직접 움직이는 건 가능한 삼가하라, 모든 것은 비밀스럽게

할수록 좋다. 이승권 회장의 지론이었고 가르침이었다. 유준
역시 모르지 않았다.

생전 이승권 회장은 심지어 친자식까지 가면을 쓰고 대했
고 스스로를 철저히 숨기던 인물이었다. 최근 몇 년간 태준
이 경영하던 방식 역시 이승권 회장을 답습한 형태였다.

그러나 유준이 이승권 회장과 이태준보다 나은 게 있다면
아직 젊다는 것이었다. 젊기에 직접 뛰어들 용기를 낼 수 있
었다. 그리고 나르카디아는 그럴 만한 가치가 충분한 일이었
다.

"옥새는 가능한 정당하게 받아 오자. 그래야 왕좌에도 정
통성이 생기지 않겠어? 수양대군보단 충녕대군이고 싶단 말
이지."

유준의 단어 선택은 확고한 의지를 보여 주는 것이나 다름
없었다. 그러나 세준은 왠지 모르게 차가운 표정을 짓고 있
을 뿐이었다. 후유증이 가장 클 방법이란 것을 과연 저 오만
한 왕자가 알까. 세준은 잠시 실패라는 단어를 떠올렸다.

"이유준, 사랑으로 나르카디아를 사려면 허울이 아니라 진
심이 필요할 거다. 그리고 진심은 깨질 때 매우 아픈 법이지.
넌 모르겠지만."

"뭐, 이유준으로서는 알지도 못하고 알 필요도 없는 데다
무엇보다 불가능한 일이지. 그렇지만 적어도 '최세준'이란
존재로서는 가능할 것도 같아서."

"그 이름이 너에게 도움이 된다면, 뭐."

"응, 그런 의미에서 우선 LK 전자 근처 방 하나만 찾아봐 줘. 가능한 소박한 곳으로."

"네가 생각하는 소박함이 어느 정도일지 모르겠는데."

"그냥 이 방, 아니 저기 저 화장실. 그래, 저 정도 크기."

유준의 머릿속에 떠오른 것은 오늘 아침 눈대중으로 재 보았던 하나의 원룸 크기였다. 그 조그마한 곳에 옹기종기 필요한 것은 다 있었던 걸 감안하면 자신이라고 못 머물 이유는 없어 보였다. 어차피 오래 있을 것도 아니었으니까. 게다가 비슷한 사이즈여야 그녀가 위화감 느끼지 않고 찾아올 수 있을 터였다.

"······진심이야?"

"어. 박하나 집이 그 정도 크기였거든. 아, 그래도 침대는 가능한 좋은 걸로······."

"설마 그 집에서 잤냐, 너?"

"맞아. 좋은 소식 아냐?"

유준은 심드렁하게 대답했지만 세준의 표정은 그게 아니었다. 무척이나 놀란 듯 입을 다물지 못하는 게 아닌가. 유준은 대체 왜 그러느냐는 듯 그를 흘겨보았다.

"하룻밤 만에 진도 참 빠르네. 내가 널 과소평가했나 보다."

"칭찬같이 들리지 않는 건 내 착각이냐. 그리고 네가 생각하는 그런 거 절대 아냐. 그냥 어제 회식에서 술을 너무 많이 마셨어. 그래서 하나 씨가…….."

"네 계획은 박하나가 '최세준'을 사랑하게 만들어 나르카디아를 손에 넣는다, 맞지?"

"구체적으로는 아직 모르겠지만 큰 그림은 그래."

"그럼 '최세준'은 박하나를 사랑해?"

그게 무슨 뚱딴지같은 질문인지 쏘아붙이려던 유준은 진지하게 눈을 똑바로 바라보고 있는 세준의 표정에 입을 다물었다. 그런 눈빛을 할 정도로 의미 있는 질문인지 유준은 이해할 수 없었다.

"……아마도 그렇지 않겠어?"

"그럼 이유준은."

"뭐?"

유준은 손가락 끝으로 관자놀이를 누르며 반문했다. 고질적인 편두통이 숙취와 만나니 최악의 조합을 이뤄 냈다. 게다가 오늘따라 영양가 없는 군소리를 많이도 덧붙이는 제 측근 덕에 머리가 더욱 지끈거렸다. 어제 날을 새게 만든 대가라기엔 자신의 컨디션이 매우 좋질 않았다.

"이 계획이 끝나면 이유준은 박하나를 사랑하느냐고."

"내가 사랑을? 어제 못 자게 만들어서 진심으로 미안해. 가서 좀 쉬어라."

한숨짓는 표정이 씁쓸했다. 유준이 자리에서 벌떡 일어났다. 이제 슬슬 씻으러 가야 할 시간이었다.

연극을 위해, 그리고 자신을 대신해 일 처리할 것이 많을 세준을 위해. 유준이 몇 걸음 발자국을 떼었으나 이상하게도 그의 뒤에선 아무런 미동이 느껴지질 않았다. 세준이 무언가 고집을 부리고 있었다.

측근을 따르게 하는 것 또한 리더의 몫, 유준은 고개를 절레절레 젓고는 다시 입을 벌렸다. 다만 그의 시선은 뒤를 향해 있지 않았다.

"이유준은 누군가를 사랑하고 다닐 만큼 한가한 사람이 못 돼. 그리고 고작 이유준의 사랑 따위를 팔아서 나르카디아를 사 올 수만 있다면 세상에 그보다 수지맞는 거래는 없을 것 같은데, 아냐? 천하의 회장님이라도 칭찬할 수밖에 없는 거래일걸."

유준이 천천히 뒤를 돌아보았다. 여전히 꼿꼿하게 앉아 있는 세준을 향해 내리깔린 시선은 이내 다시 제자리로 돌아왔다.

"이유준에게 사랑의 값어치는 그것밖에 안 된단 뜻이지."

이상하게 그 순간 머릿속에 박하나의 얼굴이 떠올랐다. 연극의 첫날치고는 성과가 좋았다. 유준이 생각하기에 이 계획은 절대로 실패할 리 없었다.

"말했던 집 준비, 빠르게 부탁해. 그리고 그 외에도…….."

"이유준."

"어?"

세준이 진지하게 유준을 불렀다. 의자에서 삐거덕거리는 소리가 났다. 동시에 천천히 그가 자리에서 일어나 유준에게 다가왔다.

"가능한 진심으로 박하나를 사랑해."

"뭐?"

"네 말대로 고작 이유준의 사랑을 팔아서 나르카디아를 살 수 있다면 수지맞는 거래잖아? 그러니까 가능한 네 진심을 온전히 쏟아부으라고."

"아, 어."

세준의 굳어진 표정에서 아무것도 읽어 낼 수 없었지만 유준은 더 묻지 않았다. 지금은 둘 다 피곤하다는 것을 누구보다 잘 알고 있었기 때문이었다.

"그런데 이유준, 너 일이 다 끝나면 박하나는 어떻게 처리할지 생각해 봤어?"

잠시 유준의 동공이 흔들렸다. 사실 유준은 나르카디아를 손에 넣겠단 사실 하나만 생각했을 뿐 그 이후의 처리에 대해선 생각해 본 적 없었다. 그리고 잠시 뒤 그 이유를 깨달을 수 있었다. 왜냐하면 답이 정해져 있었기에.

"이승권 회장님이 생전에 내게 가르쳐 주신 방식은 하나야."

토사구팽(兎死狗烹). 괜한 싹은 잘라 버리는 것이 편하다.

그것이 유준이 정글에서 배운 유일한 방식이었다.

"아마 아닐지도 몰라."

"……무슨 뜻이야."

"글쎄, 네가 알고 있는 이승권 회장님의 모습이 전부가 아닐 수도 있다고."

"뭐?"

유준은 심해지는 편두통에 미간을 확 찌푸렸다. 엄지로 관자놀이를 꾹꾹 눌러 보았지만 소용이 없었다. 찌푸린 표정으로 세준을 바라보며 유준은 이해할 수 없다는 듯 인상을 썼다. 그러나 세준은 어깨를 으쓱해 보이며 별거 아니라는 듯 씨익 웃었다.

"아니 뭐, 그냥. 나르카디아 처리하신 방법만 봐도 그렇잖아? 너무 속단하지 말라고."

"아아…… 응."

무언가 석연찮았다. 그것은 오로지 유준의 감이었다. 그러나 진심으로 속이 쓰리다 못해 구역질까지 올라올 것 같아이 석연찮음이 엉망진창이 되어 버린 컨디션 때문인지, 아니면 세준이 던진 수수께끼 같은 말 때문인지 도저히 알 수가 없었다.

그래서 유준은 판단도 행동도 우선은 보류하기로 했다. 지금은 나르카디아에만 집중하기에도 부족했다.

"그럼 난 이만 나가 볼게. 네 말대로 지낼 만한 집 찾아보고 바로 연락할게."

"응, 늘 고마워."

"별말씀을."

그래서 돌아서서 나가는 세준의 뒷모습을 바라보며 가능한 깊게 숨을 내쉬었다 들이마시기를 반복할 뿐이었다.

❉   ❉   ❉

"어, 세준 씨. 속은 좀 괜찮아요?"

서두른다고 서둘렀지만 유준이 연구소로 출근했을 때는 점심시간이 시작된 뒤였다. 어쩔 수 없는 일이었다. 일단 평창동에서 LK 전자 본사까지는 꽤나 멀었고 도저히 적진에서 처리할 수 없는 결재 서류들을 살피기 위해 LK 물산에까지 들려야 했기 때문이었다.

다행이도 유 팀장 이하 팀원들은 모두 밥을 먹으러 갔는지 단 한 명도 보이지 않았다. 오직 옆자리, 박하나만이 그를 반겨 줄 뿐이었다. 걱정하는 듯한 표정을 짓는 그녀에게 생긋 웃어 보였다.

"뭐, 그럭저럭. 어제는 여러모로 신세졌네요. 그런데 하나 씨는 식사 안 하세요?"

"속이 별로 좋질 않네요."

하나가 배시시 웃었다. 유준은 확신할 수 있었다. 박하나는 최세준에게 상당히 호의적이었다. 동기라는 이유로, 또 자신과 비슷한 처지란 이유로.

유준은 가방에서 노트북을 꺼내 책상 위에 올려놓고는 하나 옆에 자연스레 앉았다.

"세준 씨는 오전에 본사에서 한다는 일 잘 마쳤어요? 전 오전 통으로 날렸어요. 회로가 꼬여서⋯⋯."

"그런 것보다는 훨씬 쉬운 일이니까요."

슬쩍 책상 위에 놓인 이해할 수 없는 암호 같은 설계도를 쳐다본 유준이 고개를 절레절레 저으며 대꾸했다.

"새로운 사장님 취임하시고 나서 팀장님이 완전 가라앉으셨어요. 말이 쉽지, 위에서는 반년 안에 무조건 두 배 빠른 속도를 주장한다는데 그건 불가능하거든요."

새로운 사장님, 형에 관한 이야기였다. 하나의 이야기로 추정컨대 속이 타들어 가는 건 유준 자신만이 아니란 뜻이었다. 괜히 웃음이 나올 뻔했으나 내색하지 않기 위해 꾹 참았다.

생각해 보면 당연한 일이기도 했다. 그룹 계열사 중 가장 알짜배기인 LK 전자를 손에 넣은 이상 태준 역시 이사진에게 능력을 가능한 부풀려 증명할 필요가 있었다.

"세준 씨, 무어의 법칙이라고 들어 봤어요? 반도체의 밀도가 18개월마다 두 배로 늘어난다는 건데 인텔의⋯⋯."

"고든 무어 말이군요. 그것도 오래전 이야기 아닌가요? 이미 삼성의 황창규 전 사장이 황의 법칙이란 것으로 그 기간을 6개월이나 단축하겠다고 공표한 게 15년도 넘은 일이고, 실제로 꽤 오랫동안 증명해 보인 것으로 알고 있습니다만."

별로 관심을 둘 만한 이야기는 아니었다. LK의 후계자 수업을 받은 이유준에게 반도체는 중요한 주제였고 그와 관계된 소식들은 늘 최신으로 체크해 두곤 했다. 비록 LK 전자가 태준의 손에 들어가긴 했지만 언젠간 자신의 몫이 되리란 걸 지금 이 순간조차도 유준은 확신하고 있었다. 그렇기에 심드렁하게 대답했다. 그뿐이었다.

"……대단하네요, 세준 씨."

"아."

지금 자신은 이유준이 아니었다. 따라서 이렇게 재잘재잘 떠들 일도 아니었다. 순간 유준의 얼굴이 매우 일그러졌다.

"하긴 세준 씨 말대로 옛날이야기니까 사실 상식일 수도 있겠는데……."

하나의 떡 벌어진 입을 보면서 실수했음을 더욱 명확하게 깨달았다. 오늘은 여러모로 일진이 좋지 않았다.

"……학부 때 누가 그 사례로 발표하는 걸 들은 기억이 있습니다. 괜히 전문가 앞에서 아는 척했군요."

유준은 괜히 머리를 긁적이며 가능한 멍청해 보이는 표정을 짓기 위해 노력했다. 확실히 무의식이란 건 무서운 것임을 상기하면서.

"그럴 수도 있죠. 똑똑한 건 좋은 거 아니겠어요."

"아니, 그게……."

"괜찮아요! 어쨌거나 중요한 건 그게 옛날이야기란 거죠. 세준 씨 말대로."

하나가 얼굴에서 놀라움을 지우고 한숨을 푹 쉬었다. 어차 피 첫 만남부터 하나에겐 독특한 사람이었으니 상식이 남들 보다 철철 넘친다 해서 그가 달라 보일 것도 없었다. 게다가 지금은 회로 때문에 정말 죽을 맛이었다.

"'리의 법칙'을 만들어 보고 싶은 새로운 사장님의 뜻은 존중하지만 맨땅에서 발전할 때랑 거의 최고조를 찍은 지금 이랑 어디 같을 수 있나요? 솔직히 황의 법칙도 15년 전 공돌 이들이 퇴근이나 휴가 전부 반납해서 가능했던 거죠. 그때는 미국 사람들 18개월 일하는 시간이나 한국 사람들 12개월 일 하는 시간이나 비슷했을걸요. 하지만 지금은 퇴근, 휴가 전 부 반납해도 불가능이에요."

"확실히 좋은 경영자는 아니네요."

"새로운 사장님이요? 뭐, 한국 대기업이 다 그렇죠. 좋은 경영자가 어디 있겠어요."

하나가 불만을 토해 내더니 속이 시원하다는 듯 유쾌하게 웃었다. 그 웃음을 바라보고 있으니 기분이 묘해졌다.

사실 부하 직원들이 상사 없는 자리에서 상사에 대해 욕하 는 것은 당연한 일이었다. 박하나가 첫 만남에서 증명해 보였듯 말이다. 그런데 자신이 그런 부하 직원 중 한 명이 되어 형에 관한 뒷담에 참여하게 되다니. 한 번도 상상해 본 적 없는 일이었다.

"그래도 말입니다. 적어도 직원들에게 동기부여는 해 줘야 하지 않겠습니까. 일을 하고 싶게 만들어야……."

계열사의 직원들은 새로 부임한 자신에 대해 무어라고 할까. 유준은 문뜩 궁금해졌다. 이유준 사장은 일을 하고 싶게 만드는 경영자일까, 아니면 태준과 다를 바 없을까.

"돈 주시잖아요. 월급 제때 꼬박꼬박. 때때로 인센티브도 함께."

"뭐라고요?"

유준의 입이 딱 벌어졌다. 하나의 말은 유준의 뒤통수를 탁 치는 말이었다. 너무나도 1차원적이기 때문이었다. 문뜩 유준은 세준이 했던 말이 떠올렸다. 이게 정말 평범한 사람들의 '당연한' 생각이란 말인가. 유준은 조금 기가 막혔다.

"왜 놀라요? 돈 주니까 일하는 건 당연한 거잖아요. 세준 씨는 안 그래요?"

"자아실현이라든가 뭐 그런 거창한 꿈같은 건……."

"LK 전자가 잘되는 게 솔직히 저랑 무슨 상관이 있겠어요. 여기가 제 회사도 아니고. 그럴 거면 선배들 벤처 차릴 때 거기 같이 들어갔죠."

"그것도 나쁜 이야긴……."

"하지만 당장 먹고 살게 급했는걸요. 그게 되어야 뭐 다른 걸 생각하든 말든 하죠, 안 그래요? 꿈, 자존감, 자아실현. 다 좋은데 나 같은 흙수저한테는 뭐…… 딴 나라 이야기?"

하나가 다시 웃어 보였다. 남들보다 공부를 잘했던 하나에게 꿈이 없었을 리 만무했다. 그러나 현실 앞에 모든 것을 포기했다. 그녀는 무언가를 원망하거나 삶을 비관하지 않았다. 그저 현실에 적응하고 하루하루를 살아가는 것. 그것이 그녀의 유일한 목표였을 뿐.

유준은 전혀 자조적이지도 가식적이지도 않은 하나의 웃음을 어떻게 받아들여야 할지 알지 못했다.

매슬로우가 그랬던가. 인간에게는 생리적 욕구부터 자아실현 욕구까지 몇 단계로 나뉜 욕구 위계란 것이 있으며 만일 하위의 욕구가 충족되지 못하면 상위로 나아갈 수 없다고. 생리적 욕구, 다시 말해 배고픔과 갈증을 해소하려는 욕구가 가장 최하위이며 그다음 것이 세상이 안전하고 안정적이다 믿는 안전 욕구였다.

지금 하나가 이야기하는 것은 바로 가장 아랫단계였다. 그런 단계에 머물러 있는 주제에 나르카디아에는 손 하나 대질 않고 있다라. 저게 가식일까, 진심일까. 유준은 그녀의 표정을 읽기 위해 애썼지만 알 수 없었다.

"사람들 사는 것이 꼭 매슬로우가 말한 것처럼 계단식은 아니죠."

유준은 딱 잘라 단호하게 말했다. 하나의 밝음이 속을 갑갑하게 했다. 모든 것을 쥔 자신도 그렇게 웃을 수가 없는데 아무것도 가진 것이 없다고 말하는 이가 저렇게 웃을 수 있다니. 유준은 박하나가 궁금해졌다. 나르카디아를 손에 넣을 단서는 아마 저 웃음에 있으리라고 유준은 확신할 수 있었다.

"매슬로우? 아아, 기억나요. 경영학원론 때였나. 그거 쭉 순서 외워서 시험 봤던 기억이 있는데. 총 몇 단계였더라."

"5단계입니다. 그리고 하나 씨가 말하는 건 굉장히 낮은 수준의…… 그건 됐고, 그러고 보니 복권 당첨됐다고 하지 않았었나요? 그럼 그 정도는 충족됐을 텐데……."

"그거 뻥이라니까요. 아직까지도 진지하게 생각하고 있었어요? 그랬으면 진작 회사 나갔죠."

하나가 배시시 웃어 보이며 마지막 말은 유준의 귀에만 들리게끔 조용하게 중얼거렸다.

아무도 없었음에도 마치 두 사람만의 비밀로 남겨 두고 싶다는 듯한 행동에 유준은 움찔했지만 가능한 태연한 척 말을 이어 나갔다. 웬만한 복권 당첨과 비교할 수 없을 정도일 텐데 어째서 부인하는 걸까. 아직은 자신을 경계하기 때문일까, 아니면 동화책에 나오는 사람처럼 남의 것엔 욕심부리지 않는 성격인 걸까. 그게 가능한 걸까.

유준의 말은 그의 속만큼이나 쓰렸다.

"진짜일 것 같은데…… 어쨌거나 그 이론을 압축해서 3단계로 분류한 클레이턴 알더퍼는 욕구를 순차적으로 채워 나간다는 매슬로우의 가정을 전면 반박한 바도 있습니다."

"그래요?"

"ERG 이론이라고 그게……."

경영학 수업을 들어 봤다면서 이런 기본적인 것도 모르나 싶어 답답해졌다. 그러나 이론 설명이 무슨 의미가 있겠는가. 결국 그는 입을 다물었다. 그의 표정 변화를 바라보던 하나가 배시시 웃어 보였다.

"그러니까 내가 하고 싶은 말은 기본 생존에 관한 것 말고 좀 다른 것들을 원해 보란 뜻이었습니다."

"다른 것들이요?"

사람이라면 누구에게나 욕심이 있기 마련이다. 인간은 절대로 그 욕심 앞에 담담하지 못하다. 이것이 기본적인 상식이었다. 설사 아닌 척하며 살아가는 인간이라 해도 조금만 옆에서 자극하면 자신이 채 알기도 전에 욕망을 터뜨릴 것이다.

원하는 것이 생기면 가진 것이 없는 그녀로서는 나르카디아에 손을 댈 수밖에 없을 터였다. 그러면 행방을 찾는 게 조금 더 편해지지 않을까. 유준의 머릿속에선 많은 계산이 한번에 오고 갔다.

복잡하게 빙그르르 돌던 유준의 시선이 하나의 맑게 빛나는 눈과 마주쳤다.

"……꿈, 그러니까 하나 씨만의 꿈을 가져 보란 거죠."

충동적이었다. 절대 유준의 계산에 있던 말이 아니었다.

제가 뱉어 놓고도 당황한 유준과 달리 하나는 입을 활짝 열고 웃어 보였다. 하나에게는 한 번도 그런 말을 해 준 사람이 없었기 때문이다. 심지어 어머니조차도 팍팍한 현실 앞에 차마 꿈을 가지라 말하지 못하고 어깨만 토닥여 주었다.

이미 청춘이 꺾이고 있는, 그저 회사의 소모품 중 하나에 불과해진 지금은 지나가는 말로라도 그런 '농담'을 건넨 이가 없었다. 그래서일까. 하나는 왠지 유준이 좋았다. 같은 신입 사원임에도 자신보다 능력도 있고 욕심도 부릴 줄 아는, 그래서 그 말이 진담처럼 들리게 해 주는 그를 동기로 둘 수 있어서 정말로 좋았다.

"좋은 단어네요, 꿈."

경영학에서 이야기하는 사람들을 움직이게 하는 보상에는 두 가지 종류가 있다. 금전적이든 비금전적이든 일을 함으로써 얻어지는 외부적 효과인 외적 동기, 다시 말해 고용 안정이나 급여와 승진 같은 것이다. 또 다른 하나는 일 자체에서 느끼는 내부적 효과인 내적 동기로 성취감, 책임감, 즐거움 등이 포함된다.

유준은 반짝이는 하나의 눈에서 전혀 의도치 않게 그녀의 내적 동기에 불을 피웠음을 알게 되었다. 같은 신입 사원 주제에 말이다. 사장인 태준에게 성과급을 요구해 볼까. 스스로 생각해도 어이없는 발상에 유준은 살짝 고개를 저었다.

하나와 유준의 눈이 마주쳤다. 하나는 생긋 웃어 보인 채 책상 위에 놓인 회로를 들여다보기 시작했다. 자신 역시 노트북을 들여다보는 척하며 힐끗 곁눈질했다. 미동조차 없이 집중하고 있는 그녀를.

박하나는 내적 동기에 의해 움직이는 사람이었다. 사실 동기 이론은 비단 사원들을 다루는 경영자들만이 알아야 하는 지식이 아니다. 인간은 아주 사소한 일을 하더라도 이 두 가지 동기에 의해 움직이기 마련이니까.

고작 설거지 같은 일이라도 용돈을 받고자 행한다면 외적 동기에 의한 것이고 내 일이라는 책임감에 행한다면 내적 동기에 의한 것이었다.

박하나가 내적 동기에 의해 움직이는 인물이라면 나르카디아 문제에도 마찬가지일 터였다. 그런 의미에서 '사랑'으로 나르카디아를 사겠다는 계획에는 아무런 문제가 없었다. 아니, 오히려 아주 잘한 선택에 가까웠다. 유준은 다시 고개를 노트북으로 돌렸다.

퇴근하고 저녁 같이 먹을래요? 좋은 말 고마워요.

한 시간쯤 뒤 조심스럽게 자신의 책상 위에 건네진 쪽지는 그것을 증명하기에 충분했다. 유준의 입가에 미소가 피었다.

  그래요.

  답장을 적었다. 그러나 굳이 건넬 필요는 없을 것 같았다.
당연한 답이었으니까. 유준은 '집' 주소가 적힌 세준의 문자
를 내려다보며 하나에게 건네려던 쪽지를 쥐었다. 부스럭 소
리와 함께 작은 쪽지가 손아귀에서 구겨졌다.
  인간은 내적 동기를 충족했을 때 크고 지속 가능한 만족감
을 느끼는 법이다. 그 말은 역으로 충족되지 못했을 때 더욱
지속적인 상실감을 느끼는 법이란 뜻이기도 했다.
  제 손안에서 구겨진 쪽지만큼이나 속이 제멋대로 구겨지
는 기분이었다. 아무래도 이것이 남들이 소위 말하는 숙취
후유증인가 보다. 유준은 제 입술을 꽉 깨물었다.

06

나비효과

"정말 이웃 주민이었네요!"

"그렇죠?"

오후 내내 유준이 노트북으로 집중한 업무는 다름 아닌 새로운 집에 관한 것이었다. 세준은 모든 일 처리에 있어서 완벽한 인물이었다. 친구라는 이유를 제외해도 옆에 둘 수밖에 없는 인재.

그는 LK 전자와 하나의 집 사이에 위치한 적당한 규모의 오피스텔을 잡아 두었을 뿐만 아니라 유준의 요구에 따라 하나를 초대했을 때 내어 줄 수 있는 요리들을 냉장고에 마련해 두었다.

물론 이유준의 정체를 드러낼 만한 모든 물건은 하나도 남

김없이 옷장 속 금고에 넣어 둔 것도 세준이었다. 유준이 가끔 즐기는 고급 와인 역시 아마 그곳에 잘 보관되어 있을 터였다.

유준은 세준을 믿었다. 본인도 가 보지 못한 '최세준의 집'으로 하나를 안내할 수 있을 만큼.

하나는 집 안에 들어왔을 때부터 신기한 것을 보는 것처럼 연신 두리번거렸다. 그렇기에 유준은 냉장고에서 일하는 아주머니의 솜씨로 보이는 반찬들을 꺼내면서도 하나에 대한 경계를 늦출 수가 없었다.

연극에 접어든 건 고작 이틀째, 그 사이에 실수할 뻔한 적이 몇 차례였던가. 날카로운 눈빛으로 하나의 뒤통수를 연신 바라보던 유준은 순간적으로 얼굴 가득 미소 짓는 그녀와 시선이 마주치자 황급히 고개를 돌려 버렸다.

"진짜 깔끔하네요."

하나의 얼굴엔 그 어떤 숨김도 없었다. 그저 놀라움을 가득 담아 입을 딱 벌리고 있을 뿐. 유준의 집은 정말로 깔끔함, 그 자체였다. 완벽하게 색깔까지 맞춰 배치되어 있는 가구들이며 강박적으로 느껴질 만큼 순서대로 꽂혀진 책, 각 잡혀 개어진 침대 위 이불까지. 사람 사는 느낌이 전혀 안 날 정도였다.

"……제 성격이 좀 그런 편입니다."

"저희 집 보고 화났겠어요."

"네?"

"솔직히 엉망진창이었잖아요. 요조숙녀 과는 아니라 막 치우고 그러질 못하거든요. 게다가 어제는 워낙 갑작스럽기도 했고. 그래도 손님 오면 좀 치우는 편인데……."

하나가 민망한 듯 얼굴을 붉혔다. 유준은 그녀의 말을 이해하지 못해 고개를 갸웃했다. 문서 하나를 쓰거나 프레젠테이션 하나를 해도 깔끔하고 완벽해야 하는 성격이긴 했지만, 그렇다고 공간을 직접 청소하거나 정리한 적은 한 번도 없었다. 물론 어질러진 꼴을 제 눈으로 볼 이유도 없었고.

"혹시 강박증, 뭐 그런 거예요? 그럼 사무실 자리도 바꾸는 편이 나을지도 몰라요. 회로 설계 본격적으로 들어가면 책상에 막 늘어놓고 쓰는 편이거든요, 제가."

"아마 아닐 겁니다."

대충 세준이 당부한 대로 상차림 비슷한 것을 한 유준은 대수롭지 않다는 듯 대답했다.

강박증이라면 청소 따위보다는 차라리 다른 쪽에 훨씬 심했다. 이를테면 마무리되지 못한 일, 특히 그것이 이승권 회장이 내준 과제이거나 지금 같이 이태준과 경쟁해야 할 기안이 기다린다거나 하는 그런 상황.

"그럼 혹시 어머니 다녀가셨어요?"

"아……."

어느새 곁으로 다가온 하나가 반찬을 손가락으로 가리키

며 말도 안 되는 것을 물어왔다.

어머니라. 애석하게도 자신은 지금 어머니가 어디 계신지
도 몰랐다. 장례식장에 얼굴조차 비추지 않은 어머니는 국내
에서 가장 큰 사립 미술관의 관장 노릇을 하고 있다는 핑계
로 작품 수집을 위해 세계 이곳저곳을 여행 중이시라고 전해
들었을 뿐.

"미안해요, 세준 씨. 내가 너무 오지랖 부렸죠. 그게 사람
에겐 이야기하기 싫은 일도 있는 법인데…… 특히나 가족 이
야기는……."

유준의 표정이 꽤 심각하게 보였는지 하나는 전혀 다른 맥
락의 짐작과 그에 맞는 사과를 건넸다. 문득 하나의 머릿속
을 스쳐 지나간 단어가 부친상이기 때문이었다. 무려 회사
첫 출근까지 미뤄야 했을 정도로 유준에겐 큰일이었으리라.
하나는 호기심 때문에 혹시라도 유준의 상처를 건드렸을까
싶어 더는 물을 수가 없었다. 그녀의 눈에는 그의 집이 정말
로 이상한, 아니 이질적인 공간이었음에도.

"괜찮습니다. 앉아요. 대강 넘겨짚어 보면 하나 씨에게 가
족 이야기는 묻지 말아 달란 뜻으로 들리네요."

"이야기하기 썩 좋아하는 주제는 아니긴 하죠."

의자에 앉은 하나는 얼굴을 붉히며 고개를 푹 숙이고 중얼
거리듯 답변했다. 말하고 보니 더욱 민망했다. 좋아하지 않
는 주제라면서 남한테 물은 경솔함을 그가 탓할 것만 같았

다. 긴장하며 고개를 든 하나의 눈에 들어온 그는 아무 말 없이 물을 마시고 있을 뿐이었다.

"솔직히 우겨 보려고도 했는데 역시 아무리 봐도 반찬이 내가 직접 했다는 느낌은 아니죠? 그러니까 안심하고 먹어도 되겠네요."

유준이 물컵을 식탁에 내려놓더니 피식 웃었다. 하나가 조심스레 고개를 끄덕였다. 자신의 질문이 그저 별 뜻 없는 오지랖에서 나온 것일 뿐이란 걸 그가 알아준 것 같아 유준의 미소가 무척이나 고마웠다. 정작 유준 본인은 전혀 그런 의도가 아니었음에도.

"아는 이모가 있는데 그분이 가끔 먹을 걸 주세요."

유준은 가능한 순진한 미소를 지으려 애쓰며 먼저 밥을 한 숟가락 입에 넣고는 궁금증에 대한 답을 주었다. 세준이 들었으면 기함을 할지도 모를 말이었지만 그렇다고 크게 틀린 답은 분명 아니었다. 집에서 일해 주시는 아주머니를 이모라고 부른다고 그것이 거짓은 아니지 않는가.

"어쨌든 미안해요. 그리고 말해 줘서, 화내지 않아서 고마워요."

거짓말을 한 건 자신이건만 귀까지 빨개져 기어들어 갈 것 같은 작은 목소리로 다시 한 번 사과하는 하나의 모습이 귀여워 유준은 살짝 입가에 웃음을 띠었다. 가식적이지 않은 진짜 이유준의 웃음을.

"사실 고맙긴 내가 고맙죠."

"네?"

"일단 이 집에 온 첫 번째 손님이에요, 하나 씨가."

더 정확하게는 자신의 집에 온 첫 번째 손님이라고 할 수 있었다. 집에 분명 여러 사람들이 드나들긴 했지만 그 누구도 손님이라 칭할 만한 인물은 없었다. 심지어 최세준 역시 손님으로 온 적은 한 번도 없었다. 최근 들어 일 때문에 드나들 뿐.

"그건 저도 마찬가지예요. 어제 세준 씨가 우리 집에 와 준 첫 번째 손님이었어요."

하나가 진심으로 기쁘다는 듯 활짝 웃었다. 살짝 홍조를 띤 얼굴에 웃음이 얹어지자 훨씬 매력적으로 보였다. 전혀 다른 것 같으면서도 닮은 사람, 유준은 하나에게 그런 존재였다.

"다음에 정식으로 가면 그때를 첫 번째로 하죠. 어제는 너무 실례였던 것 같아서……."

"아니에요. 좀 당황했던 건 사실이지만요."

하나가 살짝 키득거렸다. 유준 또한 피식 웃어 버렸다. 속이 좋지도 않은 데다가 골치가 아파 밥 생각이 거의 없었는데 왠지 이상하게도 평소 먹던 양보다 잘 들어갔다.

"그나저나 이사는 왜 온 거예요, 세준 씨?"

"아, 그게……."

유준은 잠시 머뭇거렸다. 그러나 세상 모든 일이 그러하듯 거짓말 또한 익숙해지기 쉬웠다.

"아버지 돌아가시고 나서 그 집을 정리할 필요가 있었거든요. 겸사겸사 회사 근처로 옮긴 거죠, 뭐."

"또 너무 개인적인 걸 물어 버렸네요, 제가. 미안해요……."

어머니는 안 계시는 걸까. 회사 근처라면 왜 본사 근처가 아니라 여기였을까. 어쨌거나 평창동에 거주했을 뿐 아니라 외국에서 유학까지 하고 돌아온 인재. 그는 대체 어떤 사람일까. 나랑 비슷한 사람이긴 한 걸까. 하나의 호기심은 꼬리에 꼬리를 물었지만 '가정사'는 그녀의 입을 막아 버리는 실과 바늘 같았다.

"진짜로 괜찮으니 신경 쓰지 마요. 그나저나 물? 아니면 다른 마실 거라도 줄까요?"

그만 먹어야겠다 싶어 젓가락을 내려놓고 물을 한 잔 따르면서 유준이 물었다.

"뭐든 괜찮아요."

유준이 자리에서 일어났다. 아까 잠깐 들여다보긴 했지만 냉장고 안에 대체 뭐가 들어 있는 건지 한눈에 파악하기란 무리였다.

앞으로도 알 일은 없겠지만 적어도 오늘은 아는 것처럼 보일 필요가 있었다. 다행히 유준의 눈에 페트병에 담긴 음료

수가 들어왔다.

"주스 줄까요?"

하나는 유준의 물음에 말없이 고개를 끄덕였다. 특별히 편식하는 스타일은 아니었지만 하나는 단것을 좋아했다.

무엇이 무슨 맛일지 전혀 알지 못한 채 유준은 대충 포도주스로 보이는 것을 꺼내 한 잔 따른 뒤 그녀 앞에 내려 두었다.

"그…… 세준 씨."

"네?"

이것저것 잘 먹던 하나가 젓가락을 내려놓고 조심스레 입을 뗐다. 성격상 마음에 담아 두고 무언가를 재는 것에 약한 그녀였다. 고등학교 시절 단짝 친구는 박하나는 멍청할 정도로 순진해서 문제라며 절대 남자는 만나지 말고 독신으로 살아야 할 성격이라 했을 정도였다. 그렇다 한들 어쩔 수 없었다. 성격은 쉽게 바뀌는 것이 아니었으니까.

"만난 지 얼마 되지도 않았고 어쨌든 공식적으로는 같은 부서도 아니지만…… 제 말이 조금 당황스러우실지도 모르지만……."

유준은 하나의 조심스러운 표정을 면밀히 살폈다. 과연 무슨 이야길 꺼낼지 무척이나 궁금했다. 그러나 묻지 않은 채 잠시 기다렸다. 인내심, 그것은 최세준으로서는 꼭 필요한 덕목이었다. 그 순간 이상하게 인터넷에서 얼핏 보았던 '연

애는 밀당'이라는 말이 떠올랐다. 유준은 살짝 안쪽 입술을
깨물었다.

연애는 무슨.

차라리 이참에 나르카디아에 대해 상의해 줬으면 좋겠다
싶은 유준이었다. 개인 자산 관리사는커녕 은행 한 번 제대
로 안 가 봤을 법한 여자 입장에선 그 정도 큰 건은 주위의
경영학도에게 상담하는 게 편하지 않으려나.

"친한 사이로 지내고 싶어요."

"……네?"

인내심을 가장한 딴청을 피우던 유준의 귀에 '친한'이라
는 단어가 꽂혔다. 유준으로서는 전혀 나쁜 제안이 아니었
다. 아니, 오히려 제가 먼저 제안했어야 할 말이기도 했다.
나르카디아의 여주인에게 다가가는 것이 이토록 쉬울 줄이
야. 유준은 애써 당황스러움을 감췄다. 이상하게도 심장이
살짝 두근거렸다.

"같이 있으면 뭔가 오래 본 사이처럼 편해요. 제가 외동
이기도 하고 이래저래 외롭게 살아와서 그런지는 모르겠지
만……."

"그럼 차라리 연애를 하자고 해야 하는 거 아녜요?"

"네?"

그녀의 눈이 동그랗게 변했다. 원래도 큰 눈이 동그랗게
변하자 토끼가 떠올라서 유준은 상황에 어울리지 않게 풋 웃

어 버렸다.

"남녀 사이란 게 원래 친구는 없다고 하잖아요?"

마음이 조급했다. 스스로도 인정할 수밖에 없는 부분이었다. 이승권 회장을 따라 나르카디아로 가는 배를 타기 직전에 느꼈던 것과 같은 기분. 드디어 그룹 후계자 중 한 사람으로서 인정받았다 느꼈던 그때 얼마나 설레었던가. 그걸 떠올리면 아직도 심장이 뛰었다. 유준의 심장이 그때만큼이나 들뜬 듯했다. 눈을 감았다 뜨면 눈앞에 지상 낙원이 펼쳐질 것만 같았다. 코앞에 있는 나르카디아의 문, 절대 놓칠 이유가 없었다.

"하, 하지만 그게……."

"농담이에요, 농담."

간신히 마음을 가라앉힌 유준이 급하게 손사래를 쳤다. 하나의 표정에 떠오른 당혹스러움이 커 보였기 때문이었다. 거의 넘어왔다 싶으면서도 아닌 걸 보면 여자란 참 어려웠다. 급하게 굴다간 될 일도 안 되겠다 싶어 유준은 적당한 선에서 마무리하기로 했다.

"아……."

그제야 하나가 한숨을 내쉬었다. 스스로도 이유를 알 수 없는 한숨이었다. 분명 생전 처음 듣는 고백은 아니었다. 대학 다니던 시절 그녀에게 고백했던 이가 없진 않았다. 그때마다 그녀는 지금은 연애할 상황이 못 된다며 에둘러 거절하곤 했었다. 거절 이후에 친구 관계마저 틀어진 적이 몇 차례였던가. 당시 그녀에겐 물질적인 여유도 심적인 여유도 전혀 없었다. 그건 지금도 마찬가지였다.

그런데 이상하게 거절하고 싶지 않았다. 다행이었다. 농담이어서. 그와 어색하지 않게 친구로 잘 지낼 수 있어서. 심장이 살짝 두근거리는 것 같아 하나는 벌컥벌컥 제 앞에 놓여 있던 주스를 들이마셨다.

"친하게 지내요. 반도체에 대해 아는 것도 별로 없는데 그쪽으로 발령 나서 여러 가지로 힘든 게 많아요. 하나 씨 아니었으면 아예 적응 못 하고 어제 사표 썼을지도 몰라요."

유준이 하나에게 오른손을 내밀었다. 하나는 멍하니 그 손을 내려다보다가 의미를 깨달았는지 부리나케 맞잡았다. 따스한 온기가 포근했다.

"진짜 친구 된 기념 악수. 오늘은 정전기 안 나네요."

하나는 긍정의 의미로 고개를 끄덕였다. 생긋 웃는 유준의 입꼬리가 무척이나 매력 있게 말려 있었다. 한 번 만져 보고 싶을 정도로. 하나는 생각이 거기까지 미치자 소스라치게 놀라 황급히 손을 놔 버리고는 그에게서 거리를 확 벌렸다. 이런 생각은 정말로 처음이었다. 아직 술이 덜 깼든지 미쳤든지 둘 중에 하나라고 생각하면서 얼굴을 붉힌 채 고개를 휙 숙였다. 유준의 얼굴을 똑바로 볼 자신이 전혀 없었다. 눈앞의 그가 일렁거렸다.

"괜찮아요?"

유준은 갑작스러운 하나의 행동에 순간적으로 양미간을 확 찌푸렸다가 이내 사람 좋은 미소를 다시 얼굴에 씌웠다. 이유는 알 수 없지만 손이 내팽개쳐졌다고 해서 신데렐라에게 화를 낼 필요는 없었다. 게다가 뭔가를 눈치챈 걸지도 몰랐다. 그는 조심스레 하나에게 다가가 어깨를 검지로 톡톡 쳤다.

"아, 그게…… 간, 간지러워서."

흠칫, 손가락이 닿자 하나의 어깨가 살짝 움츠러들었다. 유준으로서는 이해할 수 있는 상황이 아니었다. 마치 늑대 앞에서 겁먹은 양 같은 그녀의 모습. 설마…… 생각이 이상한 곳으로 튀자 유준은 그 자리에 굳어 버렸다.

"그런 사람 아닙니다."

"……네?"

"겁먹었잖아요, 지금. 가까이 지내는 여자 하나 어떻게 해보려고 수작 부리는 그런 사람 아니……."

분명 박하나에게 이유준은 수작을 부리고 있었다. 그러나 적어도 저질스러운 수작은 아니었다. 맹세코 그럴 생각은 전혀 없었다. 오직 나르카디아만 제 손에 넣으면 그녀를 다시 볼 이유도 생각도 결단코 없었다.

차갑게 굳어진 유준은 갑작스런 고음을 들었다. 주름이 잔뜩 졌을 미간을 쫙쫙 펴고 그녀를 바라보았다.

"그런 거 아녜요!"

"그럼 뭡니까?"

"그, 그냥…… 간지러워서 그랬어요. 그뿐이에요."

얼굴이 새빨개진 하나는 차마 그런 생각을 자신이 했다고 이야기할 수가 없었다. 그는 아니라는데 자신이 어떻게 그 입술을 만져 보고 싶었다고 인정할 수 있을까.

더욱 놀라운 건 불만스럽다는 듯 살짝 삐죽이고 있는 입술을 여전히 만져 보고 싶은 자기 자신이었다. 아무래도 미친 게 분명했다. 이러다간 간신히 친구하기로 한 그가 먼저 달아나겠다 싶어 하나는 서둘러 자신의 가방을 챙겼다.

"가, 가 봐야겠어요. 너무 늦기도 했고……."

누가 봐도 도망가는 것처럼 서둘러 인사하는 폼이 참 마음에 들지 않았다. 정말 뭐라도 알아챈 걸까. 가까이서 보니 한동안 뉴스를 떠들썩하게 했던 LK의 이유준 같아 보이기라도 했던 건 아닐까. 유준은 불안했다. 불안함은 그의 심장을 더욱 거세게 뛰게 만들었다.

"이봐요, 하나 씨."

유준은 돌아선 그녀의 팔목을 잡았다. 손아귀에 꽉 잡히고도 남을 만큼 가는 하나의 팔목을. 그리고는 홱 잡아당겼다. 그녀의 몸이 180도 돌아 자신을 바라보게 되었을 때 이미 유준의 미간에는 굴곡진 주름이 잔뜩 패여 있었다.

"대체 뭐가 문제입니까. 연애하잔 이야기 때문에 그래요?

농담이라고 했잖아요."

"그, 그게……."

묵직하게 내리깔린 유준의 목소리에는 화가 잔뜩 실려 있었다. 충분히 오해할 만한 상황이란 걸 하나 역시 잘 알고 있었지만 해결할 방법을 몰랐다. 차라리 다이오드나 트랜지스터 다루는 것이 편했다. 이 상황을 벗어날 수만 있다면 리의 법칙을 달성할 획기적인 회로를 고안할 수도 있을 것만 같았다. 눈앞에 자꾸만 아른거리는 그의 입술이 속을 울렁거리게 만들었다.

"세, 세준 씨. 미안해요. 속이 좀 안 좋아져서……."

자신을 여전히 세준이라 부르는 것을 보면 분명 무언가 눈치챈 건 아니었다. 그러기에 이 집은 하나가 지적했듯 지나치게 깔끔했다. 이유준의 정체를 눈치채기는커녕 집주인이 누군지 전혀 알 수 없을 정도로.

유준은 그것을 알면서도 선뜻 하나를 놓을 수가 없었다. 이대로 보내자니 마음에 걸렸다. 제기랄. 유준은 사과하는 하나의 붉은 얼굴이, 부르르 떨고 있는 작은 입술이 신경 쓰였다. 그 순간 그 작은 입술이 유준의 삐죽이는 입술에 스치듯 닿았다가 떨어졌다. 찰나의 순간 벌어진 일이었다.

유준의 입이 순간적으로 딱 벌어졌다. 그러나 유준은 아무것도 물을 수가 없었다. 정신을 차렸을 때쯤엔 눈앞에서 하나가 사라져 있었기 때문이었다.

"하."

상상조차 하지 못했던 일이었다. 그러나 유준은 인정할 수밖에 없었다. 싫지 않았다. 아니, 좋았다. 나르카디아에 가까이 다가선 것만 같은 두근거림. 섣부른 확신은 금물이었지만 나르카디아는 자신의 것이나 다름없었다.

"……여보세요."

요란스럽게 진동하는 핸드폰을 받았다. 지금 통화하기엔 더할 나위 없이 완벽한 상대였다. 이 기쁨의 축배를 함께 나누고 싶은 친구.

─잘 되어 가?

"그럭저럭."

─너는 적어도 7부 능선은 넘어야 그렇게 대답하던데. 생각보다 빠르네.

짧은 대답이었지만 유준을 꿰뚫어 본 듯 완벽한 해석이 들려왔다. 유준이 가볍게 웃었다. 여러 가지로 기분이 좋았다.

"아직. 이제 좀 친해진 것 같아."

유준의 손끝이 방금 전까지 하나가 앉아 있던 의자에 닿았다. 입맞춤이라. 다시 생각해도 즐거운 일이었다.

─벌써 연애하는 건 아니지?

"설마. 일반적으로 남녀는 뭘 하면서 시간을 보낼까."

─글쎄, 스킨십?

진담인지 농담인지 알 수 없는 말을 던지며 세준이 낮게 웃었다. 유준 역시 가볍게 웃음으로 받았다. 그러자 세준의 웃음이 뚝 멈췄다.

─이유준, 그 웃음 뭔가 의미심장하다?

"그럴 일이 좀 있어."

─이미 진도 나간 거야? 그게 집 마련해 달란 이유였어?

"나 그 정도 인간은 아닐걸. 우리 큰형이 좀 그러긴 하지만."

평소답지 않게 진심으로 웃고 있음을 유준 또한 인정하는 바였다. 답지 않은 농담에 당황했을 세준의 표정이 보이는 듯했지만 그는 딱히 개의치 않았다. 그만큼 기분이 좋았다.

─뭐, 일반적으로 남녀는 데이트를 할 때 영화도 보고 밥 먹고 차 마시고 그런다만.

"참고할게."

유준의 손이 하나가 마시던 컵에 닿았다. 여전히 보랏빛 액체가 유리잔에 조금 남아 있었다. 손에 쥔 컵을 유준은 살짝 공중에 들었다가 이내 입에 가져다 댔다.

아무도 환영하지 않겠지만 스스로에게 보내는 축배. 쪽, 유리잔에 닿는 자신의 입술 소리마저 경쾌하게 들릴 지경이었다.

─……미친 거 아니지?

세준이 어처구니없다는 듯 유준에게 한마디를 쏘아붙였다. 유준은 아무런 대답도 하지 않았다. 그저 멍하니 컵에서

나는 익숙한 냄새를 맡을 뿐.

"하."

통화 중이었다는 사실조차 잊은 채 유준은 커다랗게 비웃음을 내뱉었다. 무엇을 향한 비웃음인지는 스스로도 알지 못했다. 그저 익숙한 와인 향기가 당황스러웠을 뿐. 아마도 범인은 이 전화 통화의 상대방일 것이다. 이 비싼 와인을 페트병에 담아 냉장고에 넣어 두다니.

유준의 미간이 절로 찌푸려졌다.

—이유준, 내 말 듣고 있냐.

"아, 미안."

박하나가 술기운에 충동적으로 자신에게 입을 맞췄다. 이를 어떻게 해석해야 좋을지 유준은 알 수 없었다.

—뭐야, 나르카디아의 여주인과 함께 있기라도 해? 대체…….

"최세준, 일단 나중에 통화해."

이미 유준의 관심사는 세준이 아니었다. 그의 신경은 온통 박하나에 향해 있었다.

영화, 밥, 차. 영화, 밥, 차. 영화, 밥, 차.

유준은 낯설기만 한 세 단어를 끊임없이 중얼거렸다. 이미 밥은 먹었다. 남은 건 영화랑 차인가. 한참 들뜨고 설레다가 확 가라앉은 기분이란.

유리컵만큼이나 차가운 생각에 가슴이 또 한 번 울렁거렸다. 한쪽 머리가 지끈거리기까지 했다.

역시 나르카디아의 여주인은 절대 호락호락하지 않았다. 그렇기에 이 이유준의 사랑을 걸 만한 가치가 충분하다고 제목을 따라 넘어가는 진한 와인의 향을 음미하며 고개를 끄덕였다.

❈   ❈   ❈

다음 날 아침, 여전히 익숙하지 않은 연구소로 출근한 유준은 하루 종일을 혼자 보내야 했다. 사무실이 텅텅 비어 있었기 때문이다. 중간에 잠시 들른 유 팀장이 팀원들 모두 사장님 지시로 랩에 틀어박혀 있으니 오늘은 편히 계시라며 굽실거리고 사라졌다. 그가 오늘 목격한 사람 전부였다.

유 팀장의 말대로 유준에게는 매우 편한 상황이었다. 마음 놓고 이유준으로서의 업무에 집중하기도 좋았고 업무상 필요한 것들을 상의하려 하는 통화도 눈치 볼 필요가 없었다.

그러나 이상하게도 컴퓨터 화면에 켜진 문서가 전혀 눈에 들어오지 않았다. 한 시간 내로 검토해서 회신해 주어야 할 자료였음에도 불구하고 단 한 글자도 읽을 수가 없었다. 짜증이 치밀었다. 어울리지 않는 시간 낭비였다.

결국 유준은 신경질적으로 노트북 화면을 쾅 닫았다. 그의 시선이 힐끗 옆자리에 닿았다. 아예 올 생각이 없는지 가방도 들고 간 모양이었다. 젠장. 고작 박하나 따위가 뭔데. 빌어먹을 나르카디아. 무력감. 뜻대로 되지 않는 일이 이유준에겐 무척이나 오랜만이었다.

짜증이 일어 세준에게 되도 않는 화풀이까지 했다. 혹시라도 비싸 보이는 와인이 박하나 눈에 걸릴까 봐 만에 하나의 확률을 피하기 위해 치워 둔 것이라는 대답이 돌아왔다. 그 대답이 아주 합리적이었음에도 유준의 집중력은 전혀 향상되질 않았다.

어제의 일로 나르카디아를 영영 잃을까 봐, 라는 거창한 변명을 자기 자신에게 하고 있었지만 스스로 잘 알고 있었다. 보고서나 프레젠테이션, 책, 하다못해 유능한 비서도 이 문제에서만큼은 쓸모가 없었다.

박하나, 도저히 예측 불가능한 존재. 그녀를 봐야만 해결될 문제였다. 그러니까 한마디로 이유준은 박하나가 무척이나 보고 싶었다. 결국 모두가 퇴근한다고 형식적인 인사를 던지고 갈 때까지 유준은 자리를 뜨지 못했다. 노트북 화면엔 여전히 쓸모없는 것들 뿐이었지만 그것을 눈치챌 정도로 유준에게 관심 있는 인물은 한 명도 없었다. 유준 역시 그들에게 관심이 없었기에 개의치 않았다.

짜증이 나는 건 퇴근 시간을 훌쩍 넘긴 지금까지 여전히 옆자리 주인이 올 생각을 하지 않고 있다는 점이었다. 시간은 이미 밤 9시. 어쩌면 퇴근을 했을지도. 랩에서 바로 퇴근하는 것도 연구소에서는 종종 있는 일이 아니던가.

이미 몇 번이나 구겨져서 더는 소리도 내지 않는 이면지만 왼손에 꽉 쥔 채 유준은 한숨을 푹 쉬었다. 연락이라도 해 볼까 싶었지만 정작 할 말이 없었다. 무엇보다 유준은 하나의 전화번호를 몰랐다. 그 사실조차 한 시간 전에야 알게 됐지만. 올지 안 올지 확신조차 없는 사람. 그런 사람을 기다리면서 시간을 낭비하는 것은 정말로 최악의 선택이었다.

"젠장."

나지막이 욕지거리를 읊조리고는 유준이 자리에서 벌떡 일어났다. 박하나 따위, 하루 못 봤다고 동요할 필요가 있는가. 어차피 손 뻗으면 닿을 거리에 있었다. 하루쯤 만나지 못했다 한들 아무런 문제는 없으리라. 아니, 없어야만 했다. 노트북을 챙긴 뒤 넥타이를 잡아당겨 답답함을 풀어 내는 움직임이 거칠었다. 소매와 목 부분의 단추까지 풀어 버린 유준은 생각을 멈추기로 했다. 아무래도 집에 가서 잠을 자는 것이 더 편할 듯싶었다.

"……세, 세준 씨. 아직 안 갔어요?"

그 순간 거짓말처럼 들려온 목소리에 유준의 고개가 망설임 없이 홱 뒤로 향했다.

"하나 씨, 대체……."

제멋대로 뱉어진 말은 마치 그녀를 기다렸다는 뉘앙스라는 것을 뒤늦게 깨달았지만 유준은 굳이 숨기지 않았다. 장장 열두 시간을 넘게 기다리고 있었다. 이유준을 무려 열두 시간이나 기다리게 할 수 있는 존재가 세상에 또 있을까. 무려 아버지의 유언장조차도 하지 못했던 일이었다.

"걱정했어요? 회로 때문에 랩에서 거의 밤새야……."

어젯밤 민망한 기억이 너무나도 선명해 얼굴까지 새빨개진 하나는 유준을 바라보지도 못한 채 변명 아닌 변명을 늘어놓았다. 사실이면서도 사실이 아닌 그런 말들을.

"걱정한 거 아닙니다."

걱정이 아니었다. 랩에서 일하고 있음은 알고 있었다. 정말 걱정이 되었다면 어떤 핑계로든 랩에 찾아갔을 것이었다. 그러나 유준은 그 긴 시간을 굳이 이 자리에서 기다렸다. 박하나가 자신을 피한다는 것을 인정하고 싶지 않아서.

"아, 그럼 세준 씨도 일이……."

"주말에 영화 보러 가죠. 차도 마시고."

"네?"

어젯밤부터 염두에 두던 제안이었다. 그러나 하나는 말의 내용과 표정의 괴리감 속에서 고개를 갸웃거릴 수밖에 없었다. 그의 표정이 지나치게 딱딱한 데다가 말투도 냉정했기 때문이었다.

"그럼 전 이만."

"세준 씨, 지금 그거…… 어, 어제 일은 미안해요. 불편했을 텐데 이상한 책임감 안 느껴도 되는데……."

"무슨 책임감이요?"

하나의 얼굴이 사과보다도 빨갛게 익어 갔으나 유준의 표정에는 미동조차 없었다. 하나는 결국 고개를 푹 숙여 버렸다. 대체 왜 그런 제안을 하는지 이해할 수 없었다. 입맞춤한 여자에 대한 최소한의 예의 혹은 책임감이란 단어 외에는.

"그, 지금이 조선 시대도 아니고 한 번 실수했다고 꼭 뭘 해야 하거나 무슨 관계가 되어야 하는 것도 아니고……."

"실수."

유준은 더듬거리는 말 속에서 한 단어만을 캐어 조용히 읊조렸다. 마음에 들지 않았다. 어차피 술 마시고 일어난 해프닝, 실수라고 보는 게 정상이었다. 게다가 유준도 입맞춤 한 번에 엄청난 의미 부여를 할 생각은 없었다. 그러나 실수라는 단어는 마음에 들지 않았다.

"그, 그게……."

"데이트 신청하는 겁니다."

그래서였을까. 충동적인 말이 나왔다. 하나의 눈이 동그랗게 변했다. 데이트라는 단어와 찌푸린 미간은 참 어울리지 않는 조합이었다. 하나가 민망한 듯 머리를 긁적이며 애써 웃음을 지었다.

"그니까 그게 책임감을……."

"실수였든 뭐든 책임감 같은 거 없습니다. 상관도 없고요."

"그, 그럼……."

"이미 벌어진 일은 앞으로의 의사 결정에 영향을 미치지 못합니다. 경제학에서는 그걸 '매몰 비용'이라고 부르죠. 하나 씨도 지나간 일은 기억 속에 매몰시켜 버리세요."

유준은 자신의 말이 전혀 평범하지 않다는 것을 눈치채지 못했다. 그런 것을 깨닫기엔 단 한 번도 평범해 본 적이 없었으므로.

본래 경제학에서 매몰 비용이란 이미 매몰되었기에 되돌릴 수 없는 비용을 말한다. 즉 실행한 이후에 발생하는 비용 중 회수할 수 없는 비용을 뜻하는 것이다. 그러나 실생활에서 '매몰 비용'은 조금 더 폭넓은 곳에 적용 가능하다. 예를 들어 이미 일어나 버린 일, 따라서 앞으로 무엇을 하든 사실상 영향을 주지 못할 일 등에.

하나는 지나치게 덤덤한 유준의 말에 아무런 대답도 할 수 없었다. '실수'라는 단어에 얼굴을 찌푸렸던 그가 기억 속에서 지워 버리라는 듯 '매몰'이란 단어를 쓸 줄은 미처 몰랐다. 그의 사고를 따라갈 수가 없어 하나는 그저 멍하니 유준을 바라보았다. 그러다 문득 유준의 입술에 시선이 닿자 다시 고개를 푹 숙여 버렸다. 도저히 잊을 수 없는 일이었다.

그러나 유준은 그런 하나의 표정을 전혀 읽지 못했다. 경제학 이론에는 상당히 폭넓은 지식을 자랑하는 이유준이었지만 평범한 현실 감각은 거의 없다시피 했다.

이를테면 그는 무슨 이유로든 남녀 사이의 입맞춤이란 없었던 일이 되지 못한다는 사실을 알지 못했다. 따라서 당연하게도 앞으로 일어날 일에 영향을 줄 사건이라는 것 또한 예측할 수 없었다. 그러니 그는 착각할 수밖에 없었다. 스스로는 호모 이코노미쿠스(Homo Economicus)*라 모든 것을 완벽하게 꿰뚫어 보고 통제할 수 있다고.

"효율적으로 다시 물어보죠."

그래서 그는 엄청난 변수가 합리적인 가정과 이성적인 세계를 전부 깨뜨릴 것을 몰랐다. 아니, 하루가 아무 일도 하지 않은 채 사라질 정도로 이미 깨지고 있다는 사실을 깨닫지 못했다.

"나랑 주말에 영화 보고 차 마셔요, 하나 씨. 데이트 신청입니다."

"세준 씨."

"지금까지 무슨 일이 있었든지 상관없습니다. 내가 하나 씨와 그러고 싶어요. 그뿐이에요."

하나가 다시 고개를 들었다. 이상하게도 그의 어색한 말투, 어색한 표정, 어색한 내용까지 어느 것 하나 싫지 않았다. 결국 하나가 풉 웃어 버렸다. 이런 데이트 신청은 정말로 처음이었다. 들어 본 적도 없는 방식이었다. 그런데도 어젯

---

*호모 이코노미쿠스(Homo Economicus):경제적 인간.

밤의 기억 때문일까, 입술뿐 아니라 이목구비 하나하나가 가슴을 두근거리게 했다. 그래서 하나는 결국 고개를 끄덕이며 기어들어 가는 목소리로 대답했다. 민망함, 설렘, 두근거림, 미안함, 의아함. 이 모든 감정이 한데 뭉쳐 하나의 눈을 깜빡이게 만들었다.

"……좋아요."

깜빡이는 하나의 눈을 멍하니 바라보던 유준은 되었다는 듯 고개를 끄덕였다. 이제야 하루 종일 자신을 괴롭히던 문제가 해결된 느낌이었다. 마치 하나의 얼굴에서 홍조가 지워진 것처럼 유준의 편두통도 미미한 흔적만을 남긴 채 사라져 있었다.

"토요일에 집 앞으로 데리러 갈게요."

오늘 서울에서 공기를 살랑이게 한 나비의 날갯짓은 다음 달 북경에 폭풍우를 몰아치게 할 수도 있는 법이다. 그것이 나비효과가 아닌가. 그러나 인생이 이러한 기상 현상보다 재미있는 것은 이유준의 하루를 혼란스럽게 만든 박하란 변수가 누구에게 무슨 결과를 초래하게 될지 아무도 알지 못한다는데 있었다. 그 순간은 당사자인 두 사람조차 전혀 알지 못했다.

07

조삼모사

토요일, 약속 당일 아침. 아니, 아침이라기엔 지나치게 빠른 새벽 4시. 유준은 입술을 꾹 깨물며 '최세준'의 집에서 몽유병 환자인 양 끊임없이 걷고 있었다.

잠을 자다 깬 건지 아니면 잠을 자지 않고 날을 샌 건지 알 수 없는 몽롱한 시간. 유준의 정신 상태가 딱 그랬다. 하나부터 열까지 준비된 것이 전혀 없었다. 게다가 아는 것도 없었다.

첫째, 나름대로 데이트가 예정되어 있었는데 입을 만한 옷이 없었다. 이곳 옷장에 걸린 건 죄다 와이셔츠뿐이었으며 이유준의 집에 갔다 온다 한들 한 벌에 수백만 원을 훌쩍 뛰어넘는 것뿐이라 유준이 생각하기에도 일반적인 데이트에 입을 만한 것이 아니었다.

둘째, 데이트 장소로 갈 만한 곳이 어디인지 알 수 없었다. 영화 보자 말해 놓긴 했지만 영화관이 어디 있는지도 알지 못했다. 영화를 영화관에서 본 기억이 없었다. 아니, 근본적으로 영화를 비행기 외의 공간에서 본 적이 없었다. 애초에 그런 것에 관심을 두지 않았다. 대중문화는 늘 하릴없는 이들의 것이라고 생각했기 때문이다. LK 그룹 산하 엔터테인먼트의 수장이 된 지금도 그의 태도는 여전했다.

셋째, 근본적으로 약속 시간을 정하지 않았다. 토요일에 집 앞으로 가겠다고 하나에게 말했지만, 정작 구체적인 시간을 정하지 못했다. 경제 연구소에서 열린 긴급한 회의에 하루, LK 물산 주주총회에 하루. 그렇게 꼬박 이틀을 '이유준 사장'으로 사느라 정작 신입 사원 최세준은 반도체 연구소에 이틀 동안 병결을 내야 했던 것이다. 약속 시간을 잡지 못했으니 연락이라도 해야 했지만 먼저 연락할 수도 없었다. 공식적으로 전화번호를 물어본 적이 없었기 때문이었다.

시작하기 전부터 엉망진창, 그 자체였다.

"……누군가 들었으면 엄청 비웃겠군."

자신의 계획을 아는 사람은 오직 세준뿐이었다. 단언컨대 이유준의 바보 같음에 기꺼이 비웃음을 선물할 사람이기도 했다. 유준은 침대에 털썩 주저앉았다. 모든 것을 늘 완벽하게 처리하던 그이기에 박하나 문제에서 만큼은 이토록 빈틈이 많은 스스로를 이해할 수 없었다. 그는 한 손으로 이마를 짚은 채 깊은 한숨을 내쉬었다.

"아……."

곰곰이 생각해 보니 문제가 한 가지 더 있었다. 마땅히 갈 만한 장소도 몰랐지만 설사 하나가 정한다 해도 어떻게 가야 할지 방법을 몰랐다. 늘 차를 타고 다녔기 때문이다. 누가 운 전해 주는 것이든, 자신이 직접 운전하는 것이든 간에. 물론 건물 주차장쪽에 차가 있긴 했지만 차에 대해 문외한이라도 한눈에 알아볼 법한 고급 외제 차를 몰고 박하나를 만나러 갈 수는 없었다.

"택시 타도 되나."

대답해 줄 이 없는 어리석은 질문을 던지며 유준은 결국 침대 위로 쓰러져 버렸다. 누구 하나 원망할 사람 없이 모든 것이 자신의 실수였다. 아직까지 연극이 실패하지 않는 것이 용하다며 스스로 애써 위안한 유준은 뜬 눈으로 몇 시간을 보내야 했다. 시간이 문제를 해결해 주지 못할 것을 알면서 도.

"자요, 여기."

"미안해서 어떡해요. 진짜 고마워요. 그런데 밥이 도저히 넘어가질 않아서…… 휴, 힘드네요."

유준이 건네는 비닐 봉투를 받은 하나가 멋쩍은 듯 미소를 폈다. 유준은 고개를 설레설레 저으며 자신의 자리에 앉았다.

"아픈 사람인데…… 미안해서 면목이 없네요."

"안 아파요."

"그렇지만 세준 씨, 며칠째 결근하지 않았어요?"

"그냥 땡땡이친 거죠."

"네?"

지친 기색이 역력한 회색빛 표정이던 하나가 유준의 말에 조금이나마 생기를 되찾았다. 시원스러운 그녀의 웃음을 따라 유준 역시 옅은 미소를 머금었다. 계획이 어긋나는 걸 극도로 싫어하는 성격이었지만 오늘만큼은 차라리 일이 이렇게 되어 고마울 정도였다.

하룻밤을 꼬박 새게 만든 문제는 전혀 뜻밖의 상황으로 해결되었다. 아침 9시, 씻고 나서도 한참 옷장을 들여다보며 무얼 입어야 할지 결정을 하지 못하던 그때 유준의 핸드폰이 요란스럽게 울렸다. 연구소 사무실 번호로 발신자는 박하나였다.

그녀는 주말을 반납하고 어떻게든 회로 설계를 해 내라는 윗선의 엄명이 있었다며 볼멘소리를 했다. 눈치 없는 이유준도 충분히 알아들을 만큼 지친 목소리였다. 아마도 날을 샜

음이 분명했다. 그렇게 정신없는 와중에도 먼저 전화를 해
준 하나에게 그렇게 고마울 수가 없었다. 새벽 내내 괴롭히
던 편두통이 거짓말처럼 사라졌고 마음 또한 한결 가벼워졌
다.

—데이트 못 해서 진짜 미안해요.

하나가 진심으로 아쉽다는 듯 말했지만, 정작 데이트 신청
을 한 유준은 안도의 한숨을 내쉴 뿐이었다. 전혀 준비되지
않은 일을 함부로 벌리면 안 된다는 진리를 이미 몇 시간 동
안의 시뮬레이션으로 깨달은 덕이었다.

"밥은 먹었어요? 잠은 좀 잤고요?"
—아뇨. 어쨌든 세준 씨도 좀 쉬어요.
"먹고 싶은 거 있어요?"
—어차피 먹을 수 있는 게 죽밖에 없을 것 같은데요. 그것도
못 먹을 것 같지만.
"갈게요."
—아, 아네요. 괜찮은데⋯⋯.
"이따 봐요."

유준은 일방적인 통보를 끝으로 전화는 끊었다. 유준은 오

늘의 계획을 답지 않게 즉흥적으로 수정하면서도 무의식중에 콧노래를 불렀다. 경영자로서 유준은 불확실함과 불확정성을 줄이는 것이 중요하다고 강조해 왔기에 당연한 결과였다.

"어쨌든 고마워요. 잘 먹을게요."

유준은 어서 먹으라는 듯 부드럽게 손짓했다. 누군가를 위해 죽을 사 본 것도, 그것을 직접 배달한 것도 당연히 처음이었다. 게다가 누군가에게 먹으라고 권유하면서 이토록 흐뭇하게 웃어 본 것 역시 처음이었다. 이유준에게 박하나는 여러 가지로 처음인 사람이었다. 스스로도 깜짝 놀랄 만큼.

"완전 철야 근무 모드라 아무래도 함께 영화 보는 건 다음으로 미루어야겠어요. 진짜 미안해서 어떡하죠."

"괜찮아요. 그런데 원래 이렇게 주말도 없이 일해요?"

"원칙적으로는 있는데…… 음, 이거 봐요."

오물오물 죽을 먹으며 이제야 살 것 같다는 표정을 짓던 하나는 난장판인 책상 어딘가로 손을 움직였다. 이것저것 뒤적거리던 그녀가 잠시 뒤 유준에게 건넨 것은 달력이었다. 이것저것 많은 것들이 적혀 있는.

"달력이네요?"

"요일 부분 봐 봐요."

월요일부터 일요일까지 쓰여 있어야 할 부분이 다르다는 것이 눈에 들어왔다.

"월, 화, 수, 목, 금, 금, 금? 이게 뭐예요?"

"새로 부임한 사장님께서 닦달하시는 모양이에요. 소장님께서 모든 연구원들을 소집해 놓고 내린 특명이죠."

"토요일, 일요일을 없애는 게요?"

"시계도 치우라고 하셨는데, 아시다시피 시계는 워낙 여기저기 있으니……."

하나가 한숨을 푹 쉬며 고개를 절레절레 저었다. 누가 들으면 우스갯소리 같을 이야기였다. 말하는 하나 스스로도 웃음이 나왔지만 정말 슬픈 것은 농담이 아니라 현실이란 점이었다.

유준은 자신도 모르게 고개를 절레절레 저었다. 사실 세준이 적어도 잠은 집에 가서 자게 해 달라고 볼멘소리를 하듯 이유준은 이런 측면에서 태준과 다르지 않은 리더였다.

그러나 오직 세준을 비롯한 몇몇의 측근에게만 해당되는 사항이란 점이 아주 큰 차이였다.

직원들의 복지에 대해 고려하는 보기 드문 경영진이라 아름답게 포장할 수도 있겠지만 그런 이유는 아니었다. 그저 믿음이 가지 않는 사람들에게 굳이 무언가를 맡기느니 몸이 힘들더라도 차라리 직접 처리하고 마는 성격일 뿐이었다.

게다가 유준이 맡은 계열사들은 대개 실무진들의 움직임이 중요하지 LK 전자처럼 연구원들 개개의 노력에 따라 성과가 좌우되지는 않았다.

전자 계열사 중 일부, 즉 LK 전기와 LK 디스플레이가 유준 손에 있긴 했지만 실적 면에서 간신히 명맥만 유지하고 있는 곳이었다. 차라리 태준처럼 연구원들을 닦달하면 반도체 사업처럼 그것들도 살아날까. 유준이 씁쓸하게 웃었다.

어쨌거나 제아무리 일중독에 지나친 불신주의자인 유준으로서도 주어진 일들을 도저히 혼자서 처리할 수는 없었다. 따라서 믿을 수 있고 실력 있는 인사들에게 일부 일을 맡기고 있긴 했으나 여전히 모든 최종 결재는 자신이 해야만 안심이 되었다. 아무리 불면증에 시달려도, 사흘 동안 두 시간밖에 눕지 못해도 그렇게 해야만 그나마 마음 편히 쉴 수 있었다. 그래서 달력에 쓰인 월, 화, 수, 목, 금, 금, 금은 사실 그리 낯선 것도 놀랄 일도 아니었다.

그렇지만 박하나의 눈 밑에 깊게 패인 다크 서클을 보고 있자니 기분이 좋지 않았다. 이태준의 말도 안 되는 경영 방식 때문에 자신의 계획이 방해받은 것도.

"사장님이 되게 나쁘네요, 그렇죠?"

"어쩔 수 없죠, 뭐. 빨리 성과 내는 게 우리 같은 사람들이 할 일인 걸요."

"항의하거나 다른 방법은……."

유준은 무의식중에 말을 뱉었다가 이내 입을 닫았다. 경영진에 대한 항의. 지금이야 LK 전자의 사장이 이태준이니 크게 상관없는 일일 수도 있었으나 어쨌거나 자신은 LK 그룹 경영진의 한 일원이었으며 언젠가는 LK 그룹을 손에 넣을 사람이었다.

연극을 하다 보니 지나치게 푹 빠진 것일까. 오늘 잠을 아예 못 잔 탓에 헛소리를 하고 있는 것이라 스스로를 채근하며 고개를 딴 곳으로 돌려 버렸다.

"세준 씨도 아시겠지만 LK 그룹에는 노조도 없는걸요. 항의요? 차라리 사표를 쓰는 게 빠르겠네요."

하나가 자조적으로 웃었다. 그녀는 그가 중간에 말을 멈춘 것이 누구보다 잘 알기 때문이라고 생각했다. 생각해 보니 첫 만남에서도 이런 이야기를 했었다. 그때는 유준이 경영진의 한 사람인 줄 알았다. 아니, 사실은 지금도 그렇게 보였다. 평범한 듯 전혀 평범하지 않은 사람. 어쩌면 눈앞의 남자에게 유독 더 끌리는 이유가 그것일지도 모르겠다고 생각하며 그를 빤히 바라보았다. 어쨌거나 회사에서는 똑같은 '을'임에 감사하면서.

"사표요?"

"하아, 누가 먹여 살려 주기라도 하면 사표라도 확 던질 텐데……."

하나가 장난스러운 한숨과 함께 키득거렸다. 단 한 번도 누구에게 의지해 본 적 없는 그녀였지만 아무리 강하다 해도 어쨌거나 사람인지라 힘들지 않은 것은 아니었다. 물론 절대 이루어질 리 없는 소망이란 걸 잘 알기에 이런 농담도 던질 수 있는 것이었지만. 그러나 날카로워진 유준의 눈매에 하나는 웃음을 멈춰야 했다.

"세, 세준 씨? 농담이에요. 왜요. 사표 쓰면 동기가 한 명도 남지……."

"믿는 구석이 있는 건 아닙니까?"

필요 이상으로 날카로운 물음이었다. 욕심 없는 척, 관심 없는 척 엘도라도의 문고리조차 만지려 하지 않더니 이제 와서 본색을 드러내는 것일까. 어떻게든 그녀의 '가식'을 벗겨내기 위해 표정을 면밀히 살피는 유준이었다. 게다가 이토록 힘들게 몰아붙이는 것이 단순히 LK 전자의 실적을 끌어올리기 위함이 아닌 박하나를 공략하려는 이태준의 계략일 수도 있었다. 생각이 거기까지 미치자 유준의 눈꼬리가 점점 더 올라갔다.

"믿긴 뭘 믿어요. 가진 건 오로지 나 자신뿐인 사람인데…… 미안해요. 농담이었는데 이렇게 싫어할 줄 몰랐어요. 그러니까 표정 풀어요. 네?"

하나는 그의 반응을 도저히 이해할 수 없었지만 최선을 다해 사과했다. 친해진 사람, 정붙인 사람이 갑자기 떠난다고 해서 그랬을까. 여전히 풀어지지 않는 유준의 표정에 하나는 그저 눈동자만 이리저리 움직였다. 트랜지스터를 꽂아야 할 자리에 다이오드를 꽂은 것마냥, 아니 그보다 훨씬 큰 실수를 한 기분이었다.

"……그렇습니까."

나르카디아를 손에 쥔 주제에 매번 저런 식인 하나가 유준은 참으로 뻔뻔하다고 생각했다. 그러나 지금으로서는 할 수 있는 일이 없었다.

이태준의 계략이든, 혹은 박하나의 진짜 농담이든. 그도 아니면 가식이든 간에 더 늦기 전에 나르카디아를 손에 넣어야 한다는 생각만이 간절해질 뿐. 진심을 뱉을 수 없는 유준의 목 안이 까슬까슬했다.

하나는 입술을 달싹거리더니 조심스럽게 속마음을 털어놓기 시작했다. 그것이 유준의 굳어 버린 표정을 녹이길 바라며.

"생각해 보니까 세준 씨가 갑자기 사표를 낸다거나 본사로 돌아간다고 하면 나도 서운할 것 같아요. 우리 함께 일한 지는 고작 일주일 정도지만……."

일주일. 이미 벌써, 혹은 이제 고작. 일주일이란 단어가 유준의 귓가에 자꾸만 맴돌았다. 짧은 기간일까 긴 기간일까. 이상하게 선뜻 결론이 내려지질 않았다.

"어쨌든 정이 정말 많이 들었나 봐요. 하하. 이웃이기도 하고, 동기이기도 하고……."

민망함에 하나의 얼굴이 빨갛게 물들었다. 또다시 그날의 입맞춤이 떠오른 것이었다. 이웃, 동기. 이런 단어로 표현할 수 없게 만든 그 입맞춤 때문에 하나는 순간 말문이 막혀 버렸다.

"데이트할 뻔한 사이라고 해 두죠."

유준이 미묘한 표정으로 고개를 끄덕이며 하나의 말을 이었다.

"그, 그게……."

"일주일이 짧은 시간은 아니죠, 절대로. 적어도 어떤 사람에 대해 어느 정도 판단하기에는 충분한 시간인걸요."

이유준에게 일주일은 누가 뭐래도 충분히 긴 시간이었다. 이를테면 다음 분기에 관한 완벽한 계획을 수십 번 세우고도 남을 시간이었다. 그 일주일 동안 박하나 때문에 망가진 계획도, 느낀 감정도 한두 가지가 아니었다. 그리고 이유준이 박하나에 대해 내린 '판단'은 딱 한 가지였다.

도저히 통제 불가능한 일생일대의 변수!

그러니까 더 이상 시간을 끌어서 좋을 것이 없었다.

"그런가요?"

"하나 씨는 내가 싫어요?"

유준은 지금 하는 질문이 얼마나 노골적인지를 잘 알았다. 그럼에도 의도적으로 정곡을 찔렀다. 박하나는 '최세준'을 싫어하지 않았다.

"그, 그럴 리가요!"

"그럼요? 일주일이란 시간 동안 하나 씨가 나에 대해 무슨 판단을 했는지 알려 줄래요?"

일부러 친절하면서도 단호한 말투를 골랐다. 그것이 얼마나 하나를 몰아붙일 수 있을지 짐작하고 있었다. 예상대로 하나가 입술을 달싹였다.

그녀는 입이 바짝바짝 탔다. 데이트를 나가기는커녕 요일조차 잊어버린 채 틀어박혀 회로나 보고 있게 될 줄 알았건만 이런 이야기를 직접적으로 하게 되다니. 하나는 무척 당황스러웠다. 하지만 그녀는 화제를 돌리거나 거짓으로 둘러대는 법을 몰랐다.

"저는 세준 씨가 좋은 사람 같아요. 편하기도 하고, 같이 있어도 좋고. 나랑 닮은 사람 같으면서도 엄청 달라 보일 때도 있어서 매력 있는 것 같고……."

한 번 열린 하나의 입은 의외로 길게 진심을 늘어놓았다. 유준은 가볍게 미소를 띠었다. 예상보다 훨씬 구체적인 평가였다. 다음 계획을 세우는데 참고할 수 있을 만큼.

"어쨌거나 세준 씨 집에 갔을 때 했던 친하게 지내고 싶다는 말은 진심이었어요. 그, 그날 행동은……."

"내가 좋다면서요. 매력 있는 것 같기도 하고."

자신의 한 말을 유준이 다시 읊자 진솔하게 속마음을 이야기하던 하나의 말문이 또 막혀 버렸다. 쥐구멍에라도 숨고 싶은 기분이 이런 것일까. 딸꾹. 그 순간 딸꾹질이 터졌다. 민망함에 입을 막아 보았지만 딸꾹질은 오히려 점점 심해져만 갔다. 하나의 표정이 빨개질수록 유준의 웃음도 커졌다.

진심으로 웃음이 난 유준이었다.

"웃, 웃지…… 딸꾹, 마요!"

"숨이라도 참아 봐요. 도저히 안 되겠으면 물 갖다 줄게요."

"괜찮, 딸꾹, 괜찮은데…… 하아."

괜찮다는 말과는 달리 하나의 딸꾹질은 멈출 기미가 없었다. 부끄러움과 민망함이 겹쳐 하나는 거의 울 것 같았다. 유준의 말대로 간신히 숨을 참으며 딸꾹질을 멈춰 보려 하였으나 다시 한 번 딸꾹. 그 또한 전혀 소용이 없었다. 눈꼬리까지 접어 가며 즐겁다는 듯 웃는 유준과 눈물 고인 것처럼 촉촉해진 하나의 시선이 교차했다.

그리고 하나는 숨을 멈춰야 했다. 빠르게 스치고 지나간 입술 때문이었다. 하나의 눈이 동그랗게 변했다. 입맞춤, 무려 두 번째 입맞춤이었다. 아주 짧지만 충분히 강렬한.

"멈췄네요, 딸꾹질."

"아…….."

당황해서였을까, 유준의 말대로 하나의 딸꾹질은 정말로 멈춰 있었다. 유준의 말에 고개를 끄덕이면서도 하나는 탐탁지 않았다.

첫 번째 입맞춤은 자신의 실수, 두 번째 입맞춤은 딸꾹질에 대한 유준의 처방이라니. 이토록 설레지 않는 입맞춤이 또 있을까. 그런데 아이러니하게도 하나는 무척 두근거렸다.

당사자도 이해하지 못할 정도로.

"나도 하나 씨 매력 있다고 생각하고 또 좋아요."

"……세준 씨?"

제멋대로 뛰는 심장이나 달랠 겸 가슴에 한 손을 얹은 하나는 오히려 빨라진 심장박동이 손바닥을 타고 온몸으로 전해지는 것을 느껴야 했다.

"그러니까 일 빨리 잘 마쳐요. 더는 방해하지 않을게요. 하나 씨랑 하루라도 빨리 데이트하고 싶거든요."

두 번째 입맞춤은 '최세준'의 대답이었다.

"그럼 저는 먼저 들어가 볼게요. 또 먹고 싶은 거 있거나 너무 힘들면 꼭 전화해요."

첫 번째 입맞춤으로 표현한 박하나의 충동적인 고백에 대한.

"네, 가능한 빨리 마칠게요!"

하나가 활짝 웃었다. 직접적으로 어떠한 사이가 된 것은 아니었지만 무언가 이름 붙여진 사이보다 더 두근거렸다.

그러나 그런 하나의 마음을 아는지 모르는지 양손 가득 주먹을 불끈 쥐고서 '파이팅'이라 말한 유준은 사무실 밖으로 나갔다. 어쨌거나 일을 마치기 위해서는 그가 없는 편이 나았다. 랩으로 가기 위해 자리에서 일어난 하나는 그가 나간 자리에서 좋은 향기를 맡을 수 있었다. 그래서일까, 일이 급한 것을 모르지 않음에도 한참 동안이나 멍하니 그 향기에 취해 있었다. 무엇이든지 해낼 수 있을 것만 같은 기분을 느끼면서.

✤   ✤   ✤

그러나 현실은 늘 이상과는 다른 법이었다.

하나가 어느 정도 일을 마무리 짓고 정상적인 시간에 퇴근할 수 있게 된 것은 그로부터 무려 일주일이나 더 지난 뒤였다. 여전히 반년 안에 반도체의 속도를 두 배 올린다는 것은 불가능해 보였지만 어느 정도 실마리는 찾은 상황이었다.

일이 어느 정도 진전되자 태준의 눈치만 살피던 소장도 한 발짝 물러났다. 지나친 수면 부족은 오히려 업무의 효율성을 떨어뜨린다는 유 팀장의 강력한 건의 때문이었다. 주말 동안 푹 쉬고 다음 주부터 다시 힘껏 달리자는 말과 함께 전 직원이 우르르 퇴근했다.

"모두가 그렇게 약속이라도 한 듯 달려 나가는 건 중학교 점심시간 알리는 종 쳤을 때 보고 처음 봤다니까요. 세준 씨도 봤으면 재밌었을 텐데."

다른 직원들은 모두가 자신의 침대로 달려갔지만, 하나는 아니었다.

"안 피곤해요?"

유준은 맞장구치듯 고개를 끄덕이며 미소 지었다. 그들의 앞에는 따뜻한 허브차가 담긴 컵이 하나씩 놓여 있었다. 간단하게 먹을 수 있는 작은 과자들과 함께.

하나가 원했던 것은 딱 이것이었다. 예상보다 너무 미뤄진 그와의 티타임. 분위기 있는 카페도 아니었고 계속된 야근으로 컨디션도 무척 저조했지만 그럼에도 좋았다.

"피곤하긴 한데 어쨌든 내일도 쉬니까 괜찮아요. 차는 마실 만해요? 사실 집에 손님이 오는 경우가 별로 없어서……."

하나가 배시시 웃으며 물었다. 두 사람은 지금 하나의 집에 있었다. 어디라도 함께 있다면 좋을 테지만 상당히 컨디션이 저조한 지금으로선 집만큼 편한 곳이 없었다. 며칠째 일에만 매달렸던 하나의 컨디션만큼이나 유준의 컨디션 또한 바닥을 찍은 지 오래였다.

연구소가 바쁜 틈을 타 본사를 핑계로 밀린 일들을 이래저래 처리하고 다녔기 때문이었다. 지난 일주일간 일본에 한 번, 중국에 한 번 다녀와야 했고 지방 일정도 몇 차례나 소화해야 했다. 몸이 열두 개라도 모자라다는 말이 무슨 뜻인지 정확히 인지할 만큼 시간을 초 단위로 쪼개 썼다.

그래서였을까, 고작 두 번째 와 보는 하나의 집이 무척 편하게 느껴졌다. 이유준의 집이나 최세준의 집과 전혀 다르게 이곳은 사람 사는 냄새가 났다.

여기저기 정리 안 된 채 널브러진 옷가지도 설거지를 제대로 하지 못해 쌓여 있는 식기들도 참으로 낯설고 이질적인 것들이었지만 왠지 싫지 않았다.

음식 자국 묻어 있는 낡은 식탁 위 투박한 컵에 담긴 허브 차가 그 어떤 아름다운 해변에서 마셨던 음료수보다 깊었다. 유준은 수면 부족이 자신을 미치게 한 것이 분명하다 생각하며 무의식중에 헛웃음을 지어 버렸다.

"세준 씨?"

"아, 미안해요. 잠깐 멍 때리고 있었어요."

"괜찮아요. 이번 주 세준 씨도 되게 바빴죠?"

"거의 외근이었죠."

"영업 사원 아니지 않아요? 여기저기 돌아다녔으면 저보다 더 피곤하겠네요."

"아……."

이유준이 일하는 분야에 대해 한마디로 설명할 수 있을 리가 없었다. 경영자란 자고로 회사 내 모든 분야 전반을 관리하는 사람이었다. 어떤 의미에선 모든 일을 했고 어떤 의미에선 아무 일도 하지 않는 그런 존재. 유준은 마땅히 둘러댈 단어를 찾지 못해 결국 말을 돌리는 것을 택했다.

"그나저나 다음 주부터는 한가해요?"

"그럴 리가요."

하나가 단호하게 고개를 저었다. 그녀의 고갯짓엔 한숨이 묻어났다. 다음 주에도, 그다음 주에도 '리의 법칙'에 어느 정도 근접하기 전에는 연구원들을 닦달할 것이 자명했다. 이런 분야에 대해 누구보다 현실적으로 조언해야 할 CTO(Chief Technology Officer)*는 무슨 일을 하고 있는 건지, 하나는 생각할수록 앞날이 막막했다.

"진짜 사표 낼까 봐요."

"또 농담이에요?"

유준의 눈꼬리는 하나가 처음 사표를 언급했던 일주일 전의 그날과는 달리 평온했다. 사실 화낼 기운조차 없었다. 발바닥에 땀나도록 뛰어다니고 비행기 안에서 옷 갈아입어 가며 일을 했기 때문이다.

그동안 뼈저리게 깨달은 것은 아직도 많은 이사진과 실무진들이 자신을 핏덩이 어린애로 보고 있으며 따라서 정당성을 위해서라도 옥새를 빠른 시간 안에 손에 넣어야 한다는 것이었다. 게다가 태준이 언제까지 뒤에서 지켜보고만 있을지도 알 수 없었다. 은밀히 계획을 시작했을까 봐 겁이 났다. 제대로 풀리는 것이 별로 없는 지금 화를 내는 것보다는 두 사람의 관계를 조금이나마 진전시키는 것이 현명했다.

"글쎄요. 대학 선배들이 만든 벤처 회사가 있는데 차라리 거기로 옮길까 싶기도 한데…… 진짜 미치겠네요."

"그래도 좀 나아진 거 아니에요?"

"그럴 리가요. 아니 같은 그룹 밑에 있으면서 왜 LK 디스

---

*CTO(Chief Technology Officer):최고 기술 경영자.

플레이 공장 가동 시간이 늘어난 걸 우리한테 화풀이하는지 모르겠어요. 윗분들 주식 다툼에 죽어 나가는 건 우리 같은 새우들이라……."

하나는 일주일 동안 쌓아 놓았던 불만들을 봇물처럼 쏟아 내기 시작했다. 유준의 표정이 살짝 구겨졌다. 반도체 연구소와 이태준의 열성에 자극 받은 뒤 LK 디스플레이 공장들을 지방이며 해외까지 돌아다닌 장본인이자 책임자가 바로 자신이기 때문이다. 하나에게 들킬까 싶어 금세 표정을 풀었음에도 그의 입가엔 어색한 미소가 남아 있었다.

"어차피 조삼모사예요."

그러나 하나에게는 가슴속에 답답하게 맺혀 있던 것들을 풀어 내는 것이 우선이었다. 사실 동료들에게 회사 일을 이야기하는 것은 그만큼 편하지만 위험한 일이기도 했다.

비단 학부 시절 경영학 수업 시간에 들은 이야기가 아니더라도 당연한 상식이었다. 그것이 같은 불만을 품고서도 연구원들이 입은 꾹 다문 채 회로에 코를 처박은 이유였다.

그러나 이상하게도 '최세준' 앞에서는 재잘재잘 담아 두었던 모든 말들을 할 수 있었다. 그 또한 내부자였으나 어찌되었든 연구소의 직접적인 일원은 아니기 때문이었다. 게다가 하나는 자신의 마음이 무척이나 편해지고 있음을 실시간으로 체험 중이었다. 때로는 전혀 생각지도 못한 부분을 지적한다거나 제 가치관과 아예 다르게 접근하는 모습을 보여 줄 때가 종종 있었음에도 그와 이야기하는 것이 즐거웠다.

"뭐가요?"

"이번 주가 월, 화, 수, 목, 금, 토, 일이 되었으니 다음 주는 월, 화, 수, 월, 월, 월, 월이 될걸요."

"월, 화, 수, 목, 금, 금, 금이 아니라요?"

유준이 의아하다는 듯 하나의 말에 대꾸했다. 하나가 단호하게 고개를 끄덕였다. 차를 한 모금 입에 머금었다 삼킨 뒤 그녀가 다시 입을 뗐다.

"그러니까 조삼모사란 거예요. 일단 주말은 던져 줬죠? 우선 불만을 잠재웠으니 월요일에 출근해 보면 아예 달력엔 월요일밖에 없을지도 몰라요. 월, 월, 월!"

월요일의 '월'인 건지, 개 짖는 소리를 흉내 내는 건지, 혹은 회사에 대한 불만을 소리 높여 말하는 건지 알 수 없는 하나의 '월, 월, 월!'에 유준이 소리 내어 웃었다. 이토록 활기차게 웃어 본 것이 얼마 만인지 알 수 없을 정도로 즐거웠다.

"그만 웃어요. 진짜 다음 주엔 죽을지도 몰라요."

"조삼모사인 거 알면 거절했으면 됐잖아요?"

간신히 웃음을 멈춘 뒤에도 참을 수 없는지 끅끅대면서 유준이 물었다. 그의 짓궂은 표정에 하나가 입술을 삐죽이며 볼멘소리를 했다.

"인간이 원래 그런 거 아니겠어요? 가만 보면 원숭이나 인간이나 크게 다르지 않은 것 같아요."

"왜요, 고작 네 살짜리 어린 아이도 15분 기다려 두 개 먹을 수 있다 그러면 기다린단 이야긴 못 들어 봤어요? 적어도 20대인 하나 씨는 원숭이보단 나아야 할 것 같은데?"

"마시멜로 실험 말이죠? 그거 기다린 애도 있고 못 기다린 애도 있진 않아요?"

"그렇죠. 그리고 기다린 애들이 20년 후에 학벌부터 직업까지 전반적으로 좋은 성과를 거두었단 보고가 무려 1980년대에 있었죠."

스탠포드 대학의 심리학자 미셸은 간단한 실험을 진행했다. 테이블 위에 놓인 마시멜로 하나와 그것을 바라보는 네 살짜리 어린아이. 15분 뒤 자신이 다시 돌아올 때까지 먹지 않으면 돌아왔을 때 두 개를 주겠노라 아이에게 충분히 설명하고 실험 진행자는 밖으로 나갔다. 아이들 중 30%만이 성공했고 그들은 보상으로 마시멜로 두 개를 받았다.

15년 후 연구자들은 실험에 참가했던 아이들을 추적했다. 기다렸던 아이들이 그렇지 않은 아이들에 비해 SAT 점수에서 무려 210점이나 높은 점수를 받았음을 알게 되었다. 이것이 바로 '만족 지연' 능력에 대해 수많은 학부모의 집착을 불러일으킨 유명한 '마시멜로 실험'이다.

"그래요. 저희 연구원들은 '주말'이라는 마시멜로 한 개를 덥석 먹어 버렸죠. 다음 주에 무슨 일이 닥칠지 짐작하면서도요."

"그게 현명한 걸지도 몰라요."

지금까지의 맥락대로라면 유준은 알면서도 왜 거절하지 않았느냐며 타박해야 했다. 의외의 답이 돌아오자 오히려 하나의 표정이 의아함으로 물들었다. 정작 그런 답을 내놓은 유준은 담담하게 차를 한 모금 마실 뿐이었지만.

"……무슨 말이에요?"

"당장 다음 주에 지구가 종말을 맞을지도 모르잖아요."

"네?"

"만약 다음 주에 지구가 종말하면 이번 주에 죽어라 일만 했을 때 죽는 순간 억울하지 않을까요."

"그렇지만 그건……."

지나친 가정이었다. 농담이 과하다는 듯 웃음으로 손사래를 치려던 하나는 유준의 진지한 표정에 입을 다물어야 했다.

"마시멜로 실험으로 다시 돌아가 보죠. 애초에 네 살짜리 아이들이 미셸을 어떻게 믿죠? 미셸이 15분 후에 안 돌아오면요? 아니면 15분 후에 돌아와서 마시멜로를 뺏어 가 버리면?"

"그렇지만 그건 너무……."

"아이들한테 낯선 사람 믿지 말라 가르치는 건 기본 중에 기본이죠."

"그, 그것도 그러네요."

어느새 하나는 납득한 듯 고개를 끄덕였다. 자신이 알고 있던 상식과 다른 이야기. 가끔 그가 하는 이런 이야기가 자신을 둘러싼 우물을 깨뜨리는 것만 같았다. 그래서 하나는 그가 좋았다.

"이번 주 열심히 일했다 치죠. 그럼 다음 주에 뭐가 돌아올까요? 다음 주엔 정상적인 주말이 보장된다고 누가 그러던가요?"

"아……."

유준은 하나의 표정에 피식 웃어 버렸다. 이태준은 설사 원하는 성과를 예상보다 일찍 거둔다 해도 안주하기보다는 그다음을 위해 달릴 준비를 할 사람이었다. 물론 어느 정도의 휴가나 다른 인센티브를 줄 수는 있겠지만 일시적일 것이 자명했다. 그것은 최고를 꿈꾸는 경영자의 당연한 태도였다. 이유준 또한 똑같기 때문이다.

"저녁에 주인이 먹이를 줄지 안 줄지 모르는 원숭이 입장에선 아침에라도 네 개를 먹어 두는 게 현명한 거고, 15분 후에 연구자들이 약속을 지키리라 확신하지 못하는 아이들은 눈앞의 한 개라도 먹는 게 맞는 거고. LK 전자의 경영진을 믿지 못하는 데다가 세계정세가 나라 안팎으로 어지러운 지금 연구원 일동은 이번 주말을 만끽하는 것이 아주 잘한 결정인 거란 거죠."

"……지금 칭찬한 거예요?"

"아마?"

유준이 다시 키득거렸다. 경영진이 아닌 양 누군가와 바로 그 경영진의 방식에 대해 이러쿵저러쿵 떠드는 일은 놀랍게도 무척 유쾌했다.

"세준 씨는 생각이 평범한 사람들과는 다른 것 같아요."

"왜요?"

"조삼모사에 대해 이렇게 이야기하는 사람 처음 봤어요."

"내가 하는 일이 늘 이런 건데."

"네?"

유준은 속에 있는 말을 꺼내 놓기 시작했다. 이유는 알 수 없지만 어느 정도는 솔직해져도 나쁘지 않으리란 생각이 들었다. 아니, 솔직하게 이야기하는 것 외에는 다른 답을 할 수가 없었다. 아무리 다른 사람인 척, 평범한 척 연기하려 해도 자신은 이유준이었고 아는 것이 그런 유의 것뿐이었다.

차라리 연극에 흠뻑 취해 철저히 자신을 보여 주는 것이 덜 위험했다. 딱 한 가지, 자신의 정체만 철저히 감추면 괜찮을 터였다.

"경영이란 게 항상 그래요."

"그렇다는 게 무슨……."

"늘 조삼모사죠. 한 개를 주겠다, 두 개를 주겠다. 몇 개를 줄지 늘 고민해야 하고 어떤 방식으로 설득하면 협상이 먹힐지 예측하고 판단하고…… 엄청 큰 비전으로 미래를 보는 척

하지만 실은 이사회 눈치를 살피느라 늘 현재의 실적에 연연해야 하고요. 심지어 때로는 귀에 걸면 귀걸이, 코에 걸면 코걸이인 거 뻔히 알면서도 그렇지 않은 척 연기도 해야 하고……."

"아쉽네요."

"뭐가요?"

"이렇게 경영에 대해 잘 아는 사람이 고작 사원이란 게요."

"……아, 그런가."

순간 머리라도 한 대 맞은 양 유준이 멍한 표정을 지었다.

"회사란 게 참 웃겨요. 이미 특허 몇 개 갖고 있는 공학도 불러다가 납땜을 시키질 않나, 학위 여러 개 갖고 있는 경영학도 불러다가 복사를 시키질 않나. 인재 낭비야."

"그러게요."

일반적인 신입 사원이란 복사하는 직업이었나. 그런 것을 전혀 알 수 없는 그로서는 그저 고개를 끄덕이는 것 외에 대꾸 할 말이 없었다. 하나의 눈을 보고 있자니 이상하게 속이 간질거렸다.

"궁금해졌어요."

"뭐가요?"

"세준 씨, 나한테 조삼모사 해 봐요. 복사만 하며 살기엔 경영에 대한 지식이 아깝잖아요."

"무슨 소리예요? 그리고 나 복사만 하진 않……."

"그냥 하는 소리예요. 어쨌든 세준 씨는 나한테 뭘 아침에 주고 뭘 저녁에 줄래요?"

하나가 배시시 웃었다. 유준이 어이없다는 듯 웃었다. 조삼모사라. 뜬금없는 이야기였지만 왠지 진지하게 고민이 되는 유준이었다. 그러다 문뜩 그의 눈이 번뜩였다. 그의 머릿속을 스치고 간 생각은 말도 안 되는 것이었다. 이유준으로서는 절대 뱉을 수도 없고 뱉어서도 안 되는 말. 그러나 최세준으로는 얼마든지 가능한 말.

"우리 잘까요, 결혼할까요."

"무, 무슨……."

"이 한밤중에 성인 남녀가 같은 집에서 할 수 있는 게 뭔지는 하나 씨도 알 거고 아침에 줄 수 있는 건…… 글쎄, 혼인 신고서?"

"세, 세준 씨!"

목까지 새빨개진 하나와는 달리 폭탄 발언을 던진 주제에 태연한 유준은 그저 장난꾸러기처럼 키득거렸다. 결혼이라니, 그 말의 무게감에 대해 박하나는 짐작조차 못 할 것이었다.

"해 보라면서요, 조삼모사."

"고작 사과가 말도 안 되는 수준으로 커졌네요."

"내 스케일이 좀 커요."

하나가 고개를 설레설레 저었다. 진심일 리 없는, 일종의 말장난 게임이라는 것은 알았지만 그렇다 한들 예상치 못한 타이밍에 듣기엔 지나치게 충격적인 말이었다.

"두 손 두 발 다 들었어요. 못 이기겠네요. 그냥 단순한 거 재미 삼아 제안해 보란 소리였죠. 커피, 밥 이런 거요."

"그럼 재미있을 리가요. 방금 조삼모사에서 가장 현명한 방법을 가르쳐 준 게 난데 똑같은 걸 던지면 응용력이 늘겠어요?"

"그래서 세준 씨가 던진 질문에 대한 현명한 답은 뭔데요?"

하나가 그를 흘겨보며 퉁명스럽게 물었다. 간신히 진정하고 보니 그 어이없는 말에 심장이 떨린 것도 같아 자존심이 상했다.

"선택은 하나 씨에게 맡길게요."

"싫어요, 둘 다!"

"내가 그렇게 싫어요?"

진담도 아닌 말을 태연하게 늘어놓으며 자꾸만 키득거리는 유준의 얄미운 표정에 약이 올랐다. 자꾸만 그의 페이스에 말리는 기분에 하나는 무어라 대답해야 할지 감조차 잡지 못했다. 답답함에 입술만 달싹이자 유준이 생긋 웃었다.

"그럼 두 가지만 아니면 돼요?"

"지금은 뭐든 세준 씨만 아니면 될 것 같네요."

뾰로통하게 말한 하나는 뜨거운 물을 더 따르기 위해 자리에서 일어났다. 저렇게 장난스럽게 듣고 싶은 말이 아니었다. 다른 사람이 저런 말을 했다면 엄청나게 화를 냈을 터였다. 그의 태도만큼이나 화를 내지 못하는 자신이 가장 이상하다 생각하면서도 아무것도 할 수가 없었다.

하나의 손이 주전자에 닿는 그 순간 유준이 중얼거리듯 입을 열었다. 그것이 조삼모사에 숨겨진 진짜 본심이기도 했다.

"그럼 사귀죠."

"……네? 아, 아 뜨, 뜨……."

유준의 뜬금없는 말에 더욱 당황한 하나가 주전자의 물을 손에 부어 버렸다. 진짜 뜨거웠는지 아무 말도 못 하고 눈물만 글썽거리는 하나를 보며 오히려 당황한 쪽은 유준이었다.

"괜찮아요?"

유준이 하나에게 빠르게 달려갔다. 우선 주전자를 치우고 재빨리 싱크대의 물을 틀어 손을 흐르는 물에 씻어 주었다. 응급조치를 직접 해 본 적은 없었지만 어린 시절부터 보고 들은 건 있었다. 순식간에 빨갛게 부어오른 하나의 손가락이 무척이나 거슬렸다. 유준의 미간이 찌푸려졌다.

"구급상자 어디 있어요?"

"……괜찮아요."

"괜찮기는 뭐가 괜찮아요. 다 부었는데."

"그냥 살짝 데인 건데요, 뭐. 납땜하다 보면 자주 있는 일이기도 하고……."

하나가 얼굴을 붉히며 유준에게서 고개를 돌렸다. 그의 손에 꼭 붙들려 있는 자신의 손도 민망했고 뾰로통한 상태로 이런 사고를 쳐 도움을 받는 것도 민망했다.

그러나 유준은 하나의 기분 변화에 관심을 둘 수 없었다. 그저 지금은 제 뜻대로 풀리지 않는 상황에 짜증이 날 뿐이었다.

"구급상자 어디 있어요. 내가 남의 집을 뒤질 순 없잖아요. 빨리 말해요."

"저, 저쪽 서랍에……."

하나의 다친 손을 흐르는 물에 넣어 둔 뒤 유준은 발걸음을 옮겼다. 그 앞에 쪼그려 앉아 서랍장 문을 여는데 순간적으로 유준의 머릿속을 스치고 지나간 것은 나르카디아였다. 이 집 안 어딘가에 숨어 있을 보물섬. 슬쩍 유준은 고개를 돌려 하나의 눈치를 살폈다. 지금 이곳을 뒤지면 찾을 수 있을까. 그러다 스스로가 어이없어 실소를 머금었다. 정말로 '도둑질'을 통해 나르카디아를 손에 넣을 수 있다면 이쪽 분야의 전문가를 사는 것이 나았다. 세준이 들었다면 '미쳤다' 손가락질했을 것이라 생각하며 유준은 빠르게 구급상자를 찾았다.

"찾았어요?"

우당탕 소리가 들리자 하나가 유준 쪽을 보며 물었다. 역시나 남이 물건을 찾기에는 너무나도 정리가 안 된 상태였다. 사실 하나도 그곳에 구급상자 있는지 확신할 수 없었다.

"……아, 네."

서랍장 속에서 무언가를 발견한 유준의 표정이 굳어졌다. 구급상자도 찾았다. 그런데 대체 용도를 짐작할 수 없는 이 물건들은 다 무어란 말인가.

"밴, 밴드 붙일 줄 알죠?"

"……네? 아, 네."

"그럼 먼저 좀 가 볼게요."

갑작스럽게 180도 변한 자신의 태도가 말이 안 된다는 것은 유준도 잘 알았다. 그럼에도 불구하고 그는 그 장소를 빠르게 벗어나고 싶었다. 구급상자를 식탁에 올려 둔 뒤 급하게 짐을 챙겨 들었다. 하나가 없는 장소에서 생각할 시간이 필요했다.

"무슨 일 있는 건 아니죠?"

하나는 고개를 갸웃했다. 그가 얄밉긴 했지만 갑작스럽게 가는 것을 원하지는 않았다. 하나는 그와 있는 시간이 즐거웠다.

"아뇨, 전혀. 그냥 좀 피곤해졌어요."

"아, 그렇구나. 그럼 가 봐야죠. 그, 그렇지만……."

"밴드 꼭 잘 붙이고 곧 다시 봐요."

주사기. 그것도 한두 개가 아닌 수십 개. 유준이 서랍장에서 발견한 것들이었다.

"그 아까 한 질문에 대한 답은 필, 필요 없는 거죠?"

"······네?"

하나는 자신이 무슨 말을 하는지도 잘 몰랐다. 그냥 그가 이렇게 가는 것을 원치 않았을 뿐. 그래서 현관에서 신발을 구겨 신는 그를 붙잡았다.

"아니, 그니까 사귀자고······ 아, 아녜요. 가세요. 월요일에······."

"아."

유준이 잠시 멈춰 섰다. 그런 말을 했었지, 자신이. 유준은 순간적으로 이성을 되찾았다. 아무리 급해도 박하나를 만나는 이유는 잊지 말아야 했다.

"진짜로 물은 겁니다."

"······네?"

"생각해 봐요, 그러니까."

그 말을 끝으로 유준은 밖으로 나가 버렸다. 하나는 멍하니 그가 나간 빈자리를 바라보았다. 두 사람의 머릿속이 동시에 복잡해지는 순간이었다.

08

거짓과 진심의 교차로

요즘 들어 빈틈이 많아지긴 했으나 똑똑하다고 자부하던 유준은 집에 들어오자마자 열심히 머리를 굴리기 시작했다.

어째서 박하나의 집에, 그것도 그 서랍장 구석 깊은 곳에 수십여 개의 주사기가 존재하는지 생각해 내야 했다. 보고에 따르면 나르카디아의 자금이 저절로 굴러들어 오는 통장에는 여전히 손대고 있지 않다고 했다.

그러나 표면적으로 아무것에도 관심 없는 척하면서 뒤에서 무슨 일을 꾸미고 있다면 더욱 위험했다. 무엇이든 정답을 찾아내야만 했다.

안타깝게도 머릿속에 떠오르는 것이 없었다. 그에게 주사기란 병원에서나 쓸 법한 물건이었다. 그쪽 분야에 대해 전혀 아는 바가 없었지만 아무리 생각해도 주사기는 일반적으로 구급상자에 들어 있는 물건이 아니었다. 특히나 수십 개를 갖고 있는 것은 도저히 납득이 가질 않았다. 주치의에게 전화를 걸어 물을 수는 있겠으나 일을 크게 만들고 싶지 않았다. 자신이 움직이는 것 하나하나에 주목하고 있는 눈이 많았다. 능구렁이 같은 형, 이태준을 포함하여.

답답한 마음에 유준은 핸드폰을 꺼내 들어 네이버를 켰다. 교수가 질문하고 초등학생이 답변한다는 '네이버 지식인'이 전혀 믿을 게 못 된다는 건 알지만 어찌 되었든 전 세계에서 유일하게 야후를 막아 낸 네이버의 1등 공신이었다. 주사기 세 글자를 입력하면서도 스스로가 한심하다 생각했지만 어쩔 수 없었다.

그런데 결과가 의외였다. 사전적으로 주사기란 몸속에 약물을 투여할 때 쓰는 물건이 틀림없었지만, 유준의 예상과는 달리 쉽게 구매 가능한 물건이었다. 그것도 고작 개당 몇천 원에. 게다가 용도도 생각보다 다양했다. 잉크를 교환하는 용도로 쓴다는 사람들도 있었고, 고양이를 키우는데 필요하다는 사람들도 있었다.

유준의 머릿속이 복잡해졌다. 손가락이 더욱 빠르게 움직였다. 더 많은 정보가 필요했다. 박하나 집에 고양이는 없었다. 프린터기 또한 보지 못했다. 그럼 또 다른 용도가 있단 말인가? 네일 아트에 쓴다는 글이 눈에 들어왔지만, 그녀의 손은 말끔했다. 결국 한숨을 내쉬었다. 검색하면 할수록 미궁이었다.

문득 유준의 머릿속을 스치고 지나가는 한 단어가 있었다. 마약. 생각하기 전까진 무척이나 낯선 단어였는데 막상 떠오르고 나니 그것이 정답 같아 절로 실소가 나왔다. 유학 시절 만났던 미국인들 중에 마약에 푹 절여진 것들이 얼마나 많았던가.

박하나가 마약을 한다, 라. 땡전 한 푼 없는 여자가 그 비싼 마약을, 그것도 마약 청정 국가라고 알려진 대한민국에서 구할 수 있을까. 아니, 무엇보다 그런 성격이었나. 아, 얌전한 고양이가 부뚜막에 먼저 올라간다고 했던가.

한참을 혼자 끙끙 앓던 유준은 결국 세준에게 전화를 걸었다. 그러나 쓸데없는 소리 집어치우라며 연극하더니 머리까지 멍청한 놈이랑 바꿔 먹었느냐는 호통만 들어야 했다. 조사한 바에 따르면 박하나는 마약을 할 정도로 타락한 사람도 아니고, 주사 바늘을 자기 팔에 꽂아 넣을 정도로 강심장도 아니라고 소리쳤다. 그 끝에 덧붙인 말은 그나마 이성적인 것이었다.

"혹시 당뇨가 있는지 알아 볼게."

"당뇨?"

"제발, 상식 좀 가져. 인슐린 말이야."

"당뇨면 주사기를 갖고 있어?"

"대부분은 그렇지. 인슐린을 정기적으로 맞아야 하니까."

한 줄기 희망이 보이는 듯했다. 마약쟁이를 상대로 사랑 연기를 하는 것보다는…….

그러다가 문득 유준의 생각이 조금 전의 하나에게 닿았다.

"당뇨 있으면 단 거 못 먹지 않아?"

"그럴걸?"

"그럼 조사할 필요 없어."

조금 전 자신과 함께 있을 때 단 과자를 얼마나 잘 먹었는 지 떠올려 보면 그나마 합리적이라고 생각했던 가정이 말도 안 된다는 걸 알 수 있었다. 유준은 머리가 지끈거리는 기분 이었다. 요즘 주사기는 아무나 쉽게 살 수 있는 물건이니 신 경 쓸 필요 없다며 세준은 전화를 끊었다. 그러나 유준의 머 릿속엔 계속해서 마약이란 두 글자가 맴돌았다. 유학 생활의 폐해인 걸까. 지우려 해도 지워지지 않는 단어 때문에 고민 하느라 결국 잠까지 설쳐야 했다.

❋   ❋   ❋

"하나 씨, 사는 게 많이 힘들어요?"

유준은 이러다가는 또다시 아무 일도 못 하고 박하나 생각 만 하게 되겠구나 싶어 결국 다음 날 아침부터 하나에게 전 화를 걸었다. 다행히 하나 역시 할 말이 있다고 했다. 하루

종일 고민에 빠져 있느라 한숨도 자지 못한 것은 이유준만이
아니었던 것이다.

"아뇨. 왜요?"

그렇지만 하나의 입장에서는 유준의 말이 상당히 뜬금없
었다. 갑작스러운 유준의 물음이 당황스러웠다.

"괴롭거나 힘든 거 있으면 나한테 말해 볼래요? 우리가 어
쨌거나 아무 사이가 아닌 건 아는데, 그래도 동료고 또 친구
니까······."

"네?"

결국 '관계' 이야기였던 건가 싶어 하나가 피식 웃으며 고
개를 끄덕였다. 그리고는 하룻밤을 꼬박 고민하게 만든 문제
와 그 답을 꺼내 놓았다.

"그니까 동료도 친구도 하지 말고, '아무' 사이 하자는 거
죠?"

"그, 그게······."

"이런 식으로 고백하는 사람도, 이렇게 답을 재촉하는 사
람도 아마 세상에 세준 씨밖에 없지 않을까요."

"아."

유준이 멍청한 표정으로 하나를 보았다. '고백'이라니, 하
나가 무슨 말을 하는지 알 수가 없었다.

어제 분명 그런 연기를 하긴 했지만 자신이 지금 묻고 싶
은 것은 달랐다. 나르카디아의 여주인이 혹시라도 마약을 한

다면 다른 문제보다 빠르게 해결해야 했다. 만일 나르카디아를 담보로 마약을 들여오기라도 했다면 진심으로 아찔했다. 주사기에 제아무리 많은 용도가 있다 한들, 유준의 머릿속은 다른 가능성을 생각하지 못했다.

"그래요, 우리 만나 봐요."

"······네?"

"사귀자면서요. 사귀자고요. 자는 거나 결혼하는 건 모르겠지만 사귀는 건 좋아요. 대답 됐어요?"

"아······."

연극이 매우 성공적으로 이루어졌으니 즐거워해야 맞는 상황임을 모르지는 않았지만 멍하니 바보 같은 표정을 지을 수밖에 없었다. 하나는 그것이 숨겨져 있던 그의 쑥스러움이라고 착각했지만 말이다.

"자, 그럼 우리 이제 뭐할까요?"

"하나 씨, 그러니까 그게······ 내가 묻고 싶은 것이 있어서 보자고 했는데······."

"그거에 대한 답 이미 한 거 아녜요? 질질 끄는 거 싫어서 그냥 대답부터 해 준 건데, 안 됐어요?"

"그러니까요, 그게······."

유준은 이 상황에 어떻게 말하는 것이 맞는 것인지 아주 잠시 고민했다. 눈을 딱 감았다가 떴다. 어쨌든 이 상황에 궁금증을 해결해 줄 사람은 박하나뿐이었다.

"하나 씨, 혹시 마약해요?"

"네?"

하나는 마시던 커피를 뿜을 뻔했다. 농담이라도 그런 소린 하는 거 아니라고 이야기하려는데 유준의 표정이 이상하리만치 진지했다. 아침에 불러내서 묻는 말이 저렇게 황당한 것일 줄이야. 하나는 도저히 그를 이해할 수 없었다.

"미안해요. 보려고 본 건 아니었어요. 어제 서랍장에서 주사기를 잔뜩 봤어요. 하나 씨, 지금이라도 빨리……."

다른 용도였다면 주사기들이 구급상자 옆에 있을 이유가 없었다. 그렇다면 정답은 아무리 봐도 마약이었다. 속이 타들어 갔다.

"뭐라고요? 주사기요?"

"치료받으면 괜찮을 거예요."

스스로도 더 이상 박하나를 사랑하기로 한 최세준의 진심인지 나르카디아를 걱정하는 이유준의 연기인지 알 수 없었다. 그저 박하나를 데리고 빨리 병원에 가야 한다는 생각뿐.

"절 어떻게 보신 거예요, 지금!"

"……네?"

"세준 씨, 문학 전공했어요? 왜 말도 안 되는 소설을 쓰고 그래요!"

"그럼 그 주사기는……."

"아무것도 아녜요. 일 때문에 가지고 있는 거예요."

황당하다는 듯 이야기를 딱 잘라 끊는 하나였다. 유준의
머리가 빙글빙글 돌았다. 반도체 쪽에서 일하는 하나가 도대
체 뭐 때문에 주사기가 필요한 거지?

"일이라는 게……."

"반도체 연구소에서 일하는 사람이 반도체 연구할 때 쓰
지, 어디다 쓰겠어요?"

"하, 하지만……."

연구소 내에서 유준은 단 한 번도 주사기를 본 적이 없었
다. 박하나 본인의 책상뿐만 아니라 그 외 팀원 모두의 책상
에서도. 한 번이라도 봤었다면 고민조차 안 했을 것이었다.

여전히 의아하다는 듯한 유준의 표정에 하나가 한숨을 푹
쉬고는 설명을 늘어놓았다. 토요일 아침부터 왜 이런 이야기
를 해야 하는지 알 수 없었지만 모든 분야에서 일반적인 사
람들과는 다른 가치관을 가진 유준에게 경이로움을 표할 수
밖에 없었다.

"다중 주사기 유체 전달 시스템을 이용해서 반도체 처리
용액을 주입하는 방법이 특허받은 게 무려 10년도 넘은 일이
죠."

"아……."

"랩에서 실험할 때야 장비도 좋고 시설이 워낙 최첨단이
니 작은 주사기를 쓸 일이 없지만 집에서 실험할 때는 방법
이 없거든요."

"집에서도 일해요?"

"그럼 연구소 성과가 거저 나오는 줄 알았어요?"

"미, 미안해요. 난 혹시라도……."

"집 정리 엉망으로 해 놓은 내 탓이고 그런 걸 봐서 놀란 것도 이해는 하지만 차라리 나한테 어제 물어보지 그랬어요. 아니, 어떻게……."

하나는 진심으로 기가 막힌 듯 연신 헛웃음을 짓고 있었다. 최근에 안 사이라지만 서로를 꽤 안다고 생각했고, 오래 본 이들보다 더 많은 것을 보여 줬다고 생각했던 유준이 그런 오해를 하다니. 하나로서는 서운하기도 하고 속상하기도 했다.

유준은 일단 자신의 생각이 망상에 그쳤음에 감사했다. 박하나가 그런 사람이 아니란 사실에 안심하기도 했다. 그러나 문제는 연극 판이었다. 오해를 풀고 보니 자신의 계획이 실패할 위기임을 깨달은 것이다 그의 표정이 더욱 어두워졌다.

"걱, 걱정돼서요. 나는 하나 씨가 좋은데 걱정되니까……."

"우리 사귀자는 대답은 일단 취소할래요."

"아, 안 돼요!"

유준이 감정적으로 소리치자 토요일 아침 카페에 정적이 찾아왔다. 몇 안 되는 사람들의 시선이 온통 자신들 쪽으로 향하자 하나가 고개를 절레절레 저으며 나지막한 목소리로 중얼거렸다.

"내가 마약쟁이 같아 보인다는 사람하고 뭘 할 수 있겠어요."

"하나 씨, 그건 걱정돼서 그런 거라니까요."

"몰라요."

"화 풀어요. 진짜 미안해요. 그리고 사귀자는 말은 분명히 진심이었고……."

누군가의 화를 풀어 줘 본 적도 달래 본 적도 없는 유준에게 이런 일은 무척이나 어려운 것이었다. 어쩔 줄 몰라 쩔쩔 매는 표정을 본 하나는 웃음이 나올 뻔했으나 꾹 참았다. 어제 자신을 놀린 것에 대한 소소한 복수였다.

마약에 관한 질문은 분명 서운했지만 유준에 대한 호감을 지울 정도는 아니었다. 따라서 답을 취소하겠단 것 또한 거짓이었다. 오랜 시간 고민하고 또 고민을 했지만 그를 놓치고 싶지 않았다. 어쨌거나 같이 있으면 좋은 사람, 자신과는 사뭇 다른 가치관으로 세상을 보게 해 주는 사람, 어쩌면 자신의 형편조차도 받아 줄 것 같은 사람. 그녀는 그가 좋았다. 그것이 연애하고 싶은 감정인지 정확히 알 수는 없었지만 더 가까워지고 싶은 것만은 분명했다.

"미안해요, 정말로. 대신 오늘 밤, 근사한 데서 살게요. 차도 분위기 좋은 곳 가서 마시고……."

"조삼모사에 안 넘어갈래요. 말로 현혹시키지 말아요. 진짜 삐졌으니까."

"하나 씨, 잘 들어 봐요."

'조삼모사'라는 단어에 유준이 말을 덧붙였다. 누군가를 달래는 법은 잘 몰랐지만 이 자리에서 박하나를 설득하는 법은 왠지 알 것만 같았다.

"조삼모사의 기본으로 다시 돌아가 보죠."

"안 넘어간다니까요."

"원숭이 입장에서 아침에 3개, 저녁에 4개 준다고 한다면 당연히 싫을 거라고 했죠? 그건 과수원 주인을 믿을 수 없기 때문이죠."

유준의 핸드폰과 최세준의 핸드폰이 동시에 울렸다. 문자가 도착했다는 뜻이었다. 양쪽 핸드폰의 진동에 잠시 말을 멈췄던 유준은 이내 하나와 눈을 맞췄다. 그녀에게 집중하겠다는 진심 어린 연기였다.

"사실 원숭이 입장에선 7개를 아침에 받아 두고 자신이 나눠 먹는 게 가장 현명한 선택이었을 거예요. 그런 의미에서 하나 씨도……."

확인을 재촉하듯 다시 한 번 양쪽 핸드폰이 진동했다. 어지간히 급한 상황인 모양이었다. 결국 '최세준'의 핸드폰을 꺼내 들었다. 양쪽 전화번호 모두로 긴급한 메시지를 동시에 보낼 수 있는 사람은 딱 한 사람뿐이었다.

"하나 씨도 7개를 다 받아 보는 게 어때요?"

"무슨 뜻이에요?"

그럼에도 여전히 유준의 눈은 핸드폰이 아닌 하나에게 향해 있었다. 지금 이 상황에서 유준에게 그녀보다 중요한 것은 없었다. 뾰로통하게 입꼬리가 내려가 있는, 다친 손가락에 삐뚤게 밴드를 붙여 둔 박하나가 무척 중요했다.

"밥도 맛있는 거 먹고 차도 마시며 데이트하는 것. 또 결정적으로 나랑 사귀는 건 늘 오는 기회 아니에요. 나 진짜 큰맘 먹고 제안했는데 하나 씨가 그렇게 협상을 거부해 버리면 내가 다시는 제안 같은 걸 안 할지도 모르잖아요."

"뭔가 주객이 전도된 것 같아 보이는 건 내 착각인가요?"

하나는 어이없다는 듯 고개를 살짝 저으며 되물었다. 그러나 유준은 어깨만 으쓱했다.

"그래서 그게 사과 7개를 한 번에 받는 거다?"

"그럼요. 아니다, 사과 일곱 박스쯤 될지도."

"자신감은 좋네요. 날이면 날마다 오는 기회가 아니라니, 자기 자신을 그렇게 포장해도 좋은 거예요?"

"내가 그 이상은 될 거라고 생각하거든요."

다시 한 번 짧은 진동이 느껴졌다. 결국 유준은 핸드폰을 열어야 했다. 역시나 세준이었다. 그리고 문자의 내용은 무척이나 짧고 간결했다.

〈ABC의 유능한 요원 한 사람이 이태준 사장에게 붙었대.〉

필요한 정보는 그 짧은 문장 안에 다 있었다. ABC는 미국 정재계 일원들 중 아주 굵직한 인사들만을 대상으로 하는 로비스트 집단이었다. 정체를 드러내지 않고 알파벳으로 된 코드 네임을 사용하기 때문에 흔히 ABC라고 불렸다. 그들 중 하나가 이태준에게 붙었다니. 그가 ABC에서 고객으로 받아 줄 만큼 굵직한 인물이란 뜻인지, 혹은 그들의 도움을 받아야 할 만큼 형이 자신을 대결 상대로 인정해 준 것인지 아직은 알 수 없었다.

무엇보다 ABC를 끌어들일 정도로 매달려야 할 일이 계열사 문제인지, 혹은 유준을 공격해 LK를 하나로 합치는 건지, 그도 아니면 나르카디아를 손에 넣는 것인지도 불분명했다. 그러나 한 가지는 분명했다. 유준은 핸드폰을 다시 주머니 안쪽에 넣고 하나를 똑바로 바라보았다.

"박하나 씨."

"……네?"

"좋아합니다."

"그, 그게……."

하나의 얼굴이 금세 빨갛게 물들었다. 또 무슨 장난을 치는가 싶어 유준의 얼굴을 살폈으나 그의 표정이 지나치게 진지해 시선을 맞출 수 없었다. 심장이 빠르게 뛰었다. 그 때문일까, 손이 떨려 차마 커피 잔을 쥘 수조차 없었다.

"눈 딱 감고 사과 7개 아침에 받아 주세요."

"하, 하지만……."

"아까 일은 정중하게 사과드리죠."

유준의 고개가 살짝 숙여졌다. 하나는 궁금했다. 저 남자의 가슴속 심장도 자신과 똑같이 뛰고 있을지.

"그러니까 정식으로 사귀어 봅시다."

유준의 입꼬리가 호선을 그렸다. 부드럽게 휘어진 입술이 매력적인 미소를 담았다. 하나는 그 미소를 믿기로 했다. 그의 심장 박동을 직접 느껴 볼 순 없었다. 돌발적인 행동은 입맞춤으로 충분했다.

"……좋아요. 그럴게요."

하나가 고개를 끄덕였다. 유준 또한 고개를 끄덕이며 중얼거렸다.

"나는 하나 씨가 필요해요."

이것만은 확실한 진심이었다. 그래서 진심으로 웃을 수 있었다. 커피 향이 은은하게 흐르는 토요일 아침, 유준에게 더욱더 분명해지는 한 가지였다.

✳   ✳   ✳

"세준 씨, 뭘 그렇게 두리번거려요?"

"아, 아뇨. 오랜만이라……."

"네?"

"그러니까…… 귀국하고는 처음 왔거든요. 많이 바뀌었네요."

이상하게 들리리란 걸 알고 있었다. 그렇지만 어색한 건 어쩔 수 없었다. 하나에겐 귀국하고 처음이라 둘러댔지만 실제로는 생애 처음이었다. 영화관이 이렇게 사람이 넘쳐 나는 공간인지도 처음 알았다. 유준은 벌써부터 어지러운 기분이었지만 간신히 꾹 눌러 참았다.

ABC의 로비스트가 이태준에게 붙었다는 걸 알게 된 오늘, 최세준과 박하나의 제대로 된 첫 데이트란 아주 중요한 첫 단추이기 때문이었다.

"사실 영화관에서 영화 보는 게 저도 오랜만이긴 해요. 뭐 볼까요?"

"뭐든, 하나 씨 좋아하는 걸로."

"배려해 주는 거라기엔 아무리 봐도 귀찮아 보이는데…… 보기 싫은 건 아니죠?"

"……그럴 리가요."

유준이 억지로 웃으며 손사래를 쳤다. 귀찮은 것이라기보다는 영화를 모르는 것에 가까웠다. 그리고 리스트에 있는 영화들 중 이유준 취향에 조금이라도 맞을 만한 것이 한 가지도 보이지 않았다.

미국이 세계 평화를 지키는 것처럼 은연중에 홍보하는 할리우드 블록버스터도, 억지로 관객들의 눈물을 짜내려 감동

코드를 덕지덕지 발라 놓은 한국식 가족 영화도 유준에겐 낭비였다. 고작 몇천 원의 영화 표값이 아니라 감히 돈으로 환산할 수 없는 이유준의 '시간' 낭비.

"음, 뭐 보지."

유준은 영화에 대해 고민하는 것보다 차라리 하나의 표정을 살피는 편이 더 즐거웠다. 꽤나 진지하게 고민하는 모습이 왠지 모르게 귀여워 보였다. 그러다 하나의 얼굴이 홱 자신을 향하자 유준은 민망해져 가볍게 헛기침을 했다. 하나는 배시시 웃어 주었다. 그리고 유준의 손을 잡아끌었다. 번호표에 적힌 순서가 어느덧 그들의 차례를 가리키고 있었다.

결국 두 사람은 바로 10분 뒤에 시작할 영화를 골랐다. 하나의 선택 장애와 유준의 선택 거부가 결국 시간표에 의해 해결된 것이었다. 지구와 우주를 넘나드는 SF 영화였고 점원의 권유대로 4D 영화를 보기로 결정했다.

"네, 그럼 고객님 결제는……."

"이걸로."

유준은 습관적으로 지갑에서 카드를 꺼내 점원에게 내밀었다. 새까맣게 빛나는 카드엔 이유준의 영문명이 쓰여 있었지만 세심히 들여다보지 않는 이상 박하나가 눈치챌 리 없다고 자신했다.

그런데 결제를 다 마치고 영화관에서 데이트할 때 필수라던 팝콘을 사려 매점 쪽으로 몸을 돌릴 때였다. 전혀 예상치 못한 질문이 하나로부터 던져졌다.

"세준 씨, 카드 잘 알아요?"

"……네?"

"아니, 아까 결제한 카드가 좀 신기해 보여서."

"아."

유준은 메뉴판을 보는 척 딴청을 피웠다. 머릿속은 재빠르게 돌아가고 있었다. 무엇이 신기하다는 건지 생각에 생각을 거듭해 봐도 정확한 답을 찾을 수 없었다. 유준은 하는 수 없이 하나를 쳐다보아야 했다. 정작 질문을 던진 사람은 유준을 따라 메뉴판의 글씨를 읽고 있었다.

"하나 씨?"

"아, 전 음료수 하나면 될 거 같은데…… 팝콘을 그리 좋아하지 않아서요."

"아뇨, 그거 말고. 카드에 관해서 뭐 묻지 않았어요?"

"아아, 네. 유준 씨 카드처럼 그렇게 까만 카드는 처음 봤거든요. 일단은 LK 카드 쓰고 있긴 한데…… 월급쟁이 되고 나니까 여기저기서 전화 오더라고요. 카드 만들라고. 그래서 혹시 잘 알면 좋은 거 추천받을까 했죠."

도둑이 제 발 저리는 법이라고 했던가. 혹시라도 눈치챘을까 걱정했던 유준은 가볍게 웃었다.

"질문이 웃겼어요?"

"아뇨, 저도 잘 몰라요. 카드는 한 장뿐이기도 하고."

"유준 씨는 어디 카드사 쓰는데요? 한도 그런 건 얼마나 해 놔야 하는 건지도 잘 모르겠고, 혜택은 또 뭘 따져야 하는지도 모르겠고…… 금융의 세계는 너무 복잡한 것 같아요."

하나가 고개를 절레절레 저었다. 유준은 하나의 볼멘소리에서 도저히 나르카디아를 끄집어 낼 수 없었다. 신용카드조차 몰라서 금융의 세계가 복잡하다 이야기하는 사람이 웬만한 중소기업보다 더 복잡한 나르카디아를 다룰 수 있을 리가. 가식이 아니었다. 유준은 그녀가 확실히 진심이라고 확신할 수 있었다.

"나도 뭐, 그냥 LK 카드 쓰는 거죠. 뭘 따지고 쓰는 건 아니라."

유준은 가능한 자연스럽게 보이도록 대답하며 어깨를 으쓱했다. 어떻게 조언을 하려 해도 한도나 혜택을 따져 본 기억이 없었다. LK 카드에서 새로운 카드를 출시한다 했을 때 경영자의 입장에서 생각해 본 적은 있었지만 단 한 번도 소비자의 입장에서 카드를 선택해 본 적은 없었다. 게다가 LK 카드에 대한 보고서도 아버지가 내준 개인적 과제로 작성했을 뿐 태준의 손에 들어간 계열사에 대한 자세한 정보를 알 수 있을 리 만무했다.

"되게 의외네요."

"뭐가요?"

"세준 씨, 그런 거 잘 따질 줄 알았는데. 경영학도기도 하고 꼼꼼한 것 같아서."

"······하하, 그런가요. 그래서 뭐 먹는다고요?"

멋쩍게 웃으며 유준은 가능한 빨리 대화 주제를 돌리고자 하나에게 메뉴판을 상기시켰다.

"아, 전 그냥 음료수 하나면 될 것 같아요. 팝콘은 그리 좋아하지도 않고. 영화관 팝콘 너무 비싸지 않아요? 진짜 돈 낭비하는 기분?"

하나가 속에 있던 말을 내뱉었다. 팝콘이란 음식 자체에 대한 호불호는 특별히 없었다. 그러나 영화관 팝콘 가격에 대해서만큼은 확실하게 '불호'였다.

"가격은 수요와 공급에 의해 형성되는 건데요, 뭐."

"그래도 이건 너무 비싸요."

"걱정 마요. 내가 사 줄 테니까. 먹고 싶으면 말해요. 이러다 영화 시작하겠네요."

"진짜 괜찮아요!"

하나는 속마음을 들킨 기분에 억지스러울 정도로 강하게 손사래를 쳤다. 얼굴이 달아오르는 기분이었다.

"돈 때문이에요?"

"아, 아뇨. 그냥······ 저 같은 사람이 수요를 좀 낮춰야 가격이 떨어지지 않겠어요?"

하나는 지나치게 짠순이라는 인상을 준 것 같아 멋쩍게 웃으며 꽤나 뻔뻔하게 논리를 정당화해 나갔다.

"돈 때문 맞네. 내가 산다니까요. 그리고 아무리 하나 씨 같은 사람이 있어도 가격은 안 떨어질 겁니다. 그러니 먹고 싶으면 먹고, 아니면 말고. 그게 베스트예요."

"뭐, 저야 일개 개인이지만……."

"그게 아니라 영화관 매점 사업은 거의 독점 시장이거든요."

"네?"

"사실상 팝콘이든 음료수든 원가는 고작 몇백 원 할걸요."

"알고는 더 못 먹겠다. 아니, 그런데 이런 큰 영화관에 입점하려는 사람들은 많지 않을까요? 왜 독점이 가능하지."

하나는 이해가 가지 않는다는 듯 고개를 갸웃거렸다. 유준은 어떻게 설명하는 게 좋을까 잠시 고민하다가 이내 대학 시절 세준의 말투를 따라 하며 입을 열었다.

"그야 당연히 재벌가의 '도련님들' 때문이죠."

"네?"

"사실상 대기업들이 운영하는 이런 큰 영화관들의 매점은 오너의 직계 가족들이 소유권을 갖고 있는 경우가 많아요."

"왜 큰 부자들이 이런 자잘한 사업에……."

"전혀 자잘하지가 않아요. 영화관 전체 매출 중 대략 20% 정도는 매점 수입이라는 통계 결과가 있거든요."

"진짜 너무들 한다."

하나가 고개를 절레절레 저었다. 유준은 그녀의 어두운 낯빛을 보며 묘한 기분에 휩싸였다.

현대 사회에서 오너의 가족이기만 하면 누구라도 '빨대'를 꽂듯 덤벼드는 것은 예삿일이었다. 사실 영화관의 매점 정도는 어떤 의미에서 별것 아닌 일에 가까웠다. 커피숍, 음식점, 빵집, 심지어는 술집까지.

운영하는 대기업과 하등 관계없는 일이라도 엄청난 자본력을 앞세워 덤벼드는 일이 숱했다. 자본가들이 고작 푼돈에 집착해 서민들을 죽이고 있다는 언론의 질타에도 굴하지 않는 것은 그렇게라도 먹여 살려 주지 않으면 기업이란 모체에 거머리로 남아 있을, 전혀 도움 안 되는 가족들 때문이었다.

멀리 갈 것도 없이 LK 물산 내 유일하게 자리하고 있는 커피숍이 여전히 큰형 이희준의 명의인 것만 보아도 명백했다.

유준은 잠시 자신이 '가진 것들'에 대해 고민했다. 어쩌면 자신도 당연하게 빨대를 꽂고 있는 존재일지도 몰랐다. 자신이 비웃었던 큰형처럼.

"……재벌가의 상속에 대해 하나 씨는 어떻게 생각해요?"

"네?"

"아니, 그냥 궁금해서요. 영화관 팝콘 사업도 결국 그중 하나고……."

"금수저로 태어나서 아무런 노력도 없이 편하게 사는 사람들? 우리 사장님만 봐도 결국 자신의 성과를 위해 애꿎은 직원들을 열심히 쪼고 있잖아요. 월, 월, 월 하면서."

하나가 재미있는 농담이라도 되는 듯 밝은 표정으로 재잘 거렸지만 정작 그 이야기를 듣는 유준의 표정은 더욱 굳어져 만 갔다. 유준은 입술 안쪽을 꾹 깨물었다.

"세준 씨?"

"LK 전자 이태준 사장, 현재 가장 촉망받는 젊은 기업인 순위 1위인 건 알고 있어요?"

유준은 어쩌다가 이태준에 대해 변호하게 되었는지 이해 할 수가 없었다. 게다가 나르카디아의 여주인 앞에서, 아니 그냥 박하나란 사람 앞에서 이런 이야기를 하고 있는 건지 납득할 수가 없었다. 그럼에도 열을 올릴 수밖에 없는 건 능 력 있는 존재라고 대내외적으로 알려진 태준조차 인정받지 못한다면 자신은 정말 아무것도 아니게 될 것 같아 두려웠기 때문이다.

"그야 이승권 회장님의 아드님이니까 그런 거 아니겠어 요? 그냥 이태준이라는 개인이었다면 그 나이에 사장은커녕 부장 직함도 못 달았을걸요."

"하지만……."

"세준 씨, 처음 만났을 때부터 궁금했던 건데 혹시 진짜 회장님의 아들이라도 돼요?"

"……네?"

내용의 심각성을 아는지 모르는지 정작 질문을 던진 하나 는 지나치게 태연했고 또 밝았다. 농담의 연장선인 것처럼.

그러나 유준은 순간적으로 흐르는 식은땀에 침을 꿀꺽 삼켜야 했다.

"아니, 일단 단합 대회 때 이미지도 그랬고요. 사실 식당에서도 한 번 물어봤었지만 가끔 대화하다 보면 나랑은 다른 세계의 사람 같다고 해야 되나, 아무튼 그래서요. 아, 절대 나쁜 뜻은 아니에요!"

하나는 혹시라도 유준이 오해할까 싶어 재빨리 덧붙이며 손사래를 쳤다. 무언가 유준의 표정이 심상치 않음을 눈치챘기 때문이다.

"그럴 리가 있겠습니까."

유준은 가능한 목소리를 차분하게 내기 위해 애쓰며 한 자한 자 힘을 주어 또박또박 이야기했다.

자신이 생각해도 이태준을 변호한 건 지나치게 위험했다. 자칫 잘못하면 이 연극을 다 깨 버릴 수 있을 정도로. 물론 평정심을 유지할 수 없었을 만큼 자존감이 위협받는 상황이긴 했지만.

유준은 어느 정도 인정하고 있었다. 자신이 이승권 회장의 아들이기에 LK 그룹을 손에 넣을 수 있는 자격이 생겼단 것을.

그러나 그 과정이 '쉬웠다'는 것에는 전혀 동감할 수 없었다. 물론 그것을 하나가 알 리 없는 것 또한 지극히 당연했지만. 어쨌거나 지금 이유준에게 분명한 것은 한 가지였다. LK

그룹이 그러했듯 나르카디아 역시 당연하게도 이승권 회장의 후계자 몫이라는 것.

"아, LK 그룹의 아드님은 아니어도 왜 하다못해 중소기업까지 치면 대한민국에 한두 개가 아니잖아요. 왠지 세준 씨라면……."

하나는 말꼬리를 흐렸다. 엄밀히 말해 중소기업을 운영하던 사업가의 자녀는 자신이었다. 물론 유복한 가정환경보다는 가난으로 찌든 가정환경이 훨씬 더 익숙했지만.

"외국에서 공부한 탓에 발상에 조금 독특한 부분이 있는 것뿐입니다."

"그런가. 하하."

문득 떠오른 부모님 생각에 조금은 울컥해진 하나가 멋쩍게 웃으며 고개를 돌렸다. 눈물이 날 것 같았다. 그리고 그 순간 하나의 눈에 커다란 전광판이 들어왔다.

"어!"

당황스러움과 놀라움이 묻어나는 짧은 감탄사와 함께 표정 관리를 위해 애쓰던 유준의 고개 또한 저절로 전광판 쪽으로 돌아갔다.

"늦었네요."

"그, 그러게요."

"미안해요. 빨리 고르고 들어갈 걸 괜한 이야기를 해서."

"아뇨. 제 탓도 있죠, 뭐."

이미 지나 버린 시작 시간. 두 사람의 시선이 쑥스럽게 맞닿았다가 이내 환한 웃음으로 번졌다. 하하하, 어이없다는 듯 시작한 둘의 웃음이 자연스레 멈출 때쯤 두 사람의 손 또한 자연스레 맞닿아 있었다.

"뭐, 조금 늦었지만 지금이라도 들어갈까요?"

"세준 씨, 영화 별로 보고 싶은 생각 없죠?"

"아마도?"

유준은 굳이 거짓말을 하지 않기로 했다. 박하나와 있는 시간이 아까운 건 아니었지만 영화를 보는데 쓰는 시간은 지극히 낭비로 느껴지는 것이 사실이었다.

"어, 그럼 늦은 김에 포기할까요?"

"나쁘지 않네요."

"티켓값 좀 많이 아까운데……."

"본 셈 치죠."

"하지만……."

"스크린에서 나오는 쓸데없는 이야기들을 수동적으로 듣고 있는 것보단 하나 씨랑 대화하는 게 훨씬 더 박진감 넘쳐요."

유준은 무의식중에 진심을 꺼내 놓았다. 대화하는 것, 차마 '즐겁다'고 말할 순 없었다. 어쨌거나 거짓이 들킬까 봐 조마조마했기 때문이다. 하지만 한 가지 확실한 건 싫지는 않았다. 마치 탁구를 치듯 핑, 퐁, 핑, 퐁 이어지는 랠리. 박하나는 가끔 어디로 튈지 모르는 스매시를 날리곤 했다. 유준은 그것을 리시브하는 것이 박진감 넘쳐서 그녀와의 대화가 흥미로웠다. 진짜 최세준이 들었다면 나르카디아를 걸고 게임이나 하고 있다고 구박을 늘어놨을 테지만.

"집까지 걸어갈까요?"

"네?"

"날씨가 나쁘지 않은 것 같아서요."

유준이 자신의 왼손에 하나의 오른손을 가볍게 쥔 채 흔들었다. 손을 잡고 걸어 보자는 무언의 메시지였다. 하나가 살짝 붉어진 얼굴로 가볍게 끄덕였다. 이런 날 어두컴컴한 영화관보다는 밝은 햇살 아래가 더 좋을 것 같았다.

"그럼 가죠."

집에 돌아가는 두 사람의 길 위엔 아슬아슬한 거짓말과 차마 숨길 수 없는 진심이 있었다. 조금은 두근거리는 심장과 완벽하게 따사로운 햇살도. 걷기엔 더할 나위 없이 좋은 토요일 오후였다.

09

균열

"L, 나르카디아에 대해 이렇게 손 떼고 있을 수는 없어. 그게 얼마나 중요한 곳인지 너도 잘 알 텐데?"

"압니다."

L이라 불린 남자가 화분의 난 이파리를 손끝으로 만지며 대답했다. LK 그룹, 여기까지 오기 위해 얼마나 많은 것을 잃어야 했던가.

"그럼 자네가 직접 나섰으니 이제 슬슬……."

"아뇨. 아직은 기다려 주세요."

"자네가 기다리래서 일단은 기다리고 있지만, 이유준 그 녀석이 만만치 않아. 이미 나르카디아의 주인과 꽤 가까워진 것 같고……."

"나르카디아 주인이 바보도 아니고 가까워졌다고 덥석 넘기겠습니까?"

"하지만 그 여자……."

"그냥 가만히 계시면 제가 알아서 하겠습니다."

L은 표정을 딱딱하게 굳힌 채 단호하게 말을 끊었다. L은 정확히 알고 있었다. LK 그룹의 후계자라며 세간을 떠들썩하게 했던 이태준보다 더 위협적인 건 이유준이라는 사실을. 어차피 둘 다 자신에게 미치지 못하지만.

"조만간 모든 것이 잘 될 겁니다."

그가 눈을 반짝이며 손에 힘을 살짝 주자 난의 이파리가 바스러졌다.

✽   ✽   ✽

"그래서 ABC의 누가 이태준 옆에 붙은 건데?"

"아직은 몰라."

"하아, 누가 먼저 제안한 건지도 모르는 거지?"

하나와의 데이트를 마치고 오랜만에 평창동 집으로 간 유준은 밤늦은 시간이었음에도 불구하고 세준과 회의를 진행했다.

수단과 방법을 가리지 않기로 유명한 ABC의 로비스트 중 한 사람이 형 옆에 붙은 것은 복잡한 문제였다. 유준의 질문에 세준은 고개만 끄덕일 뿐 뚜렷한 답을 주지 못했다.

"그럼 표적은? 역시 나르카디아야?"

"그것 또한 알 수는 없지만 아닐 것 같은데."

"그럼?"

"일단은 각 계열사의 내실을 기하는데 조금 더 집중하는 모양새야."

"그러니까 그 말은······."

"미안."

유준이 미간을 찌푸리자 세준이 사과를 건넸다. ABC의 로비스트가 한국에 들어와 태준 옆에 붙어 있기 시작한 것은 최소 일주일 전이었다. 유준과 함께 LK 디스플레이 문제를 처리하느라 태준에 대한 경계를 소홀히 한 바로 그 시점이었다. 보고가 이렇게 늦어진 것은 세준의 잘못이라고 할 수 있었다.

"하아, 이미 엎질러진 물은 주워 담지 못하니 다음을 준비해야지."

한숨을 쉬는 것과는 달리 유준의 머리는 빠르게 회전했다. 그 대단하다는 아버지 생전에도 LK 디스플레이는 유명무실한 상태나 다름없었다.

오죽하면 매각하는 편이 낫다는 소리까지 나왔을까. 그런 LK 디스플레이를 어느 정도 회생시켜 놓는다면 이사회에서 유준의 입지는 지금보다 단단해질 것이다. 만에 하나 LK 디스플레이의 기술이 회생과 동시에 엄청난 파급력을 불러일으킨다면 나르카디아 없이도 태준을 꺾을 수 있는 기회가 생길지 모른다. 그것이 지난 일주일 동안 LK 디스플레이 문제에 공을 들인 이유였다. 기회를 잡기 위해 모든 방법을 동원한 만큼 세준 또한 정신없었을 것이 자명했다. 그를 탓할 일이 아니었다.

"LK 디스플레이 신기술 개발은 어떻게 되고 있대?"

"연구원들이 철야 근무해 준 덕분에 다음 주 중에 좋은 결과물이 나올 것 같아."

"결과물 나오고 나면 인센티브 단단히 챙겨 주고 휴가도 좀 보내 줘."

"……뭐?"

"옆에서 지켜보니 연구원도 할 게 아니더라."

유준의 머릿속에 눈 밑이 검던 하나가 떠올랐다. 자신과 헤어지던 순간에도 월요일 출근이 걱정이라고 한숨을 쉬지 않았던가. LK 디스플레이 연구원들 역시 마찬가지일 것이었다. 아니, 어쩌면 늘 1등인 반도체 연구소 연구원에 비해 늘 뒷전이었던 LK 디스플레이의 연구원은 더했을지도.

"내가 보기에 내 직업이 제일 몹쓸 것 같은데."

"네가 애쓰는 거야 내가 제일 잘 알지. 다 끝나면 네 몫으로 단단히 떼어 줄게. 너 이런 말 싫어하는 거 아는데……."

유준이 한숨을 쉬며 말하자 세준이 피식 웃었다.

"뭐 얼마나 떼어 줄 건데?"

"어?"

"그냥 가볍게 받을 생각 없으니 잘 생각해 놔."

"진심이야? 관심 없는 척하더니?"

세준이 대답 없이 어깨를 으쓱해 보였다. 의중을 알 수 없는 세준의 표정에 유준은 잠시 손가락으로 미간을 꾹꾹 눌렀다. 사람의 마음을 읽는 건 여러 가지로 어려운 일이었다. 박하나도, 최세준도. 차라리 업무 이야기가 훨씬 쉬웠다.

"어쨌거나 신기술 개발 끝나면 그다음은……."

"너도 잘 알고 있다시피 계약과 공장 가동이지."

"그 계획은 어떻게 되어 가고 있어?"

"LK 전자 휴대폰이나 TV에 계약하면 제일 좋겠지만 그 부분은 알다시피……."

"이태준한테 먼저 보여 줄 순 없잖아."

"그래서 우선 미국과 일본, 중국 기업들로 눈을 돌려 볼까 해. 세계 경기가 침체되었으니 외국 기업들은 의리보다 실리를 추구하지 않겠어?"

"좋아. 너도 알겠지만 이 일은 극비로 진행되어야 해."

유준은 왼쪽 손가락으로 다시 한 번 눈썹 부위를 꾹꾹 눌렀다. 여러 가지 일들을 한 번에 고민하려니 머리가 지끈거렸다. 그럼에도 온전히 자신이 감당해야 할 일들이었다.

"당연히 잘 알고 있는 부분이지."

"당분간 너는 LK 디스플레이 일에 집중해 줘."

"그럼 너는?"

"투 트랙(Two—Track)으로 가자."

이태준이 ABC와 손을 잡았다. 계열사의 힘이나 이사회에서의 입지가 압도적으로 강한 이태준에게 ABC란 우방까지 생겼다면 유준이 그를 이기는데 LK 디스플레이만으로는 부족했다.

"LK 디스플레이와 나르카디아."

"아, 사랑으로 나르카디아를 사는 거. 놀겠단 소리로 들린다?"

"아냐, 힘들어. 그리고 이제 시작인걸, 뭐."

"비서로서 충고를 하자면 우리도 내실을 다지는데 좀 더 신경을 쓰긴 해야겠는데."

"그게 전혀 진심으로 와 닿지 않는 건 내 문제냐, 네 문제냐."

유준이 농담을 섞어 말하자 세준이 낮게 웃어 보였다.

"충고가 안 맞는다 싶으면 어쩔 수 없지."

"알잖아. 내실 다진다 한들 이태준 밑에 있는 계열사들과 내 계열사들이 같은 수준에서 경쟁이 될 리가 없다는걸."

"그러니까 이번 일 성공시켜야지."

"그럼 이사회에서야 내 능력 인정받겠지. 그래서 뭐? 그렇다 한들 LK의 중심축은 여전히 이태준 밑에 있을 게 뻔해.

만일 이태준이 이사회 결정을 인정하지 않겠다며 그룹을 반으로 쪼개기로 마음먹으면 그땐 어쩔 도리가 없어. 그래서 ABC의 힘이 필요했던 걸까 봐 신경 쓰여."

"하지만 이태준 사장이……."

"형에게 LK란 이름은 중요하지 않아. 사실 나한테도 마찬가지고. 껍데기뿐인 LK에는 관심 없어."

속이 꽉 들어찬 LK 그룹과 제 아버지가 누렸던 달콤한 자리를 자신이 차지할 것이다. 그것이 이유준이 살아온 이유였다. 그러기 위해선 나르카디아가 꼭 필요했다. 상징적인 면에서도 실질적인 면에서도 나르카디아의 힘은 중요했다.

"형은 나르카디아가 아직 간절하지 않을 거야. 형도 나르카디아 문제가 쉽게 해결될 거라 생각하지 않을 테고."

"너한텐 쉽단 말로 들린다?"

"그럴 리가. 어떤 방법을 쓰더라도 해내야지."

"그래서 네 진심, 이유준의 사랑은 진짜 걸었어?"

거칠 것 없이 생각을 꺼내 놓던 유준의 말문이 막혔다. 세준의 물음에 어떤 대답을 해야 할지 난감했다. 하나에 대한 마음이 어느 정도 진심인 건 사실이었다. 그런데 그게 사랑일까, 정말. 유준의 동공이 살짝 흔들렸다.

"답답하네, 진짜. 그럴 거면 차라리 솔직하게 말해서 도와달라고 해."

솔직함이라. 유준이 쓰게 웃었다.

"뭐라고 말할까? 나 사실 LK의 이유준이다, 나르카디아가 필요해서 너한테 접근했다. 그러니까 나르카디아를 좀 넘겨주라, 그렇게? 그럼 박하나가 '응, 알았어' 하고 줄 것 같아?"

"그럴 리가."

"그러니까 너도 애초에 사랑으로 나르카디아를 사라고 했던 거 아냐? 네가 힘든 거 알아. 너무 오래 걸려서 미안해. 최대한 빨리 끝낼게. 너도 LK 디스플레이에 집중해 줘."

이유준과 박하나. 박하나와 최세준. 이미 첫 단추부터 잘못 끼워진 관계였다.

유준은 하나의 얼굴을 떠올리며 씁쓸하게 웃었다. 이제 와서 솔직하게 보여 준다 한들 최세준을 향했던 그녀의 호감이 자신에게 넘어올 리 없었다.

다시 단추를 꿰어 맞추기엔 시간이 턱없이 부족해 그저 '낭비'처럼 느껴졌다. 하나의 얼굴을 지우려고 고개를 살짝 저었다. 이상하게 유준의 속에서 쓴 물이 올라왔다. 식도가 타들어 가는 아픔에 얼굴을 찌푸렸다.

"……괜찮냐?"

"투 트랙이 성공하면 우리 휴가나 가자."

유준이 담담한 척 눈을 감으며 중얼거렸다. 무척이나 피곤했다. 정신적으로, 아주 많이.

"내가 너랑 어딜 가."

"그렇지. 어딜 가도 우리 둘이 가면 좋을 것 같진 않지?"

"글쎄, 굳이 어딜 간다면 목적지는 나르카디아가 좋을지도."

이 모든 상황의 시작점이 그곳이었으니 전부 종결되면 그곳으로 가야겠다고 생각하며 세준의 말에 동의하듯 고개를 끄덕였다.

지상 낙원이라는 나르카디아가 LK의 수장이 된 자신에게도 과연 낙원일까. 유준은 이상하게도 확신할 수 없었다.

절대 잊을 수 없으리라 믿었던 나르카디아의 모습이 흐릿했다.

❋   ❋   ❋

애초에 경제학은 왜 자원이 부족한가, 다시 말해 희소성의 문제에서 출발한다.

어느 경제학 교과서든 간에 거의 첫 페이지에 나오는 것이 바로 물과 다이아몬드의 예이다. 물은 아주 풍부하고 다이아몬드는 아주 적다. 그것이 우리가 말도 안 되는 비싼 돈을 주고 다이아몬드를 사는 이유라고 경제학자들은 설명한다.

그러나 재미있는 점은 희소성이 절대적인 것이 아니라 상대적인 것이란 점이다. 사막 한가운데를 헤매고 있는 탐험가에게 제아무리 값비싸다 해도 다이아몬드가 무슨 의미가 있겠는가. 다이아몬드를 100개 준다 한들 물 한 병이 더 귀하게 느껴질 것이다. 물질이 동일하다 해도 상황과 사람에 따라 희소성의 가치는 분명 다르게 느껴지기 마련이다.

그렇다 해도 이건 정말 아니었다.

"세, 세준 씨 괜찮아요?"

하나는 유준의 표정이 이토록 일그러지는 것을 본 기억이 없어 무척이나 당혹스러웠다. 조금 전까지 두 사람은 평범한 시간을 보내고 있었다. 함께한 지 한 달, 그 길지도 짧지도 않은 시간 동안 두 사람이 데이트다운 데이트를 한 건 고작 몇 차례에 불과했다.

하나의 예상대로 반도체 연구소에서는 회로 설계를 위해 철야 근무가 계속되었고 유준은 LK 디스플레이 신기술 관련 계약으로 출장을 다녀와야 했기 때문이다.

"잠깐만 아무 말도 시키지 말아 봐요."

"세준 씨."

"잠깐, 잠깐이면 돼요!"

한 달의 시간이 지나자 드디어 이태준 사장도 직원들을 닦달하는 것을 그만두었다. CTO가 불가능하다고 올린 보고서를 이제야 받아들인 듯했다.

그러나 LK 화학에서 좋은 조건으로 신제품 수출 계약을 따낸 덕분에 사장이 반도체에 대해 일시적으로 집착을 버린 것뿐이라고 유 팀장이 회식 자리에서 한탄하듯 털어놓았다.

연구원들은 태풍 전야가 가능한 길게 지속되길 바라며 건배했다.

하나는 이 또한 '조삼모사'라 생각하면서도 연인과 여유 있게 보낼 시간이 있음에 감사했다. 그런데 대망의 첫 주말이 이런 분위기가 될 줄은 상상도 못 했다. 심지어 조금 전까지 멀쩡했기에 그가 이토록 예민하게 구는 이유를 알 수 없었다.

그들은 최세준의 집에 있었다. 데이트랍시고 밖을 많이 돌아다니는 것이 그들 스타일이 아님을 조삼모사의 그날 깨달았다. 그래서 집에서 간단히 밥을 먹고 나란히 앉아 TV를 보며 일상적인 하루를 같이할 수 있음에 즐거워했다.

자그마한 TV에선 뉴스가 나오고 있었다. 중국의 한 디스플레이 회사에 관한 것이었다. 유준은 뉴스를 보자마자 표정을 굳히더니 줄곧 그 상태였다.

그런데 대체 무엇이 문제란 말인가. 하나는 고개를 갸웃하면서도 차마 유준에게 물을 수 없었다. 그의 표정이 지나치게 구겨져 있었다.

"궁금한 게 하나 있어요. 하나 씨, 수학 잘하죠?"

"네? 그게 무슨……."

"3000억 대 30억. 계산 좀 해 봐요."

"네?"

"이게 말이 된다고…… 하아, 젠장!"

유준은 아무 생각도 할 수가 없었다. 감정에 매몰되면 아무것도 할 수 없는 것이 당연했지만 지금으로서는 감정을 컨트롤할 정신이 없었다.

방금 나온 뉴스는 다른 사람 모두가 한 귀로 듣고 한 귀로 흘리더라도 이유준만큼은 그럴 수 없었다. 신생에 가까운 중국의 한 회사가 대략 30억 원을 들여 개발했다는 신기술은 자신들이 곧 출시하기 위해 무려 3000억 원을 쏟아부어 준비해 온 것이었다.

그것으로 따낸 계약이 몇 개이며 빠르게 지을 수 없어 빌린 공장이 몇 개였나. 이건 말이 안 되는 이야기였다. 디스플레이 업계를 선도하는 몇몇 국내외 대기업이라면 모를까, 신생 회사에서 건드릴 수 있는 수준의 기술은 절대 아니다.

결론은 한 가지였다. 저 30억 원의 개발 자금은 개발을 위해서 들인 돈이 아니었다. 게다가 기술 이름도 완벽하게 똑같다. 물론 설계도도 똑같겠지.

"세준 씨, 방금 뉴스 때문에 그래요? 디스플레이 업계에 무슨……."

30억 원, 일반인의 기준에선 도저히 감이 오지 않는 숫자. 하나는 뉴스에서 그 숫자를 들었음을 기억해 냈다. 그것이 왜 그를 이토록 화나게 한 것인지는 이해할 수 없었지만.

"3000억 대 30억. 100 대 1이군요. 고작 그 정도 가치에, 후……."

"진정하고 일단은……."

"3000억 들여서 30억을 번다면 하나 씨는 그 일을 할 겁니까?"

"미쳤어요? 나 그렇게 바보는 아녜요."

"경제학적으로 그렇죠. 그런데 그런 짓을 한 사람이 있네요."

"무슨……."

"저 기술, LK 디스플레이에서 공들여 준비하던 겁니다. 돈만 3000억이 들어갔고 고생한 사람들의 노력은 기회비용으로 환산할 수 없을 겁니다. 아마 회사가 입은 손해는 상상조차 하지 못할 천문학적 비용일 것이고요."

"네?"

"기술 유출이란 뜻입니다."

사실 기술을 유출했을 LK 디스플레이 연구원, 혹은 사원의 입장에선 기회비용이나 연봉까지 다 고려해도 고작 몇천만 원 대 30억 정도로 느껴졌을 것이다. 아마도 엄청난 이익으로 느껴졌겠지.

이런 상황을 경제학자들이 듣는다면 희소성이란 상대적이라고 설명할 터였지만 그걸 배우자고 감당하기엔 너무나 뼈아픈 손실이었다.

그러니까 이런 일이 일어나선 안 되는 것이었다. 설계도까지 유출시킬 수 있는 사람은 열 손가락 안에 꼽혔다. 다시 말해 그가 신뢰하던 인물 중 한 사람이 저질렀다는 이야기였다. 대체 무엇이 문제였을까. 유준은 차마 세준에게 전화를 걸 생각조차 할 수 없었다. 아니, 이미 제 전화기가 불에 타고 있을지도 몰랐다. 그러나 아무리 머리를 굴려 봐도 수습할 방도가 떠오르지 않았다.

"……이게 신기술 유출이란 거죠?"

공학도 입장에서 기술은 함부로 유출돼서는 안 될 무척이나 중요한 것이었다. 게다가 동료들과 피땀 흘려 만든 기술을 누군가 유출한다면…… 생각만 해도 아찔했다.

기술 유출을 막기 위한다는 이유로 동종 업계에 1년 이내 취업을 제한한다는 계약서 조항을 연구원들이라면 누구나 감수할 정도로 기술의 중요성을 충분히 존중하고 있었다. 심지어 국내 타 기업도 아닌 외국 기업으로의 유출은 '매국노'와 다를 바가 없었다.

단순히 신기술에 관한 뉴스인 줄 알았는데 그것이 산업 스파이 문제였다니. 하나는 당혹스럽기 그지없었다. 그러나 무엇보다 놀라운 것은 유준의 모습이었다. 대체 그것이 왜 그를 저토록 화나게 만든 건지 이해할 수가 없었다.

"하, 정말 미치겠네요."

"세준 씨, 공학도이자 LK의 직원 중 한 사람으로서 무척 유감스러워요. 그래도 요즘 법이 잘 되어 있고……."

"이 정도 급의 사건은 국정원에서 나설 겁니다. 국가 간의

문제로 번질 위험이 있으니까요. 그렇지만 그래서 해결되는
게 뭡니까."

"네?"

"범인은 잡겠죠. 그리고 그 범인은 얻은 이익의 상당 부분
을 빼앗길 겁니다. 그런데 그게 LK 디스플레이에 무슨 도움
이 되겠습니까? 어차피 중국에서 신기술 발표를 한 이상 다
른 회사들도 이제 기술을 베껴 앞다투어 내놓을 겁니다. 미
묘하게 다른 걸 일일이 법적으로 대응할 수 없어요. 경영자
에게 신기술이란 양날의 칼입니다. 이제 LK 디스플레이의
무기였을 신기술이 LK 디스플레이를 망가뜨리게 되겠네요."

누구를 탓할 수 없었다. 자신이 직접 고르고 믿었던 사람
들이다. 그들 중 누구로부터 정보가 샜다면 그건 누가 뭐래
도 자신의 탓이었다. 세준이야 미안해하겠지만 그의 잘못도
아니었다. 유준은 확신할 수 있었다. 이 일의 뒤에는 누군가
있었다. 그건 ABC의 일원이라는 로비스트, 혹은 이태준일 터
였다.

"하지만 세준 씨, 그래도……."

"법은 사후 처리만 해 줄 뿐입니다. 어차피 기술 유출의
배후자는 꼬리 자르기 하고 모른 척할 거예요. LK 디스플레
이가 완전히 무너지면 그 사람이 처벌을 받든 말든 그게 무
슨 상관이겠습니까."

"세준 씨, 제발 진정 좀 해요."

"진정할 수가 없군요."

"세준 씨의 정의감은 알겠어요. LK 그룹에 대한 애사심도 알겠고요."

"네?"

애사심이란 단어를 듣자 유준은 어이없다는 듯 날카로운 눈빛을 떴다. 그러다 문득 자신의 말이 하나에겐 얼마나 어이없게 들렸을지 깨달았다.

자신과 세준 사이에서만 오고 간 은밀한 계획, 투 트랙. LK 디스플레이 쪽은 이미 망했다. 그렇다면 한쪽 동아줄이라도 꽉 동여매야 했다. 그런데 제 손으로 끊는 것이나 다름없는 일을 하고 있었다. 머리가 순간적으로 띵해졌다. 유준은 한쪽 관자놀이를 손끝으로 누르며 어색한 미소를 지어 보였다.

"어쨌거나 세준 씨는 LK 전자 사람이고 고작 사원인데 뭘 그렇게까지 분개해요. 모든 일에 예민하면 건강에 안 좋아요. 그리고 대체 저게 LK 디스플레이 신기술인 건 어떻게 알았어요?"

"아, 그게……."

LK 디스플레이 문제를 뒷수습하는 것도 충분히 복잡한 문제였다. 그런데 나르카디아 여주인이 자신의 정체를 의심하기 시작한다면 걷잡을 수 없는 불길이 번질 것이다. 유준은 하나의 눈치를 살피다 슬쩍 눈빛을 피했다. 그리고는 한숨을 푹 쉬고는 변명을 늘어놓기 시작했다.

"내가 어쨌든 본사에 소속되어 있다 보니 이런저런 일을 맡아요. 지난 한 달 동안 좀 정신없었던 게 LK 디스플레이의 신기술에 관한 일을 하느라 그런 건데……."

"와."

하나의 짧은 감탄사가 유준의 귓가에 울렸다. 빈정거리거나 믿을 수 없다는 표정 대신 진심 어린 감탄을 얼굴에 담고 있었다. 유준은 그녀의 얼굴을 바라보느라 멍하니 아무 말도 하지 못했다. 조금만 머리를 써 봐도 절대로 말이 되지 않을 이야기였다. 그런데 진심으로 감탄을 하다니. 유준으로서는 뒤통수를 한 대 맞은 양 얼얼한 기분을 지울 수가 없었다. 늘 어놓는 거짓말들이 마치 자신을 찌르는 칼날같이 느껴졌다. 그럼에도 해야 했다. 자신은 LK의 이유준이기에.

"……아무튼 그래서 복잡하네요."

더 치밀한 거짓말은 차마 꺼내지도 못한 채 말을 끝냈다. 하나의 눈을 바라볼 자신이 없어 시선은 천장에 두었다.

"역시 능력 있는 사람이었네요."

"……그냥 시키는 일을 하는 것뿐이에요."

"어쨌든요. 너무 신경 쓰지 말아요. 어쨌든 벌어진 일이고 절대 세준 씨 잘못이 아니에요. 위에서 처리하겠죠."

"내 잘못……."

"아무리 봐도 죄책감 느끼는 표정이었어요, 세준 씨. 아까

부터 화내는 게 말이에요."

"그건……."

분명 이유준 잘못이었다. 하나의 말대로 사원 최세준은 전혀 관련이 없었지만 사장 이유준은 책임이 있었다. 문제를 처리해야 할 인물도 바로 자신이었다. 그러나 하나 앞에서 할 수 없는 이야기였다. 오늘따라 유준은 그 점이 씁쓸하다 못해 외롭게 느껴졌다. 절로 한숨이 나왔다.

"아무튼 도와주고 싶은데 도와줄 방법이 없네요. 그렇지만 힘냈으면 좋겠어요. 우리도 뭐, 반도체 속도 올리는데 성공해서 주말에 쉬는 게 아니거든요."

"그런가요."

"실패는 성공의 어머니죠."

기운을 북돋우려는 듯 밝게 웃는 하나를 따라 유준 또한 어색하게 하하, 웃었다. 실패는 대부분 성공의 어머니이다. 그러나 이유준 같은 사람에게 실패란 끔찍한 결과로 이어질 확률이 더 높았다. 그것이 이유준과 박하나의 결정적인 차이였다.

"세준 씨, 그런 일 있을 땐 기대도 돼요."

하나의 손이 어느새 유준의 볼에 닿았다. 유준은 낯선 느낌에 움찔했으나 가만히 있었다. 스르르, 그 손길을 따라 소파에 닿아 있던 유준의 머리가 하나의 어깨 위로 옮겨 갔다. 작고 좁은 데다가 여리기까지 한 그 어깨로.

"하, 하지만……."

여자의 어깨에 기대는 남자가 있던가. 연애에 대해 아는 것이 별로 없었지만 어색한 일이라는 것쯤은 알 수 있었다. 게다가 누군가에게 기대는 약한 모습 따위를 내보인 적도 없었다.

정글에서 살아남기 위해 어려서부터 그래선 안 되었다. 바동거리며 일어나려는 유준의 손을 따스한 온기로 감싸쥐며 하나가 그를 위로했다.

"내가 해 줄 수 있는 게 이것뿐이라 그래요. 조금만 더 있다가 갈게요. 주말이지만 바빠지는 거 충분히 이해해요."

하나의 조곤조곤한 말에 유준은 잠시 그대로 머물렀다. 처음으로 기대 보는 사람의 어깨는 무척이나 편안했다. 누군가에게 위로받는다는 느낌이 무척이나 짜릿해서 유준은 심장이 빨리 뛴다는 것조차 인지하지 못했다. 그저 이 시간이 조금 더 지속되길 바랄 뿐이었다.

10

0과 1

유준의 작은 바람은 이루어지지 않았다. 누구보다 '최세준'의 처지를 잘 이해해 준 하나가 곧 자리에서 일어나 힘내서 일 처리 잘하고 오라며 작별을 고했다. 유준 역시 하나가 나간 뒤 즉시 평창동 집으로 돌아가 세준과 회의를 해야 했다.

"완전히 엉망이네."

물론 회의의 결과는 엉망진창 그 자체였다. 최악이 더 있을까 싶을 정도로.

"범인은……."

"LK 디스플레이 핵심 연구원의 총책임자인 최 과장."

"하."

"면목 없다. 미안."

"사람 보는 눈이 없었던 내 탓이지."

너무 빠르게 추진한 탓일까. 오랫동안 침체되어 있던 LK 디스플레이를 소생시켜 보겠다고 너무 급하게 움직였던 걸까. 그래서 사람 보는 눈이 그것밖에 되지 않았던 건가. 유준은 입술을 꽉 깨물었다. 이제 와서 후회한들 해결될 것이 아니었지만.

"국정원에서는……."

"이미 조치 취했고, 체포도 했지. 하지만……."

"알아. 중국 측에선 뭐라고 반응했대?"

"모르쇠로 일관 중이지, 뭐. 그쪽에서 출시한다 해도……."

"중국이 그러는 걸 막을 수 있다면 샤오미가 저렇게 베껴 대는데 삼성이 가만있고 애플이 가만있었을 리가."

"진정해, 이유준."

"계약 체결했던 건들은……."

"가능한 손실분 적게 막아 보려고 했지만 위약금 규모는 꽤 클 거야."

"공장들은……."

"우선 가계약 상태였던 곳들은 취소하고 부랴부랴 정리 중이긴 한데……."

"LK 디스플레이가 되살아날 방법은."

"……지금으로선 없다고 보는 게 맞아."

모두가 노력한 최선의 결과물이 이번에 발표하기로 한 신기술이었다. 소프트웨어도 아니고 하드웨어 쪽 신기술을 단기간 내에 뚝딱 만든다는 것은 애초에 불가능했다.

이번 신기술 건도 그동안 그늘 속에 가려져 있던 젊은 인재들의 보고서를 끄집어 낸 결단력 때문에 겨우 진행된 것이었다.

남들이 허황되다 생각할 수 있는 일이었음에도 유준은 뜻을 강하게 밀어붙였고 엄청난 자금을 쏟아부었다.

황금을 찾으라 인도로 보냈더니 아메리카 대륙에서 아주 적은 양의 황금만을 가져온 콜럼버스. 그를 보는 이사벨 여왕의 심정이 이랬을까. 유준은 모든 책임을 자신이 져야 한다는 것을 누구보다 잘 알았다.

"연구원들은……."

"의기소침해 있지. 거의 완전히 의욕 상실 상태."

"청와대에서는……."

"너 한 번 보자더라."

"나를?"

기업 일에 정치권의 입김은 중요했다. 정경유착이라는 고질적인 병으로 설명하지 않더라도 말이다.

가장 유명한 사건은 외환위기 당시, 정부가 재벌 그룹 구조조정의 일환으로 LG 반도체를 현대 전자에 넘긴 일이다. 일명 빅딜(Big Deal). 정치권의 영향력을 모르지 않기에 아버지도, 그리고 형인 이태준도 유력 정치인 집안과 혼인을 맺었다. 그리고 유준에게는 이태준과 달리 정치권 배경이 없었다.

어머니나 자신의 외가는 절대로 둘 중 누군가의 손을 들어주지 않을 것이다. 어차피 둘 다 똑같은 아들이고 외손자였으니.

"어, 아까 청와대 비서실장 쪽에서 연락 왔었어."

"뭘 것 같아."

"청와대의 제안? 아마……."

"빅딜이겠지."

빅딜. 주로 기업끼리 대형 사업을 맞교환하는 것을 의미하지만 부실기업 정리, 과감한 통폐합, 매각 등을 통칭해서 이르는 말이기도 하다. 다시 말해 LK 디스플레이를 어디로 매각해야 할 상황이란 뜻이었다.

IMF 못지않게 경제 위기인 지금 LK 같은 대기업이 무너지는 꼴을 청와대에서 지켜보고 있을 리 없다.

게다가 태준이 정치권 인맥을 총동원해서 압박하고 있을 것이다. 대외적으로는 LK 내부의 부실기업을 정리하겠다는 이유로, 실질적으로는 유준의 힘을 약화시키기 위해.

"세준아."

완벽한 패배였다. 이태준에게 이유준이 패배한 것이었다.

"알아서 진행해 줘. 매각이든 뭐든……."

"너 그렇게 급하게 생각하지 않아도……."

"살릴 수 없을 거야. 그리고 기왕이면 연구원들에겐 성공했을 때와 비슷하게 인센티브 챙겨 줘. 미안하다고도 전해 주고."

"이유준."

"마지막으로 어디에 매각하든 직원들 조건은 잘 따져 줘. 그게 내가 해 줄 수 있는 마지막이니까."

"너 진짜 괜찮은 거 맞냐?"

유준은 팔다리가 끊긴 기분이었다. 억지로라도 고개를 끄덕이고 싶은데 그럴 수 없을 정도로 전혀 괜찮지 않았다. LK디스플레이가 자신에게 넘어왔을 때부터 위태로운 상태이긴 했지만 엄청난 투자를 감행할 만큼 잠재력 있는 기업이기도 했다. 남아 있는 계열사들만으로 과연 이태준과 승부를 볼 수 있을까. 유준은 도저히 감이 오지 않았다.

"주주총회 소집은 안 됐냐."

"아직은. 그런 소식은 못 들었는데."

"……소집할 정도의 가치도 못 느낀단 뜻은 아니겠지."

"한 번 실패한 걸로 무너지지 마. 이유준이 이렇게 나오면 재미없어."

이 정도 건이면 해임안 이야기가 나올 법도 했건만 웬일인지 조용했다. 주주들이라 해도 대부분 아버지의 최측근들이었다. 아직은 회사를 쪼개서 두 아들에게 물려준 이승권 회장의 뜻을 존중하겠단 의미일지도 몰랐다. 유준은 그래서 더욱 속이 답답했다.

"힘이 날 리가 없잖아."

"그래서 이대로 포기한다고?"

"아니, 그럴 리가."

유준이 고개를 설레설레 저었다. 이유준에게 남아 있는 단 한 가지 방법. 그건 유준도, 세준도 정확히 알고 있었다.

"이병철 삼성 그룹 회장의 눈 밖에 났던 이맹희 회장이 제일제당, 그러니까 CJ를 물려받을 때만 해도 그 누구도 이렇게 성장할 줄 몰랐을 거다. 계열사가 성장하는 건 경영자의 능력이야."

"그게 이맹희의 능력은 아니잖아."

이맹희가 아닌 그 자식들의 능력이었다. 그렇게 많은 시간을 들여 후대까지 투자할 여유가 없기에 그 사례가 전혀 위안이 되지 않음을 에둘러 표현했다. 게다가 3세대 경영에 접어든 현재 삼성과 CJ는 비교가 안 되는 기업 규모를 가지고 있다. 완전히 다른 기업이 되기도 했고. 마치 고구려와 백제가 그 뿌리는 같다 해도 다른 나라가 된 것처럼.

과연 이태준이 그렇게 갈라지는 꼴을 지켜만 보고 있을까. 그럴 리가 없음을 유준은 누구보다 잘 알고 있었다. 기업이 갈라진다는 것은 결국 힘이 쪼개진다는 것을 의미했다.

"진짜 맥 빠졌네, 이유준."

"나르카디아, 가져올게. 그러니까 너는 일단 빅딜이든 뭐든 빨리 진행해 줘. 가능한 상처 안 받게."

결국 이유준에게 남은 것은 오직 나르카디아뿐이었다. 점점 명확해지고 있었다. 그리고 그것은 곧 이유준이 박하나를 배신해야 한다는 의미였다. 유준은 피가 나도록 제 입술을 꽉 깨물었다. 마음에 들지 않는 방식이었지만 유일한 길을 버릴 수는 없었다.

❉   ❉   ❉

"세준 씨, 일이 이렇게 되어 유감이에요. 괜찮아요?"

결국 LK 디스플레이는 국내 굴지의 기업에 합병되는 형태로 매각되었다. 세준에게 이미 보고받았던 내용이었지만 뉴스에서 접하니 속이 쓰렸다. 저녁을 제대로 먹지도 못하고 그마저도 다 게워 내 버린 유준이 걱정돼 하나는 결국 TV를 꺼 버렸다.

"……괜찮아요."

"안 괜찮아 보여요."

"안 괜찮아도 어쩔 수 없죠."

하나의 무릎을 베고 소파에 누워 있는 유준의 시선은 허공을 향해 있었다. 억지로 하나가 내어 준 무릎이었다. 물론 어깨에 기댔던 날과 똑같이 유준은 그 낯선 편안함에 빠져들어 버렸지만.

"세준 씨, 기술이란 건 사실 참 애매해요."

"……그런가요."

"누가 이름 써 두는 게 아니니까요. 결국 공동으로 작업하고 상황에 따라선 정말 유출이 아닌데도 다른 곳에서 똑같은 것을 먼저 발표하기도 하고……."

하나는 유준을 위로하고 싶었다. 독특한 가치관을 들려줌으로써 자신을 달래고 깨우치게 도와줬던 유준을 따라 하고 싶었다. 설사 그만큼 설득적인 이야길 못 한다 하더라도 조금이나마 힘이 되고 싶었다.

"사실 산업 스파이 문제, 요즘 심각해지긴 했지만 애매한 부분이 정말 많아요. 알다시피 1980년대만 해도 일본 기업에 절대 못 미치던 우리가 따라잡다 못해 심지어 그들보다 나은 모습을 단기간 만에 보이게 된 데에는 산업 분야에서 일했던 스파이, 아니 '독립운동가'들의 영향력도 컸음을 무시 못 하죠."

"그래서요?"

"중국이 지금 그러고 있는 거고요. 그러니까 세준 씨 혼자 힘으로 막을 수 있는 게 아니란 뜻이에요."

"한국이 일본 거 베꼈으니 중국이 한국 거 베끼는 건 당연한 거다? 그런 논리가 어디 있어요."

"하지만 기술이란 게 그래요. 모두가 다 틀어막고 자기 기술 안 내주고 있었으면 스마트폰 같은 건 상용화되는데 아마 한 30년은 더 걸렸을걸요."

"그런가."

특허권이다, 저작권법이다 다양한 형태의 법을 동원하여 전 세계적으로 신기술을 지켜 주려 하지만 사실 하나의 말처럼 구멍은 많았다. 그것은 의도된 것이기도 했고 아니기도 했다. 어쨌거나 아무도 공유하지 않는다면 더 이상의 발전은 없을지도 모른다. 유준 또한 이해하지 못하는 부분은 아니었으나 그 때문에 본 피해가 너무나도 컸다. 더 이상 도전하고 싶은 마음이 들지 않을 정도로.

"좋게 생각해요, 세준 씨. 이번 기회에 많이 배웠잖아요."

"나 좀 도와줄래요?"

"얼마든지요."

하나가 그를 내려다보며 배시시 웃었다. 유준이 그녀와 눈을 마주친 뒤 몸을 일으켰다. 그리고는 진지하게 말도 안 되는 이야길 꺼내 놓았다.

"로봇 좀 만들어 줘요."

"네?"

"로봇이요."

그가 힘을 낼 수 있다면 할 수 있는 한 무엇이든 도와줄 의사가 있었지만 지금 유준이 던진 이야긴 너무나도 황당했다. 천진난만한 세 살짜리 아이도 안 할 법한 이야기를 유준

이 진지한 표정으로 했다. 언제나 이런 말을 할 때면 그러했
듯.

"공학도잖아요."

공학도면 전부 로봇을 만들 줄 아는 것도 아니고. 이 무슨
황당한 이야기란 말인가. 하나는 눈을 동그랗게 뜨고 입을
딱 벌렸다.

"세준 씨, 내가 주로 만드는 건 반도체예요."

"로봇에도 반도체 들어가지 않나요?"

"잠깐만, 지금 문구점에서 파는 모형 로봇도 아니고 반도
체까지 다 들어가는 로봇을 만들어 달란 뜻이었어요? 세준
씨!"

하나가 고개를 절레절레 단호하게 저었다. 아무리 뭐든 다
들어줄 것처럼 그가 좋다 해도 아닌 건 아니었다. 듣는 순간
자신의 귀를 의심해야만 했다. 나르카디아가 제 앞으로 넘어
왔다는 이야길 김 변호사에게 들었을 때만큼이나 진심으로
황당했다.

아, 나르카디아. 하나가 순간적으로 멍한 표정을 지었다.
그러고 보니 나르카디아가 있었다. 절대 제 것이 아니라 생
각했기에 집 안 구석 어디에 던져 둔 채 완전히 잊고 있었지
만 말이다.

과연 유준에게 나르카디아가 있다면 그는 어떻게 활용할
까. 공부도 많이 한 데다가 능력도 출중하지만 남 밑에서 고

생하느라 저토록 헛소리할 정도로 힘들어하는 걸 보면 나르카디아가 그에게 도움이 되지 않을까. 그에게 넘겨도 될까. 아니, 일단 자신의 것이 아닌데 맘대로 써도 될까. 갑자기 마음속이 번잡해졌다. 이 모든 것이 나르카디아 탓이었다. 하지만 좋아하는 이에게 도움이 될 수 있다면…….

"표정이 왜 그래요?"

그녀의 미묘한 표정 변화가 신경 쓰였던 유준은 하나를 똑바로 쳐다보며 물었다. 하나는 아무것도 아니라는 듯 어색하게 미소 지으며 손사래를 쳤다.

"갑자기 무슨 일 있어요?"

"아, 아녜요. 아무튼 로봇은 안 돼요."

"왜 안 되는데요?"

"대체 갑자기 왜 이래요. SF 영화라도 봤어요?"

"아뇨. 그런 거 좋아하지 않아요."

"그럼요?"

"어쨌든 만들어 주면 안 돼요?"

유준은 머릿속에 그저 조그마한 로봇을 하나 떠올렸다. 상상 속에서 로봇이 조금씩 커지더니 어느새 성인 남자 하나만 한 크기가 되었다. 그리고 잠시 뒤 로봇의 얼굴이 자신과 똑같아졌을 때 헛웃음을 지을 수밖에 없었다. 최세준이란 이름의 이유준과 똑같이 생긴 로봇. 지금의 자신이었다.

이 연기에는 대체 얼마만큼의 이유준이 있고 얼마만큼의

최세준이 있는 것인지 연극을 하는 자신조차도 도저히 알 수가 없었다.

"안 되는 게 아니라요, 세준 씨."

하나가 한숨을 쉬었다. 말할 수 없는 고민으로 그녀의 머릿속은 이미 뒤죽박죽이었다.

"저는 못 해요. 경영학 공부해서 공학적 사고가 어려운 건 알고 있지만…… 진짜 불가능해요. 공대생이라고 다 로봇 만들 줄 알면 세상에 로봇 만들 줄 아는 사람이 어림잡아도 30%는 되지 않겠어요?"

"역시 그럴까요."

"이미 알고 있었어요?"

"아마요."

"세준 씨, 이거 봐요."

자신의 손가락을 접었다 폈다 하는 것을 반복했다. 그녀의 행동을 이해할 수 없어 유준은 고개를 갸웃했다.

"만약 로봇을 만든다고 치면 이런 손가락 움직임을 만드는데 따져야 할 축만 두 자리 숫자예요. 그것도 무려 제가 대학 다니던 시절 실습할 때 수준이 그랬단 거죠. 지금은 아마 복합적인 요소들이 더 많을 거예요."

"축이요?"

"세준 씨, 이 세상이 몇 차원인 줄 알아요? 대개 3차원이라고 착각하는데 사실 시간의 축이 있거든요. 그걸 고려하면

4차원이 되고……."

"그만해요."

유준이 머리 아프다는 듯 손사래를 쳤다. 이런 이야기를 듣자고 꺼낸 이야긴 아니었다. 자신에겐 진지한 이유가 있었으니까. 그러나 역시 뜬구름 잡는 이야기에 불과했던 건가 싶어 유준은 조금 의기소침해졌다. 하나가 미소 지었다.

"사실 나도 로봇은 잘 몰라요. 그나저나 세준 씨, 진짜 독특해요."

"뭐가요?"

"방금 질문은 픽션과 논픽션 구분이 안 되는 사람 같았어요. 재벌 2세도 아니고 현실감 없는 이야길 그렇게 막 뱉으면 어떡해요."

"……네?"

"재벌 2세, 그러니까 새로 부임하신 사장님이 말도 안 되는 거 요구하는 통에 최근에 연구소 연구원들이 죽어 나간 거잖아요."

"아……."

유준은 당황한 표정을 숨기기 위해 애썼다. 툭하면 사람을 재벌 2세, 혹은 회장님의 아들 정도로 취급하며 농담하는 것이 일상적인 걸까. 유준은 벌써 몇 번이나 들었음에도 불구하고 들을 때마다 매번 당황스러웠다. 그러나 정작 하나는 언제나 그렇듯 생글생글 웃느라 바빴다.

"사실 경영진들에게 현실감은 누구보다 중요해요. 아무것도 모르고 쪼아 대면 기술자들은 진짜 죽어 나가거든요."

"그, 그런가요."

"세준 씨도 경영에 감이 있으니까 하는 소리지만요. 세준 씨 같은 사람이 임원진까지 승진하면 좋겠다."

하나의 진심이었다. 자신을 잘 이해해 주는 그와 같은 사람이 임원진이 되어 경영에 나선다면 평범한 사원들도 기쁜 마음으로 일을 잘할 수 있을 것 같았다. 나르카디아가 그 일을 현실로 만들어 줄까.

하나는 자신의 생각이 허무맹랑하다 느끼면서도 진심으로 고민해 보고 싶어졌다는 걸 인정했다. 그녀는 '최세준'을 돕고 싶었다. 그리고 그 미래 속에 자신이 함께라면 더 좋겠단 생각을 했다. 생각만 했을 뿐인데 기분이 간질간질해져 자신의 손가락 끝을 깨물었다.

"마음은 고맙네요."

유준은 스스로가 얼마나 무능력한 경영자인지 몰라서 하는 소리란 걸 알면서도 그녀의 응원에 이상하게 마음이 설레었다. 마치 칭찬에 굶주린 어린아이처럼 이토록 기쁘다니. 그동안 많이 힘들긴 힘들었구나 생각하며 자조적인 웃음을 지었다. 정작 박하나의 고민은 짐작조차 하지 못한 채.

"그나저나 갑자기 로봇은 왜 물어봤어요?"

"아, 최근에 알파고 때문에요."

"그게 왜요?"

"알파고가 아니더라도 인공지능 쪽은 엄청 핫한 분야죠. 혹시 그쪽에서 하나 씨 도움을 받을 수 있을까 해서……."

"그니까 그게 무슨 뜻이에요?"

"디스플레이 쪽이 망해서 새로운 돌파구를 찾고 싶었단 소리죠."

"네?"

하나는 다시 한 번 황당해졌다. 여전히 진지한 유준의 얼굴을 보며 고개를 젓던 그녀가 농담을 던졌다.

"나랑 사표 내고 벤처 회사라도 차리게요?"

"뭐, 그런 비슷한 생각?"

"나, 나랑 진짜 미래를 생각 중이었어요?"

"아마요."

유준이 당연한 걸 묻지 말라는 듯 심드렁하게 대답했다. 실제로 이유준이 지금 생각 중인 것은 새로운 형태의 사업이었다.

기왕이면 가장 핫한 분야를 이용할 수 있다면 더욱 좋을 것이었다. 정말로 알파고 비슷한 것을 만들 수만 있다면 LK 디스플레이를 잃은 손실을 메울 수 있을 뿐만 아니라 날개를 달 수 있었다. 물론 감각 좋은 경영자로서 이것이 얼마나 허무맹랑한 소리인지 모르진 않았지만 그럼에도 혹시나 하는 기대를 걸지 않은 것은 아니었다. 그만큼 절박했다.

"정, 정말요?"

그러나 하나는 유준과 전혀 다른 포인트에서 설렘을 느꼈다. 자신과의 미래를 생각한다는 말. 그 얼마나 행복한 이야기인가.

물론 자신은 알파고는커녕 어떤 인공지능도 만들 줄 모르니 벤처 회사에서 다룰 아이템은 다시 고민해 볼 필요가 있었지만 무엇을 하든 무슨 상관이겠는가. 나르카디아 이야기를 듣는다면 그는 좋아할까, 놀랄까. 그도 아니면 속았다 생각할까. 기왕이면 긍정적인 쪽이었으면 좋겠다고 생각하면서도 혹시 그가 오해할까 싶어 말을 꺼낼 수 없었다.

"하나 씨가 생각하기에 비전 있는 쪽이 뭐가 있을까요?"

"글쎄요? SOC?"

"사회 간접 자본이요?"

"네?"

유준과 하나의 눈이 동시에 동그랗게 변했다.

"SOC, 사회 간접 자본(Social Overhead Capital) 말하는 거 아녜요? 철도나 도로 같은 거요. 그게 왜 비전이 있어요. 이미 개발될 만큼 된 데다…… 일단 그건 너무 올드해요."

유준은 더 설명할 필요가 없다는 듯 단호하게 말을 잘랐다. 실제로 철도나 도로 같은 것이 돈이 되었던 시절도 있었다. 1929년 세계 대공황 이후 우왕좌왕하던 미국 경제를 되살린 루스벨트 대통령의 뉴딜 정책 역시 SOC를 이용한 일자리 창출이었다. 박정희 정권이 경부고속도로를 뚫던 시절 우리나라 역시 이용하기도 했었다. 그러나 지금은 아니었다. 그건 너무나도 많은 자본을 요구했고 단기간의 발전만이 가능할 뿐 장기적인 이윤 창출을 가져오지 못할 것이 분명했다.

"아뇨, 그거 말고 시스템 온 칩(System On Chip)이요. 여러 가지 반도체 부품이 하나로 집적되는 기술이나 제품, 이런 거 못 들어 봤어요? 요즘 여기저기 다양한 분야에서 잘 쓰이고 있는데."

"아."

유준의 표정이 순간적으로 한 방 먹은 듯 멍하게 변했다. 시스템 온 칩을 모르지 않았다. 그것이 먼저 떠오르지 않았을 뿐이다.

자신의 감각이 너무나도 무뎌졌음을 느낀 유준은 실소를 터뜨렸다. 이런 상태로 이태준을 이기겠다고 덤벼들다니 애초에 말이 되지 않는 싸움일지도 몰랐다.

"워낙 똑똑하기도 하고 다방면에 지식이 많아서 세준 씨는 당연히 알 줄 알았는데."

"알아요. 그냥 먼저 떠오른 게……."

"그런 건가 봐요. Function이라 말했을 때 나 같은 공학도는 함수부터 떠오르는데 문과인 사람들한테는 기능이라고 들린다고 그랬거든요."

"그런가요."

하나는 차이점을 발견한 것이 재밌어 마냥 재잘거렸으나 정작 유준의 표정은 심각했다. LK 디스플레이 일이 그렇게 된 후 모든 일에 자책하게 되는 것은 어쩔 수 없는 일이었다. 지나간 일은 지나간 일대로 내버려 두고 미래를 볼 줄 알아야 했지만 이번 일은 떨쳐 내기 어려웠다. 그의 심각한 표정에 하나 역시 표정을 굳혔다.

"미안해요. 괜한 이야길 꺼냈나 봐요."

"아닙니다. 그냥 조금 우울해져서."

"기분 풀어 주는데 내가 재능이 좀 없죠?"

"하나 씨 탓이 아니에요."

"그래도 미안해요."

하나가 의기소침하게 고개를 푹 숙였다. 무얼 해야 그의 기분이 더 나아질 수 있을지 짐작할 수 없었다. 오히려 기분을 더 망쳐 버린 것은 아닐까. 자신을 자책했지만 여전히 더 좋은 방법을 찾지는 못했다.

"세준 씨, 너무 그러지 말고 좀 단순하게 생각하면……."

"아까 로봇 손가락 움직이는데 두 자리 수의 축이 필요하다고 했었죠?"

"네, 그랬죠. 요즘은 어떤지 잘 모르지만……."

"경영자는 어떨 거 같아요? 경영자가 한 가지의 의사 결정을 하는데 봐야 할 축이 몇 자리 수나 될까요?"

"네?"

또다시 로봇 이야기로 되돌아간 건가 싶어 하나가 진심으로 로봇 공부라도 해야 하는지 고민하는 찰나 유준이 전혀 다른 걸 물어 왔다. 경영자가 한 가지의 의사 결정을 하는데 봐야 할 축이라니, 그런 게 있던가.

"SWOT 분석은 뭔지 알죠?"

"네."

"강점(strength)과 약점(weakness)을 분석하기 위해 기업 내부 환경을 살펴야죠. 기회(opportunity)와 위협(threat)을 분석하기 위해서는 외부 환경도 살펴야 하고요. 내부 환경을 살피려면 다각도로 접근해야 합니다. 같은 회사 소속이래도 개인이 생각하는 방식도 다르고 갖고 있는 자금 사정도 시시각각 변하기 마련이죠. 게다가 그 사람들의 가족들까지 고려하면…… 하, 그건 차치하고라도 외부 환경? 정치적인 건 영향을 안 줄 것 같습니까? 정치만 해도 그래요. 여당, 야당, 청와대, 각종 장관들, 그 외 실무자들. 뭐부터 뭐까지 고려해야 할 것 같아요? 게다가 세계정세는……."

"세준 씨, 지금 무슨 말을 하는 거예요."

"로봇 손가락 하나 움직이게 만들자고 공학도가 고려하는 축이 두 자리 수라면 경영자가 의사 결정 하나 하자고 고려해야 하는 축은 다섯 자리 수도 넘는다는 뜻이죠. 거의 무한대예요."

"세준 씨?"

"그러니까 나는 단순하게 생각할 수가 없어요."

자신도 모르게 이유준으로서의 진심을 내뱉어 버렸다. 박하나 앞에서 경영진의 마인드에 관해 자세히 떠들게 될 줄은 몰랐다. 그러나 이 때문에 들킨다 해도 어쩔 수 없다고 생각했다. 이미 충분히 답답했다. 말하고 나니 더더욱. 자신의 잘못된 선택으로 무한대에 가까운 축이 망가져 버렸다니. 스스로 말하고도 부끄러웠다.

자신이 나르카디아를 손에 넣으면 과연 잘 운영할 수 있을까, 그마저도 자신이 없었다. 누군가에게 기대고 싶었다. 그 포근함을 알려 준 하나라면 더욱 환영이었다. 아니, 하나 외에 기댈 수 있는 사람이 한 명도 없었다.

빌어먹을. 그녀가 나르카디아의 여주인이란 것이 마음에 걸릴 줄 알았다면 애초에 시작도 하지 말걸. 유준은 습관처럼 입술을 꽉 깨물었다.

"세준 씨."

하나는 그런 유준의 속도 모르고 안절부절못할 뿐이었다. 그가 이토록 큰 그림을 그리고 있는 사람인 줄, 이토록 야망 있는 사람인 줄은 몰랐다. 현실에 안주하지 않는 사람인 줄은 진작 알았지만 소규모 벤처 기업도 아니고 대기업 사장이라도 된 것처럼 말하는 그가 너무나도 슬퍼 보여 무엇이라도 도와주고 싶었다.

"내, 내가 해 줄 수 있는 일이……."

하나는 용기를 내어 나르카디아 이야기를 꺼내려고 했다. 그동안 숨긴 것에 대해 화를 낸다 해도 우선은 그에게 도움이 되길 바랐다. 자신의 것이 아니긴 했지만 LK 그룹과 이승권 회장 또한 그 같은 인재에게 기회를 열어 주는데 활용한다면 싫어하진 않을 것이라고 생각했다.

"그냥 옆에 있어 줘요."

하지만 말을 이을 수가 없었다. 그가 자신의 무릎에 머리를 기대 왔기 때문이었다. 억지로 끌어 오기 전까진 약한 모습을 보이는 것을 싫어하던 그가 먼저 스스로.

그런 그에게 '내가 나르카디아라는 보물섬을 갖고 있다. 우리는 돈이 많다. 그러니까 무슨 문제든 너 하고 싶은 대로 해 보자'라는 말을 차마 할 수가 없었다. 그가 바라는 것은 정서적 안정이었건만 물리적인 것으로 해결하고자 했던 자신이 한심해 보였다. 결국 자신도 속물이었나 싶어 조금 속상하기까지 했다.

"오늘은 그거면 돼요."

"세준 씨, 미안해요."

그의 팔에 조심스럽게 손을 올려놓은 하나는 어색하게 미소 지으며 토닥였다. 무엇이 미안한 건지는 다행히도 묻지 않았다.

"나도 알아요. 이건 나 같은 사람이 아니라 위에 계신 경영진 분들이 고민할 문제인 건 아는데…….”

유준이 자조적으로 웃으며 남의 이야기처럼 말했다. 하나는 그런 유준의 눈을 차마 내려다보지 못하고 허공만 바라보았다. 두 사람은 전혀 다른 생각으로, 전혀 다르게 슬퍼했다.

“그런데 왠지 힘드네요.”

유준은 진심으로 힘들었다. 그 힘듦을 타파하기 위해 어쩔 수 없이 하나를 속여야만 했다. 자신이 진심으로 위로받을 수 있는 단 한 사람을.

“……조금 쉬어요.”

하나는 진심으로 속상했다. 그 속상함을 잊기 위해 어쩔 수 없이 유준에게 숨겨야만 했다. 자신의 힘이 아닌 것으로 도와 봤자 좋아해 줄 사람이 아니었다.

“세준 씨.”

하나가 먹먹해진 목소리로 담담하게 자신의 이야기를 꺼내었다. 이건 유준의 방식에 가까웠다. 그와 닮아 가는 중인 것 같다고 하나는 생각했다.

“사실 공학도는 단순해요. 두 자리 수 같은 이야기만 했지만 결국 우리가 보는 건 1 아니면 0이죠.”

“……1과 0이요?”

“네, 컴퓨터는 이진법을 써요. 1은 Yes를, 0은 No를 의미하는데 뭐 항상 그런 건 아니고요. 어쨌든 세상을 단순히 이분화 하는 셈이죠. 그래서 난 단순한 거밖에 못 봐요. 도움이 안 될지도 모르지만 힘냈으면 좋겠어요."

박하나가 그에게 가진 마음은 1, Yes였다. 하나는 그 마음이 진심으로 전달되길 바라며 그의 팔 위에 조그마하게 1을 써 내려갔다.

"그런 이야기라면 우리도 마찬가지예요."

그걸 알아차리지 못한 유준은 눈을 감은 채 중얼거리는 하나에게 답을 했다.

"사실 복잡한 척했지만 결국 우리에게 돌아오는 것도 1 아니면 0이죠. 잘 되거나 아님 안 되거나."

이런 종류의 흑백논리를 그리 좋아하지 않았지만 세상이 보여 준 결과물은 그러했다. 아무리 복잡하게 계산하고 많은 것을 고려하여 접근해도 결국 잘 되거나 안 되거나, 둘 중 하나였다.

아마도 박하나와 이유준, 두 사람의 결과 역시 둘 중 하나일 것이다.

"하나 씨."

세상에 0.5란 없다는 걸 이번 기회에 뼈저리게 배웠으니까.

"네?"

유준이 상체를 일으켰다. 그리고 내려다보던 하나의 이마에 쪽, 가볍게 닿았다 떨어졌다.

"아……."

264

하나의 얼굴이 붉어지고, 유준의 입가에 옅은 웃음이 피어났다. 그 표정은 많은 것들을 함축한 것이었다.

논리학에서도 1과 0은 종종 사용된다. 1 그리고(and) 1은 1. 0 또는(or) 1은 또 1. 논리학에서 사용하는 '그리고'는 두 가지가 모두 같아야 1이고 다르면 0을 내놓는 기호이며, '또는'은 둘 중 하나만 1이라도 1을 내놓는 기호인 것이다.

"모든 것이 다 잘되었으면 좋겠네요."

1 그리고 0은 0. 그러니까 1과 0이 만나면 1이 될 수 없음을 잘 알면서도 유준은 진심을 담아 하나에게 입을 맞췄다. 이 눈을 뜨면 자신이 이유준이 아니기를, 혹은 그녀가 나르카디아의 여주인이 아니기를 아주 간절히 바라면서.

그랬다면 만나지도 못했을까. 서로를 만나게 해 준 이 얄궂은 운명에 고마워해야 할까. 속이 답답해져 유준은 자신의 입술을 깨물 듯 하나의 입술을 물었다. 아무리 생각해도 답은 한 가지. 무슨 길을 선택하든 두 사람은 절대 1이 될 수 없었다.

11

벼랑 끝 미래

유준은 오랜만에 온 학교 앞 떡볶이집이 낯설어 한동안 두리번거려야 했다. 그를 이곳에 끌고 온 건 세준이었다. 둘이 마주 보고 이렇게 떡볶이를 집어 먹고 있자니 머릿속에 그나마 즐거웠던 짧은 1년이 떠오르는 것 같았다.

"오늘 떡볶이는 내가 살게."

"됐어."

그나마 세준 덕에 마음을 다잡을 수 있었다. 아마도 이런 모습을 아버지가 봤다면 LK의 후계자로서 약한 모습을 보이지 말라며 호통쳤겠지만 이미 돌아가신 분이기에 무서워하지 않기로 했다. 이승권 회장이 벌려 놓은 판 때문에 힘든 것은 지금도 충분했다.

"요즘 많이 힘든 거 알아."

"죽을 만큼 힘든 것 같은데 나만 그런 건 아니니까."

"그래도 포기는 안 돼."

"말이라고."

그래야 이유준이지, 하는 표정으로 세준이 웃었다. 어쨌거나 포기할 순 없었다. 왕관의 무게가 아무리 짊어지기 힘들어도 유준은 감내할 작정이었다.

"혹시나 해서 묻는 건데 최 과장 만나 볼 생각 있어?"

"국정원에서 조사 중이라며."

"궁금한 게 개인적으로 있을 것 같아서."

"……있지."

"그럼 한 번 만나 봐. 마음에 담아 두지만 말고."

"만나서 뭐하겠어."

"글쎄, 미련 털어 내기? 뭔가 복잡한 거 아냐? 인적자원 관리 잘못한 책임에 대해서 말이야."

세준이 웃으면서 정곡을 콕콕 찔러 대자 유준은 한숨을 내쉬었다. 사실 맘먹고 움직이면 국정원에서 조사받는 사람이 아니라 갇혀 있는 죄수라 해도 못 만날 리 없었다.

그리고 청와대 측에서도 빅딜이라는 큰 결정에 고마워하며 그의 처벌은 최대한 원하는 대로 맞춰 주겠노라고 제안도 해 온 상황이었다. 그럼에도 유준은 그 어떤 대답도 하지 않았다. 세준의 말대로 가슴속에 응어리진 무언가가 만나 보면 해결될까.

"그래서 이제 이유준 사장님이 그리는 설계도는 어떤 방향이야? 과거는 과거고, 어쨌거나 우리도 미래를 위해 움직여야지. 나르카디아 문제는 어떻게 되어 가?"

"그것도 좀 문제긴 한데 당장은 경영할 것이 없는 게 제일 큰 문제지. 갖고 있는 계열사들이라 해 봤자……."

"좀 크게 보면 어때? 산업의 중심축이 제조업이 아닌 것 정도는 알잖아? 네가 쥔 것들이 바로 제조업 아닌 것들이고."

"그래서 네 대안도 한류야? 엔터테인먼트 쪽?"

"왜, 누가 그런 대안 냈어?"

이승권 회장 때부터 자리를 지킨 임원들 중 유준의 편에 서 있는 이들이 낸 답안이 그것이었다. 21세기는 문화 산업이 주를 이룰 것이다, 특별한 것 없이도 큰 성과를 낼 수 있는 분야이기도 하다, 최근 중국 시장에서 한류가 다시 대세이다 등 보고서도 훌륭했고 어떤 의미에선 당연한 말이기도 했다.

CJ가 지금 같은 기업으로 큰 것 또한 문화 산업 덕분임을 부정할 수 있는 사람이 몇이나 될까. 그러나 이상하게 유준은 탐탁지 않았다.

이미 기존에 있는 기업들이 터를 잡은 상황에 이제 와서 본격적으로 뛰어든다고 이태준을 제치고 왕관을 거머쥘 수 있을 리가 없었다. 유준이 어깨를 으쓱해 보이자 세준 또한 제스처를 따라 했다.

"왜?"

"이유준이 언제부터 남 따라 하는 존재가 됐는지 궁금해서. 나도 한 번 따라 해 봤지."

"나 지금 진짜 진지하다, 최세준. 밥 먹다 말고 이런 이야기하는 거 싫은데 너도 아이디어 있으면 내놔 봐. 비서의 역할이란 게 다 그런 거잖아."

"글쎄."

세준이 묘한 표정으로 고개를 끄덕였다.

경영이란 것은 재미있다. 오랫동안 경영자로서 내부 사정만 봐 온 사람들은 때론 정해진 것 외에는 보지 못하곤 한다. 그래서 종종 외부에 컨설팅을 의뢰하는 것이지만. 세계적인 컨설팅 업체들이 한둘인가. 그러나 유준은 그런 컨설팅 업체들보다 최세준을 더 믿었다. 자신을 잘 알면서도 약간은 거리가 있는 존재. 지금은 독특한 사람의 신선한 의견이 필요했다.

"LK 병원."

"어?"

"거기서부터 시작해 보는 건 어떨까."

유준은 세준의 말이 참으로 뜬금없다고 생각했다. LK 병원은 최고급 수준을 자랑했다.

물론 병원에서 벌어들이는 수익이 적은 것은 아니었지만 거점 병원, 3차 병원의 특성상 사업을 벌일 만한 곳은 못 되었다.

VIP 병동을 보다 최고급으로 꾸며 부자들의 주머니를 더 열겠다는 아이디어 또한 회의에서 나오긴 했었지만 그래 봤자 디스플레이에서 입은 손해의 몇 퍼센트나 벌어들일 수 있겠는가. 유준은 다른 모든 곳보다 LK 병원의 사업성에 대해서는 회의적이었다. 차라리 LK 호텔이나 LK 물산을 잘 이용해야겠다는 생각뿐이었고 그것이 정부에서 곧 진행할 면세점 입찰에 대해 남몰래 고민하는 이유이기도 했다.

"네가 이태준에 비해 가장 약한 게 뭔 줄 알아?"

"뭔데?"

유준의 표정이 날카로워졌다. 그의 표정 변화에는 전혀 관심 없다는 듯 세준은 여유 있게 떡볶이를 오물거리며 말을 이어 갔다.

"인맥. 특히 정치권."

인정할 수밖에 없는 부분이었다. 심지어 최근에 임원진 중 한 사람이 자신에게 정치권 인사의 딸들 중 적당한 사람을 골라잡아 결혼하는 것이 어떻겠느냐 조언까지 했었다. 정치권에 인맥이 든든했다면 이렇게 속수무책으로 당하진 않았을 테니 일리 있는 말이었지만 그런 이유로 시간을 낭비하고 싶지 않았다.

물론 그 거절의 이유 한 조각에 박하나가 있음은 본인을 제외한 그 누구도 모르는 사실이었지만.

"그것과 LK 병원이 무슨 상관인데?"

"잘 생각해 봐. 이번 정권이 힘들었던 여러 가지 이유 중에 병원과 관계 있는 건이 뭔지."

최근 우리나라를 떠들썩하게 했던 사건에는 여러 가지가 있었다. 그중 병원과 관계 있는 것이라면 딱 한 가지였다.

"아마 그걸 이용하면 정권이 네 편 되어 줄지도."

"고맙다, 최세준."

"별말씀을. 그럼 네가 원하는 면세점도 따올 수 있지 않겠냐."

"어?"

면세점에 대한 생각은 분명히 유준 혼자만의 생각이었다. 이미 자리를 잡고 있는 독보적인 기업들의 시장에 뛰어드는 것은 진입 장벽이 높아 썩 좋지 않다는 것을 알면서도 과점에 가까운 시장 형태라 후발 주자라도 상관없지 않을까 생각만 하고 있었던 것이다. 그런 자신의 생각을 읽어 낸 세준이 놀라우면서도 한편으로는 좋았다. 역시나 말이 잘 통하는 유일무이한 존재였다.

"어쨌거나 잘 해 보자고."

"응, 진짜 고마워. 가능한 빨리 끝내자. 모든 게 끝나면 너한테는 꼭 사례할게."

"글쎄, 말했잖아. 웬만한 수준으로는 안 된다고."

세준이 의미심장하게 웃었다. 자신이 원하는 것은 유준이 줄 수 있는 형태의 것이 아니라는 듯.

"저번부터 농담인지 진담인지 알 수가 없다. 관심 없다는 듯 굴 때는 언제고……."

"LK 그룹 전체를 주면 생각해 볼까 해서."

"뭐?"

"회장님 노릇이 한 번 해 보고 싶다고 해야 되나."

유준의 표정이 굳어졌다. 세준이 딱히 무언가에 욕심을 내지 않는 사람이란 것은 자신도 잘 알고 있었지만 아무것도 읽히지 않는 세준의 표정이 조금 무서웠다. 마치 태준의 표정을 보는 것 같은 묘한 기분이 들었다.

"농담이야."

유준의 얼굴이 굳어진 것을 봤는지 세준이 피식 웃으며 말했다. 유준이 고개를 끄덕이자 세준이 자리에서 벌떡 일어났다.

"오랜만에 잠깐 가 볼 곳이 있어서 먼저 간다. 필요한 일 있으면 전화하고."

대학가에 왔으니 대학 때처럼 구는 걸까. 그 시절 늘 그러했듯 세준은 유준에게 가볍게 손을 흔들며 등을 보이고 사라졌다.

생각해 보면 최근 비서 노릇을 하고 있느라 덜 그러긴 했

지만 그는 원래 이런 사람이었다. 어쩔 수 없다는 듯 그의 뒷
모습을 보며 벽에 기댔을 때 그릇 밑에 숨겨진 무언가가 눈
에 들어왔다. 천 원짜리 네 장. 비웃음인지 아닌지 알 수 없
는 웃음이 공기를 갈랐다. 자신이 계산하겠다는 약속을 이런
식으로 지키다니.

유준은 모든 것을 훌훌 털고 일어났다. 아니, 그래야만 했
다. 지금부터는 더욱 바쁘게 움직여야 했다. 실수를 만회하
기 위해서.

✳   ✳   ✳

"오랜만입니다, 최 과장님."

미래를 위해 나아가기 위해서는 과거를 털어 버려야 하는
법이었다. 유준은 결국 청와대에 전화를 걸었고 비서실장의
주선을 통해 그날 오후 최 과장을 직접 만날 수 있었다.

문을 열어 주기 전 국정원의 담당 직원은 시간을 오래 줄
순 없다고 했다. 물리적인 폭력 또한 절대 안 된다며 신신당
부도 했다. 자신을 어떤 사람으로 보는 건지. 유준은 불쾌한
기색을 감추지 않은 채 고개만 끄덕였다.

몇 주 만에 다시 만난 최 과장은 언론에서 볼 때보다 얼굴
이 많이 까칠해 보였다. 유준은 그의 뒤에 있는 그림자 탓이
리라 생각했다.

"사과는 안 드릴 겁니다, 사장님."

"그러셔야죠."

"왜 만나러 오셨습니까. 뭐 좋은 꼴 볼 게 있다고⋯⋯."

"묻고 싶은 게 있었습니다. 연봉도 나름대로 업계 최고로 대우해 드렸다고 봅니다. 이번에 제시된 인센티브도 적지 않았고. 그런데 대체 왜 그러셨는지 모르겠어서요."

"결국 돈 아니겠습니까."

"30억, 잡히기 전에 얼마나 쓰셨는데요? 1억? 2억?"

"못 썼습니다."

"그럼 이태준한테 받은 돈은요?"

"⋯⋯말씀드리지 않겠습니다."

"됐습니다. 이미 다 알고 있습니다. 그리고 법정에서 진실을 말하지 않으실 것도 다 압니다. 그저 당신 밑의 직원들 노력까지 망가뜨릴 값어치가 있는 결정이었는지 궁금했습니다."

"어차피 남 아닙니까."

"제가 리더로서 드린 믿음이 거의 없었나 보군요."

최 과장은 입을 꾹 다물었다. 유준 또한 마찬가지였다. 그를 직접 만나도 갑갑한 건 마찬가지였다. 어차피 그의 입에서 공식적으로 이태준이란 이름이 나올 리 없었다. 그리고 나온다 한들 무슨 소용이란 말인가. 이미 LK 디스플레이는 공중분해 된 지 오래였다.

"차라리 중국에서 3000억쯤 받지 그러셨습니까. 그건 불가능했겠죠. 그렇다면 차라리 이번 기술 잘 키워서 M&A해버리셨어도 되지 않겠습니까. 그도 아니면…….."

"사장님."

최 과장이 상황에 맞지 않게 너털웃음을 보이더니 굳게 닫혀 있던 입을 뗐다.

"어차피 리더는 말입니다. 누가 되든 크게 상관없습니다. 이승권이든, 이태준이든, 이유준이든, 혹은 다른 누구든 무슨 상관이겠습니까. 우리 같은 사람들에게요."

"……그렇습니까."

"내 자식들 잘 키울 수만 있으면 그것으로 충분합니다. 어차피 내 회사도 아니니까요. M&A하면 나한테 뭐가 돌아옵니까. 바지 사장이라도 될 수 있으면 모를까요."

"그렇군요."

LK는 사원들의 것이 아니었다. 이승권 회장의 것이었으며 주주들의 것이었다. 이태준과 이유준이 서로 주인이 되기 위해 싸우는 것도 그 때문이었다. 당연한 사실인데 최 과장의 입에서 들으니 적잖이 충격이었다. 왜 충격인지조차 알 수 없었지만.

"좋습니다. 그럼 물어보죠. 이제 최 과장님 앞에 펼쳐질 미래가 뭘 것 같습니까?"

"글쎄요."

"제게 정치권 사람들이 묻더라고요. 어떤 처벌을 원하느냐고. 말씀해 보시죠."

"어떤 쪽이든 크게 상관은 없을 것 같습니다."

"뭐라고요?"

"이제 그만 나가 주셨으면 좋겠습니다."

내보내 달라, 형은 가능한 적게 나왔으면 좋겠다며 무릎 꿇고 비는 것까지 바라진 않았지만 유준은 그의 담담하면서도 당당한 태도가 이해가 가질 않았다. 최 과장은 더 이상 아무 말도 하지 않겠다는 듯 두 눈과 입을 닫아 버렸다. 결국 유준은 입술을 꽉 깨문 채 돌아서서 그 방을 나올 수밖에 없었다.

답답한 가슴에 숨이 막혀 차에 올라타 라디오를 켰을 때 유준은 충격적인 소식을 하나 더 들어야 했다.

라디오에서는 뉴스가 흘러나오고 있었다. 국정원에서 조사받던 산업 스파이, LK 디스플레이의 C 전 과장이 자살했다는 속보가.

"하."

기가 막힌 일이었다. 유준은 쾅, 차 핸들의 클랙슨을 내리쳤다. 빠앙, 긴 소리가 주차장 가득 울려 퍼졌다. 가슴은 더욱 더 갑갑해져만 갔다. 이건 정말로 말도 안 되는 일이었다.

그 순간 유준의 핸드폰이 요란하게 진동했다. 동시에 '최세준'의 핸드폰도 요란하게 진동했다. 이유준의 핸드폰에 뜬 발신자는 세준. 최세준의 핸드폰에 뜬 발신자는 하나였다.

박하나. 그녀의 얼굴이 유준의 머릿속을 가득 채웠다. 그 기억을 끝으로 유준의 머릿속이 온통 뿌옇게 변해 버렸다.

✻   ✻   ✻

"세준 씨, 괜찮아요? 정신이 들어요?"

익숙지 않은 소란스러움. 그사이에 섞여 있어도 자신을 편안하게 해 주는 목소리는 또렷하게 알아들을 수 있었다. 간신히 눈을 뜬 유준의 시야에 들어온 건 역시나 하나였다. 유준은 이곳이 병원임을 알아차릴 수 있었다. 자신이 알던 병실의 모습과는 조금 달랐지만.

"내가 여기 어떻게 온 거예요."

"나도 몰라요. 그저 세준 씨가 계속 전화를 안 받아서…… 뉴스 보고 걱정되어서 전화했었거든요."

"아……."

유준의 머릿속에 뉴스라는 한 단어가 맴돌다 툭 꽂혔다. 가슴이 답답했다. 이태준은 해 줄 수 있고 자신이 못 해 준 것이 무엇일까. 무엇이 최 과장을 죽음까지 선택하도록 만들었을까.

"그런데 누군가가 강남 LK 병원이라고 연락을 해 줘서……."

"여기가 LK 병원이라고요?"

"네. 세준 씨가 직접 병원에 온 게 아녜요?"

"기억이 없네요."

LK 병원에 자신의 발로 걸어왔다면 이렇게 소란스러운 곳에 누워 있을 리 없었다. 자신은 LK 병원의 총 책임자였다. 자신이 아플 때를 대비한 방이 따로 있으며 집과 임시 사무실로서의 기능까지 할 수 있게끔 꾸며진 곳이기도 했다.

"세준 씨, 진짜 괜찮아요? 정식으로 입원할까요?"

"아뇨, 괜찮습니다."

자신이 이런 곳에 있다는 건 데리고 온 사람이 적어도 세준이나 측근 인사들은 아니란 뜻이기도 했다. 그럼 대체 누가 자신을 병원까지 데리고 온 걸가. 국정원 건물에서 LK 병원은 가깝지도 않았다.

누군가 자신이 아픈 것을 알고 의도적으로 데리고 왔다는 의미인데 누구일지 짐작이 가지 않았다. 게다가 자신이 최 과장을 만나고 나온 직후 그가 자살했다면 더더욱 수상쩍었다. 분명 어딘가에서 정보가 새고 있었다. 문제는 자신에 관해 아는 이가 많지 않다는 것이었다. 유준은 머리가 더욱 복잡해지는 기분에 한숨을 푹 쉬었다.

"진짜 괜찮아요?"

"아마도요."

"정말 놀랐단 말이에요. 무슨 일 생긴 줄 알고."

"여기가 진짜 강남 LK 병원입니까?"

"네. LK 병원 응급실이요."

"……응급실."

응급실을 모르는 사람이 어디에 있는가. 특히 그는 병원을 운영하는 사람이었다. 그러나 응급실이 이처럼 시장 같은 분위기인 줄은 상상도 못 했던 유준이었다.

병원 경영에 관한 회의를 소집하게 되면 응급실 환경 개선에 관해 강력히 발언해야겠다고 생각하며 유준은 몸을 일으켰다.

"조금 더 쉬어야 하는 거 아녜요?"

"괜찮습니다."

"나 잠깐 다녀올 곳이 있어요. 그러니까 좀 쉬고 있어요. 요즘 진짜 힘들어 보여요, 세준 씨."

"어디를……."

"내가 말한 적 없었죠. 엄마가 아프셔서요. 여기 입원실에 계시는데……."

"아."

이미 박하나에 관한 보고서를 받았을 때부터 알고 있었던 사실, 그러나 유준은 마치 처음 듣는 것처럼 표정 관리를 하기 위해 애썼다. 머리가 아무리 어지럽고 가슴이 복잡한 상황에서도 그는 그렇게 해야만 했다.

아무리 부정하고 싶다 해도 부정할 수 없는 사실은 나르카디아를 손에 넣는 것 말고는 그 어떤 것도 LK의 이유준을 살릴 수 없다는 것이었다. 누군가 자신을 의도적으로 낭떠러지로 밀고 있는 것만 같았다.

"같이 가요."

"아뇨. 아직 엄마한테 남자 친구 있다고 이야기도 못 했는걸요."

"하지만……."

정신없는 탓이었을까, 유준은 자연스레 흘러나온 '남자 친구'라는 단어에도 아무런 반응을 보이지 못했다.

"그리고 지금 세준 씨는 환자예요. 그러니까 조금만 더 누워서 쉬어요. 요즘 제대로 쉬지도 못 했잖아요."

하나의 완강한 고집에 결국 고개를 끄덕일 수밖에 없었다. 그녀가 잠시 자리를 비운 사이 차라리 자신이 쓰러져 있었던 시간 동안 벌어졌을 큰일들을 처리하는 것이 나았다.

곧 '남자 친구'라는 단어를 들었음을 상기하고 그 단어를 몇 번이고 곱씹어 되새김질했다. 박하나는 분명 자신의 여자 친구였다. 그런데 그 '자신'은 이유준일까, 최세준일까. 유준은 머리가 핑핑 도는 듯했다.

—야, 이유준! 지금 대체 어디…….

"말하자면 길지만 강남 LK 병원 응급실."

—……어디 다쳤어? 그쪽으로 가?

"아니. 잠시 쓰러졌었나 봐. 그런데 나도 내가 여기 왜 있는지 모르겠다. 게다가 병원에서 분명 수속을 밟았을 텐데, 어째서 내 이름이 이유준이 아니라 최세준으로 되어 있는지도 모르겠고."

―혹시…….

"어딘가에서 정보가 새고 있는 것 같아. 박하나가 찾아왔어. 누군가 의도적으로 나를 최세준이란 이름으로 입원시킨 거지. 이 연극을 아는 사람이란 건데……."

―그건 보통 일이 아냐.

"그렇지. 생각해 보면 LK 디스플레이 건부터 지금 누군가 나를 강하게 떠밀고 있는 느낌이야. 아마 그 누군가의 뒤에는 이태준이 있겠지만, 이게 정말 이태준의 작품일까?"

―그것보단 아마도…….

전화기 너머 세준이 입을 다물었다. 굳이 말하지 않은 그 이름, 이태준에게 붙어 있다는 ABC의 요원 중 한 사람. 아마도 그의 작품일 것이었다. ABC는 절대 실패한 적 없는 로비스트 집단으로 유명했다. 게다가 그들의 수단이 딱 이런 식이었다. 여러 방면에서 압박해 결국 빠져나갈 구멍이 없게 만드는 것. 숨통을 더 조이기 전에 유준은 반격을 해야만 했다.

"그래서 최 과장 문제는 어떻게 됐어?"

―일단은 너랑 만났던 일은 극비로 입막음 단단히 해 두었으니 걱정은 없는데…… 만나 볼 건지 너한테 물은 게 나

긴 하지만 만날 거면 만난다고 말이라도 하지.

"여론이 시끄럽겠네. 게다가 지금 같은 상황에서 입막음, 극비, 이런 단어가 의미가 있을까 싶고."

─내 탓일지도.

"절대 네 탓은 아니지."

─최 과장의 가족들이 전부 외국에 있대. 미리 알아 뒀어야 하는데 LK 디스플레이 매각 문제 이후 다른 계열사 문제로 정신이 없어서 신경 쓰지 못했어. 그러니 어쨌거나 내 탓이지.

"사람이 몸 하나로 해결할 수 있는 문제가 얼마나 되겠어. 괜찮아. 결국 궁극적으로는 내 탓이기도 하고."

나르카디아 문제를 이토록 오랜 시간 질질 끌고 있는 자신의 문제.

지금 같이 어려운 시기에 나르카디아는 유준이 쥘 수 있는 유일한 반격의 카드였다. 사랑으로 나르카디아를 사겠다는 것이 짧은 시간 안에 될 일은 아니었지만 그렇다고 질질 끌 수도 없었다. 특히나 이처럼 어려운 시기라면 더더욱.

박하나와 나르카디아, 둘을 분리할 수만 있다면 얼마나 좋을까. 유준은 말도 안 되는 생각을 하며 헛웃음을 지었다.

─아까 LK 물산 건물에서 민 이사 만났는데 그 사람이 전해 달라더라.

"뭐를?"

─결혼. 여당 쪽 국회의원 중에 4선 의원이래. 나름대로 중도 우파이고…….

"내 대답 알잖아."

─글쎄, 나쁠 거 없잖아. 정치권에서도 만만치 않게 압박이 들어오고 있고. 이러다가 밉보이는 날에는 더욱 어려워질지도 몰라. 결단 한 번 내려 봐.

"내 결혼이 M&A도 아니고 결단이 필요해?"

─지금 박하나를 상대로는 공격적 M&A를 펼치고 있는 거 아냐?

공격적 M&A라. 인수 합병, 박하나를 상대로 그런 걸 하고 있었던가. 이상하게도 애초에 나르카디아 문제에 뛰어들 때의 마음가짐이 전혀 기억나지 않았다. 적어도 한 가지 분명한 건 나르카디아에 대해서는 M&A를 하고 있는지 몰라도 박하나에 대해서는 도저히 그런 단어를 붙일 수 없었다. 대체 자신이 박하나에 대해 갖고 있는 감정이 무엇인지 궁금해졌다.

"어쨌거나 지금은……."

─거절할 줄은 알았고 그럴 거면 똑바로 해. 나르카디아를 이유준의 진심으로 얻어 오라고. 네 진심 걸고 있긴 한 거야? 진짜 공격적 M&A로 생각하고 있는 건 아니고?

"노력하고 있어."

유준은 식도를 타고 신물이 올라오는 느낌에 미간을 찌푸렸다. 이토록 혼란스러운 일은 태어나서 처음이었다. 세준도 유준의 마음을 알아차렸는지 더는 보채지 않았다.

"일단은 아까 네 말대로 LK 병원에 대대적인 투자를 해 보려고. 아직 회의 거치지도 않았지만."

─독단적으로 그래도 돼?

이곳, 진짜 LK 병원 응급실까지 직접 와 보니 더더욱 실감 나는 그것. 유준은 자신의 결혼 같은 것보다는 이런 쪽에 결 단을 내리는 편이 훨씬 낫다고 생각했다.

"메르스(MERS) 사태 말한 거잖아, 너."

공식 명칭은 메르스 코로나바이러스(MERS─CoV)로 중동 지역에서 집중적으로 발생한 바이러스를 뜻했다.

작년 한 해 대한민국을 얼마나 떠들썩하게 뒤집어 놨던가. 사스와 유사한 고열, 기침, 호흡곤란 등 심한 호흡기 증상이 삽시간에 수많은 사람들을 전염시켜 모든 이들을 떨게 만들 었던 바로 그 바이러스.

더욱 무서웠던 것은 대부분의 감염이 병원에서 일어났다 는 점이다. 치료하고자 찾아오는 바로 그 병원에서! 대형 병 원에 대한 신뢰감을 완전히 떨어뜨렸던 아주 큰 사건이었다. 당시 유준은 미국에 있었기에 그 사건을 뉴스로만 접했지만 이승권 회장이 이태준 사장과 함께 얼마나 골머리 앓았는지 는 똑똑히 기억하고 있었다.

─정답.

"전염병이란 시대를 막론하고 늘 존재하는 법이지."

―그래서 어쩌기로 했는데?

"병원에 대대적으로 전염병 관련된 시설을 확충하고 이번 기회에 시스템을 재정비해 줘. 그리고 정치권뿐만 아니라 국민들에게 대대적으로 홍보하고."

―그럼…….

"잘 모르겠어. 올해도 그런 일이 터질지는."

―터지길 바라는 것 같은데, 내 착각이냐.

"기왕이면 질병이야 없는 것이 좋겠지만 경미한 수준으로 호들갑 한 번 떨 수만 있으면 나쁘진 않겠단 생각도 있지."

유준은 병원을 경영하는 사람으로서 솔직한 입장을 세준에게 전했다.

만일 메르스급의 바이러스가 퍼져 공포감이 넘쳐 날 때 LK 병원에서 먼저 나서서 국민들에게 신뢰감을 줄 수만 있다면 정치권의 호감부터 LK 그룹의 대외적 이미지 상승까지 얻어 낼 수 있는 것들이 아주 많았다.

제조업으로 그런 것을 얻으려면 최소 몇백 억에서 몇조 원까지 엄청난 투자가 필요했다. 그러나 서비스업은 아주 적은 투자로도 전혀 예상치 못한 기대 이익을 내기도 했다. 제조업에서 뼈아픈 실패를 겪은 유준은 이런 확률 게임에라도 걸어 볼 작정이었다.

―그거 위험한 발언인 건 알지?

"그래서 홍보를 제대로 해 달라고 부탁하는 거야. 의사들 중 몇몇은 유학도 보내 주고 기왕이면 전염병 관련 유학파 몇몇은 아예 초빙하는 것도 나쁘지 않겠어. LK 병원 이름으로 아직 국내에 들어오진 않지만 해외에선 유행 중인 바이러스에 대한 정보지도 만들어서 포털 사이트에 띄우는 것도 좋을 것 같고."

―뭐, 나쁘지 않네.

"그리고 한 가지 더, 응급실 좀 깨끗하게 정리해 줘. 여기 너무 엉망이네."

―응급실 설비에도 투자하란 뜻이야?

"아무래도 일반 사람들에게 병원의 첫 이미지는 이곳이 결정할 듯해서."

―그럼 VIP 병동 건은…….

"일단은 중지. VIP들이 내는 돈이 적지 않은 건 알아. 하지만 결국은 낱돈, 푼돈이지. 그보다는 큰 그림을 보는 게 맞는 것 같아, 세준아."

유준은 조금이라도 빨리 성과를 보고 싶었다. 조급하면 될 일도 안 된다는 것을 모르지 않았지만 마음이 급했다. 물론 LK 디스플레이의 실수를 만회하고 싶다는 것이 첫 번째 이유였다. 최 과장의 석연찮은 죽음으로 그것에 대한 욕심은 더욱 커졌다.

하지만 유준의 마음 저 깊은 곳에는 자신의 능력을 입증한다면 나르카디아 없이도, 박하나를 버리지 않고도 왕관을 쓸 수 있지 않을까 하는 일말의 기대가 있었다. 유준의 심장이 더욱 세차게 뛰었다.

―그게 지시할 사항 전반인 거지?

"어."

―면세점 건은…….

"LK 병원에 대한 정치권의 반응이 결국 면세점 건을 좌지우지하겠지."

―진행할 거지?

"해 보고 싶긴 한데, 이건 정말 1급 보안 사항이야. 가능한 모든 일은 네가 직접 처리해 줘. 모든 보고는 다이렉트로 해 주고."

―노력해 볼게.

"아 참, 박하나 어머니 입원해 있는 병실이 몇 호라고 했었지?"

―글쎄, 보고서 다시 한 번 확인해 보고 문자 줄게.

전화를 끊은 유준은 딱딱한 침대에서 몸을 일으켰다. 돌아올 때가 된 것 같은데 하나가 오질 않았다. 그녀가 거절하긴 했지만 찾으러 가 봐야겠다는 생각이 들었다. 그러는 김에 일반 병실의 분위기도 보고 싶었다. 병원 경영자로서 당연한 것이라고 변명하며 유준은 문자를 확인한 뒤 천천히 걸음을 뗐다.

어쨌거나 박하나는 신경 쓰이는 존재였다. 가능하면 이 연극이 오래 지속되어 그녀를 오래 볼 수 있으면 좋겠다 싶을 만큼.

✢   ✢   ✢

"······그래도 선생님. 사람이 죽을 수도 있다는데 수술은 해야죠!"

"저희도 사정은 딱하게 생각합니다. 하지만 지금까지 밀린 입원료도 그렇고······."

"선생님, 제발요. 제가 어떻게든 일해서 갚으려고······."

"저희도 월급 받는 사람들일 뿐입니다."

"선생님······."

안 쉬고 왜 왔는지 물으면 이미 쉴 만큼 쉬었다, 어머니께 인사드리러 왔다 변명하려고 나름대로 준비까지 한 유준은 눈앞에 펼쳐진 예상치 못한 상황에 어떻게 반응해야 하나 고민했다. 그래서 그 자리에 멈춰 선 채 바보처럼 바라보기만 했다.

의사와 간호사로 보이는 몇몇 사람들 사이에서 소리 높여 이야기하고 있는 양복 차림의 남자 하나와 수군거리고 손가락질하고 지나가는 사람들, 그리고 박하나. 유준이 미간을 잔뜩 찌푸린 채 하나에게 다가가 어깨에 손을 올렸다. 늘 씩씩하던 그녀가 울고 있었다.

"무슨 일이에요, 하나 씨."

"왜 여기…… 몸도 안 좋을 텐데……."

"이 아가씨 어머니가 수술 안 하면 위험한 상황입니다. 그런데 워낙 어려운 수술이기도 하고, 무엇보다 의료 보험이 안 되는지라……."

"그러니까 지금 돈 이야기군요."

"병원이니 사람이 우선 아니냐 하실 수도 있겠지만……."

"그럴 리가요. 병원이 자선 단체는 아닌 걸 모르지 않습니다."

"말씀이 통하시는 분이라……."

유준의 입가에 조소가 담겼다. 이 병원을 경영하는 수많은 사람들 중 가장 꼭대기에 자신이 있다는 것을 이 사람이 알까. 하긴 안다 한들 무엇이 달라질까. 유준이야말로 그 어떤 사업이라도 자선 사업이 아닌 이상 수익이 나야 한다고 생각하는 사람이었다. 그것이 LK 그룹의 경영 방식이었다.

의사는 아닌 듯했고 돈 이야기를 맡아 하는 것을 보니 원무과 직원인 모양이었다. 유준은 그에게 생긋 웃어 보이며 말을 이어 나갔다.

"그런 의미에서 우리끼리 저쪽 가서 이야기 좀 할까요. 제가 LK 본사 경영 팀에 있는 사람이라서요."

"……네?"

직원의 반응은 심드렁했다. 원무과 직원이 보기엔 박하나나 그나 크게 다르게 보이진 않았다. 하나 역시 LK 전자 반도체 연구소 소속이었다. 그래 봤자 일개 사원. 마찬가지로 젊게 보이는 이 남자 역시 직급이 높아 봤자일 것은 자명했다. 아무리 높이 봐도 대리쯤. 바쁜데 귀찮게 구는 것들이 많구나, 그는 그렇게 생각하며 혀를 찼다.

"하지만 세준 씨."

"하나 씨, 걱정하지 말고 잠깐만 들어가서 어머니랑 있어요."

"……네."

유준의 손이 눈물을 자연스럽게 닦아 주자 하나는 얼굴을 붉혔다. 그가 자신에 대해 아예 모르고 있을 거라 생각하진 않았지만 치부를 다 들킨 기분이라 제아무리 당당하던 그녀라 해도 부끄러운 건 어쩔 수 없었다.

유준에게 맡겨 두기만 할 수 없는 문제란 걸 알았지만 지금은 그에게 기대고 싶었다. 누군가에게 기대는 법을 전혀 모르던 유준이 하나를 통해 배운 것처럼, 하나 또한 유준을 통해 의지하는 법을 배우고 있었다.

하나가 완전히 병실로 들어가는 것을 확인한 뒤에야 유준은 직원을 따라 다른 한적한 복도로 향할 수 있었다. 뚜벅뚜벅, 복도를 따라 울리는 구두 굽 소리에 맞춰 유준의 눈매가 더욱 차가워져 갔다.

"그래서 남자 친구분께서 지급 보증이라도 서 주시겠단 겁니까."

"지급 보증이 왜 필요한지 모르겠군요."

"그러니까 밀린 병원비와 수술비를 대신 정산이라도……."

"카드도 된다면 지금이라도 계산하고 가죠. 그리고 앞으로의 병원비도 전부 제 앞으로 청구서 보내 주시면 됩니다."

"아, 그러세요? 지금까지 나온 금액이……."

유준은 네가 내주면 얼마나 내줄 수 있는데 그러느냐는 표정으로 빈정거리는 직원의 태도가 정말로 마음에 들지 않았다. 세상 어디에서도 이런 대접은 받아 본 기억이 없었다. 심지어 최세준으로 연극할 때조차도.

직원들 태도가 이따위면 서비스업에서 무슨 수익 창출을 기대할 수 있을까. 이래서 LK 병원에 대해 '귀족 병원'이라는 별칭이 붙어 있는 것이 아닐까 생각하며 그의 말을 잘라 끊었다.

"관심 없습니다."

"네?"

"보안상 집 주소를 아무한테나 알려 줄 수는 없어서. 그냥 LK 물산 사장실로 청구서 보내 주시면 됩니다."

"무슨……."

"아니면, LK 병원 이사장실로 보내 주셔도 되고요."

"젊은 양반이 지금 장난을……."

"LK 그룹 계열사의 사장 이름이 장난으로 언급될 이름은 아니라고 생각합니다만."

유준이 생긋 웃었다. 설마 하는 표정으로 새하얗게 질린 직원의 표정을 보는 것이 그리 유쾌한 일은 아니었지만 유준은 조금 더 그와 시간을 보내기로 했다. 그래 봤자 내줄 수 있는 시간은 고작 몇 분일 테지만.

"1001호죠. 거기 지금까지 쭉 비워 뒀던 거 같은데 저 여자분 어머니 그쪽으로 옮겨 주세요. 수술 날짜 조율해서 잡아 주시고요."

"거긴 VVIP 병실로……."

"정확힌 제 병실이죠. 그리고 보시다시피 전 안 아프고요. 그리고 계산 비는 거 딱 질색입니다. 괜히 깎아 주고 그럴 필요 없으니까 정확히 청구해 주세요."

"……이, 이사장 님."

"그 호칭은 적절하지 않은 것 같네요. 제 정체가 드러나는 것을 원치 않는다는 것쯤은 눈치로 아셨을 줄 압니다. 입 다물어 주세요."

"저, 저……."

"카드 여기 있습니다."

유준이 지갑에서 카드 한 장을 꺼내 내밀었다. 자신의 이름이 영어로 예쁘게 박혀 있는 까만색 카드 한 장을.

"결제 끝나면 이사장실에 대충 놓아주세요."

카드를 받아 든 직원은 설마가 자신을 잡았음을 깨닫고 연신 그 앞에서 고개를 숙이며 죄송하다 사과를 했다. 유준의 손이 그의 어깨를 툭툭 쳤다.

"못 알아보면 그러실 수도 있죠. 뭐 그런 거 가지고."

유준이 생긋 웃으며 몸을 살짝 숙였다. 무조건 옳다며 간신배 같은 웃음을 흘리는 직원의 귓가에 마지막 한마디를 속삭이기 위해.

"병원이 자선단체가 아닌 건 맞습니다만."

짜증도 분노도 섞이지 않은 차갑게 가라앉은 목소리. 그것이 때로 더욱 무서울 수 있음을 이승권 회장을 통해 배우고 성장해 왔다.

"이 병원이 사람 가려 대접한다는 이야기는 적어도 제 귀에 안 들렸으면 좋겠습니다."

유준은 더 이상 아무런 말도 하지 않았다. 그저 발을 휙 돌려 담담히 하나가 있을 병실을 향해 걸었다. 단순히 전염병에 관한 대비책을 세우고 응급실을 뜯어 고치는 수준에서 그칠 것이 아니라 병원 경영의 전반적인 부분에 손대야겠다는 생각을 하면서.

병실 앞에 도착해서야 유준은 잊고 있던 것을 생각해 냈다. 자신의 정체가 드러날지도 모를 위험 부담을 이토록 감수하면서까지 나선 이유가 무엇인지에 대해. 이토록 날을 세운 것이 처음임에도 답을 알 수가 없었다. 그저 처음 보는 박하나의 눈물이 거슬렸다. 자신이 가지고 있는 모든 힘을 동원하여 닦아 주고 싶을 정도로.

이유준의 말 한마디는 생각보다 강력했다. 하나의 어머니는 VVIP 병실로 빠르게 옮겨졌고 긴급수술까지 일사천리로 진행되었다.

하나는 이 말도 안 되는 상황에 어리둥절해하면서도 그에게 고마워 궁금한 것을 묻지 못했다. 그러나 자연스럽게 경계심이 생기는 것은 어쩔 수 없었다. 대체 그는 누구일까. 매번 드는 의문, 그러나 매번 넘겨야만 했던 질문. 머릿속이 복잡해졌다.

"세준 씨, 정말⋯⋯."

"LK 본사에서 좀 높은 자리에 있는 사람이 친구예요."

"그, 그런가요?"

"대학 시절 가장 친했던 친구요. 그래서 도움 좀 청했어요."

"정말, 정말 고마워요."

하나가 차마 먼저 묻지 못한다는 것을 유준도 알고 있었다. 그렇기에 먼저 거짓을 진실처럼 꺼내 놓아야 했다. 최세준에게는 이유준이 친구였으니 완전 거짓말은 아니라는 말도 안 되는 생각으로 스스로를 정당화했다.

하나는 꺼림칙한 표정으로 마지못해 의자에 앉았다. 병실이 지나치게 크고 잘 꾸며져 있었다. 환자 침대뿐 아니라 보호자를 위한 자리까지.

"그 돈은……."

"신경 쓰지 마요."

"네?"

"가진 게 돈밖에 없는 친구거든요."

"하지만……."

아까 온갖 멸시와 조롱을 받으며 하나는 나르카디아 생각을 다시 한 번 꺼냈다. 애초에 김 변호사가 나르카디아를 건넬 때 엄마의 병에 대한 이야기도 했었다.

나르카디아 자체는 놔두고라도 그에 딸려 온 통장 돈의 일부분으로도 편안해질 수 있다는 것을 잘 알고 있었다. 그러나 내키지 않았다. 차라리 길 가다가 주운 돈이라면 편하게 썼을까.

"걱정 안 했으면 좋겠어요."

"세준 씨, 솔직히 말하면…… 아무리 봐도 세준 씨는 나랑 같은 사람은 아닌 것 같아서 조금 불안해요."

하나가 심호흡을 한 뒤 꺼내 놓은 이야기는 속 안에 있던 진심이었다. 그녀의 눈동자가 세차게 흔들렸다.

유준은 진지한 표정으로 고개를 끄덕였다. 자신이 생각해도 이건 정말 심각하게 실수한 상황이었다. 이 상황에도 자신을 믿어 준다면 그건 오히려 박하나가 바보란 증거가 아닐까 싶을 만큼.

"안 믿길 거 알아요. 그렇지만 돕고 싶었어요. 하나 씨, 진
심으로."

"혹시 나한테 숨기는 거, 있어요?"

"질문이 모호하네요."

유준이 잠시 고개를 돌렸다. 숨기는 것. 무엇부터라 말해
야 할지 모를 만큼 아주 많았다. 그러나 세상에 진실만 말하
는 사람이 있나. 아니, 애초에 무엇이 거짓이고 무엇이 진실
이란 말인가. 유준은 알 수가 없었다.

"하지만……."

"우리 만난 지가 그렇게 오래되진 않았죠. 숨기는 거……
그래요, 아마 하나 씨가 나에 대해 아는 것보다 모르는 것이
더 많을 겁니다. 그렇지만 말입니다. 앞으로도 보여 줄 게 많
다는 건 좋은 거 아닐까요."

궤변이었다.

"그니까 내 말은……."

"하나 씨도 어머니께서 이렇게 편찮으시다고 말한 적 없
잖아요."

그러나 유준은 자신의 말이 얼마나 억지스럽게 들릴지는
생각하지 않기로 했다. 그저 이 상황을 무마시킬 변명을 던
지고 싶었다. 하나의 입이 벌어졌다 다시 닫혔다. 그녀 또한
할 말을 잃은 듯했다. 유준이 한숨을 내쉬었다가 다시 입을

뗐다.

"우리는 아직 서로에 대해 알아 갈 게 많은 것뿐입니다."

"세준 씨."

"여자를 더욱 여자답게 만들어 주는 게 비밀이라던데, 하나 씨에게도 숨기고 싶은 무언가는 있지 않겠습니까."

유준은 자신이 매우 뻔뻔하다는 사실을 인정했다. 적반하장도 유분수지, 자신이 박하나를 몰아붙일 자격이 단 1%라도 있던가. 스스로의 행동에 기가 찼지만 선택의 여지가 없었다.

하나의 표정은 예상대로 굳어졌다. 그건 유준의 짐작처럼 하나가 나르카디아를 상기했기 때문이었다. 무려 '최세준에게 박하나가 숨기고 있는 아주 중요한 비밀' 로써.

이 얼마나 옹졸한 자기변명이란 말인가. 유준은 또다시 갉아먹을 듯 공격해 오는 편두통 때문에 관자놀이를 만지작거렸다.

"어떻게 생각할지 모르겠지만 나는 세준 씨에게 정말로 좋은 감정을 갖고 있어요. 그래서 가능한 우리가 '같은' 사람이었으면 해요. 그래서……."

"봐요."

유준의 오른손이 가볍게 하나의 왼손을 잡았다. 그의 손길을 따라 하나의 손끝이 유준의 얼굴을 쓸어내리기 시작했다.

"눈 두 개, 코 한 개, 입 한 개."

유준의 입술에 손이 닿았을 때 하나는 손끝에서 짜릿함이 느껴져 재빨리 손을 떼어야만 했다. 유준이 하나의 붉어진 얼굴을 보며 생긋 미소 지었다.

"나는 하나 씨랑 똑같은 사람이에요. 외계인 아니라고요."

하고 있는 이야기가 그런 것이 아님을 말하는 유준도, 듣는 하나도 정확히 알고 있었지만 차마 더 물을 수가 없었다. 그녀는 이 상황에서도 그가 좋았다. 잃고 싶지 않을 만큼.

유준이 하나의 머리를 가볍게 쓰다듬으며 확신에 가득 찬 목소리로 말했다. 그건 일종의 자기 세뇌이기도 했다.

"그냥 도와주고 싶었어요. 이번 일만큼은 나한테 기대요, 하나 씨. 그래도 돼요."

나르카디아의 여주인에게 할 말은 아니었지만 유준은 정말로 이 정도는 박하나를 위해 해 줄 수 있다고 생각했다. 아니, 당연히 해 줘야 할 부분일지도 몰랐다. 결국 그녀가 입게 될 상처는 오롯이 제 탓이었으니까.

하나는 유준의 부드러운 말에 마지못해 고개를 끄덕였다. 달콤함에 취한 것이라 해도 어쩔 수 없었다. 그만큼 하나는 그를 믿고 싶었다. 잠시 뒤 하나가 조금은 머뭇거리듯 입을 뗐다.

"……그 친구분에게는 뭐라고 하셨어요? 어쨌거나 세준 씨에겐 가족도 아니고……."

"결혼할 여자의 어머니라고요. 그러니까 예비 장모님?"

유준의 입에서 술술 거짓말이 흘러나왔다. 한 번도 생각해 본 적 없는 단어였음에도 이토록 편하게 흘러나오다니. 스스로 놀랐지만 내색하지 않기 위해 시선을 돌렸다.

"어, 진짜 나랑 결혼할 거예요?"

하나가 유준의 손을 잡아당기며 물었다. 이런 식으로 청혼받고 싶은 생각은 전혀 없었지만 어차피 들은 말 정확하게 해 두고 싶었다. 특히나 지금처럼 불안한 시점엔 더더욱. 생각해 보면 그는 늘 이런 식이었다. 좋아한다는 말도 사귀자는 말도 늘 남들과는 다르게 표현했다.

"그, 그냥……."

"이렇게 얼렁뚱땅 청혼할 거예요?"

"그럴 리가요."

유준이 고개를 설레설레 저었다. 그의 시선이 하나에게 닿았다. 툭하면 얼굴을 붉히더니 정작 결혼 이야기에선 담담한 그녀를 어떻게 이해하면 좋을지 알 수 없었다. 자신에게 결혼이란 단어가 이렇게 가까이, 게다가 따스하게 느껴진 건 처음이었다. 비록 둘 사이에 존재할 수 있는 단어가 아니라 해도.

"그럼요?"

"그냥 친구에게 할 말이 없어서……."

"에이, 괜히 좋다 말았네요."

하나가 뾰로통하게 입술을 내밀다가 이내 웃어 버렸다. 결

299

혼이란 단어는 이렇게 가볍게 오르락내리락할 단어가 아니었다. 삶의 무게감, 가족의 무게감에 어려서부터 치였던 그녀에게 결혼이란 무거운 추에 불과했다. 가능한 멀리 치워버리고 싶은.

유준과 먼 미래를 그려 본 적은 종종 있었지만 거기에 '결혼'이란 단어를 붙여 본 적은 없었다. 그만큼 그녀에게 결혼이란 막연한 것이었고 현실이 너무 팍팍했다.

"세준 씨."

"네?"

"여기 되게 좋네요."

"그런가요."

"어릴 적엔 딱 이 정도 크기의 집만 있어도 좋겠다 싶었는데."

하나가 여기저기 두리번거리면서 중얼거리듯 말했다. 병실치고 엄청난 사이즈를 자랑하는 규모이긴 했지만 그렇다고 가정집이 되기에 큰 사이즈는 아니었다.

유준의 눈엔 말도 안 되게 작은 사이즈인 건 차치하고라도 말이다. 게다가 절대 이룰 수 없는 소망처럼 간절하게 말할 사이즈는 더더군다나 아니었다. 유준의 미간이 살짝 찌푸려졌다.

"여기보다 좋은데 살아야죠."

"……네?"

"아니, 내가 좋아하는 여자는 그 정도 스케일은 됐으면 좋겠어서요."

"아……."

유준의 말은 진심이었다. 박하나는 충분히 그럴 만한 자격이 있었다.

게다가 그녀는 법적으로 나르카디아의 여주인이었다. 그곳에 지어진 고급 호텔 중 어느 방이라도 원하는 때면 얼마든지 갈 수 있을 터였다. 그런 그녀가 고작 이 정도 규모에 행복해하는 것이 유준의 신경을 거슬리게 했다.

예전에는 엘도라도를 쥔 주제에 가식적이라고 생각했던 적도 있었다. 그러나 지금은 거짓이 아님을 누구보다 이유준 본인이 잘 알고 있었다. 유준은 그녀가 조금 큰 꿈을 꾸길 원했다. 더 큰 행복을 바라길 원했다. 차라리 모든 것을 욕심내길 원했다.

그러면 적어도 죄책감이 조금은 덜해질 수 있을 것도 같았다.

"세준 씨?"

"미안해요. 무슨 이야기했어요?"

"아뇨, 갑자기 멍한 것 같아서. 컨디션 안 좋아요?"

"괜찮아요."

유준이 어색하게 미소 지었다. 하나의 손가락이 유준의 입가에 닿았다. 그녀가 쭉 잡고 늘리자 볼을 따라 입술이 이상

한 모양으로 마구 늘어났다. 시원한 웃음소리와 함께 하나가 손을 놓았다. 유준은 조금 당황스러웠다.

"뭡니까."

꼬집힌 볼이 의외로 얼얼해 제 손으로 살짝 문지르며 하나에게 물었다. 여전히 장난기 가득한 표정의 하나는 대답 없이 생긋 웃을 뿐이었다.

"하나 씨?"

"세준 씨는 진짜로 웃을 때랑 아닐 때랑 달라요. 그거 알아요?"

유준은 아무런 대답도 못 했다. 어릴 때부터 이승권 회장에게 줄곧 지적받은 부분이었다.

원래대로라면 그녀 앞에서 진짜 웃음은 숨긴 채 연기로 웃는 모습만 보였어야 했다. 그러나 그보다 더 자주 진짜 웃는 모습을 보여 줘 버렸다. 바보가 아니라면 구분 못 할 리가 없었다.

"진짜 웃을 때가 훨씬 멋있어."

유준은 하나의 혼잣말 같은 중얼거림에 멍해졌다. 정작 그 말을 한 하나는 민망했는지 몸을 배배 꼬면서 방 안 여기저기 인테리어들을 구경하는 척했다.

그런 하나의 뒷모습을 보며 유준은 가만히 생각했다. 이유준은 박하나 앞에서 진짜로 웃었다. 이유준은 박하나와 함께 있으면 즐거웠다. 이유준은 가능한 박하나와 함께하는 시간

이 오래 지속되길 바란다. 그것이 불가능한 것임을 누구보다
잘 알면서도.

그러니까 이유준은 박하나를 진짜로…….

"하나 씨."

충동적이었다. 갑자기 벌떡 자리에서 일어나 그녀에게 걸
어간 유준은 팔로 하나의 어깨를 감싸 안았다. 하나가 왜 그
러느냐는 듯 살짝 고개를 돌리자 유준이 한숨을 쉬었다.

한숨의 깊이가 지나치게 깊어 무슨 걱정이 있는 것이 분명
했지만 하나는 차마 캐물을 수가 없었다. 사람에겐 으레 숨
기고 싶은 것이 있음을 알고 있기 때문이다.

"내가 하나 씨를……."

진심으로 좋아하나 봅니다.

"세준 씨, 이거 봐요."

나지막하게 중얼거리려던 이유준도 최세준도 아닌 한 남
자의 고백은 하나의 말에 막혀 버렸다. 팔을 살짝 풀어 거리
를 벌린 유준은 태연한 척 하나의 손끝을 따라 시선을 옮겼
다. 어차피 쓸모없는 고백이었다. 차라리 안 하는 것이 맞았
다. 충동적으로 뱉는다면 오히려 혼란스러움만 가중시킬 것
이 분명했다. 유준은 스스로를 달랬다.

"뭘…….."

"이 방 안에 있는 가전제품, 죄다 LK 전자 것이 아니에
요!"

"아."

유준에게는 당연한 것이었다. 이 방은 자신을 위해 꾸며진 방이었다. LK 전자는 유준에겐 경쟁자인 태준의 소유였다. 경쟁자의 제품으로 방을 꾸며 놔 봤자 아파서 입원했을 때 오히려 화만 날 것 같아 특별히 세준에게 지시해 둔 부분이었다.

실제로 유준이 집이나 회사에서 사용하는 물건들은 핸드폰을 제외하면 대부분 LK 전자 제품이 아니었다.

"그게 왜……."

"여기도 LK면 당연히 LK 전자 것을 쓰는 게 맞잖아요."

"여기도 사업하는 곳이고 납품 가격, 품질 이런 거 따져 보고 결정했겠죠. 경쟁에서 LK 전자가 밀린 걸 어떻게……."

"생각할수록 세준 씨 이상해요."

"뭐가요."

유준은 하나가 LK 전자의 제품을 이토록 옹호하는 이유를 알 수가 없었다. 정작 유준 자신은 박하나 본인 때문에 혼란스러워 나르카디아에 대한 욕심도 사라져 가고 계열사들마저 내팽개칠 지경인데, 병실의 가전제품들이 LK 전자 것인지 여부가 무엇이 그리 중요하단 말인가. 유준이 한숨을 푹 내쉬면서 다시 소파에 앉았다.

그러나 하나는 여전히 이해가 가지 않는지 자신의 주장을 펼쳐 나갔다.

"세준 씨도 LK 전자에서 일하잖아요. 그런데 세준 씨 집에 있는 전자 제품들은……."

"하나 씨가 애사심이 그렇게 강한지는 몰랐네요. LK 디스플레이에 대한 내 마음보다 더한데요."

유준이 키득거리며 하나를 놀렸다. 일부러 '애사심'이란 단어를 콕 집어 강조하면서.

그러자 하나가 눈을 살짝 치켜떴다. 매번 유준과 대화할 때면 자신이 말리는 느낌을 지울 수 없었지만 이번만큼은 물러설 의사가 없었다.

"그게 아니라요!"

"그럼 뭔데요."

"내가 만든 거 왜 안 쓰는지 그게 서운해서 그래요."

"……네?"

"이렇게 큰 병원에서, 심지어 같은 LK 그룹이면서 안 써 줄 정도로 경쟁력이 없나요?"

"아니, 그게……."

왜 이야기가 그렇게 흘러가는지 알 수 없었지만 기운이 다 빠진 목소리로 시무룩한 하나를 보고 있자니 왠지 달래 줘야 할 것만 같았다. 조금 당황스러웠지만 일단 하나를 옆에 앉히고 어깨를 조심스럽게 토닥였다.

"세준 씨가 보기엔 뭐가 문제 같아 보여요?"

"아니, 그게 경쟁력이 있고 없고의 문제가 아니고……."

"세준 씨는 왜 집에서 다른 회사 거 쓰는 거예요?"

"그냥 좀 저렴한 거 사느라…… 아니, 그리고 내 핸드폰은 LK 거예요."

유준은 왜 자신이 변명을 하고 있는 건지 이해할 수 없었지만 하나의 주눅 든 어깨를 펴기 위해 생각나는 대로 둘러댔다.

"세준 씨 폰은 옛날 모델이라 나 입사 전에 만들어진 건데요, 뭐."

"아."

여태 하나와 이야기하면서 단 한 번도 말이 막혀 본 적이 없었건만. 유준은 더 이상 떠오르는 말이 없어 무척 당혹스러웠다. 이태준과 자신의 관계를 설명하지 않고서는 도저히 합리적인 설명이 불가능한 걸까. 유준의 머리가 빠르게 회전했다. 그의 미간이 찌푸려지자 하나가 꾹꾹, 손가락으로 눌렀다.

"변명하지 마요. 고민하니까 주름지잖아요."

"아니, 변명이 아니라요."

"더 잘 만들어야겠네요. 팀장님이나 위에서 쪼는 이유가 있었……."

"그런데 하나 씨, 하나 씨는 반도체 만들잖아요!"

순간적으로 유준의 머릿속을 스치고 지나간 단어는 '반도체'였다. 분명 박하나가 만드는 것은 반도체였다. TV나 냉장고, 컴퓨터 이런 부류의 큰 것들이 아니라 아주 작은 반도체.

"그래서요?"

"아니, 그러니까 TV 브랜드를 너무 따지지 말라는 거죠. 우리 같은 개개인이 반도체를 사는 것도 아니고……."

"스마트 TV 시대가 열리면서 요즘은 TV 안에도 반도체 들어가요. 냉장고에는 안 들어갈 것 같죠?"

하나가 유준을 흘겨보며 쏘아붙였다. 전자 제품 중에 반도체가 사용되지 않는 물건이 있을 리가 없었다. 유준이 손가락으로 관자놀이를 꾹꾹 눌렀다. 또 다른 생각이 필요했다. 기왕이면 한 번에 이 상황을 역전시킬 수 있는 생각이. 하나를 달래기 위해 시작했던 일이 어느새 승부처럼 느껴지기 시작한 건 유준의 타고난 성격 때문이었다.

그런 유준을 슬쩍 보며 하나는 자신도 모르게 키득거렸다.

"……뭐예요, 갑자기."

"재밌어서요."

"네?"

"세준 씨 고민하는 거요. 되게 열심히 고민하는 것 같아서 재밌어요."

"지금 나 놀려요?"

"그럴 리가요."

"놀리는 것 같은데요?"

"약간 서운했던 건 사실이에요. 나름대로 열심히 만들고 있는데 잘 안 쓰이는 거 같아서. 기왕이면 인정받으면 더 좋으니까요."

"그런데요?"

"하지만 그보다는 세준 씨가 웃는 게 더 좋아요, 나는."

유준은 결국 웃음을 터뜨렸다. 이런 게 진짜 사람들이 말하는 연애일까. 서로가 기분을 풀어 주기 위해 애쓰다가 결국 둘이 같이 웃어 버리고야 마는 게.

유준이 손을 뻗어 볼을 톡톡 건드리자 하나는 볼에 바람을 빵빵하게 넣고 장난스러운 표정을 지었다. 그 모습에 둘은 다시 한 번 까르르 웃음을 터트렸다. 유준은 처음으로 진짜 평범해진 것 같은 기분을 느꼈다. 더 정확히는 박하나와 함께 있을 때만이 살아 있는 것 같았다. 마음 한편이 무거워졌지만 애써 무시했다. 지금은 이 시간에 집중하고 싶었다.

"아 참, 세준 씨."

"네?"

"엄청 고민하던데 답은 찾았어요?"

"뭘요? 아, 글쎄요. 연구소 직원들이 더 노력해야 할 것 같다는 거?"

"에이, 진짜요? 너무한다. 그럼 우리 이렇게 만나지도 못할걸요."

"그건 싫네요. 그럼 그냥 브랜드 같은 거에 신경 쓰지 말죠."

"그것도 땡. 사실 답 찾았을 줄 알았는데 의외로 무딘 부분도 있네요."

"그런가요."

답이라. LK 전자 제품들을 쓰지 않는다고 토라져 버린 '여자 친구'를 달랠 묘안이 있긴 있단 말인가. 유준이 눈을 동그랗게 뜨고 하나를 똑바로 바라보았다. 하나가 왜 당연한 걸 모르냐는 듯 힘차게 고개를 끄덕였다.

"저기 저 TV 안에 들어 있는 반도체는 누가 만들었게요?"

"당연히……."

병실에 걸린 TV의 브랜드를 확인하기 위해 고개를 돌린 유준은 순간적으로 답을 깨달았다. 국내 대기업의 제품이었지만 수준급의 반도체를 만들 수 있는 계열사가 없는 그룹이었다. 그리고 LK 전자에서 반도체를 납품하는 거래 리스트 중 항상 상위에 그 이름이 적혀 있는 회사이기도 했다.

결국 유준이 어떤 브랜드의 제품을 쓰느냐는 크게 상관이 없었다. LK 전자를 지탱하고 있는 큰 축 중 하나는 반도체였고 그건 개개의 소비자가 따져 보는 요소가 아니었다. 직접적으로 LK 전자 제품을 쓰지는 않았지만 결국 집에 사들인 물건들, 병실을 꾸미기 위해 사들인 물건들로 태준의 주머니를 불려 준 셈이었다.

"아, 졌다."

유준이 나지막한 목소리로 중얼거렸다. 목소리에서 짜증

이 묻어났다.

"그런데…… 나한테 진 게 그렇게 분해요?"

"아, 아뇨. 그냥……."

물론 일찍 정답을 깨닫지 못한 것이 신경 쓰이긴 했지만 그건 지고는 못 사는 성격 탓이었다. 그러나 이런 단순한 상식을 잊고 있었기에 제 손으로 태준의 주머니를 불려 준 것은 전혀 다른 차원의 문제였다. 분하다, 짜증난다 같은 어휘로는 차마 설명할 수 없는 짙은 패배감.

여러 가지로 이태준은 자신보다 한 수 위였다. LK 디스플레이 사건으로 뼈저리게 증명받은 기분이었는데 이런 사소한 것으로 또 한 번 당했다 생각하니 아찔했겠다.

"괜한 이야기를 했나 봐요, 내가. 기분 되게 안 좋아 보여요, 세준 씨."

"그런 건 아닌데…… 다른 이야기할까요, 우리."

대학교 1학년 때였나, 이승권 회장이 인도에서 열린 콘퍼런스에 희준과 태준 대신 유준을 데려간 적이 있었다. 인도에서 엄청난 일정을 소화하던 그는 답지 않게 즉흥적으로 히말라야에 있는 산에 들렀었다. 전혀 준비 없이 간 터라 등반은 불가능했지만 이승권 회장은 낮은 곳이라도 기어코 가겠다며 유준을 앞장세웠다.

등산을 좋아하진 않았지만 아버지에게 밉보이기 싫었던 스무 살의 유준은 괜찮은 척 이를 악물고 걷고 또 걸었다. 그러다가 문득 이승권 회장이 이끄는 손을 따라 옆길로 샜더니 까마득한 낭떠러지가 펼쳐진 적이 있었다.

"나 좀 재미있는 상상해 본 적 있어요."

"상상이요?"

"우리한테 엄청나게 많은 돈이 생긴다고 생각해 봐요. 하고 싶은 건 뭐든지 할 수 있는."

"돈이라……."

평소 모의 투자, 혹은 진짜 투자에 있어서도 과감하기보단 안정 지향적이던 스무 살의 이유준은 까마득한 낭떠러지에서 뒷걸음질쳤었다. 이승권 회장과 함께할 때면 늘 그의 뜻을 짐작하기 위해 애썼었지만 그날은 그런 생각을 할 여유도 없었다.

"그럼 세준 씨는 특별히 하고 싶은 거 없어요?"

"글쎄요. 돈이 엄청 간절했던 적은 사실 없어서……."

"역시 그런가요? 세준 씨는……."

"오해하지 마요. 넉넉했다기보다는 그냥 나 쓸 정도는 적당히 있었단 뜻이에요."

"알아요. 대학 동기들 중에 그런 친구들 몇몇 있었거든요."

그리고 겁에 질려 얼굴이 파랗게 변한 막내아들을 이승권 회장은 망설임 없이 툭 밀어 버렸었다. 특별한 안전장치도 없는 자연 그 자체의 생생한 위험 속에 어떤 대비도 하지 않고 따라나선 아들, 아니 후계자 후보 중 한 사람을.

"어쨌든 나는 하고 싶은 거 있어요."

"뭔데요?"

"며칠 전에 이야기했던 거 생각나요? 그 로봇 얘기하면서 벤처 회사 말했었잖아요."

"아, 그거."

"만약 우리에게 돈이 정말 많다면, 그래서 우리가 하고 싶은 것들을 할 수 있다면 난 세준 씨랑 같이 회사를 차려 보고 싶어요."

"로봇은 안 된다면서요."

"뭐 그렇죠. 사실 저야 반도체 말고는 다뤄 본 것도 없어서, 그래 봤자 SOC에나 매달리겠지만⋯⋯."

"그럼 SOC 만드는 벤처 회사인가요?"

"그건 너무 비전 없어 보인다, 그렇죠?"

고대 스파르타에서는 갓 태어난 아이들을 '검사'하여 허약한 아이나 장애를 갖고 있는 아이, 혹은 미숙아의 경우 들판이나 절벽 아래로 던져서 죽게 했다고 알려져 있다. 그 찰나의 순간 가파른 절벽 위에서 유준은 문득 한 번도 가 본 적 없는 스파르타를 떠올렸었다.

"그런가. 그럼 뭘 하면 좋겠어요?"

"저는 그럴 능력이 없지만 세준 씨는 경영자로서 감이 좋은 것 같으니까⋯⋯ 저는 반도체를 만들고 다른 연구소에서는, 음⋯⋯."

"벤처 회사인데 연구소를 두 개나 둔다고요? 보통 많은 자금이 필요한 게 아니겠군요."

"그러니까 애초에 가정이 그거였잖아요. 우리가 하고 싶은 것들을 할 수 있을 만큼 정말 충분히 많은 돈이 있다면!"

"좋아요. 그래서 다른 한 연구소에서는 뭘 하면 좋겠는데요?"

"지금 여기가 병원이라 그런 건진 몰라도 저는 20세기가 IT의 시대였다면 원래 21세기는 BT의 시대가 될 거라고 생각했단 말이죠. BT, 그러니까 생명 공학 기술(Bio—Technology)이요."

"그래서요?"

"사실 세준 씨가 관심 있다 했던 인공 지능도 어쨌거나 저 부분과 관계없는 거 아니니 한 연구소는 아예 BT를 표방했으면 좋겠어요. 다른 한 연구소가 IT할 테니까. 난 IT 연구소의 책임 소장이자 우리 회사의 CTO!"

"야망 있는 사람이네요, 박하나 씨."

"그런가. 세준 씨는 뭐할래요? CEO?"

"CEO는 월급쟁이인데. 그 회사 오너는 누구인데요?"

"아마도 우리 둘 아닐까요?"

히말라야 산맥의 산속에서 기우뚱, 중심을 잡지 못하고 한 발이 미끄러지는 순간 유준은 처음으로 눈앞에 다가온 죽음을 느꼈다. 떨어지기 직전 간신히 손에 잡히는 걸 닥치는 대로 잡고 죽을힘을 다해 위로 올라왔을 때 이승권 회장의 표정을 절대 잊을 수가 없었다. 방금 전 아들을 죽일 뻔했던 사람이라고는 도저히 상상할 수 없을 만큼 담담했었다.

"그래서 BT라면 주로 뭘 연구하는 거죠?"

"궁극적으로는 아마 더 많은 것들을 하겠지만 우선은 신약 개발부터 착수해도 좋을 것 같아요."

"신약이라……."

"한 번쯤 그런 생각을 하거든요. 빌 게이츠가 마이크로소프트와 윈도우로 세계 최고 갑부가 되었잖아요? 그렇다면 과연 치매를 완전히 예방할 수 있는 약이라든가 폐암을 완전히 치료할 수 있는 약을 개발하는 사람은 얼마를 벌 수 있을까, 뭐 그런."

"아마 그쪽 연구하는 사람들이 들으면 황당하다 하겠군요."

"그러니까 그냥 꿈이죠, 꿈."

그러나 그날부터 많은 것들이 바뀌었다. 자신을 애송이 취급하던 아버지가 180도 바뀌어 진짜 회사의 일들을 맡기기 시작했다.

마치 절벽에서 살아 돌아온 전사의 후예를 맞이하는 스파르타인들처럼 이승권 회장은 기꺼이 정글 속으로 그를 초대한 것이었다. 이유준에게 낭떠러지란 그런 것이었다.

"꿈, 좋은 단어네요."

유준은 고개를 끄덕이며 중얼거렸다. BT, 신약 개발. 하나의 아이디어는 새로운 것이었지만 상당히 일리 있다는 생각이 들었다.

사업은 절대로 과거를 보아선 안 되었다. 사업은 늘 현재를 고려해야만 했다. 그리고 반드시 미래를 예측할 수 있어야 했다.

주로 이런 일을 다루는 것은 이태준의 LK 화학이었지만 LK 병원을 비롯한 의료원이 제 밑에 있는 이상 유준 역시 얼마든지 청사진을 그릴 수 있었다.

작게나마 먼 미래를 보고 반드시 시작해야겠다고 생각하며 입술을 꽉 깨물었다. 자신이 그리는 청사진에는 '우리'가 없었다.

"와, 어디서 돈다발이나 떨어졌으면 좋겠다."

하나가 실없이 웃으면서 유준에게서 시선을 돌렸다. 유준은 진작부터 짐작하고 있었다. 그녀의 눈동자 속에 나르카디아가 빛나고 있었다. 그리고 그 빛은 무려 자신과 그녀를 하나로 묶은 '우리'의 미래를 가리켰다.

"꿈은 꿈으로 둘 때가 더 아름다울지도 몰라요."

이유준은 누구보다 잘 알았다. 지금 자신이 서 있는 낭떠러지는 몇 년 전 이승권 회장이 자신을 살짝 밀쳤던 그곳보다 더 위험한 곳임을.

그날 서늘했던 산에서 돌과 풀을 마구 잡는 바람에 온몸이

다 긁혔던 것을 유준은 잊지 못했다. 그리고 지금 서 있는 낭떠러지에서 떨어지면 이번엔 몸이 긁히는 상처 수준에서 끝날 일이 아니란 것도 잘 알았다. 그러니까 사력을 다해서 쥐어야 했다. 나르카디아, 그것이 그가 쥐고 오를 수 있는 유일한 동아줄이었다. 그걸 붙잡기 위해서는 무엇이든 짓밟아야 했다. 나르카디아의 여주인인 박하나, 그리고 박하나를 바라보는 이유준의 감정까지도.

유준은 이제야 깨달을 수 있었다. 자신이 나르카디아로 가기 위해 망가뜨려야 하는 것은 박하나가 아니었다. 오히려 자기 자신이었다.

"그런가."

하나의 눈이 누구나 알아볼 수 있을 만큼 시무룩해졌다. 그녀는 진심으로 유준과 함께하는 미래를 그렸다. 그 길 끝에 무엇이 있을지 알 수 없었고 장밋빛이 아닐 수도 있었지만 그럼에도 함께하고 싶었다. 그와 자신을 위해 평생 가져온 가치관을 꺾을 각오조차 되어 있었다.

다시 말해 그녀는 얼마든지 나르카디아라는 도움 판을 딛고 날아오를 생각이었다. 유준만 결심해 준다면. 물론 그들이 다이달로스가 될지 이카로스가 될지는 짐작할 수 없는 일이었지만.

이상하게 유준은 자신의 뜻을 대충 짐작하는 것 같으면서도 늘 거부해 왔다. 하나는 그것이 아쉬우면서도 이해할 수 없었다.

"……그럼 세준 씨."

"네?"

"한 가지만 약속해 줄 수 있어요?"

"뭘요?"

"우리 혹시라도 함께하게 되면, 그게 사무실이 됐든 집이
됐든……."

하나의 말이 시리게 들려 유준은 똑바로 바라볼 수가 없었
다. 그래서 묵묵히 듣는 척 고개를 푹 숙였다.

"어쨌든 거기엔 LK 전자 제품들 들여놓는 거예요. 알았
죠?"

"……어차피 반도체만 LK 것이면 되는 거 아녔어요?"

뜬금없는 이야기. 아마도 농담을 가장한 말 돌리기, 혹은
진심 숨기기. 하나의 의도를 모르지 않았지만 유준은 넘어가
기로 했다. 그녀가 알아차릴 것을 알았음에도 어색하게나마
미소 지으며 농담으로 대꾸했다.

"그래도요! 기왕 쓰는 거 아예 LK 것이면 더 좋을 것 같아
서요."

"생각해 볼게요."

"왜요, 대체?"

"난 LK 전자 사장이 싫거든요."

유준은 그만 가 봐야겠다는 듯 자리에서 일어났다. 그리

고는 LK 전자 제품들을 쓰지 않는 진짜 이유를 툭 털어놓았다. 하나의 눈이 예상 밖이라는 듯 동그랗게 변했다. 일개 사원이 사장을 싫어하는 게 그렇게 이상한 일인가 싶어 유준은 어깨를 으쓱해 보였다.

"나 이제 가 볼게요. 너무 늦은 것 같네요. 어머니 간호 잘해 드리고, 혹시 문제 있으면 바로 알려 줘요."

"……세준 씨, 그런데 왜 LK 전자 사장을 싫어해요? 저번에 영화관에서는 칭찬……."

"상사 좋아하는 부하 직원 이야기는 못 들어 봤는데. 하나씨도 그렇지 않아요?"

"뭐, 그렇긴 한데……."

부하 직원을 시종처럼 부려 먹거나 말도 안 되는 것들로 괴롭히는 상사들이야 싫어하는 것이 정상이었다. 그러나 대부분은 직속 상사나 어느 정도 접점이 있는 사람을 싫어했지 일반적으로 얼굴 볼 일 없는 사장을 싫어하는 사람은 드물었다. 하나는 고개를 갸웃했다.

"하나 씨를 바쁘게 만드는 사람, 궁극적으로는 LK 전자 사장이라면서요. 무어의 법칙, 황의 법칙, 그리고 리의 법칙? 안 그랬어요?"

"아……."

"그래서 안 그래도 싫었는데 더 싫어하기로 했어요."

유준이 그녀를 보며 생긋 웃었다. 그리고는 몸을 돌려 문

쪽으로 향했다. 진짜 이 방에서 나갈 시간이었다. 아이러니
하게도 가장 이유준스러운 공간에서, 가장 이유준스럽지 않
은 모습만 보인 기분이었다.

"세준 씨, 내가 진짜 많이……."

돌아서는 그의 등에 하나가 충동적인 진심을 내보였다. 아
니, 내보이려고 했다. 그러나 유준이 그녀의 말을 막았다.

"……내가 많이 좋아해요."

중얼거리듯 내뱉은 읊조림이었지만 하나는 충분히 그 말
을 알아들을 수 있었다. 빠른 걸음으로 방을 떠나고 문이 닫
히는 순간까지 그가 자신을 보지 않았음에도 하나는 끝까지
그의 등을 좇았다.

이 두근거림과 설렘이 허상 같은 나르카디아보다도 더 낙
원 같았다. 하나는 마음의 낙원을 위해 현실의 낙원을 이용
하기로 뛰는 심장에 중얼거리듯 새겨 나갔다.

12

모래성

"오랜만에 여유 있다고 놀러 온 사람치고는 표정이 너무 별로인데 무슨 일 있는 건 아니죠?"

"아, 미안해요."

유준은 마음속을 가득 채우는 고민을 날려 버리기 위해 애쓰며 표정을 풀었다. 살얼음판을 걷는 것처럼 기분이 좋은 날보다 좋지 않은 날이 많았다. 당장 오늘만 해도 그러했다. 무언가 누군가 의도적으로 비웃는 것처럼 일이 자꾸만 꼬였다.

"세준 씨?"

"아, 내 차례인가요?"

유준이 걱정스럽게 바라보는 하나를 보며 머쓱하게 웃었

다. 진심 어린 하나의 눈을 보고 있자니 속이 배배 꼬이는 기분이었다.

일이 꼬이면 꼬일수록 자꾸만 하나의 얼굴에 다른 것이 겹쳐 보였다. 기억조차 희미해지는 빌어먹을 나르카디아! 유준이 입술을 꾹 깨물며 손을 뻗었다. 까칠한 나무의 질감이 느껴졌다. 미세한 진동에도 흔들릴 정도로 위태롭게 쌓여 있는 나무 블록 탑. 이미 집중력을 잃어버린 유준의 손놀림은 지나치게 대범했다.

"아아!"

우르르, 나무 블록으로 쌓여진 탑이 무너지면서 요란한 소리를 냈다. 쉬는 날이라는 핑계로 LK 병원의 변화도 직접 살펴볼 겸 하나 어머니의 병실에 들른 지 한 시간째, 기분 전환차 시작한 단순한 보드게임에서 유준은 3전 3패를 기록하고야 말았다.

무너진 나무 블록들을 주울 생각도 하지 못한 채 유준은 멍한, 아니 조금은 멍청한 표정을 지으며 하나의 시선을 회피했다.

"안 되겠다, 일어나요."

"네?"

"나가요, 우리."

하나가 유준의 눈을 보며 단호하게 말했다. 그녀는 빠른 손놀림으로 나무 블록들을 상자에 담은 뒤 자리에서 벌떡 일어났다. 정확한 이유는 알 수 없었지만 유준의 모습은 아무리 봐도 정상이 아니었다.

"하지만 어머니는……."

"여기서 시끄럽게 구는 게 엄마한텐 더 안 좋을 것 같아요. 무엇보다 지금 세준 씨한테 필요한 건 이런 게 아닌 것 같네요."

"나 때문에 괜히 하나 씨까지 나갈 필요는 없어요. 나 혼자……."

"내가 같이 있고 싶어서 그래요."

하나가 똑 부러지는 목소리로 진지하게 말했다. 유준은 순간 헛기침을 뱉었다. 같이 있고 싶다는 말에 공감하는 것이 이유준의 마음인지 최세준의 마음인지 알 수 없었다. 한 가지 확신할 수 있는 건 엉망진창으로 흐릿흐릿한 자신의 머리는 아니라는 점이었다.

"그럼 다시 해요, 게임. 미안해요, 내가 집중을……."

"방금 우르르 무너진 탑 보면서 드는 생각이 없어요?"

"내가 이 게임에 좀 약한 것 같은데 차라리 종목을 바꿔볼까요? 서랍 안에 다른 건……."

"뭘 하더라도 오늘만큼은 압도적으로 내가 이길 것 같은걸요."

"하나 씨가 게임을 잘하는 건……."

"근본적인 변화 없이는……."

하나가 테이블 위에 뚜껑 닫힌 상자를 세로로 탁 세우면서 단호하게 말했다.

"어떤 게임을 하든 곧 무너질 모래성 쌓기밖에 더 되겠어요?"

툭, 하나의 손끝이 슬쩍 밀자 상자가 힘없이 테이블 위에 쓰러졌다. 좀 전에 무너져 내린 나무 블록 탑처럼, 혹은 이유준의 복잡한 머릿속처럼.

"아."

유준은 하나의 말에 더는 반박할 말을 찾지 못했다. 무너져 내리지 않기 위해서는 확실히 근본적인 해결책이 필요했다. 가로막힌 문제를 뒤로 미뤄 둔 채 하나의 얼굴이나 봐야겠다고 여겨 찾아온 건 확실히 도피밖에 되질 않았다. 비록 그녀에게 위로를 받는다 할지라도.

"좋아요, 나가죠."

"그래요. 잘 생각했어요. 그럼 나도 곧 따라 나갈 테니 잠시만 문 앞에서 기다려 줄래요? 가기 전에 엄마 필요한 것들 좀 챙겨 드려야 해서요."

하나가 생긋 웃으며 이야기했다. 유준은 가볍게 고개를 끄덕이며 자리에서 일어났다. 마음 한편을 무겁게 짓누르던 바위 덩어리가 한결 가벼워진 느낌이었다.

✳   ✳   ✳

—대체 왜 지금 연락하는 거야?

"잠시 머리 식히고 있었어."

—상황 파악은 했지? 난리던데, 보긴 봤어?

"안 봤을 리가."

하나가 나오는 것을 기다리며 문에서 조금 떨어진 벽면에 기대 하루 종일 미루던 전화를 기꺼이 받았다. 세준이 여러 차례 전화를 해야만 했던 문제, 그리고 자신의 머릿속을 복잡하게 만든 문제. 바로 LK 호텔의 문제였다.

일주일 전 LK 호텔의 최고급 한식 레스토랑에 한 가족이 방문을 했다. 휴일 저녁 시간이었던지라 당시 레스토랑은 지나치게 붐볐고 예약 없이 찾아온 그들은 두 시간을 넘게 대기하다가 결국 식사를 하지 못하고 돌아가야만 했다. 여기까지만 보면 별것 아닌 언제나 있을 수 있는 일에 불과했다.

그러나 기다리던 그들이 소위 말하는 다문화 가정이었다는 것이 화근이었다. 인터넷 언론 중 하나가 LK 호텔이 인종차별을 한다는 식의 '카더라 통신'을 내보냈고 사실 확인을 제대로 거치지 않은 기사가 SNS를 타고 일파만파 퍼졌다.

수준 떨어지는 '지라시성 보도'에 일일이 대처할 필요를 느끼지 못했던 LK 호텔 측은 공식적인 입장을 내놓지 않았고 결과적으로 일은 더 커지고야 말았다. 이제 와서 원래 예약제이다, 이미 만석이었다며 설명을 한들 대중들이 보기에는 상황을 모면하기 위한 변명에 불과했다.

유준은 이런 말도 안 되는 일에 놀아나고 있는 자신이 한심하기 그지없었다. 이번 건은 차마 태준을 의심하기엔 지나치게 사소했으며 무시하기엔 타격이 컸다.

게다가 결정적으로 얼마 후 유준은 LK 호텔과 LK 물산을 활용하여 면세점 입찰에 도전할 생각이었다. 이대로라면 가망이 없었다. 누군가 유준의 계획을 미리 알고 방해라도 한 것 같은 찜찜한 느낌이 속을 타들어 가게 했다.

—어떻게 했으면 좋겠어?

"모르겠다, 진짜."

—이유준, 왜 이렇게 의욕이 없어? 너 생각을 하고 있긴 해?

"세준아."

시선은 병실 문에 고정한 채 중얼거리듯 친구의 이름을 불렀다. 얼마 전부터 자신을 짓누르던 고민 한 가지가 너무나도 부피를 키웠다. 끝내 스스로를 무너져 내리게 만들 것만 같아 유준은 혀끝에 걸려 있는 물음표 하나를 토해 내듯 뱉어 냈다.

"넌 아니지?"

—밑도 끝도 없이 무슨 소리야.

"정보가 새고 있는 것 같아. 아무리 생각해도."

—……뭐?

언제 하나가 나올지 알 수 없는 상황이었다. 유준은 그전에 세준에게 확실한 대답을 듣고 싶었다. 이상하게도 말을 뱉고 나니 의심이 더욱 커지는 기분이었다.

나름대로 준비하던 자신의 계획이 위태롭게 흔들거리던 나무 블록 탑과 다를 게 없어 보였다. 마치 한두 조각만 더 사라지면 전부 와르르 무너져 버릴 것만 같은 불길한 느낌. 그 느낌을 없앨 방법은 세준의 대답뿐이었다.

"우연이라기엔 지나치게 악의적이고, 게다가 하필이면 타깃이 LK 호텔이라는 게……."

—그러니까 정보를 흘리고 있는 게 나다?

"난 너는 믿고 싶다, 최세준."

—세상에 100%는 없는 거 아닌가?

"최세준!"

세준의 낮은 웃음소리가 전화기를 타고 들려왔다. 유준은 입술을 꽉 깨물며 주변을 살폈다. 흥분한 탓에 지나치게 크게 세준의 이름을 불렀다. 혹시라도 하나가 병실 안에서 듣기라도 했다면 자신이 의심의 대상이 될 것이었다. 여차하면 연극이 산산조각 나고 나르카디아는 모래성처럼 무너져 버릴지도 몰랐다.

자꾸만 무너진 탑의 이미지가 유준의 머릿속을 갉아먹었다.

—쓸데없는 소리 할 정신 있으면 대책이나 마련해.

"최세준, 너……."

―난 눈에는 눈, 귀에는 귀, 이미지에는 이미지. 그게 정답이라고 생각하는데 넌 어때?

유준이 낮게 한숨을 쉬었다. 세준은 늘 그랬다. 늘 자신의 생각대로만 말하고 행동했다. 이번에도 그럴 모양이었다. 다시 한 번 물으려던 유준의 입이 순간 다물어졌다. 날카로운 눈빛 끝에 열리는 병실 문이 들어왔기 때문이었다. 아무래도 이곳은 내밀한 이야기를 하기에 적합하지 않은 장소였다.

"대책은 있는 거야?"

―뭐, 적당히.

"그럼 알아서 해. 맡길게."

―방금 전까지 나 못 믿는 거 아니었어?

병실에서 나와 잠시 두리번거리던 하나가 이내 유준을 발견했는지 생글생글 웃으며 다가왔다. 유준은 가능한 목소리를 낮추며 마지막 한마디를 던졌다. 지겨운 편두통이 또다시 그를 괴롭혀 왔다.

"결과를 믿을게."

경영자 이유준은 비서 최세준의 결과를 믿을 수밖에 없다. 인간 이유준이 친구 최세준을 믿고 있다 해도 말이다. 사실 결과로 사람을 판단하는 건 경영자에겐 당연한 일이었다. 그렇지 않다면 회사 전체가 무너져 버리고 말 테니.

바지 주머니에 전화기를 쑤셔 넣으며 유준은 앞에 마주 선

하나에게 엷은 미소를 건넸다. 약한 모래성일지, 견고한 철옹성일지 아니면 위태로운 나무 성일지 직접 봐야 할 시간이었다.

"오래 기다렸어요?"

"아뇨, 잠시 통화할 것도 있었고. 괜찮아요."

"그럼 기분 전환이 필요해 보이는 최세준 씨, 어디 갈래요? 세준 씨가 정해요."

"가 보고 싶은, 아니 가야 할 곳 생각해 놨어요."

유준이 가볍게 하나의 손을 맞잡았다. 하나가 눈을 동그랗게 떴다. 어디냐는 물음을 대신하는 표정에 유준이 어깨를 으쓱하며 대답했다.

"성이요."

"성? 어디 궁 말하는 거예요? 한국에 성이 어디 있어요."

"그런 건 아니고 사실 가 보면 바로 이해할 거예요. 어쨌거나 성으로 모시겠습니다, 공주님."

유준이 정신없는 속을 감추기 위해 농담을 덧붙이며 키득거렸다. 전혀 예상치 못한 '공주님'이라는 한 단어에 말문이 막힌 하나는 얼굴이 홍당무가 되었다. 붉게 물든 그녀가 참 예뻐 보였다. 하얀 벽, 적당히 밝은 조명, 그곳에 서 있는 새빨간 얼굴의 박하나.

"나한텐 하나 씨가 공주님이죠."

모래성조차도 철옹성으로 바꿔 줄 유일한 열쇠를 쥐고 있는 존재. 눈앞에 놓인 그 어떤 문제에도 집중하지 못할 정도로 이유준의 심장을 쿵쾅거리게 만드는 존재.

유준은 입술을 꾹 깨물었다. 유일한 친구와도 쉽사리 믿음을 나누지 못하는 지금은 아무리 생각해도 심장이 뛸 시점이 아니었다. 그런 생각을 한다고 멈출 리도 없었지만.

"세준 씨, 그게 갑자기 무슨 낯간지러운……."

충동적이었다. 이성적일 수가 없었다. 아무래도 심장 박동 소리가 너무 커서 뇌가 멈춰 버린 듯했다. 유준은 심장을 따라 하나의 이마에 입을 맞췄다.

더는 아무런 말도 하지 않았다. 하나 또한 입을 열지 않았다. 그러나 때로는 말보다 다른 것이 더 잘 통할 때도 있는 법이었다. 서로의 손을 꼭 맞잡고 있었기에 두 사람의 걸음은 유준이 이끄는 대로 정체 모를 '성'을 향해 갈 수 있었다.

❈   ❈   ❈

목적지에 도착하고서야 하나는 '성'이라는 단어를 실감할 수 있었다. 남산을 뒤로 한 하얀 LK 호텔은 서양의 동화 속에 나오는 진짜 성 같았다. 묘하게도 이질적인 느낌이 유준을 연상케 하는 곳이기도 했다.

잘 모르는 하나의 눈에도 비싸 보이는 차들이 즐비한 주차장부터 드라마에서나 보던 호텔 벨 보이 몇몇이 서 있는 레드 카펫 깔린 입구까지. 하나는 낯선 분위기에 조금 위축되었다. 이런 곳은 처음이었다.

"세준 씨, 우리 여기 왜 온 거예요?"

"그냥요."

무의식적으로 목소리를 낮춰 속삭이듯 묻는 하나와 달리 이런 분위기에 익숙한 유준은 한결 편한 말투로 대답했다. 여전히 머릿속을 짓누르는 고민들은 많았지만 나무 블록으로 만들어진 탑을 세 번째 무너뜨렸을 때보다 훨씬 더 안정적이었다. 목소리도 평소처럼 차분했다.

"그냥이라기엔……."

"안에 쇼핑할 수 있는 가게도 몇 개 있고 식당도 나름 종류별로 다 있어요. 아, 혹시 오해할까 봐 덧붙이는데 자고 가자고 온 건 아니에요. 그건 걱정 마요."

정작 하나는 이 공간의 목적이 '잠을 자는 곳'임을 잊고 있었던 것인지 멍한 표정을 짓다 이내 고개를 끄덕였다.

애초에 하나가 판단한 그는 갑자기 막무가내로 침대에 끌고 갈 사람이 아니었다. 고작 그 목적으로 오기에 이곳은 지나치게 엉뚱한 장소임이 분명했다. 그렇다고 쇼핑이나 식사를 위해서 올 곳도 아니었다.

"모래성인지 철옹성인지 좀 궁금했거든요. 뭐, 나무 성일 수도 있지만."

"그게 갑자기 무슨……."

"그냥요. 여기 오면 고민이 덜어질까 싶었어요. 일단 들어 갈까요?"

문제의 원인이 된 장소에 온다고 문제가 해결이 될 리는 없었다. 그러니 당연하게도 여전히 무엇을 해야 할지 알지 못했다. 그저 기다릴 뿐이었다. 능력 있는 최세준은 분명 좋은 결과를 들고 올 것이다. 아니, 그래야만 했다. 최선의 경우는 세준이 좋은 아이디어로 이 문제를 깔끔하게 해결하는 것이다. 문제를 해결할 실마리라도 자신에게 쥐어 줄 것이다. 최악의 경우는…… 무의식중에 고개를 살짝 저었다. 생각하고 싶지 않았다.

하나는 굳었다가 다시 풀어진 유준의 표정 변화를 알아차리지 못했다. 지나치게 둘레둘레한 탓이었다.

그 순간 빠아앙, 긴 클랙슨 소리가 귀를 가득 채웠다.

"하나 씨, 조심해요!!"

쾅, 아주 찰나의 순간에 일어난 일이었다. 이곳저곳 두리번거리며 낯선 곳에 놀러 온 어린아이처럼 굴던 하나가 유준의 품 안에 안겨 있었다. 갑자기 출입문을 향해 달려오던 택시로 인해.

다행히 그가 재빨리 팔을 잡아끈 덕분에 그녀는 무사할 수 있었다. 차에 치이는 대신 유준의 가슴에 부딪혔던 것이다. 잠시 그 상태 그대로 있던 두 사람은 살짝 얼굴을 붉히며 서로에게서 떨어졌다. 그러나 하나의 입에서 고맙단 인사가 나오거나 유준의 입에서 다행이란 말이 나오기도 전에 두 사람은 입을 딱 벌릴 수밖에 없었다.

문제의 그 택시가 호텔의 유리문 하나를 들이받은 장면이 눈 안에 들어왔다. 입구에 서 있던 벨 보이들이며 사람들이 제각기 전화기를 붙잡고 호들갑을 떨고 있었다. 잠시 뒤 관계자로 보이는 깔끔하게 양복을 차려입은 남자가 호텔 밖으로 나와 상황을 파악했다.

"아."

유준의 머리가 뒤늦게 돌아가기 시작했다. 자신은 LK 호텔의 최대 주주이자 동시에 대표였다. 그리고 그 LK 호텔에서 사고가 발생했다.

목격자들 중 대다수가 핸드폰을 들고 있었다. 그들의 핸드폰은 사진이나 영상을 담아냈을 것이다. 발빠른 이들은 이미 이 일을 SNS에 올리고도 남았을 테고 또 한 번 사람들 입에서 LK 호텔이 거론될 것이 자명했다.

시대에 뒤떨어진 인종차별 호텔이라고 온갖 비난과 욕을 먹은 지 얼마 지나지 않아 또다시 사고가 일어났다. 우연이라면 악몽이었고 누군가의 계획이라면 그 또한 최악이었다. 유준이 두 주먹을 꽉 쥐었다. 손톱이 손을 파고드는 것조차 느끼지 못한 채 가능한 분노를 속으로 삭였다. 지금은 분노가 아니라 이성이 필요한 시점이었다. 무엇보다 옆에는 박하나가 있었다.

"하나 씨, 괜찮아요?"

"아, 네. 고, 고마워요."

유준보다 더 놀랐던 것인지 한참을 멍하던 하나가 멋쩍게 웃으며 대답했다. 그녀는 사고 현장과 유준의 얼굴을 번갈아 바라보았다. 사고 현장만큼이나 심하게 구겨진 유준의 표정이 그녀의 직감을 건드렸다. LK 디스플레이 사건을 들었을 때 그가 지었던 표정과 비슷했다.

"세준 씨?"

"아, 그게…… 일단은 저기로 돌아 들어가면 로비가 나와요. 미안한데 잠깐만 로비에 혼자 앉아 있을 수 있어요?"

"LK 호텔 일도 세준 씨랑 관계있어요?"

사람이 아무리 유능하다 해도 본사에서 이렇게 다방면의 일을 줄 수 있는 걸까. 하나는 찰나의 순간 의문을 머릿속에 담았지만 이내 의아함을 지워 나갔다. 그는 첫 만남부터 지금 이 순간까지 단 한 번도 평범했던 적이 없었다. 아이러니하게도 평범하지 않다는 것이 그가 가진 일관성이었다. 동시에 박하나가 느끼는 그의 매력이기도 했다. 하나는 자신도 모르게 피식 웃어 버렸다.

"관계있다고 하면 지금처럼 웃을 거 같고, 어쨌거나 본사 직원이니까요."

유준은 하나의 웃음에 거짓을 던졌다. 물론 늘 그러하듯 어느 정도의 진실이 깔려 있었지만.

"하지만 분야가 다르고……."

"계열사들에서 문제 생기면 본사 직원이 파견 나오는 게 대부분이고, 가장 가까이에 있는 본사 직원이 아마도 저인 것 같으니까요. 경영전략팀이란 곳에서 하는 일이 늘 그래요. LK 그룹 전체의 이미지를 책임지죠."

말을 채 끝마치기도 전에 유준의 입가에 미소가 맺혔다. 머릿속을 스치고 지나가는 '이미지'란 단어 때문이었다.

눈에는 눈, 이미지에는 이미지. 최세준이 한 말이었다. 어쩌면 이 위기가 기회일지도 모르겠다 생각하며 유준은 다시 사고 현장을 바라보았다. 택시 기사와 호텔 관계자 사이에 무언가 이야기가 오고 가고 있었고 그 모든 것은 카메라에 고스란히 찍히는 중이었다. 더 늦기 전에 나설 필요가 있었다. 자신의 계열사는 제가 살려야 했다.

"LK 그룹 본사는 운이 좋았네요. 유능한 직원이 바로 옆에 있다니."

"그런가요. 그럼 로비에……."

"쉬는 날 남자 친구를 일에 뺏겨야 하는 나는 별로 운이 안 좋은 것 같지만요."

"미안해요. 서둘러 마치고 하나 씨한테 갈게요. 나도 일보다는 하나 씨랑 보내는 시간이 더 좋아요."

"알아요. 그리고 일 안 끝내면 내 옆에서 계속 그 생각만 할 거란 것도 잘 알고요. 내 걱정은 말고 잘 마무리 지어요.

기다리고 있을게요."

하나가 유준의 어깨를 가볍게 툭툭 쳤다. 힘내라는 무언의 메시지였다. 유준 또한 미소로 답했다. 어쨌거나 일을 빨리 마무리 짓고 싶은 것은 진심이었다. 그러고 나면 데이트에도 보다 더 진심을 다해 집중할 수 있을 것 같았다.

유준은 옆문으로 향하는 하나의 뒷모습을 가만히 바라보다가 이내 사고 현장 쪽으로 몇 발짝 뗐다. 어쨌거나 이곳에 오길 잘했다고 생각하면서. 무너질 뻔한 모래성을 단단한 철옹성으로 뒤바꿀 수 있는 절호의 기회를 놓치지 않을 작정이었다. 이유준은 충분히 그런 능력을 가진 사람이었다.

⁜ ⁜ ⁜

"잘 마쳤어요? 표정이 좋은데요?"

"뭐, 그럭저럭."

하나의 옆에 털썩 주저앉은 유준이 미묘한 표정으로 대답했다. 하나는 그 표정 변화를 놓치지 않았다.

"잘 안 된 거 아녜요?"

"벌써 기사 떴을걸요. 못 봤어요?"

"그래요? 그냥 멍하니 있어서……."

결과가 궁금했던지 하나의 손이 바로 핸드폰으로 향했다. 그러나 그보다 유준의 입이 더 빨랐다.

"'LK 호텔 출입문 들이받은 택시 기사, 변상금 4억 전액 탕감 및 치료비까지 지원'. 이게 메인 기사 제목이네요."

"4, 4억이요? 진짜 그래도 돼요? 세준 씨가 결정한 거예요? 위에서는……."

"경영전략팀 일개 직원한테 그런 권한은 없죠."

무언가 속이 타는 듯 유준의 손끝이 말라 있던 입술 끝자락을 살짝 훑었다. 유준은 문제를 해결하기 위해 관계자와 택시 기사 사이에 끼어들 생각이었다. 그러나 그전에 이미 상황은 종료되어 있었고 유준이 활약할 지점은 하나도 없었다.

"그럼 누가……."

"LK 호텔 대표이사가 직접 전화로 지시했다고 하네요."

유준이 관계자에게 신분을 밝히기도 전에 그는 LK 호텔 대표의 이름을 팔아 동영상이나 사진을 찍던 일반인들에게까지 대대적으로 상황 종료를 알렸다.

LK 호텔 대표가 형편이 어려운 택시 기사의 사고에 대해 그 어떤 책임도 묻지 않을 것이며 심지어는 치료비까지 지원하겠다고 말했다는 것이 골자였다.

이 이야기는 재벌가의 노블레스 오블리주의 사례로써 SNS를 타고 빠르게 번졌고 특종을 놓칠 리 없는 기자들은 기다렸다는 듯 포털 사이트에 기사를 올렸다.

인종차별이나 한다고 비난받던 LK 호텔의 악명은 사라지고 연관 검색어에 모두 좋은 단어들만 자리했다. 이 모든 것이 짧은 시간 동안 벌어진 일이었다. 아무런 문제도 없었다.

LK 호텔 대표가 이유준 본인이라는 것만 빼면.

"대단하네요, 그 사람."

"그런가요."

"아무래도 그렇죠. 사고 원인이 무엇이었든 간에 4억 전액 탕감이 쉬운 결정은 아니었을 텐데, 그걸 그렇게 빨리……."

"어차피 못 받을 돈인 걸 알았는지도 모르죠. 기업에선, 특히나 이런 호텔 같은 서비스업 쪽은 고객을 상대로 하는 이상 이미지가 곧 돈이니까요."

유준의 말투는 냉소적이었다. 이미지, 그 단어를 뱉는 순간 유준의 머릿속을 스쳐 지나가는 얼굴이 딱 하나 있었다. LK 호텔 대표의 이름을 감히 사칭할 수 있는 사람은 극소수였다. 이태준이야 혹시라도 문제가 잘못되었을 때 감당할 수 없음을 잘 알 테니 직접 나설 리 없었다. 그럼 범인은 한 사람뿐이었다.

"세준 씨, 뭔가 기분 안 좋아 보이네요. 어쨌거나 잘 해결된 거 아녜요?"

"뭐, 그렇죠. 그냥 조금 마음에 걸리는 게 하나 있어서……."

"그게 뭔데요? 4억이라는 큰돈?"

"아뇨. 모든 게 너무 빠르다는 거요. 마치 준비되었던 것처럼 착착."

"LK는 큰 곳이고 세준 씨 말 대로 돈으로 이미지를 사는 거라면, 빠를수록 좋을 테니 윗분들이 언론을 움직인 것 아닐까요?"

"아마도 그렇겠지만요."

유준은 내뱉은 말이 쓰다고 생각했다. 이렇게 빨리 언론을 움직일 힘이 LK 그룹엔 있는지 몰라도 자신에게는 없었다. 왜냐하면 그건 태준의 몫이었으니까. 물론 SNS가 언론을 자극했을 수도 있다. 그러나 이상하게도 속이 편하지 않았다.

"너무 깊게 생각하지 말아요. 어쨌거나 나는 쉬는 날 남자 친구를 일에 뺏기지 않아도 되어서 좋은 걸요."

"모래성."

"네?"

"신뢰 관계가 무너진 친구 사이란 언제 무너져도 이상하지 않을 모래성이겠죠?"

"갑자기 그게 무슨……."

하나가 고개를 갸웃하며 유준을 바라보았다. 유준의 눈매가 평소보다 배는 날카로웠다. 하나는 유준의 눈치를 살피며 고개를 끄덕였다.

"서로 숨기고 감추는 것이 하나둘 불신을 쌓아 가면 결국 탑은 무너지기 마련일 겁니다. 그러니까……."

문득 유준이 말을 멈췄다. 하나의 흔들리는 눈동자가 자신의 눈동자조차 흔들리게 만들었다. 그래서 유준은 멋쩍은 웃음을 어색하게 덧붙였다. 마치 아무것도 아니라는 듯.

"괜한 이야기를 해서 분위기를 이상하게 만들었네요. 밥 먹으러 갈까요? 여기 레스토랑이 나름 괜찮은데."

"저, 세준 씨, 내가……."

하나의 입술이 달싹거렸다. 혀끝에 걸려 빙빙 맴도는 그 말 한마디, 나르카디아. 유준과의 관계가 그깟 나르카디아 때문에 무너질 모래성이 되는 것이 정말로 싫었다. 그러나 이상하게 입 밖으로 나오질 않았다. 자신의 것이 아닌 무언가를 입에 담는 까칠한 기분. 하나는 말라 가는 제 입술을 혀끝으로 핥았다. 오히려 말을 하는 것이 이 탑을 무너뜨릴 '마지막' 나무 블록이 될까 봐 그녀는 겁이 났다.

"하나 씨, 나는 지금 노력 중이에요."

심각한 표정으로 서두를 뗀 주제에 이야기를 꺼내지 않는 자신을 채근할 줄 알았는데 예상외로 유준의 표정 또한 어색하게 굳어진 채였다. 하나의 눈이 의아함을 담아 동그랗게 변했을 때 유준의 입이 다시 떨어졌다.

"가능한 진실을 보여 주려고요."

"네?"

"가능한 나란 사람의 진실을 보여 주려고 애쓰고 있다고요."

그건 유준의 진심이었다. 이유준이라는 이름을 빼면, LK

그룹의 후계자이자 계열사 몇 개의 최대 주주 겸 대표라는 신분을 빼면, 나르카디아라는 자신의 목적만 빼면 그는 최대한 진실만 보여 주고 있다고 자신할 수 있었다. 물론 감추고 있는 것들이 너무나도 핵심적이라 그것들을 제외했을 때도 사신이 여전히 '자신'일지는 스스로도 의문이었지만. 유준은 가능한 하나의 눈을 마주하려 애썼다. 심장이 울렁거리는 기분이었다.

"아, 그게……."

"갑자기 심각해져서 미안해요. 배고프죠? 밥 먹으러 가요, 우리."

유준이 어색한 미소를 입가에 담고서 하나의 손을 잡아끌었다. 하나는 그 손을 꽉 잡으며 생각했다. 자신 또한 이제껏 진실을 보여 주기 위해 애썼으며 애쓸 것이라고. 언젠가는 그에게 이 비밀을 이야기하고 말 것이라고. 그때쯤에는 이 사람에 대해서도 조금 더 알 수 있게 되길 바란다고. 하나의 심장 또한 울렁거렸다.

"뭐 좋아해요? 레스토랑이 한식, 일식, 중식, 양식 종류별로 다 있는데……."

"글쎄요, 뭐든 좋아하는데…… 음, 일단은 싼 거?"

"여긴 다 비쌀걸요."

"그럼 다른 데로 나가도 돼요."

"귀찮잖아요. 온 김에 먹어요. 언제 또 올지 모르는데. 아마 본사 직원 할인이 되지 않을까 기대 중이에요."

"그렇지만……."

"그러니까 좋아하는 걸 일단은 생각 없이 골라 봐요, 하나 씨."

무언가 무거운 것을 털어 낸 듯 유준이 가볍게 입꼬리를 올렸다. 어쨌거나 하나와의 문제는 지금 생각할 것이 아니었다. 유준은 그녀와의 관계가 오래도록 이 상태를 유지하길 바랐다. 적어도 함께 있는 동안은 진심으로 그녀에게 충실할 생각이었다.

하루 종일 자신을 괴롭히던 문제는 몇 시간 후쯤에 처리해도 크게 지장이 없을 것이라 판단한 유준은 보다 홀가분한 느낌으로 하나를 쳐다보았다. 어쨌거나 이유준은 탑을 무너 뜨릴 생각이 없었다.

"그럼 오랜만에 일식? 괜찮아요, 세준 씨?"

"좋죠, 일식. 가요, 여기 참치가 괜찮다고 들었어요."

박하나와 이유준이 만들어 가고 있는 아슬아슬한 탑만큼이나 그에게는 이유준과 최세준의 탑이 중요했다. 그래서 유준은 무너지지 않게 지켜 낼 작정이었다. 비록 그것이 모래 성이라고 해도.

"이 시간에 부르는 건 아무리 네가 사장이라도 너무한 거 아냐?"

"들어야 할 이야기가 좀 있는 것 같아서."

하나와의 데이트를 마친 유준은 세준을 집으로 불렀다. 세준이 볼멘소리를 하는 것도 이상하지 않을 만큼 늦은 시간이었다. 유준도 피곤했지만 가능한 오늘을 넘기고 싶지 않았다.

"뭐, 기사 봤을 거 아냐?"

"그러니까 그거."

"나한테 전권 위임한 건 너다? 너도 내 명의 도용한 전과 있잖아. 게다가 결과로 말하라며."

"그래서 이미지엔 이미지. 그게 이거야?"

"어차피 이런 문제는 해명한다고 해결될 것도 아닌 거 네가 제일 잘 알지 않아? 뒤집을 한 방, 이만하면 충분하잖아?"

세준의 표정은 자신만만했다. 유준은 그의 표정에서 낯익은 누군가를 떠올릴 수 있었다.

"우연 아니지?"

"설마, 적절한 타이밍에 맞춰 준비한 거지. 오늘 안에 뒤집고 싶었어. 빠를수록 좋을 것 같았거든. 예상보다 파급력이 좋은 것 같은데, 맘에 들어?"

"그런 것치고 4억은 너무 큰돈 아냐? 지금 LK 호텔 재정

상황이……."

"어제 저녁에 리모델링 관련 보고서 보냈었는데, 못 봤나 봐?"

"그러니까 이미 준비 중이던 리모델링에 쇼를 끼었었다?"

"덕분에 LK 호텔 대표 이유준의 이미지는 노블레스 오블리주를 실천하는 젊은 경영인. 나쁘지 않잖아?"

"언론은 당연히……."

"내가 언론 움직일 힘이 어디 있어. 인터넷 매체 위주로 미리 섭외해 둔 거지."

"위험한 일을 상의도 없이…… 과감했네, 최세준. 잘못된 결과가 나왔으면 어땠을까 걱정될 만큼."

"고작 친구라는 이유만으로 나를 믿은 과감한 이유준에게 들을 말은 아니고."

"오늘따라 되게 생각나게 해, 너."

유준은 천천히 눈을 감았다가 떴다. 자신의 머릿속을 스치고 지나가는 얼굴은 처음과는 달리 태준이 아니었다. 필요한 것을 위해서는 조작도 서슴지 않는 대범함. 오히려 저 세상으로 떠난 이승권 회장을 떠올리게 했다. 이승권 회장과 최세준. 전혀 닮은 구석이라곤 찾아볼 수 없던 두 사람을 연관지어 놓고 보니 웃음이 터졌다.

"무슨 생각을 하는 건데, 대체."

"아니, 그냥 말도 안 되는 생각. 어쨌거나 고마워. 분명 위

343

험한 방식이었던 건 사실이지만 네 덕에 LK 호텔 이미지랑 내 이미지까지 덩달아 상승한 것 또한 사실이지. 이렇게 한 번에 뒤집을 만한 패가 이런 거 말고 없었던 것도 사실이고."

"칭찬해 주니 고맙네."

"난 너 믿어, 세준아."

"나 말고 결과를 믿어, 이유준."

냉소적인 미소를 짓고 있던 세준이 들고 있던 봉투를 유준의 책상에 가볍게 던졌다. 남들처럼 자신을 믿으라고 매달리지 않는 세준의 모습이 오히려 그답다고 생각하며 유준은 천천히 서류 봉투를 열었다.

봉투의 내용물은 하얀 종이 뭉치 몇 장이었다. 온통 영어로 적혀 있었지만 유준은 한눈에 알아볼 수 있었다.

"이런 걸 나한테 주면서 널 믿지 말라고? 내가 너 아니면 누구를 믿겠냐, 대체."

"글쎄, 그게 고작 종이 쪼가리가 될지 아니면 진짜 의미 있는 계약서가 될지 본인의 능력을 믿어 보는 건 어때?"

"고마워, 세준아. 진심이야."

"아직 갈 길이 아주 멀어. 그럼 난 간다."

세준은 손을 흔들고는 성큼성큼 방 밖으로 나갔다. 유준은 한참 동안 그가 나간 문을 바라보다 잠시 후 서류를 챙겨 책상 서랍 제일 안쪽에 넣었다.

세준이 준 선물은 다름 아닌 이탈리아 한 명품 브랜드와의

MOU(Memorandum of Understanding)* 체결 문건이었다.

동아시아 어디에도 입점하지 않은 콧대 높기로 유명한 브랜드였다. 면세점 사업에 뛰어든 재벌 2세, 3세들이 가장 들여오고 싶어 안달하는 브랜드기도 했다. 그런 브랜드의 대표가 무려 LK 물산과 손을 잡겠다는 계약서는 면세점 입찰을 고민 중인 유준에게 최고의 선물인 셈이었다. 이것으로 벌어들일 수익은 상상 그 이상이 될 것이었다. 최세준이 이유준에게 증명해 보일 수 있는 최선의 결과물이기도 했다. 고작 LK 호텔의 이미지를 반전시킨 것과는 비교도 안 될 만큼.

⟨세준 씨, 잘 자고 내 꿈 꿔요.⟩

조금 전에 도착한 문자를 보던 유준은 유쾌한 웃음을 숨기지 않았다. 오랜만에 편하게 잘 수 있을 것 같았다. 박하나와의 탑도, 최세준과의 탑도 적어도 모래성은 아님을 확신할 수 있게 되었다. 마치 양손에 사랑과 우정을 꽉 쥔 느낌. 유준은 가능한 이 느낌이 오랫동안 허락되길 바랐다.

---

*MOU(Memorandum of Understanding):양해 각서.

13

덧

언론을 뒤흔드는 사건은 늘 많았다. 특히 대한민국 경제
신문은 늘 대기업 이름으로 뒤덮이기 마련이었고 그중 커다
란 축을 차지하는 것은 당연하게도 LK였다. 때로 연쇄적으
로 LK가 언급되는 경우도 있었는데 이번 도미노의 시작은
LK 전자였다.

"하나 씨, 괜찮아요?"

ㅡ아뇨. 보통 일이 아닌 것 같아요. 본사 쪽에서는 뭐래
요?

사실 LK 전자에게 일어난 재앙 수준의 이번 사건은 유준
에게는 쾌재를 부를 만한 일이었다. 직접 의도한 것은 아니
었지만 왜 이런 생각을 못했나 싶을 정도로. 세준을 비롯한

측근들과 유준은 전화통이 불나게 화내고 있을 태준의 얼굴을 상상하며 고소해하고 있었다.

"시간당 몇 백억씩 마이너스라고 난리죠."

—몇, 몇 백억이요?

"공장 가설 중단되는 게 생각보다 큰일이거든요."

LK 반도체 공장 중 가장 큰 축을 차지하는 제1공장이 무려 정전이 되는 사태를 맞이했다. 몇 년 전 삼성 전자가 겪었던 일과 그때 LK 전자가 봤던 반사 이익을 생각하면 인간사는 참으로 공평한 것이었다.

라인 중 일부는 몇 시간 만에 부분적으로나마 복구되었지만 전체가 완전히 정상화되는 데는 며칠이 소요될지 알 수 없다는 뉴스가 끊임없이 흘러나왔다.

자신이 아침에 들은 보고에서도 마찬가지였다. 어림잡아도 수백억에서 수천억으로 산출되니 LK 전자가 이번 사태로 입게 될 손해액은 무척 컸다. 이것이 한전의 책임인지, 공장의 책임인지 알 수는 없었지만 일이 벌어진 후에 탓하면 무엇할까.

유준은 세준을 통해 언론에 적절히 뉴스 거리를 흘려 주었다. 이를테면 생산 라인이 장시간 대규모로 멈춘 것은 이번이 처음이지만 지난달에도, 지지난달에도 잠깐씩 정전이 발생해 공장이 몇 시간씩 멈춘 적은 있다고 말이다.

모르긴 몰라도 LK 전자의 주가가 꽤 많이 떨어질 것이다.

관리조차 못 하는 회사의 주식을 손에 쥐고 있으려는 외국인 투자자들은 없을 터였다.

LK 전자 관계자 측은 '하루 안에 처리하겠다, 불량품은 없게 할 것이다'라는 낙관적인 인터뷰를 내놓았지만 유준은 알고 있었다. 천하의 이태준이라 한들 이번 일은 쉽게 해결될 사안이 아니었다.

라인에 투입된 반도체 원판이 제품으로 완성되는데 소요되는 시간은 한 달가량, 최악의 경우는 한 달 정도 제품을 못 만든단 뜻이기도 했다. 만약 그 최악의 경우가 일어나기만 한다면 무척 유쾌할 것 같았다.

─휴, 연구소 전체가 올 스톱이에요.

"연구소는 왜요?"

─그냥 윗사람들 눈치 보는 중이죠, 뭐.

"공장에서 일하는 사람도 아닌데요?"

─그러게 말이에요. 세준 씨는 가능한 본사에 있어요. 어쨌든 본사는……

"여긴 더 난리긴 하죠. 애널리스트들이랑 언론사들이 계속 들어오려고 해 대는 통에 일단 높으신 분들은 다 공장으로 내려간 걸로 알아요."

세준은 이 틈을 이용해 자신을 비롯한 유준의 측근들 명의로 떨어진 LK 전자 주식을 사 모으기 시작했다. 의결권에 해당하는 양을 모을 수 있을 리 없었지만 일부분이라도 손에 쥐고 있는 것은 태준을 향한 압박이 될 수 있었다. 무엇보다 공장 재가동 문제로 정신없을 지금이야말로 일을 진행하는 데 있어서 최적의 시기였다.

—오늘 마치면 보려고 했는데…… 우리 못 본 지 너무 오래됐잖아요. 일주일?

"또 야근해요?"

—차라리 일을 하는 편이 낫지, 이건 뭐. 일도 안 하면서 눈치 보느라 퇴근도 못 하게 생겼어요. 다들 울상이에요.

"아, 그건 싫은데……."

유준이 진심으로 짜증난 듯 중얼거렸다. 분명 LK 전자에 일어난 큰일은 횡재 수준이었다. 손 안 대고 코를 풀었다는 말이 잘 어울릴 정도로 무척 간편하기까지 했다.

그러나 이 여파로 박하나가 힘들어하는 건 불쾌했다. 무엇보다 거슬리는 것은 하나와의 약속을 취소해야 한다는 사실이었다.

—어쩔 수 없죠. 어쨌거나 우리 때문은 아니니까, 조금이라도 정상화되면 금방 나아지지 않을까요?

"하지만……."

—미안해요, 이제 끊어야 할 것 같아요. 이따 연락할게요.

툭, 급하게 끊겨 버린 전화기를 멍하니 내려다보며 유준은 고개를 절레절레 저었다.

LK 전자가 망하는 것은 분명 좋지 않다. 어차피 언젠가 제

손에 쥐어야 할 LK의 알짜배기였으니까. 그렇지만 LK 전자
가 이태준의 손아귀에 있는 이상 어려움을 겪고 휘청거리는
것은 환영이었다. 그럴수록 자신의 실수는 덮어지고 이태준
의 입지가 약해질 테니. 그런데 이 기분은 무어란 말인가.

"젠장."

유준이 주먹으로 책상을 쾅 내리쳤다. 속이 갑갑했다. 넥
타이를 맨 것도 아닌데 무언가가 목을 조이는 기분이었다.
유준은 와이셔츠 단추 세 개를 급하게 풀었다.

LK 전자가 겪을 문제에 적어도 반도체는 얽히지 않았으면
좋겠다는 생각과 이번 일이 최대한 빨리 수습되었으면 좋겠
다는 생각이 불현듯 머릿속을 스쳐 갔다. 생각이 말도 안 되
는 부분까지 다다르자 유준은 자신이 정말 미친 것이 아닐까
한참을 고민해야 했다. 박하나 때문에 미친 게 분명했다.

"이유준, 뭔 일 있어? 조금 시끄러운 소리가 나서……."

"LK 전기 공장들 멀쩡하게 잘 돌아가고 있나 확인 좀 해
줘."

"갑자기 또 무슨 똥딴지같은 소리야."

"갖고 있는 계열사들 중에 이제 공장이 남아 있는 게 그것
뿐이라."

유준은 가능한 차갑게 머리를 식히려 애를 썼다. 그리 길
지 않은 손톱이 살을 다 파고들 때까지 주먹을 꽉 쥐었다.

"괜히 LK 전자랑 얽혀서 불똥 튀지 않게 관리 잘 해 달라

고 부탁하는 거야."

"염려 안 해도 될 것 같다만 불안하면 다시 한 번 체크할게."

"병원 신축 및 전염병 특화 병동 설치 문제는……."

"차질 없이 진행하고 있어. 네가 말한 대로 일차적인 부분들은 적어도 다음 달 중에는 오픈 가능할 것 같고."

"듣던 중 반가운 소식이네. 면세점 입찰 건은?"

"일단 보고서는 준비 중. 결국 경쟁사들에 대해 알아보는 일이 시급할 것 같아. 일단 우리 측 애널리스트들의 보고를 토대로……."

"LK 사람들은 어차피 이태준의 사람들이기도 하잖아."

"외부 인사 알아봐?"

"신중히 진행하자, 신중히."

업무와 관련된 중요한 이야기를 나누고 있는 와중에도 유준의 머릿속은 썩 맑아지지 않았다. 유준은 다른 한쪽 손으로 관자놀이를 꾹꾹 누르며 잡다한 생각들을 머릿속에서 치워 버리기 위해 애썼다.

"이유준, 너 괜찮아?"

"그래서 공장 복구 정도는 얼마나 된대?"

그러나 아무리 쓱쓱 지워 보려고 애써도 마음 한구석에 크게 자리한 박하나가 떠나가질 않았다. 심지어 노력하면 노력할수록 또렷해져 갔다.

"꽤 빠르게 진행 중이래."

"이태준이 직접 나서서 지휘 중이라 했지?"

"한전이랑 아는 인맥은 총동원 중인 것 같아. 뭐, 알다시피 그쪽 인맥은……."

"생각보다 빨리 복구될 수도 있겠네."

"유감이지만 어쩌겠어."

유감. 유준은 그 말을 되새김질하듯 제 입으로 중얼거렸다. 이상하게도 전혀 유감스럽지 않았다. 어차피 아무리 빨리 복구한다 한들 이태준이 입을 손해는 어마어마하리라.

게다가 이태준이 정신 차릴 때쯤 손으로 들어와 있을 LK전자 주식은 무시할 수 없는 정도일 터였다. 얻을 것은 다 얻었으니 이젠 빨리 복구된다고 해도 괜찮지 않을까.

유준이 결국 무엇을 향한 것인지 알 수 없는 비웃음을 크게 터뜨렸다.

"이유준, 정신 차려. 너 왜 그래?"

"미안, 그냥 좀 재밌어서."

"대체 뭐가?"

"빨리 복구되었으면 좋겠다고 생각 중이거든."

"대체 왜 그런 생각을 하고 있는지나 알고 싶네."

"그렇지? 아무리 봐도 내가 그런 생각을 하고 있는 게 말이 안 되는 거지?"

유준이 깍지를 꼈다. 그리고 천천히 턱을 괴었다. 무슨 생각을 하든 상관없었다. 무슨 행동을 해도 그 또한 상관없었다. 그러나 이유준이 하는 모든 생각과 행동은 말이 되어야만 했다.

"그럼 이렇게 생각해 보면 어떨까?"

박하나. LK 전자. 그리고 이유준. 유준이 눈을 지그시 감고 중얼거리듯 오답 같은 정답, 혹은 정답 같은 오답을 내놓았다.

"어차피 '내' 것이 될 물건이니까 너무 많이 망가지지 않았으면 좋겠다, 뭐 그렇게."

이유준은 지금 박하나가 보고 싶었다.

유준의 바람을 누군가 들어준 것일까. LK 전자 반도체 공장 사건은 생각보다 빠르게 마무리되었다. 정확히 하루 반나절만에 재가동을 시작했다.

공장 직원들은 여전히 후처리 문제로 바빴지만 직접적으로 관련이 없는 연구소 연구원들은 정상적으로 출퇴근을 할 수 있게 되었다. 분명히 그걸 바라던 유준에겐 다행인 일이었다.

—세준 씨, 오늘 저녁에 만날 수 있어요?

"아······."

그러나 기쁜 목소리로 퇴근을 알리는 하나의 전화에도 유준의 기분은 엉망진창이었다. 뉴스에서는 이번 일에 대해 하나같이 이태준의 리더십을 칭찬하기 바빴다. 대만의 몇몇 반도체 공장들을 들먹이며 지진 피해로 그들은 한 달 이상 생산을 중단했어야 했다, 이를 하루 반나절 만에 복구시킨 것은 새로 부임한 이태준 사장이 진두지휘에 앞장선 덕분이다, 라는 내용으로.

유준은 대체 왜 비교 사례가 대만 공장들인지 이해할 수 없었다. 누군가의 사주를 받은 게 분명했다.

지진과 정전은 차원이 다른 문제였다. 지진이야 인간의 힘으로 어쩔 수 없는 자연재해라지만 정전은 누가 뭐래도 인재였다.

이미 몇 달 전부터 몇 분씩 전기가 끊기거나 차단기가 내려가는 이상 징후가 있었음에도 이에 대해 아무런 대책을 마련하지 않은 이태준의 책임을 물어야 정상이었다.

게다가 하루 반나절이 뭐 그리 대단한 일인가. 비슷한 규모로 공장이 피해를 입었을 당시 삼성 전자 측에서는 정확히 하루 만에 모든 것을 복구시켰다. 그것이 벌써 몇 년 전 일.

그러나 우파든 좌파든, 심지어 인터넷 신문까지 이태준의 책임을 묻는 기사는 단 한 줄도 찾아볼 수 없었다. 이유준이 알고 있는 사실을 분명히 다 알고 있을 것임에도!

LK 전자가 입은 피해액은 500억 정도의 규모로 절대 적은 것이 아니었다. 그러나 이태준은 오히려 이 위기를 잘 극복해 낸 경영자로 언론에 의해 포장되었다. 이태준 본인이 입은 손실은 하나도 없었다. 오히려 엄청난 이익을 봤을 뿐.

─역시 본사는 아직 바쁜 거죠?

"그게…… 말하자면 좀 복잡한데, 하나 씨."

뒤늦게 언론에 몇몇 정보나 기삿거리를 흘려 보았지만 누가 손을 쓴 건지 그들은 꿈쩍도 않고 이태준 사장을 칭찬하기 바빴다.

세준의 말에 따르면 언론 뒤에 집권 여당의 공작이 있었단다. 국회의원 몇몇이 기자들과 만나는 자리에서 지금 같이 나라 경제가 힘들 때 별것 아닌 문제로 기업을 뒤흔들지 말자는 논리를 내세웠다는 것이다. 이해 못 하는 바는 아니다.

그러나 LK 디스플레이 사건 때 신나게 펜대 굴리던 기자들은 다 어디로 갔단 말인가. 그들의 이중성에 유준은 입을 딱 벌릴 수밖에 없었다. 하늘이 준 기회라고 생각했는데, 완전 뒤통수 맞은 기분이었다. 그러니까 다시 말하면 최악.

─아주 늦게도 힘들까요?

"어디 가 볼 곳이 있어서요."

그러나 진짜 최악은 따로 있었다. 전혀 예상치 못한 곳에서 터져 나온 문제. 유준이 유일하게 갖고 있는 전자 분야 계열사인 LK 전기와 관계된 문제였다. 그것도 LK 전기의 공장과 관계된.

사실 LK 전자 반도체 공장 문제가 터진 뒤 세준을 닦달해 끊임없이 운영에 대한 점검을 해 왔으니 외적인 부분에는 분명 아무런 문제가 없었다.

　—어디 멀리 가요?

　"네. 지방 쪽에."

　—무슨 안 좋은 일 있는 건 아니죠?

　"좋은 일은 아니죠, 솔직히."

　언론에서 알면 득달같이 달려들 사건이었다. 안 좋은 수준이 아니고 최악, 그중에서도 더 최악인 일이었다.

　유준 앞에 던져진 상황은 이러했다. LK 전기에 다녔었던 20대 중반의 남성이 숨졌다. 그에 따라 유족들이 이틀째 공장 앞에서 1인 릴레이 시위를 펼치기 시작했다는 것이다.

　심상치 않은 느낌에 세준이 직접 내려가 조사한 바에 따르면 사망한 이는 본래 술도 마시지 않고 담배도 피지 않았다고 했다. 건강했던 20대 청년이 무려 백혈병 진단을 받고 그로부터 정확히 2년 만에 죽었단다. 그가 LK 전기에서 일한 건 고등학교 졸업 직후부터 대략 3년 정도. 공장에서 매일 열두 시간씩 노동을 했었다고 세준은 전했다. 유족들은 건강한 이가 공장에서 일하다 숨졌다고 주장하며 산업 재해를 인정해 달라 농성을 하고 있었다.

　이승권 회장이 있었던 시절에도 이런 문제가 없지 않았다. 오히려 사실 LK 전자 공장 쪽에서 더 많이 터졌었다. 그러나 아버지는 늘 모르쇠로 일관했다. 결국 발병과 업무의 직접적인 연관성을 찾기 힘들다는 점 때문이었다. 산업 재해로 인정하고 배상하는 것은 돈의 문제가 아니었다. 하나씩 인정하기 시작하면 한도 끝도 없어진다는 것이 그의 논리였다. 경영자는 절대로 이런 문제에 감정적으로 접근해선 안 된다며 이승권 회장은 누차 강조하곤 했었다.

─잘 해결되길 바라요.

"빨리 마쳐 볼게요."

─세준 씨, 하고 싶은 말 있어요.

"말해요."

유준은 머리가 아팠다. 어떻게 보면 늘 있어 왔던 문제 중 하나일 뿐이었다. 아버지처럼, 혹은 형처럼 모르쇠로 무시해도 그만인 문제. 어차피 법정 다툼까지 간다 한들 직접적인 연관성을 입증하기란 쉬운 일이 아니었다.

그러나 문제는 언론이었다. 이번 LK 전자 반도체 공장 사건이 증명하듯 현재 언론은 이태준이 꽉 잡고 있었다. 이 문제가 퍼져 나가면 아마 기자들은 진실이나 사실보다는 개개인의 눈물 젖은 사연을 팔 것이다. 대기업에 희생당한 '피해자'와 피도 눈물도 없는 '가해자' 이유준으로 서술될 것이 뻔했다.

─혹시 이번 일이 잘 안 풀려도 세준 씨 탓이 아니에요.

언론에서 그렇게 이야기를 풀기 시작하면 여론은 유준을 몰아갈 것이 분명했다. 아버지 잘 만난 덕에 거만하게 커 리더십 있는 형과 다르다며 비난하는 이들이 생길 것이 자명했다. 그렇게 자신의 이미지가 바닥을 기게 되면 위기관리까지 잘 해낸 이태준은 왕좌를 쉽게 차지하게 될 것이다. 아주 완벽하게 그려지는 시나리오. 유준은 덫에 걸린 듯한 기분을 지울 수가 없었다.

"하나 씨는 늘 내 편이네요."

—그건 당연한 거죠.

하나의 웃음소리가 들렸다. 그러나 유준은 억지로라도 따라 웃지 못했다.

유가족들에게 얼마의 보상금을 쥐어 줘야 그들이 과연 물러나 줄까. 물러나 주면 이번 일이 끝날까. 어차피 임시방편 아닐까. 공장이 돌아가는 이상 매번 이런 일이 벌어질 텐데 그때마다 입막음하며 넘어갈 수 있을까. 차라리 산재 인정을 하면…… 아니, 그랬다가는 정말로 LK 전기마저 끝장날 수 있는 상황이었다. 게다가 정말 공장에서 일한 것과 관계가 있는지 알 수가 없었다.

대기업 대 개인의 싸움이라 해서 늘 가해자와 피해자가 정해져 있는 것은 아니다. 그건 고정관념일 뿐. 사실 대기업이 더 많은 피해를 보는 경우도 더러 있었다. 결국 여론의 악화와 이미지의 추락에서 살아남을 수 있는 기업은 없었기 때문이다.

"고마워요."

—당연한 걸 고마워하지 말아요. 세준 씨도 늘 내 편 들어

줄 거 아녜요?

"그런가."

—에이, 기분이다. 정말 많이 힘들면 사표 내요, 세준 씨!

하나의 말도 안 되는 위로에 유준은 피식 웃어 버렸다. 자신에게 사표는 하나가 말하는 것과 사뭇 다른 의미를 갖고 있었다. 말 그대로 LK 그룹 전체를 다 집어던지겠다는 의미였다. 정말 아무것도 남지 않은 '평범한' 상태로 돌아가면 어떻게 될까.

유준은 고개를 절레절레 저었다. 애초에 이유준은 태어나면서부터 지금까지 단 한 번도 평범한 적이 없었기에 돌아갈 곳도 없었다.

"사표 내면 하나 씨가 먹여 살릴 거예요?"

—까짓 거 하루에 한 끼씩만 먹고 살죠, 뭐.

"그게 뭡니까."

—그렇게라도 너무 스트레스 받지 않았으면 해서요.

"……고마워요, 정말."

—나도 고마워요. 제발 너무 힘들어하지 말아요, 세준 씨.

유준은 자신의 말이 연극인지 진심인지 더는 생각하지 않기로 했다. 아니, 오히려 연극을 하겠노라 머리를 굴리기엔 다른 문제들로 뇌 용량이 가득 찬 지 오래였다.

이유준 그 자체, 박하나 그 자체. 그것만으로도 충분히 벅찬 문제였다.

＊　　　　＊　　　　＊

　　결국 일주일 만에 언론이 발칵 뒤집혔다. 유족들은 유준의
그 어떤 사과와 굽힘에도 흔들리지 않았다.

　　심지어 그와 만났던 상황을 과장하여 인터뷰에 늘어놓기
까지 했다. 제안한 적 없던 뒷돈 또한 그들의 입에서 나오는
순간 진실이 되었다. 그들은 공장에서 에폭시 수지에 노출된
아들이 건강을 잃었다고 인터뷰 중에 눈물을 흘렸다. 심지어
때마침 방영된 한국대 종양내과 의사의 인터뷰는 그들의 이
야기에 힘을 실었다. 유기용제 등에 노출된 환경에 근무했던
것으로 보아 얼마든지 관련성이 있다고 볼 수 있다는 것이
다.

　　의사는 소견서를 쓸 때 절대로 확정적인 말을 하지 않는
다. 그저 관련이 높다 할 뿐. 그리고 '추후 조사를 통해 면밀
히 살펴보아야 함'이라 덧붙이곤 한다. 그러나 뒷말은 언론
에 의해 편집되었으며 LK 전기는 고스란히 여론의 계란 세
례를 맞아야 했다.

　　그간 LK 전자에서 수십 차례 벌어졌던 사건임에도 불구하
고 LK 그룹이란 이름 아래 뭉뚱그려 언론에서 표현되기 시
작했다. 그리고 당연하게도 그 수많은 횟수에 대한 책임은
LK 전기와 이유준에게로 돌아왔다.

"이유준, 보고할 상황이 있어."

모든 상황이 급박했다. 엉망진창 그 자체였다. 유준은 손쓸 틈 없이 침몰해 가는 배 위에 올라탄 기분이었다. 세준이 수습을 위해 동분서주 애썼지만 이미 들불처럼 번져 가는 비난 여론을 잠재우기엔 역부족이었다.

"말해."

"인터뷰 한 한국대 의사가……."

"이태준 고등학교 동기인 거 알아. 어딘가에서 본 적 있는 얼굴이거든."

"면목 없네."

"어쩌겠어. 인맥 면에서 나보다 형이 몇 수 위인 게 하루 이틀도 아니고."

"좀 쉬고 싶겠지만……."

"주주총회. 드디어 올 것이 왔구나."

유준은 의자에 제 목을 완전히 젖혀 기댔다. 그리고는 잠시 눈을 감았다. 사무실에 있어도 바깥세상 돌아가는 꼴 정도는 짐작할 수 있었다. LK 디스플레이 때 잠자코 넘어가 줬던 주주들이 이번에는 그렇게 못 넘기겠다고 판단한 것도 충분히 예측 가능했다.

"면세점 건은……."

"지금 이대로라면 힘들겠지. 결국 내 선물도 종이 쪼가리가 되겠군."

"그렇게 내버려 두지 않을 거 알잖아."

"어쩔 건데?"

"글쎄, 여론을 한 번에 뒤집을 카드는 역시 병원뿐인가."

"하지만 알다시피, 전염병이란 게 원한다고 발생하진 않아. 그리고……."

"전염병을 발생시키자는 헛소리를 할 정도로 미치진 않았어."

유준이 빙그르르 제 의자를 360도 돌렸다. 어린애 같은 짓이긴 했지만 그 짧은 틈에 생각을 조금이나마 정리할 수 있었다.

"주주총회 가능한 미뤄 보자. 이태준한텐 내가 직접 전화할게. 어쨌거나 최대 주주가 나랑 이태준이니 두 사람이 원하면 미룰 수 있겠지."

"이태준 사장 쪽에서 받아 줄까?"

"동생 하나 오늘 죽이나 내일 죽이나 자신이 왕위에 오르는 건 똑같다고 생각할 사람이거든."

"하지만 그래 봤자 시간을 잠깐 버는 것뿐인데 도움이 되겠어?"

"그 잠깐 사이에 어떤 수단과 방법을 동원해서라도 돌파구를 열어 봐야지."

LK 디스플레이는 매각되었다. LK 전기의 주식은 곤두박질치고 있다. 이런 상황에서 돌파구가 있을 리 없었다. 설사 메르스 급의 전염병이 터져 LK 병원이 잘 막아 낸다 한들 지금으로서는 성난 여론을 잠재우는 수준일 뿐 크게 도움이 되지 못할 터였다.

"그럼 LK 전기 공장 사망자 유족들은……."

"이미 일이 이렇게 된 이상 우리도 강경하게 나가자. 모르쇠로 일관해. 혹시 모르니 소송에 대한 대비는 철저하게 해 주고. 어차피 직접적인 연관성 입증은 쉽지 않을 거야."

"괜찮을 거라고 보는 거야, 너?"

"유가족들의 언론 플레이가 워낙 수준급이라 그 뒤에 있는 사람이 누군지 아주 잘 보이잖아."

유준이 자리에서 일어났다. 어차피 이젠 모 아니면 도, 갈 수 있는 길도 몇 개 없었으며 선택지는 극히 적었다. 지금부터는 그냥 내키는 대로 할 작정이었다. 이미 스트레스는 충분했으니까.

세준은 더 이상 아무런 말을 하지 않고 그저 그에게 길을 비켜 주었다. 그는 유준의 뒷모습을 보며 여차하면 자신이 박하나를 직접 만나 볼 생각을 하고 있었다.

나르카디아는 유준에게 남은 몇 안 되는 선택지, 그중에서도 최선이자 최악의 선택지임을 잘 알고 있었기 때문이었다.

세준이 미소를 지었다. 그 미소는 희한하게도 이승권 회장을 꼭 닮아 있었다.

⁜ ⁜ ⁜

"주총 미뤄 주시죠."

최대한 예의를 갖춰서, 그러나 날카로움은 버리지 않은 채 유준은 말했다. 전화기 너머의 상대가 심드렁하게 웃는 소리가 들려왔지만 평정심을 유지하기 위해 애썼다. 어쨌거나 지금 열쇠를 쥔 건 태준 쪽이었다. 그를 자극해서 좋을 것이 없었다.

—부탁하는 법이 틀려먹었구나.

"부탁 같은 거 하는 법을 배운 적이 없습니다. 아버지께서도 안 가르쳐 주셨고 형님들도 그런 건 안 가르쳐 주신 것 같은데요."

—누구한테 배워서 성장하는 건 평범한 사람들에게나 어울리는 이야기지.

태준이 나지막하게 웃었다. 승리를 자축하는 축배라도 들고 있었던 참인지 목소리가 평소보다 상기된 느낌이었다. 유준은 눈꼬리를 치켜뜨면서도 목소리만큼은 차분하게 가라앉혔다.

"어쨌거나 주총 미루시죠. 지금 당장 열어서 형님께도 좋을 건 없을 겁니다."

—협박을 하는 것도 틀려먹은 것 같구나. 너랑 나랑 지금 상황이 같다고 보느냐.

"제 상황이 훨씬 안 좋죠. 그 정도는 볼 줄 압니다."

─LK 전자 주식 도로 내놓는 것이 좋을 거다. 남의 것을 몰래 급하게 먹으면 체하는 법이거든.

부탁을 할 거면 적절한 제스처를 취하란 말을 은연중에 돌려서 표현하고 있었다. 유준은 말뜻을 정확히 알아들었다. 그러나 사 모은 LK 전자 주식을 내놓을 생각 같은 건 애초에 없었다. 최대한 내주는 것 없이 얻는 것이 많아야 했다. 어차피 잃을 것이 없는 사람은 두려울 것도 없는 법이었다.

"몰래 먹다니요. 정당하게 시장에 풀린 걸 샀는데. 그렇게 표현하시면 자본주의와 민주주의를 수호하는 형님의 장인어른께서 썩 좋아하실 것 같진 않습니다만."

─주총 미룬다고 네가 날 이길 성싶으냐.

"어차피 지지 않는다고 확신하시면 한 번쯤 미뤄 주셔도 좋지 않겠습니까."

─더 기다리다간 네가 내 회사 다 말아먹을 것 같구나.

"아직은 제 회사입니다."

유준은 한마디 한마디 감정을 꾹꾹 눌러 담아 뱉었다. LK 그룹 계열사들, 지금은 둘로 쪼개진 LK 그룹이었지만 언젠가 다시 하나로 합쳐질 것이었다. 하나로 합쳐진 LK 그룹의 진정한 왕좌는 아직까지 누구의 것도 아니었다. 태준 쪽으로 많이 기울었다 해도 자기 입으로 인정할 생각은 전혀 없었다.

─그러니까 빨리 주총 열어야지.

"LK 전기 공장 관련 백혈병 사망자가 지금까지 고작 일곱 명입니다."

─사람 목숨을 고작이라고…….

"LK 전자 관련 백혈병 사망자는 반도체 공장에서만 열세 명이죠."

─의학적으로 직접적 연관은…….

"그건 저희도 마찬가지입니다. 하지만 형님께서 언론을 교묘하게 잘 이용해서 절 압박하신 거죠."

─그래서 너도 언론 플레이를 해 보겠다는 거냐. 네가 무슨 수로?

"혼자는 안 죽겠다는 겁니다. LK 그룹, 공중분해 시켜 볼까요?"

─네가 정말 미쳤구나.

태준의 목소리가 한층 낮아졌다. 말끝에 으르렁거리는 맹수가 숨어 있었다. 유준이 소리 죽여 웃었다. 그를 도발하는 데 성공했으니 이 이야기의 추는 자신에게 기운 것이나 다름 없었다.

"LK 디스플레이 건 제가 잘못한 거 맞습니다. 그렇지만 LK 전자 반도체 공장 건 그렇게 덮을 문제는 아니지 않습니까. 이태준의 리더십이라뇨? 너무 낯간지럽습니다, 형님. 무려 몇 년 전에 이미 삼성이 이보다 훨씬 빠르게 대처했었습니다. 언론 플레이는 못 해도 생방송으로 취재 나올 기자들 앞에서 폭탄 발언은 할 수도 있을 것 같은데요?"

—너 정말…….

"제가 못 가질 LK 그룹 형님도 못 갖게 해 드릴 수도 있단 뜻입니다."

—이유준, 너…….

"대한민국은 대체로 북한과의 협상에서 승기 못 잡았었죠. 왜? 그들은 잃을 게 없으니까. 굉장히 막 나가거든요. 하지만 한국은 늘 잃을 게 많습니다. 그래서 벌벌 떠는 거죠."

—네가 정말 끝까지 가 보고 싶은 모양이구나.

"이미 바닥 찍은 것 같아서요. 자, 주총 미루는 거 합의된 걸로 알면 될까요?"

자조적으로 웃으면서도 유준은 태준을 마지막까지 밀어붙이는 것을 잊지 않았다.

전화기 너머 태준이 누군가에게 작은 목소리로 무언가를 물어보는 듯 했다. 잘 들리진 않았지만 'L' 이라는 호칭은 명확하게 들렸다. L. 아마도 ABC 로비스트의 코드네임이겠군. 유준이 한쪽 입꼬리를 올렸다.

—좋아, 주총은 미루지.

한참 후에 돌아온 답변. 유준은 일단 제 뜻대로 되었음에 고개를 끄덕였다. 태준에 비해 열위에 있다는 것을 인정해야 했기에 마음이 까칠한 건 어쩔 수 없었다.

유준의 손가락이 불편하게 까딱였다. 용건이 끝났으니 전화를 끊으려는 찰나 전화기 너머에서 부드러운 목소리가 들려왔다.

—유준아.

"……낯간지럽게 왜 그러십니까."

태준이 자신을 그렇게 부른 적이 있을까. 어린 시절부터 통틀어도 전혀 기억에 없는 목소리에 유준은 순간적으로 부르르 떨렸다. 맹수처럼 굴던 평소의 태준보다 더 무섭게 느껴졌다.

—그래서 나르카디아 문제는 잘 되어 가는 중이냐.

"신경 쓰실 문제가……."

—어차피 지금 와서 네가 기대 걸 곳이 나르카디아 말고 있을 리가 없다는 것쯤은 잘 안다. 기왕이면 다음 주총 때까지 네 손에 넣었으면 좋겠구나.

"응원해 주시니 보답해야겠네요."

유준의 목소리가 누구나 알아차릴 정도로 가라앉았다. 유준은 무언가 거친 것이 제 속을 긁는 느낌을 받았다. 나르카디아. 자신의 유일한 돌파구가 나르카디아임은 그 또한 모르지 않았다. 그러나 의도적으로 잊고 있었다. 회피라 해도 어쩔 수 없었다. 지금은 생각하고 싶지 않았다.

—그래, 기대하고 있으마.

"제가 나르카디아를 들고 주총에 들어가면 형님이 다 잡으신 승기를 놓치실 텐데 말입니다."

─글쎄, 그건 지켜보면 알 일 아니겠니.

태준이 낮게 웃었다. 유준 또한 의도적으로 웃었다. 두 사람의 어색한 웃음이 잠시 교차한 뒤 전화가 끊어졌다. 끊어진 전화기를 잠시 노려보던 유준은 비어 있는 조수석에 던져버렸다. 그리고 차 문을 열고 내렸다.

천천히 백미러를 거울 삼아 유준은 옷매무새를 매만졌다. 와이셔츠 단추를 잠그고 커프스 링크를 고쳐 달았다. 넥타이까지 바르게 맨 그는 크게 심호흡을 했다. 이제 다시 연극으로, 혹은 현실로, 그도 아니면 낙원으로 나아갈 시간이었다.

14

낙원의 문

"오래 기다렸어요? 미안해요."

"아뇨. 저도 방금 왔어요. 10분밖에 안 늦으셨는데요?"

벤치에 앉아서 책을 읽고 있던 하나가 배시시 웃었다. 바로 코앞 주차장에 전혀 평범하게 보이지 않는 이유준의 차가 한참을 서 있었으며 안에서 그가 통화를 하고 차에서 내려 걸어왔음에도 하나는 그 어떤 것도 눈치채지 못했다. 그저 하루가 다르게 더 바빠지는 그가 얼마든지 늦을 수 있음을 인지한 채 그저 책에 집중하고 있었을 뿐. 유준은 밝은 웃음을 폈다. 그녀의 미소가 조금 전까지 날을 세우던 유준을 편안하게 만들어 주었다.

"10분밖에라고 표현하니까 내가 매번 늦는 사람 같네요."

"그건 아닌데…… 실은 오늘도 못 만날 수도 있겠구나 생각은 했었어요."

"왜요?"

"그냥요. 요즘 워낙 바쁘잖아요. 그래서 여기까지 오면서도 한참을 생각했어요. 정말 올 수 있는 걸까 하고요."

"나한테 월, 화, 수, 목, 금, 금, 금 가르쳐 주던 사람이 하나 씨 아니었나."

하나가 쾌활하게 웃었다. 사실 늘 그렇듯 그녀 역시 한가하진 않았다. 정전 사태 이후 이태준 사장은 연구소 직원들을 다시 채근하기 시작했고 수술 후 회복 중인 어머니 역시 그녀가 직접 돌봐야 했다.

그러나 연구소에 출근도 못 하고 본사 일로 바쁜 연인만큼은 아니라고 생각했다. 그래서였을까, 오랜만의 데이트가 정말로 설레었다.

"그런데 왜 여기서 보자고 했어요?"

한참 웃기만 하며 아무런 말도 하지 않는 하나를 의아하게 보다가 결국 유준이 먼저 물었다. 서울 시내의 한 미술관, 유준에겐 낯선 공간이었다.

"아, 보고 싶었던 전시가 있었거든. 세준 씨도 좋아했으면 좋겠는데……."

"전시요?"

어머니께서 형식적으로나마 미술관 관장으로 있는지라 미

술품에 관심이 없지는 않았지만 유준이 관심을 두는 것은 어디까지나 현대 미술, 즉 돈이 될 만한 상품이었다. 그러나 팸플릿에 쓰인 이름은 '오귀스트 로댕'이었다.

"로댕?"

"네. '생각하는 사람'의 그 로댕이요. 알죠?"

하나가 한 손으로 자신의 턱을 괴는 흉내를 내면서 물었다. 유준이 고개를 끄덕였다.

아무리 현대 미술 외엔 관심을 두지 않는다 해도 로댕을 모를 수는 없었다. 그러나 유준이 아는 한 대한민국에서 로댕의 대표작들을 진품으로 들여 올 수 있는 수준의 미술관은 사실상 없었다.

"실은 이번에 여기서 '지옥의 문'을 디지털로 전시한다고 해서 한 번 보고 싶었어요."

"디지털이요?"

"그 '생각하는 사람'이 '지옥의 문'의 한 부분인 건 알아요? 어쨌거나 그 큰 '지옥의 문'을 프랑스 오르세 미술관에서 빌려줄 리 없잖아요. 그래서 큐레이터들이 고심해서 이런 식으로 디지털 전시도 하더라고요."

"집에서 컴퓨터나 핸드폰으로 보는 거랑 다른가요?"

"조금은? 일단은 규모가 좀 더 크고 디테일하니까요. 무엇보다 세준 씨랑 데이트도 할 수 있고요."

여전히 이해 안 간다는 듯 고개를 갸웃하자 하나가 쑥 팔짱을 꼈다. 하나의 갑작스러운 행동에 살짝 놀란 유준이 움찔했지만 그뿐이었다. 하나가 이토록 좋아하는데 디지털이든 가짜든 못 봐 줄 건 또 뭔가 싶어 유준은 입구를 향해 앞장섰다.

"우와, 진짜 크다. 저거 봐요, 세준 씨."

디지털로 된 커다란 화면에 떠 있는 조각 작품 하나. 유준은 여전히 이것이 왜 의미가 있는지 이해할 수 없었지만 하나는 디테일 하나하나에 흥분한 듯 연신 감탄사를 내뱉었다. 디지털이 실물보다 나은 점은 얼마든지 클로즈업이 가능하다는 것과 덕분에 자세히 볼 수 있다는 것, 그게 다였다.

무엇보다 조각의 질감이 느껴지지 않아 유준은 아무런 감동도 받을 수 없었다. 그저 제목이 인상 깊어 자꾸만 되뇔 뿐.

"재미없구나, 세준 씨."

"그건 아닌데…… 어쨌거나 그냥 화면이니까요."

"그렇지만 직접 오르세 미술관에 가는 건 쉬운 일이 아니잖아요."

"비행기만 타면 가는 프랑스가 대체 왜 어려워요."

"그 비행기 타려면 복잡한 게 한두 가지가 아니잖아요? 일단 유럽이니까 왕복 티켓값도 비쌀 기고 게다가 휴가를 길게 내는 것도 쉬운 일은 아니고……."

하나가 한숨을 푹 쉬었다. 유준은 그제야 하나의 마음을 이해할 수 있었다. 티켓값 걱정엔 공감할 수 없었지만 시간 문제에는 전적으로 공감할 수 있었다. 생각해 보면 파리를 가 본 적은 몇 번 있었지만 그때마다 사업적으로 필요한 곳 외에는 들릴 여유가 없었다. 파리뿐만 아니라 전 세계 어느 도시든 마찬가지였다. 그나마 어머니의 업무를 따라갔던 뉴욕 출장에서만 잠시 미술품을 보았다. 그러나 그마저도 결국은 일이었으니 즐겼다고 볼 수는 없었다.

"우리 휴가나 갈까요?"

"그게 가능은 해요?"

"글쎄요, 뭐 어느 정도 복잡한 일 마무리되면……."

정확히 언제라고 이야기할 수는 없었다. 사실 복잡한 일, 그러니까 이를테면 LK 전기 공장 사망 사건 같은 문제가 해결이 된다 해도 늘 자신 앞에는 다른 일이 터지곤 했으니까. 설사 이 어려움을 이겨 낸 뒤 이태준을 꺾고 LK 그룹을 손에 넣는다 한들 휴가를 떠날 여유가 있을까. 의문스러웠지만 하나에겐 아무런 내색을 하지 않고 유준은 그저 미소만 지어 보였다.

"그래요. 멀지 않아도 괜찮으니까 잠깐이라도 갔다 와요, 우리!"

하나가 활짝 웃었다. 멀지 않은 곳, 잠깐이라도 즐길 수 있는 곳, 그럼에도 아주 좋은 곳. 유준의 머릿속을 스치는 곳은 딱 한 곳이었다. 제주도 따위와는 비교도 되지 않는 지상 낙원, 그 황금의 땅 나르카디아. 유준은 아주 잠시 하나와 함께 가는 상상을 했다. 그것이 얼마나 덧없는 신기루인지를 잘 알고 있었지만.

"어디 가고 싶은데요?"

"음, 글쎄요."

그 순간 하나의 머릿속에도 유준과 같은 장소인 나르카디아가 떠올랐다. 쓱싹쓱싹 지우개로 지우듯 나르카디아를 머릿속에서 지워 낸 하나는 조금 어색하게 웃으며 대화 주제를 돌렸다.

"그나저나 세준 씨는 정말 재미없어요?"

"인상 깊은 게 한 가지 있어요."

"뭔데요?"

하나가 그의 팔에 다시 팔짱을 끼며 물었다. 유준이 그녀의 눈을 바라보았다.

"제목이요. 저 '지옥의 문'이라는 제목."

"아, 그거…… 사실 피렌체에 세례당 문을 이탈리아 조각가 기베르티가 조각했었는데 미켈란젤로가 그 문을 보면서 '천국의 문'이라 불러도 좋을 정도라고 했대요. 그래서 그것의 짝꿍처럼 로댕이 '지옥의 문'을 만들었다고 알려져 있어요."

"천국의 문과 지옥의 문이라……."

유준이 고개를 끄덕이며 다시 한 번 그 이름들을 되새김질
했다. 지금 낭떠러지 위에 위태롭게 서 있는 제 눈앞에도 어
떤 돌파구, 그러니까 문이 있기를 바라면서.

"세준 씨?"

"그래서 하나 씨는 지옥의 문이 더 좋아요, 천국의 문이
더 좋아요?"

"음, 둘 다 실제로 보질 않아서 글쎄요……."

"그럼 질문을 바꿔 볼까요?"

유준은 눈을 돌려 지금껏 관심을 두지 않았던 커다란 화면
을 바라보았다. 그의 시선이 향한 곳은 디지털로 전시된 '지
옥의 문', 그중에서도 고뇌하며 앉아 있는 '생각하는 사람'
이었다.

"하나 씨 앞에 문이 하나 있다고 생각해 보죠. 문고리를
돌렸어요. 그럼 눈앞에 뭐가 펼쳐졌으면 좋겠어요?"

"에이, 질문이 별로다. 지옥에 가고 싶은 사람이 어디 있
어요."

"그런가."

유준이 실없이 웃으며 고개를 끄덕였다. 어쩌면 당연한 답
일지도 몰랐다. 그러나 이상하게 속이 답답했다. 그는 하나
의 어깨를 한쪽 팔로 감싸 쥐고는 천천히 출구로 향했다.

"세준 씨, 괜찮아요? 피곤한데 내가 괜히 오자고 했나요?"

"아뇨, 의외로 재밌었어요."

"진짜요? 아닌 것 같은데……."

"아니에요, 진심으로 재밌었어요. 덕분에 신선한 것을 봤어요."

하나가 살짝 입술을 샐쭉거렸다. 어색한 유준의 입꼬리를 제 손가락으로 끌어 올리면서.

"세준 씨, 그 문 말이에요. 세준 씨가 생각하는 문이 어떤 걸지는 잘 모르겠지만 우리 같이 들어가요. 그래도 같이 있으면 지옥도 살 만하지 않을까요?"

"……후회할 텐데요."

간신히 하나의 손을 잡아 뗀 뒤 유준이 말했다. 하나가 고개를 단호히 저었다.

"가능한 함께했으면 좋겠어요. 아무리 힘들어도."

"기왕이면 우리가 같이 연 문 너머로 천국이 있었으면 좋겠네요."

유준은 머릿속에서도 마음속에서도 나르카디아란 단어를 지우기 위해 애쓰며 말했다. 그들에게 천국은 나르카디아가 없어야 가능한 것이었다. 그러나 정작 하나의 머릿속과 마음속에서는 나르카디아란 단어가 짙어져만 갔다. 그들에게 천국은 나르카디아의 도움을 받아야 가능한 것이기도 했다.

문은 본래 두 개의 세계를 가르는 경계이다. 어쩌면 두 사람은 나르카디아를 둘러싼 경계에 아슬아슬 걸쳐져 있는지도 모를 일이었다.

　　　　❖　　　　　　❖　　　　　　❖

　그로부터 정확히 열흘 뒤 유준이 바라던 일이 벌어졌다. 사실 바라던 일이란 표현이 어울리지 않을 만큼 국가 전체에는 안 좋은 일에 가까웠다. 잠잠해진 줄 알았던 메르스가 다시 발병한 것이었다. 바이러스가 변종이라도 된 건지 1년 전의 교훈이 무색할 만큼 일주일 만에 감염자 수가 열 명에 이르렀다. 심지어 사망자가 벌써 둘이나 나왔다. 게다가 이번에도 역시 병원 내 감염이 주를 이뤘다. 매번 소 잃고 외양간 고치더니 이제는 한 번 일어났던 일에도 대처를 못한다며 국민들은 정부와 관련 기관에 대한 비판에 열을 올리기 시작했다.

　그리고 유준은 'LK 병원 이사장 이유준'의 이름으로 대국민 담화문을 발표했다. 담화문의 내용은 무척 단순했다. LK 병원은 1년 전 메르스 사태를 직간접적으로 겪었으며 그 교훈을 잊지 않은 바, 최근 전염병에 관한 최첨단 시설과 선진적인 매뉴얼을 구축했고 이를 토대로 가장 최전선에서 대처할 것이니 국민 여러분들은 치료비 걱정 없이 얼마든지 LK 병원으로 찾아와 달라는 것이 골자였다. 물론 언론에 자신의 얼굴을 직접 비춘 것은 아니었다. 대부분의 기업들이 그러하듯 유준 또한 대변인을 세웠다. 그러나 이승권 회장의 막내아들이면서 LK 그룹 후계 구도의 중요 축 중 한 사람인 이유준의 이름값은 얼굴 없이도 꽤 강렬하게 먹혀들어 갔다.

LK 디스플레이 매각 사건과 LK 전기 공장 노동자 사망 사건을 기억하는 이들은 믿을 수 없다고 소리를 높이기도 했지만 그 외의 사람들은 어쨌거나 기성세대와는 다른 젊은 경영인의 방식에 기대감을 보내기도 했다. 무엇보다 '진단비나 병원비 걱정 없이'라는 부분에서 금수저답지 않게 서민들을 위한다는 칭찬이 뒤따랐다. 어쨌든 끊임없이 신문과 뉴스에서 LK 병원, 그리고 이유준의 이름이 언급되기 시작했다. 정부는 한발 늦게나마 LK 병원을 공식적인 메르스 거점 병원으로 지정함으로써 유준에게 힘을 실어 주었다. 자연히 이유준의 인지도가 상승했으며 동시에 긍정적인 이미지 또한 다질 수 있었다.

"어떻게 잘 되고 있습니까? 절대 실수가 있어서는 안 됩니다."

"응급실과 격리병동을 완전히 분리하였고 관련 의심 증상이 조금이라도 보이는 환자들은 일절 본관과 응급실로는 들이지 않고 있습니다."

"초기 대처가 매우 중요하다는 것쯤은 저보다 병원장님께서 더 잘 알고 계시죠?"

"이사장님께서 염려하실 일 없게 최선을 다하겠습니다."

작년 사태는 결국 미흡한 초기 대처 때문에 초래된 것이나 다름없었다. 몇몇 병원에서 환자들을 제대로 관리하지 못했고 결국 무차별적인 감염을 유발한 것이었다. 아직 제대로 백신이 개발된 것이 아니니 모든 환자들을 살릴 수 있다 장담할 수는 없었지만 적어도 감염을 최소화시키고 합병증을 막을 자신은 있었다. 아니, 해내야만 했다.

그러기 위해서 모든 상황을 통제하고 지휘하는 일은 자신이 해야 했다. 의학적인 문제는 의사들에게 맡겨 둘 수밖에 없었지만 그 외 모든 부분은 자신이 직접 처리할 생각이었다. 다른 이의 손에 맡기면 더 큰 문제가 생긴다는 걸 일련의 사태로 충분히 배웠다. 분명히 어딘가에서 정보가 새고 있었다. 그것도 측근 사이에서. 그러니 지금으로선 아무도 믿을 수 없었고 일을 분배할 수조차 없었다. 그나마 믿을 만한 세준에게는 LK 병원을 제외한 모든 일을 일임했으니 사실상 병원 쪽을 직접 지휘할 수 있는 사람은 본인 뿐이었다.

"병원장님 이하 LK 병원의 의사분들을 믿겠습니다."

유준은 의사들에게 격려 한마디를 던진 뒤 자연스레 이사장실로 발걸음을 돌렸다. 웬만한 업무를 LK 병원에서 보기 시작한 지 정확히 일주일이 되는 날이었다. 하나를 제대로 못 본 지도 딱 일주일이었다. 병원으로 출근하기로 마음먹기 전날 커피 한잔 마신 것이 전부였고 제대로 된 데이트를 한 지는 보름이 넘었다. 간간히 통화는 했지만 얼굴을 보려는 노력은 하지 않았다. 그녀를 보면 자꾸만 나르카디아

가 떠올랐다. 나르카디아만 제 손에 있으면 이토록 예측 불
가능한 바이러스 따위에 사활을 걸지 않아도 된다는 것을 그
는 잘 알았다. 그럼에도 그는 나르카디아가 아닌 다른 길을
찾아 박하나와 아주 조금이라도 더 함께 걷기 위해 진심으로
최선을 다하고 있었다.

　하지만 새벽녘이 되면 으레 마음이 시렸다. 박하나가 보고
싶은 마음은 유준으로서도 도저히 어쩔 수 있는 것이 아니었
다.

　"세, 세준 씨! 세준 씨 맞죠?"
　"……하나 씨?"
　순간적으로 당황한 유준이 고개를 획 돌렸을 때 복도에는
반갑게 손을 흔드는 하나가 서 있었다. 일주일 만에 보는 얼
굴, 조금 핼쑥해 보이는 그녀의 모습에 유준은 순간적으로
멍한 표정을 지을 수밖에 없었다. 그의 표정을 눈치챈 건지
하나가 웃으면서 천천히 다가왔다. 유준의 눈이 빠르게 주위
를 살폈다. 하나의 옆에 있던 문, 그리고 그 위에 걸려 있는
명패와 자신의 옆에 있는 문, 다시 그 위에 걸려 있는 명패를
번갈아 바라보고야 지금껏 하나를 마주치지 않은 게 용하다
는 것을 깨달을 수 있었다. 병원 내에서 이사장이 쓰는 방과

이사장이 입원할 때를 대비해 만들어진 VVIP 병실은 당연히 붙어 있을 수밖에 없었다. 그리고 지금 그 병실에 하나의 어머니가 입원해 있었다. 무려 유준 본인의 지시에 따라서. 유준이 하나의 얼굴을 보며 어색한 미소를 지었다.

"나 보러 왔어요? 연락도 없이?"

"아, 그게……."

"그런데 거긴……."

하나가 의아한 시선을 보냈다. '이사장실'이란 글씨를 보고 그녀가 무슨 반응을 할까. 유준은 침을 꼴깍 삼켰다. 언젠가 연극을 끝내야 할 순간이 올 테지만 그게 오늘이리라고는 전혀 생각한 적 없었다. 가능한 평생 끝나지 않길 바라며 지난 일주일 아등바등한 것이 어이없을 지경이라 유준은 또 한번 당황했다.

"본사에서 LK 병원 일을……."

"병실을 잘못 찾은 게 아니라요?"

도둑이 제 발 저리는 법이라고 했던가. 유준이 먼저 거짓을 내뱉자 하나가 오히려 고개를 갸웃하며 물어왔다. 옆방이니만큼 그저 위치를 헷갈렸겠거니 생각하고 말았던 것이다. 그런데 병원 일이라니. LK 전자, 그중에서도 연구소 쪽으로 파견된 이가 LK 디스플레이로 모자라 이젠 LK 병원 일까지 보고 있단 말인가. 한 분야만 깊이 파는 전형적인 공학도, 하나에게는 이유준의 다재다능함이 놀랍다 못해 신기하게 보였다. 자연스레 입을 딱 벌어졌다. 그러고 보니 그가 걸치고 있는 슈트는 그쪽에 지식이 전혀 없는 하나에게도 평소 보던 것보다 훨씬 깔끔하고 세련된 멋이 있어 보였다.

"아, 물론 그런 것도 있지만……."

"그나저나 세준 씨, 진짜 신기하네요! 진짜 일 다양하게 하는구나. 본사에서 신입 사원 사정 봐줘 가면서까지 어떻게 든 채용한 이유가 있었나 봐요."

"경영이라는 게 애초에 모든 일에 연관되어 있기도 하고 또 나름대로 비상사태니까요."

유준이 태연하게 어깨를 으쓱해 보이며 원래 향하던 이사 장실이 아닌 하나 어머니의 병실 쪽으로 방향을 틀었다.

"비상사태? 아……."

하나는 유준의 어색한 표정을 눈치채지 못했는지 그저 고 개를 끄덕였다. 무언가 생각이 많은 표정이었다. 사실 하나 에게도 그리 낯선 소식은 아니었다. 워낙 언론에서 시끄럽게 떠들어 댔기 때문이다. 메르스, 그리고 LK 병원 이사장의 발 표. 격리병동이 전혀 다른 건물에 위치하고 있지만 만 분의 일이라는 확률이 존재하기에 어머니를 좋은 병실로 옮긴 것 이 참 다행이라고 생각했었다. 입구에서부터 체온을 재고 소 독을 시키는 등 보안 절차가 까다로워져 병원에 자주 들리지 못하는 것이 불편하긴 했지만 그 또한 궁극적으로는 환자들 을 위해서란 걸 알았기에 상관없었다. 조금 전까지 하나에게 메르스와 LK 병원 관련 일은 딱 그 정도의 의미였다. 다시 말해 방관자에 불과했다.

그런데 이 일에 그가 관련이 있었다니. 하나는 그동안 그가 통화도 자주 못 할 만큼 바빴던 것을 드디어 이해할 수 있었다. 조금 귀찮더라도 병원에 자주 들렀다면 그를 일찍 볼 수 있었을까라는 생각이 들자 얼굴이 조금 붉어졌다.

"우리 되게 가까운 곳에 있었던 거네요, 그럼."

"그렇진 않아요. 이사장실엔 잠시 보고할 것이 있어서 온 것뿐이라."

"하긴 나도 병원 되게 오랜만이에요. 출입 절차가 까다로워져서요."

"병원에서도 어쩔 수 없는 부분이죠, 그건. 불편하더라도 이해해야 하는……."

"당연히 이해하죠! 게다가 전 오히려 그래서 좋아요. 어쨌든 안심이 된다고 할까요. 이번 LK 병원의 방침은 여러 가지로 신뢰가 가요. 작년과 뭐가 달라졌나 했더니 세준 씨 능력이었나 봐요."

"그, 그럴 리가요."

유준이 과장되게 손사래를 치며 말했다. 분명 이번 LK 병원의 신속한 결단과 철저한 움직임은 이유준의 성과가 맞다. 이유준이 들었으면 좋아했을 칭찬의 말, 그러나 아이러니하게도 자신은 이유준일 수 없었다. 적어도 박하나 앞에서는. 유준은 더 이상 표정 관리를 할 자신이 없어 아예 시선을 돌려 버렸다.

"세준 씨! 그나저나 저녁은 먹었어요? 엄마 잠깐 뵙고 밥 먹으러 갈래요? 오늘은 제가 맛있는 거 대접할게요!"

하나는 쑥스러워하는 유준이 귀엽게만 보였다. 그래서 불쑥 그의 팔에 팔짱을 꼈다. 유준의 시선이 다시 하나의 눈에 닿았다. 그가 가볍게 고개를 끄덕였다. 분명 처리해야 할 업무가 없진 않았지만 몇 시간 정도는 얼마든지 그녀를 위해, 아니 자신을 위해 쓸 수 있었다. 잠을 줄여야 한다 해도, 세준이 폭풍 같은 잔소리를 늘어놓는다 해도, 설사 이것이 연극이라 해도 이유준은 그녀와 함께 있고 싶었다. 오늘 새벽은 서류에 치여도 마음이 시리지는 않을 것 같았다.

"대체 이게 어떻게 된 겁니까!"

세상일이란 것이 늘 그러했다. 책임자가 자리를 비우면 문제가 터지기 마련이다. 하나의 어머니에게 인사 후 기분 좋게 식사를 마친 뒤 그녀를 집까지 바래다주고서 다시 병원으로 돌아오는데 유준이 보낸 시간은 대략 다섯 시간 남짓. 하나 앞에서 제 차를 쓸 수 없기에 모든 것을 대중교통으로 해결한 탓일까, 아니면 그저 이 연극이 조금이라도 길게 지속되길 바란 탓일까. 그의 예상보다는 분명 조금 더 길게 소요된 것이 사실이었다. 그러나 그 다섯 시간 남짓 동안 말도 안 되는 사건이 터질 줄이야. 이건 진심으로 말이 안 되었다.

"그, 그게……."

"지금까지 알게 된 사실만, 팩트만 놓고 이야기하죠."

"CCTV 살펴서 환자의 동선은 확인했는데 그게 보시다시피 일부러 노린 것처럼 호흡기 내과 입원 환자 병동 쪽이라…… 일단은 그쪽 병동을 전부 폐쇄하고 격리 조치를 취하고 있긴 합니다만 아시다시피 이 병에는 잠복기가 있고……."

"얼마나 퍼졌을지 감도 안 온다는 거군요. 게다가 그 환자는 지금 어디로 나갔는지 보이지도 않고요."

"그게…… 면목 없습니다, 이사장님."

"아버지나 형은 어떤지 몰라도 저는 벌어진 일에 대해 책임부터 묻는 스타일 아닙니다. 지금은 수습부터 하죠."

"하지만 지금으로서는……."

"CCTV상으로 환자의 수상한 행동이 더 있었나요?"

"흐려서 정확히 알 수는 없지만 아무래도 동작으로 짐작해 볼 때 기침이나 재채기를 한 것처럼 보입니다. 심지어 병실 안쪽에서……."

"일단 병원장님은 나가 보세요. 가능한 피해는 최소화시켜 주시고 완전히 안심할 수 있다 결론이 나기 전까지 격리 조치는 계속되어야 합니다. 제발 이 이상 문제를 심각하게 만들지 말죠. 저는 수습할 방법을 생각해 보겠습니다."

메르스로 의심되어 격리병동에서 치료를 받고 있던 한 환자가 격리병동을 나왔다. 본관의 보안을 뚫고 내부로 들어왔을 뿐 아니라 심지어 호흡기 내과 병동 쪽으로 가서 병실을 돌아다니며 의도적으로 기침이나 재채기를 한 뒤 사라졌다. 병원장을 내보낸 뒤 생각을 정리하던 유준은 헛웃음을 지을 수밖에 없었다. 상식적으로 환자에겐 그럴 이유가 없었다. 정신병자거나 혹은······.

"······이태준."

의도적이거나. 다분히 의도적인 상황으로 의심하기에 충분했다. 그리고 아마도 범인은 이태준 말고는 없을 것이다. LK 디스플레이, LK 전기, 이젠 LK 병원까지. 최 과장을 자살로 몰아가더니 이젠 한 환자, 아니 더 나아가 수많은 사람들의 목숨까지 이 판 위에 걸겠다는 의미인가. 이게 이태준의 작품이든 L의 작품이든 간에 아무런 상관이 없었다.

아무리 잘 수습한다 해도 자신의 추락은 막지 못할 것이다. 그저 시간문제였다. 잠복기가 지나갈 때까지 쉬쉬하고 외부로 못 새 나가게 막다가 이후 발병률을 확인한 뒤 이러한 사건이 있었다고 발표하든가, 혹은 지금 언론에 발표해 어디로 사라졌을지 모를 그 환자를 추적하게 하든가. LK 병원에 입원한 환자들과 병원에 다녀갔을 보호자들, 그뿐 아니라 수많은 불특정 다수의 사람들을 살리려면 후자가 맞았다.

"세준아."

"어?"

"내일 주총 소집해 줘."

"안 그래도 이미 이태준 사장 쪽에서 소집한 모양이야."

"기다릴 만큼 기다렸다, 이거지. 게다가 마지막 한 방을 아주 정확하게 준비했고."

유준이 주먹을 꽉 쥐었다. 분해도 어쩔 수 없었다. 이 판 위에 더 큰 것을 걸 깡이 없다면 다이(Die)하라. 이태준의 메시지는 분명했다.

"주총 전까지 외부로 새 나가지 못하게 철저히 막고……."

"어차피 이태준이 알아. 게다가 이건 막을 문제가 아냐."

"너 진심으로 그렇게 생각하는 거야?"

"당연하지. 단순히 우리 병원 병동 환자들에게 전파 위험성이 있는 수준인 거면 발표를 미루는 게 맞겠지. 지금 발표해 봤자 그저 사람들을 괴담의 공포 속으로 밀어 넣을 뿐이니까. 하지만 사라진 첫 번째 환자, 그 사람이 어디로 어떻게 갔을지 모르는 상황이니 모두에게 주의가 필요한 상황이야. 그리고 그건 나도 너도 예외가 아니고. 혹시 공공장소로 갔다거나……."

"이대로 주총 맞이하면……."

"뒤집을 패 없어. 알아. 그렇지만 사람들 목숨 갖고 장난할 순 없잖아."

"의외네."

"돈이 아니라 사람 목숨 택한 게? 도와줬는데 미안해. 일단은 긴급 성명 발표해 줘. 지금 즉시. 내 명의로 나가도 돼."

유준의 한숨이 깊어졌다. 완벽한 패배였다. 이태준은 수많은 사람들의 목숨을 여기에 걸었다. 그런데 자신은 그에 맞서는 능력을 보여 주기는커녕 고작 연극 하나를 끝내지도 못했다. 어차피 패인은 명확했다. 유준이 입술을 꽉 깨물었다. 비린 맛이 입에 퍼졌다.

"그렇게 할게. 그렇지만 사과는 안 받을래."

"어?"

"내일 오전까지 나르카디아 갖고 와, 이유준."

"세준아, 그건……."

"지금 상황에서는 나르카디아 말고 그 어떤 패도 소용없어. 주총은 내일 오후야. 명심해. 나르카디아 가져와."

"세준아, 네 몫 챙겨 주기로 한 건……."

"이젠 분명히 알겠어. 대체 왜 사람들이 널 이승권 회장과 가장 닮았다고 하는지. 난 절대 아니라고 생각했거든."

"무슨 소리 하는지는 모르겠는데…… 세준아, 내가 내 재산 다 처분해서라도 네 몫은 챙겨 줄 테니까 일단은……."

"박하나를 버려. 토사구팽, 뭐가 그렇게 어려워?"

"세준아."

"이유준의 진심을 걸어 나르카디아를 사 올 수 있다면 그렇게 하겠다던 네 말, 기억은 하는 거지? 지금 설마 이유준

389

이 박하나를 진짜로 사랑한다는 거야?"

세준의 눈빛이 점점 더 단호해졌다. 그럴수록 유준의 눈빛이 더 세차게 흔들렸다. 그 흔들림을 들킬까, 유준이 시선을 돌렸지만 소용없었다. 온몸이 떨리고 있었다. 그저 연극을 계속하고 싶었다. 계속 박하나와 시간을 보내고 싶었다. 박하나와 함께 있으면 즐거웠다. 그뿐이었다. 진심, 사랑, 그런 단어는 머릿속으로도 마음속으로도 감히 생각해 본 적 없었다. 그런데 부정할 수가 없었다.

"이유준."

"……사랑하는 것 같아."

유준이 나지막하게 중얼거렸다. 내뱉고 나니 더욱 간절해졌다. 간지러운 말 한마디가 속을 어지럽혔다.

"박하나를 사랑하는 것 같아."

"재미있네. 그래서 이렇게 물러나겠다?"

"세준아, 정말 미안해. 일단 긴급 성명 먼저 준비해 줘. 시간 없어. 나는 지금……."

입안에 자꾸만 같은 단어가 맴돌았다. 맴도는 단어는 심장에 폭풍을 일으켰다. 쿵쾅쿵쾅, 요란하게 뛰는 제 심장은 딱 한 사람을 원했다.

"아무래도 박하나를 봐야 할 것 같아."

낭떠러지 위 더 이상 갈 곳 없는 유준에게 남은 선택지는 하나였다. 이젠 낭떠러지에서 뛰어내릴 시간이었다.

❋   ❋   ❋

"……세, 세준 씨? 괜찮아요?"

갑작스런 초인종 소리에 문을 열었던 하나는 전혀 예상치
못했던 유준의 모습을 보고 깜짝 놀랄 수밖에 없었다. 몇 시
간 전에 봤던 사람과는 전혀 다르게 흐트러져 있었다. 얼마
나 뛴 건지 땀을 흘리며 숨을 거칠게 몰아쉬고 있는 그가 어
딘가 낯설었다. 하나는 일단 지쳐 보이는 그를 안으로 맞이
했다. 안 그래도 LK 병원에 관한 긴급 속보를 보고 그에게
연락을 하려던 참이었다.

"하, 하고 싶은……."

"일단 물 좀 줄까요? 숨 좀 돌리고 말해요. 지금 숨차서 그
대로 죽을 것 같아요, 세준 씨."

그를 소파에 앉힌 하나는 유리컵에 물을 따라 건넸다. 물
을 거의 한 번에 삼켰음에도 유준은 저 깊은 곳에 맺힌 갑갑
함을 풀어 내지 못했다. 그녀에게 고백이든 폭탄선언이든 해
야만 풀릴 것 같았다.

"진짜 괜찮아요? 완전 다른 사람 같아요, 세준 씨."

"그게 말입니다, 하나 씨."

"뉴스 봤어요. 난리도 아니더라고요. 그것 때문에 힘들어
서 그러죠?"

"그, 그게……."

쉬울 줄 알았다. 사실은 최세준이 아니라 이유준이다, 본래는 나르카디아 때문에 너한테 접근한 거다, 그런데 네가 진짜 좋아져 버렸다, 나는 너를 사랑한다. 그 모든 말이 참 쉬울 줄 알았다.

그런데 단 한마디도 입 밖으로 나오질 않았다. 저 깊은 속 어딘가에 콱 걸린 것처럼. 무엇부터 이야길 해야 좋을지 알 수 없었다. 그녀가 자신을 싫어하지 않기를 바랐다. 그녀가 자신의 마음을 받아 주기를 바랐다. 아무리 큰 욕심이라 해도 어쩔 수 없었다. 유준에게 남은 유일한 욕심이 박하나였으니까. 그러나 입 밖으로는 아무런 말도 나오질 않았다.

"사표 내고 나랑 시골 가서 살까요?"

"하나 씨, 내가 하고 싶은 말은……."

"시골이 싫으면 동남아도 괜찮은데. 난 한 번도 못 가 봤지만 주변 사람들 이야기 들어 보니까 거긴 우리나라랑 물가부터가 완전히 다르대요. 그래서 어느 정도만 있어도 누리고 살 수 있다고 그러던데……."

"하나 씨, 내가……."

"그것도 싫으면 우리 진짜 벤처 회사라도 하나 차릴까요? 난 연구원이라 사표 내고 바로는 같은 직종으로 이직 못 하긴 하는데, 일단 조금 쉬었다가 합류해도 되니까……."

"사실, 내가……."

"사랑해요, 세준 씨."

순간적으로 유준의 입이 닫혔다. 자신이 하려고 했던 말을 하나가 먼저 해 버렸다. 진실을 다 말하고 고백한 이후에 듣고 싶었던 답이 먼저 나와 버렸다. 이유준이 아니라 최세준이라는 가면을 사랑한다는 그녀 앞에서 차마 진실을 보이기엔 겁이 났다.

"사실 결심한 건 좀 됐는데 이제야 말하게 되어서 미안해요. 용기가 없었나 봐요. 원래는 아까 밥 먹으면서 말하고 싶었는데 그때도 너무 바빠 보여서……."

"하나 씨, 무슨……."

"너무 놀라거나 미워하지 말아요. 사랑해서 그랬어요. 너무 놀라서 도망갈까 봐, 그래서 세준 씨를 잃을까 봐……."

이해할 수 없는 말들이었다. 그러나 하나의 태도는 단호했다. 그녀의 눈은 슬퍼 보였다. 자신이 해야 할 말들이 왜 하나의 입에서 나오나 잠시 고민하는 사이 그녀가 침대 밑 깊숙한 곳에서 자그마한 상자 하나를 꺼냈다.

"그때 로댕 전시 봤던 거 기억하죠?"

하나는 그 상자를 유준 앞에 내려놓으며 물었다. 유준이 고개를 조심스레 끄덕였다. 상자와 로댕이 무슨 상관이란 말인가. 그보다는 자신의 이야기를 해야만 했다. 오늘이 아니면 영영 못 할 것 같았다. 유준이 다시 입을 뗐지만 하나가 조금 더 빨랐다.

"이 상자가 우리를 낙원으로 데려다줄 문이에요."

"……하나 씨."

"세준 씨랑 같이 가면 지옥이라도 좋겠지만 그래도 기왕이면 낙원이 더 좋잖아요?"

"그게 무슨……."

천국의 문, 지옥의 문도 아닌 낙원의 문. '낙원'이란 단어는 참 여기저기 붙을 수 있는 단어이지만 동시에 흔히 쓰이지 않는 말이기도 했다.

나르카디아. 유준의 머릿속에 문득 그려지는 것은 바로 지상 낙원, 나르카디아였다. 설마.

"……그 문 너머에 '우리'가 있다고만 해 줘요."

하나가 차마 유준의 반응을 볼 자신이 없었는지 고개를 돌리고는 조그마하게 중얼거렸다. 울고 있는 것처럼 그녀의 목소리가 촉촉이 젖어 있었다. 잠시 후 유준의 떨리는 손이 상자를 열었다. 그 안에는 종이 뭉치 몇 장과 통장 하나가 들어 있었다.

사람들은 종이 뭉치와 통장을 이렇게 부르기도 했다. '나르카디아'라고. 세상 모두에게 낙원이더라도 이유준과 박하나에게는 낙원일 수 없는, 유일무이한 역설적 낙원이었다.

15

이카로스의 날개

"최세준, 나 좀 도와줘."

—이제 와서 뭘.

"벼랑 끝에 있는 나에게 남은 마지막 선택지."

—무슨 뜻이야.

"나르카디아, 급한 대로 네 명의로 좀 해 두자."

—안 할 것처럼 그렇게 나가더니 성공했나 보다?

유준은 세준의 질문에 잠시 멈칫했다. 선뜻 대답할 수 없었다. 분명 나르카디아 관련된 문서와 그 수입이 들어오는 재단 통장, 심지어 권리 양도에 관한 서류들까지 굉장히 많은 것들이 제게 있었다. 일찍부터 결심했었다는 하나의 생각을 증명하듯 서류는 완벽하게 준비되어 있었다. 양수자의 이름이 이유준이 아니라 최세준인 것만 빼면.

결국 유준은 하나에게 진실을 말하지 못했다. 그녀는 이승권 회장의 유언으로 나르카디아를 갖게 되었다는 이야기를 털어놓으며 예쁜 눈이 다 붉어지도록 울었다. 그런 그녀에게 자신이 그 이승권 회장의 막내아들 이유준이고 원래 목표가 나르카디아였다고 말할 수 없었다. 그저 눈물을 닦아 주고 살짝 부은 눈 위에 입 맞추었을 뿐.박하나는 최세준이란 이유준의 가면을 사랑한다. 그리고 최세준이란 가면에게 나르카디아를 선뜻 건넸다. '우리'를 약속하면서. 사랑으로 나르카디아를 산 것이라 해야 맞는 걸까.

"……내일 말해 줄게. 그전까진 해야 할 것들이 좀 많아."

—그래서 지금 이 시점에 뭘 해 달라는 건데?

"명의 이전. 말 그대로 네 앞으로 나르카디아를 잠시 옮겨 두자. 일단 주총이라는 큰 산부터 넘기고, 그 뒤에 어떻게 해야 할지 생각해 보려고."

—요즘 같은 시기에 차명 계좌 쓰겠다는 건데, 내가 오케이 해야 돼?

"네 이름이 박하나 앞에서 내 가명이잖아. 그래서 어쩔 수 없었어. 아까 일로 서운했으면 정말로 미안해, 세준아."

최세준이란 가면을 벗어 던진 이유준은 분명히 박하나를 사랑한다. 시간이 지날수록 유준은 그 마음이 점점 더 명확해지고 있다는 것을 인정해야만 했다. 그러나 결국 아무것도 말해 주지 못했다. 우선은 눈앞의 일들을 처리하고 싶었다. 예전처럼 LK 그룹의 왕좌에 대한 욕심 때문이 아니었다. 수단과 방법을 가리지 않고 지나치게 막 나가는 제 형에게 제동을 걸고 싶었다.

일단은 주주총회를 무사히 마칠 작정이었다. 그러고 나서 천천히 그녀에게 진실을 고백할 참이었다. 이유준의 '우리' 역시 박하나라고, 자신을 용서해 달라고, 사랑한다고.

아주 조금만 더 미룰 뿐이라고 스스로를 달랬다. 그리고 이 계획에 가장 필요한 사람은 최세준이었다.

—넌 나를 믿냐?

"……요즘 나는 나를 제일 못 믿겠어."

유준이 자조적으로 웃었다. 가만 보면 모든 일에 가장 솔직하지 못한 사람은, 믿지 못할 사람은 자신이었다.

—그건 또 무슨 소리야.

"아무튼 그렇다고. 내가 너 아니면 누구를 믿겠어."

—글쎄, 우리가 무슨 사이인지 모르겠다.

"나도 그래. 그렇지만 네가 내 유일한 친구란 건 분명해서."

유준이 나지막하게 웃었다. 세준의 웃음소리가 전화기 너머에서 들리는 듯했다. 그것이면 충분했다. 유준이 전화를 끊었다. 동이 트기 전까지 아주 많은 것들을 준비해야만 했다. 정글의 맹수, 승리를 확신하고 있을 이태준과의 최종 승부를 위해서.

본래 패를 까 보기 전까지는 결과를 확신하지 않는 것이 필승법이다. 태준은 결국 이유준의 마지막 패에 패배할 것이다. 맨 처음 포커에서 그랬듯.

✢   ✢   ✢

"박하나 씨, 안에 계십니까?"

하나는 도저히 잠이 오지 않아 뒤척거리고 있었다. 동이 틀 무렵 자신의 원룸에 찾아온 낯선 남자의 목소리는 안 그래도 예민한 신경을 곤두세우기에 충분했다. 하나는 자신이 몇 시간 전에 건넨 낙원으로 '그'가 함께 가 줄까, 그 생각만으로도 머리가 터질 것 같았기에 다른 일에 신경을 쓰고 싶지 않았다. 사실 그가 함께하기만 한다면 무엇이든 상관없었다. 시골 가서 농사를 짓든 외국으로 이민이나 유학을 가든, 혹은 진짜 서울 시내에서 벤처 회사를 차리든.

"누구시죠?"

하나가 잠시 머뭇거리다 문을 열었다. 낯선 남자가 문 앞에 있었다.

"인사를 뭐라고 드려야 할지 잘 모르겠군요. 일단은 드릴 말씀이 있어서 찾아왔습니다."

"……네?"

"우선은 이거부터."

하나는 몇 달 전 자신에게 처음으로 나르카디아가 왔던 그 날을 떠올렸다. 그때 받았던 것과 비슷한 봉투. 날카롭게 그 남자를 노려보며 조심스레 그것을 받아 들었다. 그 안에는 '낙원'이 들어 있었다. 몇 시간 전 '그'에게 건넸던 것과 비슷한 형태로, 그러나 모든 명의는 다시 자신의 앞으로 돌아온 채.

"이, 이걸 어떻게…… 당신 누구야?"

"일단 이걸 제게 건넨 사람에 대해 말씀드리죠. 이름은 이유준, 돌아가신 LK 그룹 이승권 회장의 막내아드님이자 LK 병원 이사장이고 한때는 LK 디스플레이의 사장이기도 했으며……."

"그러니까 그게 누군데요! 그리고 당신은……."

하나의 입술이 파르르 떨렸다. 이해할 수 없는 남자의 말을 계속 듣고 싶지 않았다. 하나는 그에게 전화를 걸고 싶었다. 낙원에 함께 가고 싶은 유일한 존재. 그에게 건넸던 것이니 그의 설명이 필요했다. 하나가 되었다는 듯 떨리는 손으로 핸드폰을 꺼내 들었다. 그러나 눈앞의 낯선 이가 낯익은 이름을 말하자 그녀의 움직임이 멈췄다.

"어떤 때는 LK 전자에서 근무하는 신입 사원 최세준이기도 했을 겁니다."

"……뭐, 뭐라고요?"

툭, 하나의 전화기가 바닥에 떨어졌다. 믿을 수 없는 이야기, 그러나 이상하게 납득이 가는 이야기. '최세준'이 평범한 신입 사원이 아니라 LK 그룹 후계자 중 한 사람이라면 가끔 이해 안 가던 그의 행동들이 퍼즐처럼 짜 맞춰진다는 것을 애써 부정하기 위해 하나는 고개를 마구 저었다.

"본래 이유준 씨가 박하나 씨로부터 뺏으려고 했던 거죠, 나르카디아를."

"그, 그러니까 처음부터……."

"처음부터 계획적으로 접근한 겁니다."

"그럼 대체 왜……!"

"그 사람에게 복수하는 걸 도와주려고 제가 찾아왔습니다. 미우실 테니까요. 길면 반나절, 짧으면 몇 시간만 조용히 계셔 주신다면 이건 다시 박하나 씨 몫이 될 겁니다. 약속하죠."

"그 사람!"

하나는 그의 이름을 무어라 불러야 할지 몰라 결국 '그 사람'이라고 불러 버렸다. 이제 와서 이유준이라고 부르자니 낯설었다. 그렇다고 '최세준'이라 부르자니 누가 봐도 거짓이었다. 하나는 다리에 힘이 풀려 그 자리에 털썩 주저앉았다.

"그, 그 사람 지금 어디 있어요. 내가, 내가 봐야 할 것 같은데 대체……."

"만나서 무얼 하실 생각이시죠?"

"설, 설명을⋯⋯."

"제가 지금 말씀드린 건 전부 사실입니다. 그 이상의 설명이 필요하십니까?"

"하지만⋯⋯."

"애초에 적어도 나르카디아의 절반은 박하나 씨 몫입니다. 이승권 회장이 간척 사업과 인공 섬 조성하는 사업을 할 당시 함께하던 동료가 한 명 있었죠. 그분이 사업을 진행하던 중 사고로 돌아가셨고 보상 문제에 애매함을 겪던 회사와 정부는 결국 자살로 처리해 버렸습니다."

"지금 그게 무슨⋯⋯."

하나의 얼굴은 새하얗게 질려 있었고 입술도 색을 잃고 파랗게 변해 버렸다. 어지러웠다.

"그러니 나르카디아의 절반은 박하나 씨 몫이 맞습니다. 그리고 아주 조금만 절 도와주시면 나머지 절반도 드리겠습니다."

하나는 자신이 느끼는 감정이 무엇인지 정확히 알 수가 없었다. 배신감인지, 슬픔인지, 억울함인지. 그도 아니라면 그리움인지. 가슴이 터질 것처럼 답답해 하나는 눈물을 툭 터뜨렸다. 그녀가 감당하기엔 너무 많은 이야기를 한 번에 들은 탓이었다.

"몇 시간 정도만 나르카디아의 소유권을 제가 갖고 있을 예정입니다. 이유준 사장을 완벽히 꺾어 버리기 위해서죠."

그러나 그는 자신이 할 말만 늘어놓고 있었다. 그와 닮은 듯하면서 전혀 다른 분위기를 풍기는 낯선 남자를 앞에 두고 하나는 주체할 수 없이 터지는 눈물을 흘릴 뿐이었다. 이 눈물이 무엇인지 알 수 없었다. 불쌍하게 돌아가신 아버지에 대한 애도인지, 자신을 속이고 배신한 유준에 대한 원망인지, 그럼에도 여전히 보고 싶은 '그'에 대한 사랑인지 정말로 알 수가 없었다.

"그때까지만 조용히 입 다물어 주시면 좋겠군요. 그리고 가능한 LK 전자에서도 빠르게 퇴사하시는 것을 권해 드리는 바입니다. 이번 기회에 느끼셨겠지만 나르카디아를 노리는 사람들이 꽤 많습니다. 부디 이제 LK 그룹이나 기타 복잡한 문제로부터 떠나 자신의 권리를 누리며 편히 살길 바랍니다. 그럼 이만."

"……저, 저기요!"

하나의 입이 드디어 열렸다. 부들부들 떨리는 다리를 지탱해 간신히 자리에서 일어났다. 언제라도 추락할 것처럼 위태로운 외줄 위의 존재, 박하나의 모습이 딱 그랬다.

"당신은 대체 누구시죠."

"제가 제 소개를 안 했던가요."

그가 생긋 웃었다. 그리고 다시 고개 숙여 그녀에게 인사를 건넸다. 하나는 여전히 빨갛게 부은, 눈물자국이 지워지지 않은 눈으로 그를 노려보았다. 낯선 사람 말만 믿으면 안 되는 거라고, 이 모든 것은 곧 깨어날 악몽이라고 애써 스스로를 달래면서.

"최세준입니다."

툭, 위태롭게 흔들리던 외줄이 끊어지는 소리가 하나의 귓가에 울려 퍼졌다.

"제가 진짜 최세준입니다."

나지막하게 뱉은 거짓 같은 진실을 끝으로 세준은 하나에게 등을 보인 채 사라져 갔다. 그리고 툭, 하나의 손에서 낙원이 떨어졌다.

"……거짓말."

한참을 그 자리에 주저앉아 있었다. 눈물이 나오는 대로 흐르게 뒀다. 바닥에 떨어진 봉투가 젖어 들어가도 하나는 하염없이 그 자리에 앉아 울었다.

낙원이란 단어가 이토록 허깨비 같은 것인 줄 하나는 그제야 깨달을 수 있었다. 그저 종이 쪼가리에 불과한 저것이 가슴을 아프게 할 줄 알았다면 애초에 태워 버릴 걸 그랬다고 후회했다. 모든 것이 망가져 버렸다. 자신의 손에 남은 것은 아무것도 없었다. 저 거짓 낙원을 제외하면.

하나는 천천히 핸드폰을 들었다. 신호음이 길게 여러 번 귓가에 울리는 동안 인정하기로 했다. 자신이 추락해 버린 이카로스임을.

"김 변호사님, 저 박하나입니다."

그저 거짓에 불과한 이상을 좇다가 나르카디아란 가짜 날개가 진실이란 햇빛에 녹아 버리자 추락해 버린 또 하나의 이카로스.

"기억하시죠?"

─그럼요.

"……이, 이유준."

입에서 나오는 낯선 이름, 하나가 고개를 설레설레 저었다.

─박하나 씨?

"지금 좀 뵐 수 있을까요?"

이제는 허상에서 빠져나올 시간, 애초에 낙원이 자신에게 허락된 곳일 리 없었다.

❊   ❊   ❊

"떨리냐."

세준은 어쨌거나 유준에게 있어 정말로 고마운 사람이었다. 오늘 일을 잘 마무리 짓고 나면 가장 먼저 그에게 휴가를 줘야겠다고 생각하며 유준은 대답했다.

"그럴 리가."

"날 믿은 걸 후회하지 않아?"

"어차피 선택의 여지도 없었어. 왜 나르카디아가 네 손으로 들어가니까 탐이 나냐?"

유준은 억지로 긴장을 깨기 위해 시답잖은 농담을 던졌다. 세준이 피식 웃었다.

"아니라고 안 하는 걸 보니까, 탐나나 보네."

"글쎄다."

유준은 세준의 조금은 미지근한 반응에도 개의치 않았다. 나르카디아의 소유권이 누구에게 있든 주총만 잘 끝마칠 수 있다면 크게 상관없었다. 그보다는 자신의 머릿속을 가득 채운 박하나가 더욱 중요했다.

"세준아."

유준의 마른 입술이 떨어지면서 조금은 갈라진 목소리가 새어 나왔다.

"진심으로 사과하면 받아 줄까."

"글쎄, 오늘이 지나가면……."

"알고 있어. 내가 누군지 알게 되겠지. 전 언론이 떠들썩해질 테니."

"그런데?"

"꼭 사과하고 싶어서."

세준이 어깨를 으쓱해 보였다. 유준이 입술을 깨물었다. 후환을 남기지 않아야 한다는 아버지의 가르침을 모르진 않았지만 진심으로 하나와의 '미래'를 꿈꾸고 싶었다. 그 미래에 다다르는데 꽤 많은 시간과 노력이 필요하다 해도.

"쓸데없는 소리 하지 말고 시간이나 봐."

"······들어가야겠네."

유준이 살짝 심호흡을 내뱉었다. 긴장되지 않는다면 거짓말. 정확히 무엇에 긴장하고 있는 걸까. 주주총회는 잘 끝날 것이 자명했다. 이태준과 이태준의 수족들이 자신을 압박해 오겠지만 마지막 패가 분명한 이상 이 게임의 판도는 이미 결정 난 것이나 다름없었다. 어쩌면 다시 저 문을 열고 나왔을 때 자신을 반겨 줄 기자들의 셔터 세례가 벌써부터 겁이 나는지도 몰랐다. 아니, 확실히 그랬다. 지금 이유준을 긴장하게 하는 건 다른 누구도 아닌 박하나였으니까.

어제, 낙원의 문 앞에서 어떻게든 진실을 말했어야 할까.

"세준아."

"말해."

"아주 조금 후회가 돼."

세준의 눈에 의아함이 담겼지만 유준은 더는 말을 잇지 않았다. 어차피 후회는 언제 하더라도 늦는 법임을 잘 알고 있었다. 이미 결전의 시간은 다가왔고 돌이킬 수 없었다. 유준의 날카로운 시선이 묵직한 문을 향했다. 본래 주인공은 가장 늦게 등장한다 했던가. 시작 전부터 굳게 닫혀 있는 문 안에는 자신을 물어뜯기 위한 맹수들과 방관자들이 가득할 것이다. 그들 앞에 당당히 들어가서 보여 주리라. 이 왕관의 주

인이 누구인지를, 오늘 이 판의 주인공이 누구인지를. 유준
이 표정을 냉정하게 식히는 순간 주머니에서 가벼운 진동을
느꼈다.

"잠깐만."

전쟁의 마지막 막을 앞둔 지금 조금은 여유를 부려도 되는
걸까. 유준은 발신자의 이름을 보며 고민했다.

"어차피 회장 안엔 나 혼자 들어갈 거니까 걱정 말고 밑에
서 기다려, 세준아. 나 통화 한 통만 하고 들어갈게."

세준이 자리를 피하는 것을 보며 유준 또한 잠시 아무도
없을 조용한 곳으로 몸을 돌렸다. 아무리 전쟁 중이라도 숨
은 쉬어야 하는 것 아니겠는가. 유준이 입가에 자그마한 미
소를 머금고서 전화를 받았다.

"여보세요."

—······여보세요.

전화기 너머에서 들려오는 소리는 조금은 피곤한 듯 제멋
대로 갈라진, 그러나 늘 유준의 마음을 들뜨게 하는 목소리
였다. 유준은 속이 복잡했다. 지금이라도 진실을 말할까, 그
러면 마음이 편해질까. 찰나의 순간 고민을 했지만 유준은
차마 입을 뗄 수 없었다. 전쟁 중임을 잊어버리기에는 그가
있는 이곳이 바로 최전방이었다.

—······바빠요?

"뭐, 조금. 괜찮아요, 잠깐은. 피곤해요?"

―해 주고 싶은 말이 하나 있어서 전화했어요.

"뭔데요?"

유준은 긴장한 듯 침을 꼴깍 삼키면서 잠시 시계를 내려다보았다. 이미 주총 시작 시간으로부터 1분이 지나 있었다.

―혹시 하이젠베르크의 '불확정성의 원리'라고 알아요?

"양자역학 말하는 건가요? 정확히는 잘 몰라요."

―네. 맞아요, 그거.

유준은 하나가 그런 것을 이야기하는지 이해할 수 없었다. 그러나 그녀의 목소리가 피곤하게 들렸을 뿐 어느 때보다도 진지했기에 차마 유준은 왜 그런 걸 묻느냐고 묻지 못했다. 그저 이야기를 듣고 있을 뿐.

―이를테면 이런 거예요. 한 구슬이 있어요. 이 구슬은 소리가 딱 두 가지로 나죠. '딩' 혹은 '댕'. 어느 날, 구슬의 소리를 내보니 '딩'이었다고 해요. 그러고 나서 구슬을 만져 보니 뜨거웠대요. 그리고 다시 구슬의 소리를 낸다면 무슨 소리가 날까요?

"답이 '딩'은 아닐 것 같군요."

―네. '딩' 소리가 날 확률이 반절, '댕' 소리가 날 확률이 반절. 그러니까 구슬을 만져 뜨거운지 차가운지 확인한 게 구슬의 소리에 영향을 끼쳐 '불확정적'으로 만든 거죠. 그래서 '불확정성의 원리'라 불러요.

"책으로 읽었을 때보다 이해가 쉽네요."

─……세준 씨.

"말해요."

하나의 목소리가 불안정하게 떨렸다. 유준은 다시 한 번 침을 꿀꺽 삼키며 대답했다.

─내가 '우리'라고 불렀었죠, 어제. 그리고 '낙원'을 건넸고.

"그랬죠."

─그럼 지금도 우리는 '우리'일까요, 아닐까요.

"하나 씨, 그게……."

─질문을 바꿀게요. 내가 '세준 씨'라고 불렀었죠, 어제. 그리고 함께 낙원에 가고 싶다 말했고.

"하나 씨, 무슨 일……."

─그럼 세준 씨는 여전히 세준 씨일까요, 아닐까요.

유준은 정확한 의미를 파악할 수 없는 연속된 질문 속에서 그녀가 하고 싶은 말을 어렵지 않게 짐작할 수 있었다. 이미 진실에 대해 어느 정도 알고 있는 것이 분명했다. 어떻게 알았는지는 알 수 없지만. 지금이라도 사과한다면 그녀가 받아 줄까. 지금 하는 사과가 의미가 있을까. 아니, 애초에 이유준 자신은 무엇을 원하는가.

"하나 씨."

─나는 여전히 박하나일까요, 아니면 그냥 사냥개일까요.

토사구팽. 그 순간 유준의 머릿속을 스치고 지나가는 단어는 그것뿐이었다. 유준은 마음이 불편해져 입술을 꾹 깨물었다. 박하나가 보고 싶었다. 본다 해도 뚜렷한 것은 없겠지만 몇 번이고 진심을 이야기해 주고 싶었다.

이유준도 최세준도 아닌, 그냥 오롯이 자신이란 한 존재의 진심을 박하나도 나르카디아의 여주인도 아닌, 오롯이 자신의 연인이었으면 좋겠는 그녀에게.

"그냥 나는 나, 하나 씨는 하나 씨일 뿐이에요."

—그럴까요? 그런데 왜 이렇게 아무것도 확신이 들지 않을까요.

"하나 씨, 우리 이따가 만날까요? 보고 이야기……."

—나중에요. 이미 5분이나 지났어요. 시계 봐요.

하나는 차마 그를 '세준 씨'라고 부르지 못했다. 이미 그가 최세준이 아님을 알고 있었기 때문이다. 유준 역시 그런 하나의 말꼬리를 눈치챘기에 더는 어떤 말도 할 수가 없었다. 하나의 말대로 주총이 시작된 지 5분이나 지나 있었다. 지각도 한참 지각이었다. 이러다간 이 전쟁에서 기권 패 당할지도 모를 일이었다.

"나는 여전히 '우리'였으면 좋겠습니다."

유준은 이기적인 진심을 담담히 하나에게 던지며 주총이 열리고 있을 회장을 향해 발걸음을 옮겼다. 또각또각, 경쾌하게 울리는 구두 발자국 소리가 유준의 가슴을 찔러 왔다.

—말했잖아요, 반반이라고. 그게 우리가 사는 양자의 세계

인걸요.

툭, 전화가 끊겼다. 그리고 동시에 전쟁의 마지막 막이 오르는 소리가 두 사람의 심장을 찌를 듯 날카롭게 울리며 회장의 문이 열렸다.

✳   ✳   ✳

"이유준 사장님, LK 디스플레이 매각 건에 대해서 더 하실 말씀 있으십니까?"

주주들은 주총 개회와 동시에 LK 그룹 계열사들에서 이유준 사장을 해임하겠다는 안건으로 회장을 뜨겁게 만들었다. 그들은 계속해서 유준을 공격해 왔다. 태준은 팔짱을 낀 채 상황을 관망할 뿐이었지만 유준은 알고 있었다. 어차피 저 이름도 모를 주주들 뒤에 서 있는 존재는 태준이었다.

지금 이 현장에서 유준이 이해할 수 없는 건 태준 뒤에 서 있는 이름 모를 한 사람의 정체뿐이었다. 게다가 그가 누구라 한들 주주총회장에서 굳이 선글라스를 끼고 있는 이유가 뭐란 말인가.

"알고 계신 그대로가 전부입니다."

"최 과장, 자살 직전에 만났었다는 소문도 있던데…….."

"소문만으로 저를 찍어 누르실 순 없을 겁니다, 장 이사님."

"이유준 사장님, 이 문제가 언론에 새 나가면 사장님께서 무언가를 덮으려 했다는 의혹을 살 수도 있으며 LK 그룹 전체 이미지에 심각한 타격을⋯⋯."

"그만."

유준이 간신히 화를 꾹꾹 눌러 참고 있는 도중 장 이사란 사람의 입을 막은 건 의외로 태준이었다. 유준의 입꼬리가 순간적으로 올라갔다. 그가 짜둔 시나리오라는 것이 뻔히 보이는데 굳이 착한 형님 행세라도 하겠다는 건지 유준은 태준의 가식을 진심으로 비웃고 싶었다.

"그뿐만 아니라 LK 병원 문제는⋯⋯."

"그 부분은 어쨌거나 제 책임임을 인정하는 바입니다. 사라진 환자를 찾아내면 배후를 밝힐 수도 있을 것 같은데⋯⋯."

차분하게 말을 이어 가던 유준은 날카로운 눈빛으로 태준을 쏘아보았다. 이젠 정말 끝낼 시간인가. 두 사람의 눈은 같은 이야기를 내뱉고 있었다.

LK 전기 공장 노동자 사망 건은 아무도 꺼내지 않는 것을 보니 '공장 노동자 사망'이란 단어가 이태준에게도 타격이 된다는 점은 모두가 알고 있는 눈치였다. 모든 이들이 한마음으로 자신의 편이 아니었다니. 유준은 조금 씁쓸했지만 이제 와서 어쩔 수 있는 것은 아니었다. 어차피 사람들은 힘 있는 자 옆에 붙기 마련이었다. 지금 자신을 지지하는 이가 있다 한들 태준에게 밉보일 것을 각오하면서까지 나설 수 있을 리 없었다.

유준은 깍지를 만들고 그것을 받침 삼아 천천히 턱을 괴었다. 자신의 해임안이 안건인 주주총회 자리에서 취하기엔 지나치게 거만해 보일 수 있는 액션임을 모르지 않았다. 알기에 그리한 것이지만.

"이런 쓸데없는 이야기는 그만두도록 하죠. 제가 많이 부족한 것쯤은 저도 압니다."

"그럼 바로 표결에……."

"나르카디아!"

소란스럽던 회장에 정적이 흘렀다. LK 그룹 관계자들 중 그 단어의 무게감을 모르는 사람은 아무도 없었다. 유준은 그 어떤 표정도 짓지 않기 위해 애를 쓰며 다시 천천히 입을 뗐다.

"그것이 제 손에 있다면 주주님들의 반응도 조금은 달라질 것으로 압니다."

"그, 그건 이 회장님의 유지대로……."

"네, 어떤 사람에게 넘어갔었죠."

어떤 사람, 그런 단어로 박하나를 표현할 수 있을까. 유준의 눈가에 살짝 주름이 잡혔다. 그녀가 보고 싶었다. 방금 전 통화에서 자신을 불안하게 만들었던 그녀를 빨리 보고 싶었다. 그러기 위해선 이 정글에서 빨리 나가는 것이 우선이었다. 유준이 다시 고개를 치켜들었다. 가능한 당당하고 꼿꼿하게. 그것이 지금껏 발톱을 숨기고 있던 맹수가 자신의 정체를 드러내기엔 가장 좋은 자세였으니.

"그리고 지금은 제 손에 들어와 있습니다."

"이유준 사장님 명의로 되어 있단 뜻입니까?"

웅성웅성. 여기저기서 누가 이야기하는지도 모를 만큼 시끄러운 소리들이 들려왔다. 엘도라도의 주인이 이유준이라면 왕관의 주인 또한 이유준이 되어도 문제가 없을 것이다. 나르카디아의 실질적인 가치, 그리고 상징적인 가치는 LK 그룹 전체의 향방을 정하기에 충분했다. 당당한 유준의 눈빛이 다시 한 번 태준에게 향했다. 유준은 당황스러웠다. 태준이 이상하리만치 태연해 보였다. 그러나 내색할 수는 없었기에 그저 입술 안쪽을 깨물었다.

"제 비서 명의로 되어 있습니다."

"누구 말입니까."

유준은 나지막하게 이야기하고서 전화기를 꺼내 들었다. 그가 세준의 전화번호를 누르는 소리 하나하나에 따라 회장 안에 긴장감이 가득 찼다. 마지막 한 자리를 누르기 전 유준의 입이 살짝 열렸다.

"최세준, 제 비서이자 유일한 친구이며 현재 나르카디아의 주인이기도 합니다."

통화 버튼을 누르니 흘러나오는 연결음. 잠시 후면 이 판

이 끝난다. 드디어 끝. 유준은 미소를 마지막 순간으로 미뤄
두고자 나름대로 꾹 참았다.

그런데 그 순간 회장 안에 요란한 벨 소리가 울려 퍼졌다.
유준의 연결음을 따라 경쾌하게 우는 벨 소리. 유준의 미간
이 찌푸려졌다. 모두의 시선이 유준이 아니라 태준에게 향했
다. 아니, 정확히는 태준의 뒤편에 서 있는 남자에게. 무언가
싸늘한 기분에 유준이 통화 종료 버튼을 누르자 거짓말처럼
전화벨 소리가 멈췄다.

유준의 얼굴이 살짝 진동했다. 어떻게든 표정을 감추고자
다시 한 번 입술을 꽉 깨물었지만 진정이 쉽게 되지 않았다.
설마……

"이유준."

낯익은 목소리. 유준의 표정이 종잇장처럼 구겨지는 순간
남자가 천천히 선글라스를 벗었다. 그는 이태준의 비서가 아
니었다.

"……최세준?"

아래층에서 준비하고 있다 회장에 들어오기로 했던 그가
왜 이태준 뒤에 서 있단 말인가. 유준은 차마 받아들이고 싶
지 않았다. 자신이 믿을 수 있는 사람이라고 생각했던 유일
한 친구였으니까. 그저 이태준 뒤에 서 있을 뿐 여전히 친구
라고, 여전히 자신을 돕기 위해 이 자리에 있다고 믿고 싶었
다.

"주주 여러분께 정식으로 인사하겠습니다. 현재 나르카디 아의 주인, 최세준입니다."

그러나 세준의 눈은 유준에게 향해 있지 않았다. 유준은 두개골이 쪼개지는 듯한 통증에 순간적으로 머리를 쥐어야 했다.

"최세준!"

"이유준 사장님, 여긴 공식적인 자리니 사담은 나중에 할까요?"

세준이 생긋 웃으며 자신을 바라보았을 때 유준은 정확히 인지해야만 했다. 이건 '배신'이었다. 세준이 배신자라면 일련의 사건, 그러니까 각종 정보 유출을 한마디로 설명하고도 남았다. 세준은 절대 아니리라 생각하며 찜찜한 가설을 폐기했었다. 대체 왜 대학 시절부터 친구였던 이가 태준을 돕는단 말인가. 몇 년 전부터 태준이 스파이를 심어 둔 것이라고는 생각하고 싶지 않았다.

"저는 현재 ABC에서 일하고 있으며 공식적으로 이태준 사장님의 비서실장직을 겸임하고 있습니다. 그리고 당연히 저는 이태준 사장님을 지지합니다."

아주 잘 짜인 시나리오가 펼쳐졌다. 태준의 담담한 미소에 유준은 완전한 패배를 인정할 수밖에 없었다. 이제 더 이상 남아 있는 것은 아무것도 없었다. 받아들일 수 없으나 현실이 되어 버린 상황에 할 수 있는 일이라곤 자리를 박차고 일어나 빠르게 정글에서 걸어 나가는 것뿐이었다.

이유준이 사라져도 변하는 건 없을 터였다. LK 그룹은 이태준이 갖게 될 것이었으며 그 옆엔 최세준이 있을 것이다. 낭떠러지에서 잡은 마지막 동아줄이 뚝, 끊어져 버린 순간이었다.

끼익, 유준이 채 잡기도 전에 나무 문이 열리기 전까지는 그 자리의 누구라도 짐작 가능한 결론이었다. 그리고 유준은 전혀 예상치 못한 인물의 등장에 완전히 굳어 버렸다.

"……하나 씨?"

그러나 박하나는 유준에게 아무런 말도 던지지 않았다. 그저 한 번도 신어 본 적 없는 하이힐을 신고서 회장 안으로 천천히 걸어 들어갈 뿐. 그녀의 뒤에는 LK 그룹의 고문 변호사인 김 변호사가 따르고 있었다.

유준은 당혹스러움을 감추지 못한 채 고개를 홱 돌려 하나를 바라보았다. 당당한 걸음과 달리 하이힐로 감춰진 그녀의 발이 파르르 떨리고 있다는 것을 깨달았다. 그녀가 수많은 맹수들과 하이에나 떼들을 향해 입을 뗐다.

"안녕하십니까. 박하나입니다."

회장 안이 온통 소란으로 가득 찼다. 모든 이들이 수군거렸다. 그들 중 몇몇은 이미 '박하나'란 이름이 갖는 정확한 의미를 알고 있기도 했다.

"혹은 나르카디아의 여주인, 세상에선 저를 그렇게 부르더군요."

유준의 눈이 세준에게 향했다. 세준 또한 입을 딱 벌린 채 하나를 바라보고 있었다. 이건 전혀 예상치 못한 전개인 모양이었다. 유준은 자리로 돌아가지 않고 그 자리에 굳어 상황을 바라보기 시작했다. LK 그룹 일에서 자신이 이토록 방관자처럼 군 적이 있었던가. 유준은 이 상황이 우스워 입꼬리를 살짝 올렸다. 상황에 어울리지 않게도 돌발적인 변수를 만들어 낸 하나가 무척이나 사랑스러웠다. 하나가 겨눌 총구가 자신을 향한다 해도 행복하게 맞아 줄 수 있을 만큼. 어쩌면 정말로 미쳤는지도 모를 일이었다.

"이승권 회장님으로부터 나르카디아를 상속받은 공식적인 상속인입니다. 그건 여기 계신 김 변호사님께서 정확하게 증언해 주실 수 있는 부분이죠. 그리고 저는 어제 나르카디아를 한 사람에게 건넸습니다."

하나의 눈길이 잠시 유준을 향했다. 곧이어 그녀의 눈이 세준을 향했다가 그의 앞에 앉아 붉으락푸르락하는 태준에게 돌아갔다. 이내 다시 모든 주주들을 바라보며 그녀가 다시 입을 뗐다.

"'최세준' 이란 이름을 갖고 있는 사람이었지만 저분은 아니었습니다. 그래서 저는 김 변호사님과 상의하에 저분이 끝까지 소유권을 주장하신다면 소송을 불사할 생각입니다. 혹시 이에 대해 이견이 있으신지요, 최세준 씨?"

세준이 두 손을 펼치고서 영문을 모르겠다는 듯 어깨를 으쓱해 보였다. 그러나 여유 있는 제스처와 달리 이미 그의 표정은 차갑게 굳어진 뒤였다. 이런 일이 있을까 염려해 미리 지난 밤 찾아간 것이었는데. 대체 박하나의 꿍꿍이가 무엇인지 세준은 알 수 없었다.

하나가 가볍게 미소를 지어 보였다. 유준은 그녀의 표정이 자신의 가면과 겹쳐 보여 순간적으로 입술을 꾹 깨물었다.

"어찌 되었든 소송을 하지 않는다는 전제하에 나르카디아는 분명 제 소유입니다. 사실 제게 오늘 입 다물고 있어 준다면 다시 넘겨주겠노라, 어제 저분이 주고 가신 서류의 사본이 바로 여기 있죠."

"그럼 나르카디아의 소유주인 박하나 씨가 지지하는 이는 대체 누구란 말입니까? 설마 LK 그룹을 지금 이 지경으로 만든 이유준 사장을 지지하겠다는……."

"글쎄요. 제가 원래 이 나르카디아를 건네고 싶었던 사람에게 드릴까 합니다. 저에게는 썩 필요한 물건이 아니라서요."

"그게 대체 누구입니까? 최세준 씨는 아니란 말입니까?"

"네, 아닙니다. 그러니까 그분의 성함이 이유준 씨라고 들은 것 같긴 한데……."

하나가 한 주주의 질문에 대답하는 척하며 날카로운 시선으로 유준을 노려보았다. 유준은 그녀의 눈을 마주할 자신이 없어 살짝 고개를 돌렸다. 무슨 말을 해야 할까.

"한 가지만 물어도 될까요?"

"……그러시죠."

"당신은 여전히 '세준 씨'인가요, 아니면…….'"

하나의 뚱딴지같은 질문은 유준만이 정확하게 알아들었다. 이게 박하나가 주주총회 직전 전화한 이유일 것이다.

유준은 하나의 눈을 똑바로 바라보았다. 그 눈동자 속에서 정답을 찾을 수 있기를 바랐다. 여전히 박하나가 아는 그 '최세준'이라고 대답한다면 나르카디아 관련 문제는 미궁 속으로 빠져 버릴 것이 분명했다. 그러나 적어도 진심은 지킬 수 있지 않을까. 반대로 최세준이 아닌 '이유준'이라고 대답한다면 진심은 정확히 표현할 새도 없이 날아가 버릴 것이 분명했다.

그러나 유준은 LK 그룹 전체를 차마 포기할 수 없었다. 오만하게 웃으며 정도도 모르고 날뛰는 태준도, 자신을 배신한 세준도 절대 가만히 내버려 둘 수가 없었다. 그게 이유준이었다. 그리고 하나는 그런 자신의 선택을 정확히 알고 있을 것이 분명했다.

유준은 입술 안쪽을 세게 물어뜯었다. 알싸한 피의 향이 입안을 가득 채운 순간 그가 입을 열었다.

"정식으로 인사드리죠. 현재 LK 물산 및 몇몇 LK 그룹 계열사들의 사장직에 있는 이유준이라고 합니다."

두 사람의 마음이 서로를 향했다. 그러나 두 사람의 시선은 서로에게 있지 않았다. 유준은 다시 싸울 수 있는 패를 쥐게 되었지만 모든 것을 잃었다. 하나는 진심을 털어놓고 미래를 그렸지만 모든 것을 잃었다. 두 사람 앞에 놓인 문은 없었다. 오로지 어긋나 버린 경계만 있을 뿐.

정신없이 주총이 끝난 뒤 유준은 홀로 운전대를 잡았다. 어차피 이미 모든 것을 잃은 그는 겁날 것이 없었다. 이유준 사장의 해임 건은 결국 부결되었다. 김 변호사는 유준에게 나르카디아의 소유권을 건네주었다. 어느새 사라져 버린 박하나 대신. 태준은 잔뜩 성내며 나가 버렸고 세준은 유준을 차갑게 노려보다 태준의 뒤를 따라 나갔다.

전쟁은 끝난 것이 아니라 그저 잠시 미뤄졌을 뿐이다. 나르카디아를 넘겨받았지만 이유준은 LK 그룹을 손에 넣기엔 아직 태준에 미치지 못했고 여전히 불안한 상황이었다. 게다가 믿고 의지할 사람이 단 한 명도 없었다. 주총이 시작되기 전까지 가정했던 최악의 상황. 심지어 추락이라 생각했던 그 시점보다도 더 최악이었다. 유준은 어디서부터 잘못된 것인지 기억을 더듬었다.

요란하게 전화기가 진동했다. 유준은 발신자를 확인한 뒤 거칠게 통화 버튼을 눌렀다.

─이유준의 진심, 나르카디아를 사기엔 충분했나 보네. 축

하한다.

"……언제부터였냐."

결국 모든 일의 중심에 서 있었을 단 한 사람. 생각해 보면 전부 최세준이었다. 그는 이유준을 누구보다 잘 알았다. 다시 말해 이유준은 결국 최세준이 짜둔 판 위의 인형에 불과했단 뜻이었다. 유준은 주먹을 꽉 쥐었다. 눈에 보이는 모든 것을 부수고 싶을 만큼 마음속에 분노가 들끓었다.

—내가 말했잖아. 회장님 시켜 달라고.

"그래서 이태준은 너한테 회장 자리 준대? 말이 되는 소리를 해."

—너보단 이태준이 다루기 쉽거든. 그래서 너부터 잘라 버리려 한 거야.

"설마 대학 때 다가온 것도 계획적이었냐? 그때부터 이태준이 시켰……."

—난 누가 시켜서 움직이는 사람이 아냐. 그리고 나를 믿은 건 너 자신이지.

전화기 너머 세준의 냉정한 목소리가 울렸다. 유준의 표정이 굳어졌다. 하나가 너무나도 보고 싶었다. 과연 다시 그녀를 볼 수 있을까. 무슨 염치로 그럴 수 있을까. 그러나 진심으로 보고 싶었다. 꼭 한 번은 사과하고 싶었다. 아니, 꼭 한 번은 사랑한다 말하고 싶었다. 이 모든 것이 욕심이라 해도 박하나가 보고 싶었다.

"최세준, 너."

―그거 알아? 내가 원래는 이세준인 거?

"……뭐?"

―너보다 내가 몇 개월 형이야.

"……네가 아버지의 아들이라고?"

유준은 몇 달 전 세준이 들려줬던 이야기를 떠올렸다. 이승권 회장에게 영희 누나를 제외한 몇몇 혼외 자식이 있었지만 그 누구도 받아들이지 않았다는. 그저 스쳐 지나갔던 이야기였는데 세준이 그중 하나라는 것을 어떻게 받아들여야 할지 감이 잡히질 않았다.

―아빠는 늘 내게 평범하게 살라고 이야기하셨지. 그것만 빼면 참 좋은 분이셨는데 말이야. 늘 함께 식사하고 산책도 하고. 생일이면 내가 갖고 싶은 것들을 사 주셨었지, 늘…….

"미쳤구나, 최세준."

유준의 입에서 실소가 터져 나왔다. 세준이 언급하는 '아빠'란 존재가 자신이 기억하는 아버지일 리가 없었다. 자식을 낭떠러지에서 밀어 버리고도 담담한 표정으로 돌아섰던 그가 누군가의 앞에서 웃고 선물하고, 밥이란 걸 함께 먹는 그런 다정한 사람일 리가 없었다.

―이세준이라고 말했잖아. 내가 왜 L인지 아직도 모르겠냐?

세준이 제 이름 한 글자 한 글자에 화를 눌러 담은 듯 으르렁거렸다. 그러나 유준은 터져 나오는 웃음을 멈출 생각이 없었다. 무척이나 재미있는 상황이었다. 아버지의 혼외 자식과 이산가족 상봉을 연상케 하는 감동적인 재회가 가능할 리 만무했다. 게다가 자신의 기억과는 너무도 다른 이승권 회장과의 추억이라니. 유준은 정말로 어이가 없었다.

이승권 회장의 장례식을 치르고 며칠 뒤 휴가를 달라 했던가. 아빠가 돌아가셨다고. 그게 이런 뜻이었을 줄이야. 유준은 다시 한 번 키득거렸다.

—그래, 평생 금수저로 살아온 너는 이게 웃기겠지. 그런 아빠의 사랑을 독차지하며 예쁨받았을 막내아들! 게다가 너는 당당하게 이유준으로 살 수 있었잖아? 나는 늘 나를 숨기고 살아야 했어. 학교도 제대로 다니지 못했고 늘 외국을 떠돌았지. 왜 그랬는지 알아? 너희 엄마가 늘 우리 엄마를 죽이려고 했으니까!

"……우리 어머니께서 이미 알고 계셨다고?"

유준은 혀로 말라비틀어진 입술을 가볍게 훑었다. 쓰라렸다. 입술의 갈라 터진 부분이 쓰라린 건지, 속이 쓰라린 건지는 정확히 알 수 없었지만 몹시 쓰라렸다. 유준의 미간에 주름이 잡혔다.

—알다마다. 아빠는 네 엄마가 아니라 우리 엄마를 사랑했어. 그게 네 엄마한텐 마음에 상처…….

"최세준, 나는 회장님이 내 생일을 기억하지 못한다는 것에 내 전부를 걸 수도 있었는데. 차라리 그렇게 뺏어 가지 그 랬냐."

―……뭐?

"우리 어머니는 말이야. 회장님의 사랑 같은 걸 원할 분 이 아냐. 그냥 자신이 생각하는 이상적인 가정만 안 깨지면 사랑 따위 관심 없으실걸? 상처는 무슨. 정말 상처 받았다 면 위헌 판결 나기 전에 간통죄로 고소를 하든, 하다못해 이 혼이라도 하셨겠지. 안 그러셨잖아? 왜냐고? 세상 사람 눈에 완전한 가정을 지키는 완벽한 여자로 보이기만 하면 상관없 으신 분이거든."

―그럼 대체…….

유준의 표정이 차갑게 식어 갈수록 전화기 너머에선 더욱 불 끓는 소리가 들려왔다. 몇 년, 길게는 몇십 년 동안 쌓아 왔을 세준의 분노. 유준은 아주 조금은 이해할 수 있을 것 같 았다. 그러나 그 때문에 자신이 이 지경이 되었다는 사실은 쉽게 받아들일 수 있는 문제가 아니었다.

―너희 가족 때문에 나랑 엄마는 평범하게 살 수가 없 었어! 너는 모든 것을 다 누리고 살았겠지만, 아빠의 사랑 을 밝은 곳에서 당당하게 받을 수 있었겠지만 나는 늘 숨어 서…….

"아버지의 사랑은 받은 적이 없지. 이승권 회장의 유산을 받은 적은 있어도."

―뭐?

　"말했잖아. 이승권 회장은 내 생일도 모를 거야. 내가 뭘 좋아하는지는 아예 관심도 없었을걸. 내 성적, 내 학위, 내 실력. 이런 것들에만 관심이 있으신 분이라. 아들이 아니라 철저히 후계자를 키워 내기 위해 노력하셨으니까. 우리 어머니 때문에 너희 어머니나 네가 힘들었다는 건 알겠는데, 고작 그런 이유로 복수의 칼날을 갈아 왔어? 몇 년 전부터 나한테 접근해서?"

　―나랑 몇 개월 차이 안 나는 동생은 대체 얼마나 금수저로 사나 궁금했거든.

　"그래서 보니까 뺏고 싶었냐?"

　―나한텐 늘 평범함을 강조하셨던 아빠가 너한테는…….

　"널 사랑하셨던 거지. 사랑해 마지않는 여자의 사랑해 마지않는 아들인데 이딴 정글로 밀어 넣고 싶었겠냐."

　입에서 실소가 터져 나왔다. 유준의 말투는 자조적이었다. 이승권에 대한 비웃음, 최세준에 대한 비웃음, 그리고 이유준에 대한 비웃음. 모든 것이 합쳐진 표정은 썼다. 목구멍을 타고 흐르는 위산은 모든 것을 녹일 듯 유준을 아프게 했다.

　―헛소리 마. 그런다고 네 말에 넘어갈 것 같아?

　"그 정글에서 한 번 살아 봐. 살아서 이태준이랑 한번 잘해 봐. 그러다 보면 회장님, 아니 '네 아빠'의 뜻을 알게 될 날이 오겠지."

─이유준!

"물론 나도 잘 상대해야 할 거다. 덕분에 완전히 무너지지는 않았거든."

유준의 손이 빠르게 차의 창문을 내렸다. 창문을 열어도 속이 갑갑했다. 그래서 손으로 타이를 풀어 창밖으로 던져 버렸다. LK 그룹에 대한 미련은 아니었다. 왕좌에 대한 미련도 아니었다. 그저 유준은 LK 그룹이 아닌 미래를 생각해 본 적이 없었다. 그래서 그는 다시 도전해야만 했다. 그 덕에 진심이 갈 길을 잃고 헤매는 상황이 되었음에도.

─아직 너 무너뜨릴 패는 많이 쥐고 있어, 이유준. 너 정도는 내 상대가 되지 못해.

"이태준이 너 아직도 필요하대? 꽤 냉정한 사람인데."

─네가 최 과장 만났을 때의 CCTV 영상 갖고 있어. 네가 나오고 바로 투신했으니 연관성에 대해 검찰에서도 관심 있지 않겠냐.

"이야, 이승권 회장의 아들 아니랄까 봐. 협박 잘하네."

여유 있는 척 빈정거렸지만 유준의 주먹은 조수석을 내리쳤다. 검찰 조사는 어쨌거나 귀찮을 것이 분명했다.

─그럼 이건 어때? 박하나를 산업 스파이 혐의로 고소해 버리는 거.

"……뭐?"

순간적으로 누군가 가슴을 쾅 치고 간 것처럼 멍해졌다.

박하나. 유준이 제 입술을 꽉 깨물었다. 이씨 집안에서 사랑을 논하지 않는 건 사실 이런 부분 때문이었다. 진심은 약점이 되기 마련이니까.

—내가 세워 뒀던 아주 예쁜 그림이 박하나의 돌발 행동으로 완전히 무너져 버려서 나 가만히는 못 있겠는데.

어쩌면 이승권 회장을 가장 닮은 아들은 자신도, 이태준도 아닌 이세준이 아니었을까. 그러고 보니 그와 이승권 회장이 겹쳐 보였던 적도 있었다. 왜 진작 눈치채지 못했을까.

소용없음을 알면서도 유준은 후회하고 또 후회했다. 등줄기에 식은땀이 주르륵 흘렀다. 유준의 손이 와이셔츠의 단추를 뜯어내듯 풀어 냈다. 고작 단추를 푸는 손이 파르르 떨렸다.

—궁금하지 않냐, 이유준.

"……건드리지 마."

—너희 엄마는 툭하면 우리 엄마 건드렸었어. 나는 내 동생 여자 좀 건드리면 안 돼?

"사랑으로 나르카디아를 사라고 권한 건 너야. 연극이라는 것쯤은 잘 알잖아? 관계없는 여자 건드리지 말고 상대는 나와 이태준 중에 똑바로 정해."

유준은 목소리가 떨리지 않게끔 애쓰며 말했지만 세준의 비웃음이 귓가에 툭 꽂히자 자신의 연기가 먹히지 않았음을 인정했다. 유준이 다 터져 갈라져 버린 제 입술을 다시 깨물자 알싸한 피의 향이 입가에 번졌다.

—어제 네 입으로 말했잖아, 사랑한다고. 연극치고는 꽤 리얼했는데. 그리고 너 지금 상당히 절박해 보여.

"……절박하다 하면 내버려 둘 거냐?"

유준의 목에서 갈라진 목소리가 흘러나왔다. 차라리 이 모든 일이 꿈이었으면. 그만큼 이유준은 지쳐 있었다. 지친 유준이 쉴 수 있는 곳은 딱 한 곳이었다. 다시는 못 갈 그곳. 박하나의 어깨, 박하나의 무릎, 박하나의 품속.

—안 궁금해? 왜 아빠가 나르카디아를 너나 너희 형제들, 혹은 심지어 나도 아닌 박하나에게 넘겼는지?

"그걸 내가……."

—처음 간척 사업하고 인공 섬 조성할 당시 아빠에게 함께하는 동료가 한 명 있었어.

유준은 처음 듣는 이야기였다. 이미 알고 있었던 걸까. 설마 박하나 또한 최세준처럼 숨겨진 동생은 아니겠지. 세준이 분명 유전자 검사를 해 보았다고 했었다. 아, 그때 유전자 검사에서 활용했던 머리카락이 최세준 본인의 것이었던 걸까. 유준은 점차 더 흐릿해지는 정신 상태에 조소를 보내며 눈을 감고 세준의 이야기를 들었다.

—그분이 사업 도중 사고로 돌아가신 거야. 당연히 회사 측에서 보상해 줘야 할 것들이 많았어. 정부 사업이기도 했으니 정부에서도 나서야 했고. 당시 회사에는 그럴 여유가

없었는 데다 독재 정권 또한 시끄러운 걸 원치 않았어. 그러니 어떻게 했겠어? 죽은 사람을 자살로 처리해 버리면 쉽지 않았겠어?

"설마……."

유준이 중얼거리다 입을 다물었다. 어려운 형편에도 구김살 없이 잘 컸다 싶었는데 결국 하나를 힘들게 만든 사람이 아버지라면 자신에게도 책임이 없다 할 수 있을까.

유준은 강렬한 인상으로 남아 있는 하나의 눈물을 떠올렸다. 아무것도 해 줄 수 없다는 것의 답답함. 유준은 무력감을 조금이라도 달래 보고자 제 고개를 앞뒤로 움직여 뒤통수를 연신 의자에 부딪혀 댔다. 그러나 상태가 나아지는 것 같진 않았다.

—나르카디아는 애초에 최소 절반의 권리가 박하나에게 있었던 셈이지.

"너는 그걸 어디서……."

—아빠가 술 드시고 엄마한테 하는 이야길 예전에 들은 적이 있거든.

"정말 네가 말하는 그 아빠가 내가 아는 이승권 회장님이란 생각이 안 들어서 말이지."

유준이 다시 키득거리며 말했다. 사업에 있어선 늘 철저했던 이승권 회장이 무려 회사에 관한 이야기를 심복이 아닌 사람에게 했다, 라. 그만큼 믿을 수 있는 사람이었단 뜻이겠지. 유준은 문득 하나를 떠올렸다. 이승권 회장은 사랑을 했다. 그리고 사랑하는 사람에게 모든 것을 말할 정도로 그녀를 믿었다. 이유준은 사랑을 했다. 그러나 아무 진실도 제 입으로 말하지 못했다. 결국 자신이 이렇게 무력해져 버린 것은 그 탓일까. 차라리 박하나에게 진실을 이야기했다면 조금은 덜 후회될까.

—믿기 싫어도…….

"믿고 안 믿고는 중요한 게 아냐. 어쨌거나 박하나 건드리지 마. 이미 충분히 이승권 회장님이나 너, 혹은 내가 미안해해야 할 사람이란 거 알고 있다는 소린데 건드리면 정말 사람이 아니지."

—그러니까 말이야. 나도 사람이고 싶단 말이지.

"나 정말로 가만히 안 있어. 내가 왜 이승권 회장의 아들인지 보고 싶은 거 아니면 제발 닥쳐."

유준의 주먹이 클랙슨을 내리쳤다. 빠앙, 요란한 소리가 세준에게까지 닿았다. 세준이 소리 내어 웃는 것이 그에게도 느껴졌지만 유준은 개의치 않았다.

—박하나가 다른 사람도 아니고 네 도움을 받겠냐. 걔한 테 제일 상처 준 게 누군데.

"그래서 본론만 짧게 말해. 그 다정한 아빠 이승권 회장님께 넌 그런 것도 안 배웠나 보지?"

—엮으려면 엮을 거 많아.

"최세준!"

엮으려면 엮을 것 많다는 것, 싹을 잘라 버리는 것이 절대 어렵지 않다는 것쯤은 유준도 알고 있었다. 이미 아버지가 그렇게 쳐낸 수많은 사람들을 보았으며 유준 역시 처음부터 토사구팽을 염두했었다. 일이 이렇게 되지만 않았다면, 아니 정확히는 제 감정이 통제 범위를 벗어나는 일만 없었다면 어쩌면 유준 또한 산업 스파이 따위로 그녀를 치워 버리려 하지 않았을까. 아니, 애초에 제 손을 거치지도 않고 없애 버렸을 것이다. 그래서 끓어오르는 분노를 억누를 수가 없었다.

—네가 사 모았던 LK 전자 주식, 일단 다 나한테 넘겨.

"……뭐?"

—내가 좀 많이 불쌍하게 살아서 그런지 몰라도 박하나 충분히 불쌍해. 게다가 어차피 걔 너 진심으로 사랑하지도 못해. 네 마음도 진짜인지 의문이지만. 그러니까 나도 그냥 불쌍한 사람 잘 살게 내버려 두고 싶다고.

세준의 주도하에 유준이 끌어 모은 LK 전자 주식의 양은 꽤 많았다. 언젠가 이태준에게는 위기가, 자신에게는 기회가 찾아올 것이고 그때를 위해 주식을 관리할 생각을 하고 있었다. 세준은 지금 그것을 내놓으라고 말하고 있었다.

오직 박하나를 위해서.

"너 지금 날 뭐로 보는 거야. 고작 박하나를 위해 나보고 지금 뭘 내놓으라고? 내가 정말 그럴 수 있는 사람이었다면 아까 그 자리에서 박하나 손잡고 뛰쳐나갔을 거란 생각은 안해?"

—난 이미 시나리오가 깨져서 매우 기분이 안 좋아. 네 말대로 이태준하고의 관계도 지금 좀 문제라 더욱 거지같고. 어디서부터 다시 시작해야 할지 감도 안 와서 짜증이 많이 났다고. 나 혼자 죽기는 싫은데, 그렇다고 내가 박하나 끌고 불구덩이에 들어가는 것만큼은 막아 줘야 하는 거 아니냐.

"감히 이유준을 상대로 고작 그런 협박을 하겠다고?"

—넌 허세가 지나쳐. 협상하는 기분 안 나게 말이지.

나지막한 세준의 목소리에서 유준은 이승권 회장의 목소리를 찾을 수 있었다. 생각해 보면 닮은 것이 많았다, 두 사람은. 전혀 연상하지 못했던 것이 뼈아플 정도로. 그러나 유준은 그가 아무리 이승권 회장을 닮았다 한들 여기서 물러날 의사가 없었다.

"좋아. 어디서부터 시작해야 할지 모르겠다고 했지. 방법은 내가 주지."

—뭐?

"너 최근 몇 달간 내 밑에서 내 명령 잘 들었잖아. 이번에도 닥치고 명령이나 들어. 리더도 해 본 사람이 하는 거야."

—이유준!

"지금부터 한 달, 한 달 안에 이태준을 잘라 낼 거야. 그림 그려 둔 거 있지. 그걸 내놔. 이태준을 잘라 내고 나면 난 LK

그룹 전체를 가지게 될 거야. 그리고 넌 내가 가진 LK 전자 주식을 넘겨받게 되겠지."

—하? 그게 지금 수지 맞는 거래라고 생각해?

"사생아 주제에 감히 LK 그룹 후계 구도에 끼어들어서 그 중에 일부를 가져가게 되었으면 꽤 정당한 거래 아닌가."

—이유준!

"최세준, 귀 안 막혔으니까 소리 지르지 마."

—이세준이라고…….

"그럼 당당하게 사생아라고 밝혀 보든지. 네가 그런다고 이 후계 구도에서 뭐라도 받을 수 있을 것 같아? 그랬으면 본부인의 장남인 큰형이 빈털터리가 됐을 리가 없잖아."

—……나르카디아라도 내놔, 이유준.

세준이 맹수처럼 그르렁거렸다. 유준은 피식 웃었다. 이제는 세준의 스타일을 알 것도 같았다.

"아니, 나르카디아는 네 말대로 주인이 따로 있지. 나는 그걸 전부 주인에게 되돌려 줄 생각이야."

—미쳤구나.

유준은 명쾌하게 알 수 있었다. 생전 이승권 회장은 늘 유준에게 자신과 가장 닮은 아들이라 했었다. 유준은 희준처럼 술을 잘 마시지도 태준만큼이나 인맥에 능수능란하지도 못했다. 심지어 세준처럼 모든 일을 계획적으로 진행하는 성격도 아니었다.

유준은 지금껏 아버지의 말을 잘못 이해하고 있었다는 것을 깨달았다. 어렸을 때는 그 말이 후계자답다는 칭찬인 줄로만 알았는데 힐난이나 질책이었던 것이다.

그 어떤 형제에게서도 찾아볼 수 없지만 유준만이 가지고 있는 그것은 '사랑'이었다. 이승권 회장이 사랑하는 사람에게 평범함을 선물했다면 이유준은 사랑하는 사람을 위해 낙원을 선물하리라. 적어도 아버지처럼 선물에 실패하진 않겠노라고, 설사 그 낙원에 '함께' 할 자리가 없다 해도 완전한 낙원을 그녀에게 줄 것이라고. 하나의 얼굴이 머릿속에 떠오르자 유준이 쓰게 웃었다.

"어차피 네 앞에 방법이 또 있나. 나는 LK 그룹 후계 구도에서 정당한 지위를 차지하고 있는 아들이고 계열사 몇 개의 사장인 데다 현재는 나르카디아의 공식적인 주인인데, 넌 뭐지? 아무것도 아니잖아? 이태준? 이 지경에 이태준이 널 써 줄 리가 없잖아."

─그래서 지금 되레 날 이용하겠다는 거냐.

"네가 가르쳐 준 방식 그대로. 아마 네 아빠는 지금이라도 네가 이런 일에서 손 떼길 바라시겠지만 어쩔 수 없는 문제지. 너도 이승권 회장의 핏줄인데. 뭐, 일만 잘하면 사장 직함 몇 개 정도는 던져 줄게. 물론 그렇다고 '곱게' 큰 네가 이 정글에서 살아남을 수 있을지 의문이지만. 대신 감히 낙원은 욕심내지 마."

세상 어디에도 없는 유일한 지상 낙원의 문을 자신에게 열어 줬던 단 한 사람.

　함께하지 못하고 사죄가 되지 못한다 해도 유준은 그녀에게 그것을 되돌려 주고 싶었다. 그것마저 빼앗을 순 없었다.

　그것이 자신의 이기심이라 해도 유준은 그렇게나마 그녀에게 속죄하고 싶었다.

　"……이 세상에 낙원의 주인은 오직 한 사람이야."

　일방적으로 끊어 버린 전화기를 차창 밖으로 집어 던진 유준은 눈을 감고서 나르카디아의 희미한 모습을 떠올렸다. 야자수, 하얀 모래사장, 에메랄드빛 바다, 모든 것이 아름다운 리조트. 그리고 그곳 해안가의 작은 절벽.

　절벽 아래로 떨어진 인간은 감히 하늘을 꿈꾸며 푸드덕거리질 말았어야 했던 걸까. 어째서 나는 유유히 날아갔던 다이달로스가 될 수 없었을까. 어째서 나는 이 절벽 밑에 굴러떨어진 채 아파하는 이카로스가 되어 버린 걸까. 그런데 왜 마음이 아픈 걸까.

　세상 사람들이 말하는 낙원은 그저 신기루이다. 오직 진정한 낙원은 너였음을, 사랑한다고 단 한 번이라도 진실되게 말했으면, 단 한 번이라도 네 앞에서 내가 나였더라면 내게도 낙원이 허락되었을까. 유준은 알고 있었다. 자신에게는 절대로 낙원이 허락되지 않을 것임을. 그 지독한 사실이 참으로 써 유준은 한동안 그 자리에 멍하니 머물러야 했다.

그리고 다시 눈을 떴을 때 그는 인정하기로 했다. 이젠 현실과 마주할 시간이었다.

추락한 이카로스의 앞에 놓인 문은 낙원도, 천국도, 심지어 지옥도 아닌 현실의 문이었다.

16

현실의 문

보름 후, LK 전자의 연구소로 찾아간 유준은 당황스러웠
다. 다시 만나고 싶었던 사람, 직접 사죄를 건네고 싶었던 사
람, 더 정확히는 아무리 이기적이라 욕한다 해도 진심을 전
하고 싶은 단 한 사람. 그러나 정작 그녀를 직접 마주했을 때
유준은 아무 말도 할 수가 없었다. 그들은 서로를 보지 않았
다. 어색한 적막이 얼마나 흘렀을까. 유준이 먼저 입을 뗐다.
이 상황에 정말 어울리지 않는 말로.

"오랜만이네요."

이토록 멍청한 말이 또 있을까. 유준은 어떤 표정을 지어
야 할지 알지 못했다. 지난 보름 동안 일부러 정신없이 일만
했다. 태준을 잘라 내고 LK 그룹을 완전하게 손에 넣기 위해

서. 감정도 표정도 전부 잊은 줄만 알았는데 착각이었다. 박하나를 보는 순간 모든 것이 작동하기 시작했다. 이 상황에서도 감정만은 정상적으로 느껴져 입술을 꾹 깨물던 유준은 하나를 빤히 바라보았다. 마지막으로 봤던 그날처럼 그녀의 표정은 여전히 알 수가 없었다.

"누구시죠?"

간신히 입을 뗀 하나의 말은 진심이었다. 그녀는 눈앞의 남자를 알지 못했다. 한때는 안다고 생각했고 또 한때는 그녀와 다르다고 생각도 했었다. 그러나 지금 한 가지 확신할 수 있는 건 그를 모른다는 사실이었다. 그녀가 알던 사람은 전혀 다른 사람이었다. 정체 모를 복합적인 감정. 그녀 역시 그를 다시 만날 거라고는 상상하지 못했다. 사표를 낸 지 보름째, 후임자가 들어와 인수인계를 받을 때까지만 조용히 회사를 다닐 생각이었다. 하나는 솔직히 그와 '다시' 만나는 건지, 아니면 처음 만나는 건지조차 알 수가 없었다.

"하나 씨."

"그렇게 부르지 마세요."

제가 아는 목소리로 자신을 부르는 유준이 역겨웠다. 차갑게 쏘아붙이는 말에 유준의 눈동자가 미세하게 흔들렸다. 그가 기억하던 하나의 모습이 아니었다. 유준은 잠시 눈을 감았다. 자신이 기억하는 것이 맞는지조차 헷갈렸다. 기억은 늘 장난이 심했고 사랑이 덧칠해진 기억은 늘 왜곡되곤 했으니까.

"박하나 씨."

유준이 나지막하게 그녀를 부르며 눈을 떴다. 하나는 여전
히 같은 표정으로 자신을 보고 있었다. 그 시선에 유준은 습
관적으로 앓고 있던 두통이 밀려옴을 느꼈다. 자신도 모르게
한 손으로 머리를 짚었다. 하나는 그런 유준을 비웃었다.

"머리 아파요?"

"하나 씨."

"그건 진짜였어요?"

"박하나 씨."

"도대체 어디까지가 진짜였어요?"

"……박하나 씨."

유준은 미안하다는 말이 혀끝에 걸려 차마 뱉을 수가 없었
다. 심장이 튀어나올 것처럼 아프다 하면 너는 알아줄까. 하
나의 시선이, 말투가 전부 바늘같이 박혀 왔지만 유준은 끝
내 사과할 수 없었다. 그녀를 이렇게 만든 것은 다른 누구도
아닌 자신이었기에.

"지금 누구 앞에서 아픈 척이에요?"

"너, 나 알잖아."

숨이 막힐 것 같아 목을 감싸고 있는 타이를 풀어 헤치며
유준이 말했다. 물기가 어린 목소리였지만 하나는 그마저도
가식으로 느껴졌다. 도저히 눈앞에 있는 남자에 대해 진실과

거짓을 구별할 수 없었다. 그래서 고개를 세차게 저었다. 자신이 알던 사람은 세상에 존재하지 않았다.

"하나야."

"대체 왜 왔어요? 아, 도와줘서 고맙다는 인사라도 하러 왔나요?"

하나의 한쪽 눈에 증오가 이글이글 타올랐다. 그러나 다른 쪽 눈에는 실체를 알 수 없는 그리움이 가득했다. 그래서 유준은 고개를 돌렸다.

"나는……."

뚝. 한 번 떨어진 눈물은 멈추질 않는다. 그건 두 사람 다 마찬가지였다. 하나는 눈물을 감추지 않았다. 오히려 더 크게 오열했다. 세상이 눈물로 가득 차 차라리 빠져 죽을 수 있다면 좋겠다고 생각했다. 그러나 유준은 눈물을 보일 수 없었다. 그럴 자격도 없었고 그럴 상황도 아니었다. 그래서 하나를 똑바로 바라보지 못했다.

"나는 다 줄 수 있었어요. 당신이 거짓말 안 했어도, 처음부터 사실대로 다 말했어도 결국은 다 줬을 거야."

이제 와 다 무슨 소용이겠느냐고 말하고 싶었다. 울지 말라고 그녀를 품에 안고 싶었다. 그에겐 박하나란 여전히 가장 어려운 숙제였다. 시간이 흘러도 감정에 솔직해지는 건 자신과 맞질 않았다. 분노에 가득 차 울먹거리는 하나의 목소리를 들으며 유준은 아주 서서히 감정을 가라앉혔다.

눈물이 말랐을 때쯤 그가 가라앉은 눈으로 하나를 바라보았다. 그리고 한 발짝씩 천천히 하나에게 다가갔다. 하나는 순간적으로 뒷걸음질 쳤다. 그러나 유준이 조금 더 빨랐다. 두 사람은 오랜만에 가까이서 서로를 마주 보았다. 서로의 눈동자에 서로가 있었다.

"이유준입니다."

유준이 하나에게 오른손을 내밀었다. 하나는 그 손을 가만히 내려다보았다. 그들의 첫 만남이 생각나 기가 막혔다. 게다가 정말 싫은 건 이 와중에도 그 손을 잡고 싶어 하는 자신의 마음. 하나는 도저히 받아들일 수가 없었다. 그래서 바지 주머니에 두 손을 넣어 버렸다. 그 모습을 보던 유준이 조금은 힘겹게 웃었다.

"처음부터 새로 시작하죠. 이유준, LK 그룹 몇몇 계열사의 사장직을 맡고 있습니다. 지금은 LK 그룹 전체를 집어삼키기 위해 욕심부리는 중이고요."

처음 만났을 때와 비슷한, 그러나 많이 다른 이 상황에 하나는 허탈한 웃음을 내뱉으며 입을 뗐다.

"박하나, 현재 LK 전자 반도체 연구소에서 일하고 있는 평범한 사원이지만 후임자 들어오는 대로 나갈 생각인 퇴사 예정자입니다."

의도적으로 '평범한'을 강조하는 하나의 말에 유준은 희미하게 웃었다. 그리고는 그녀의 팔을 잡아챘다. 순간적으로 주머니에서 빠진 하나의 손이 그대로 잡혔다. 하나가 거칠게 손을 빼려고 유준을 밀쳤으나 그는 꿈쩍도 하지 않았다.

"이게 무슨……."

"진짜를 물었지? 네가 원하기만 하면 지금부터 보여 줄게. 그러니까 화를 내든, 원망을 하든, 미워하든, 아니면 사랑을 하든 그거 다 보고 해."

유준이 하나의 팔을 당겼다. 두 사람 사이의 공기가 아그작 소리를 내며 구겨졌다. 어정쩡하게 유준의 품에 안겨 버린 하나는 눈을 질끈 감았다. 유준은 자신의 손을 놓아줄 생각이 없어 보였다. 분노든, 원망이든, 증오든, 그리움이든, 사랑이든. 자신의 모든 감정은 오롯이 이 남자에게 향하고 있음을 하나는 그 품 안에서 인정할 수밖에 없었다. 그 어느 곳에도 낙원은 존재하지 않는다는 것을 뼈저리게 깨달았으면서도 여전히 꿈을 꾸는 자신이 미웠다.

❊   ❊   ❊

"원래 술도 잘 마셨었나 보죠."

"양주만 조금. 와인도 조금 마실 줄 알고."

비꼬는 말인 것을 알았음에도 유준은 담담하게 대답했다. 더는 자신에 대해 숨길 필요가 없었다. 원래도 이름과 정체를 빼면 꽤나 진실에 가까운 면을 많이 보여 주었다 생각했지만 이젠 정말로 진짜 이유준을 보여 줄 생각이었다. 이유준 본인조차 잘 모르는 진짜 이유준을. 박하나가 원하기만 한다면.

"난 더 이상 할 말 없어요."

"말했잖아. 진짜 나를 보고 사랑하든 미워하든 하라고."

"내가 어떻게 당신을……."

"이유준은 확실히 박하나를 사랑하거든."

유준이 피식 웃으며 마티니 한 모금을 입에 털어 넣었다. 목구멍을 넘어가는 술은 이 재회만큼이나 오묘한 맛이었다. 반갑고 미안한.

"그게 무슨……."

하나의 얼굴이 조금 붉어졌다. 다행히 바의 조명 덕에 정확히 보이지는 않겠지만 하나는 그를 똑바로 바라보지 못했다. 철없게도 여전히 그를 보면 뛰는 심장과 설레는 이 마음이 원망스러웠다.

게다가 '사랑'이라니, 그가 사랑을 말한 적이 있었나. 하나는 이런 상황에서 고백하는 유준이 여전히 남들과 다르다는 생각을 하면서도 그를 믿을 수 없었다.

"숨기는 것 없이 이렇게 같이 있으니까 편하네. 진작 그럴 걸."

"이봐요, 이유준 씨!"

"사과하는 법을 잘 몰라. 그래도 미안하다는 생각은 언제

부턴가 갖고 살았어. 내 입으로 먼저 진실을 말하고 싶기도 했어. 하지만 어차피 이제 와서 이런 말은 소용없겠지. 그래서 사랑한다는 말이나 해 주려고. 그 말을 못 해 줬던 게 가장 마음에 걸렸거든."

유준은 술기운인지 제 속에 있는 이야기를 술술 털어놓았다. 그녀는 여전히 자신을 바라보지 않았지만 전혀 신경 쓰지 않았다. 어차피 오늘이 지나고 나면 두 사람은 또다시 못 보게 될지도 모른다. 평생 한으로 남겨 놓느니 이렇게라도 고백하고 나면 차라리 덜 답답하지 않을까. 유준은 이기적인 것을 알면서도 오늘만은 마음대로 할 작정이었다.

"제안할 게 있어."

"대체 뭘요."

유준이 피식 웃었다. 최세준이라는 가면을 쓰고 있을 때는 늘 존댓말만 했던 것 같은데 한 번 터져 나온 반말은 오히려 마음을 더욱 편하게 해 주었다. 자신에게 유일한 안식을 주었던 존재. 그녀가 자신의 옆에 있다는 사실이 꿈만 같아 이 꿈 속에서 오래오래 취하고 싶었다. 솔직히 지난 보름은 하루하루가 악몽 같았다.

"그럼 술 맛있게 드세요. 더 할 이야기 없으니 저는 이만…… 윽."

자리에서 일어나려는 하나의 손목을 거칠게 붙잡아 다시 자리에 앉힌 유준은 두 눈을 똑바로 보며 말했다.

"사랑해, 박하나."

그 어떤 감정도 실리지 않았지만 표정만큼은 무척이나 진지했다. 그의 눈이 떨고 있는지도 모르겠다고 말도 안 되는 생각을 하며 하나는 고개를 홱 돌려 버렸다. 그러자 이번엔 그의 손이 볼에 닿았다. 휙, 고개가 돌아가 두 사람의 눈이 다시 마주쳤다.

"이게 무슨……."

"하루에도 몇 번씩 후회해. 애초에 이런 연극하지 말걸, 애초에 너한테 솔직하게 말해 볼걸. 애초에…… 애초에!"

"이, 이유준 씨."

"하지만 제일 후회되었던 건 내 마음을 한 번도 표현 못한 거야. 그때도 지금도 사랑해. 이유준이 박하나를."

"박하나는 이유준을 모릅니다."

"그렇지만 박하나는 나를 사랑했잖아?"

"그렇지만 당신이란 존재는……."

"이름도 껍데기도 없는 그냥 나를 봐. 어차피 이유준이란 이름, 아무 의미 없어. 난 정말로 가진 게 없거든."

"하지만……."

하나는 말문이 막혔다. 자신이 사랑한 건 이유준의 '최세준'이란 가면이었다. 그럼 그 이름을 사랑한 걸까. 아니, 그건 확실히 아니었다. 남들과는 다른 생각을 가진 그를, 늘 함께 있으면 편안해지는 그를, 자신을 배려할 줄 아는 그를. 그러니까 눈앞의 '그'를 사랑했다. 그가 최세준이든 이유준이든 그게 무슨 상관이란 말인가. 하나는 눈을 깜빡였다. 유준이 피식 웃었다.

"그래, 처음엔 의도적으로 접근했지. 갖고 싶은 걸 네가 갖고 있었으니까."

유준이 고개를 끄덕였다. 과거의 자신을 향한 비웃음과 함께.

"지금은 아니란 건가요?"

"언제 변했는지 나도 몰라. 확실한 건 난 여전히 욕심이 많다는 거야. 지금 이 와중에도 LK 그룹 전체를 손에 넣어야겠다 싶거든. 너한테 나르카디아를 돌려줘야겠다고 생각하면서도 아직도 못 주고 있는 이유가 그런 거기도 하고. 그런데 말이지."

유준이 자조적인 표정으로 술을 한 모금 넘겼다. 식도를 타고 흐르는 쓰디쓴 한 모금이 차라리 자신을 다 태웠으면 좋겠다 생각하면서.

"어쨌거나 내가 널 사랑해. 그럼 된 거 아냐?"

"제가 그 말을 어떻게 믿죠? 이유준 씨를 내가 대체 어떻게…… 아니, 근본적으로 그게 무슨 상관이죠."

믿고 싶었다. 그런 자신이 싫을 만큼 그의 사랑을 믿고 싶었다. 자신의 마음 역시 하나도 변하지 않았음을, 이토록 지나치게 뛰는 심장이 여실히 증명하고 있다. 그의 말이 진심이기를 다른 누구보다 박하나가 절실히 원하고 있었다. 그러나 여전히 동화를 꿈꾸기엔 상처가 너무나 컸다.

"나르카디아의 전 주인으로서 한 번이라도 가 보고 싶지 않아, 그곳?"

지난 며칠 동안 하나는 그 단어를 잊기 위해 애썼었다. 그런 그녀가 그곳에 가 보고 싶을 리 없었다. 어차피 더 이상 이 세상에 낙원이란 존재할 수 없다고 믿는 비관주의자가 되어 있었으니까.

"제안할 게 있다고 했잖아, 내가."

"갑자기 무슨……."

"여행 가자."

"네?"

"나르카디아, 그곳으로."

"이보세요, 이유준 씨. 내가 당신이랑 여행을 왜……."

"신혼여행도 괜찮고, 그도 아니면 그냥 연인 간의 여행도 괜찮고."

"아무하고나 여행 갈 생각……."

하나의 말문이 막혔다. 찰나의 순간, 유준의 입술이 닿았다. 잠깐의 틈도 허락하지 않겠다는 듯 집요하게 자신을 탐닉했다.

진한 알코올 향이 머리를 어지럽게 만들었다. 밀쳐 내야 한다는 것을 알면서도 하나는 그를 밀어낼 수 없었다. 까마득한 옛날처럼 느껴지는 행복했던 좁은 방으로 되돌아간 것 같은 기분에 사로잡혔기 때문이다. 그마저도 허상이었음을 누구보다 잘 알면서도 하나는 또다시 환상을 믿고 싶었다.

"낙원의 문, 이번에는 내가 열어 줄게."

"……이유준 씨."

"그곳에서 다시 '우리'가 되어 보면 안 될까."

"나는 절대 당신을 용서하지 않아요."

유준은 당연한 이야기하지 말라는 듯 고개를 끄덕였다. 하나는 그의 얼굴을 찬찬히 살폈다. 여전했다. 여전히 잘생겼다. 조금 살이 빠진 것처럼 보이긴 했지만 자신이 아는 그 모습 그대로였다.

"그리고 나는 여전히……."

하나는 눈앞이 뿌옇게 흐려지는 느낌을 받았다. 빠르게 제 눈을 닦으려는 순간 유준의 손이 먼저 닿았다.

"나는 여전히……."

살짝 촉촉이 젖은 목소리. 유준은 보채지 않았다. 그저 그녀가 차마 꺼내지 못한 말을 꺼내었다.

"이유준도 최세준도 아닌 나란 존재는 너를 사랑했고, 사랑해 왔고, 사랑할 거 같아."

유준이 손을 내밀었다. 하나가 머뭇거렸다. 그 손을 덥석 잡기에는 자신이 받은 상처가 쉬이 아물 것 같지 않았다.

"우리 같이 낙원으로 가자."

세상 어느 곳에도 낙원은 존재하지 않는다. 그 사실을 누구보다 잘 아는 두 사람이었다. 하나는 움찔거리는 자신의 손을 가볍게 말아 쥐었다. 도저히 유준의 손을 잡을 수 없었다.

　"우리가 여전히 '우리' 이기엔 그사이 너무 많은 일이 있었죠."

　"하나야."

　"우리가 여전히 '우리' 일 확률이 50%, 그렇지 않을 확률이 50%. 그것이 불확정성의 원리라고 말했지만…… 사실은 거짓말이죠. 지금 박하나가 이유준에게 줄 수 있는 대답은 '거절' 뿐이에요."

　하나가 눈물 젖은 목소리로 중얼거리듯 답했다. 지금이라도 얼마든지 고개를 끄덕이고 그 손을 잡고 싶은 마음이 간절했지만 하나는 차마 그렇게 할 수 없었다.

　"하나야."

　"이유준 씨, 다 내려놓고 나와 함께 떠날 수 있나요."

　"……뭐?"

　"LK 그룹, 나르카디아 다 버리고 나와 함께 어디든 가 줄 수 있냐고요."

　"……내 대답 알지 않아?"

　유준은 거짓으로라도 긍정의 답을 줄 수 없었다. 태어나기를 승부사로 태어난 사람이었다. 모든 것을 포기하고 떠날 생각이었다면 진작 하나와 함께 떠나는 것을 택하지 않았을까.

"그래서 우리는 '우리'가 안 돼요."

"하."

유준이 짧게 비웃음을 내뱉었다. 누구를 향한 비웃음도 아니었다. 그저 당연한 대답에 대한 당연한 비웃음이었을 뿐이었다.

"그럴 것 같았어. 그냥 조삼모사 같은 거야. 그러니까 이건 그냥 하겠다고 해 줘. 같이 가겠단 제안은 거절했잖아."

"······들어는 볼게요."

"나는 곧 LK 그룹 전체를 손에 넣게 될 거야."

"축하해요."

"너한테 축하받고 싶은 게 아냐. 내 옆에서 CTO가 되어 줘."

"······네?"

"우리가 한때 함께 그리던 미래랑 스케일은 조금 다를 수 있지만 크게 다를 것 없어. 나는 경영을 하고 너는 기술을 연구하고 그렇게······."

"이유준 씨."

하나가 자리에서 일어났다. 이제는 헤어져야 할 시간이었다. 절대 '우리'가 될 수 없음을 잘 알기에 하나는 수많은 미련을 꼭 끌어안은 채로 떠나갈 생각이었다.

"응원할게요. 좋은 경영자가 될 거라고 믿어요."

"내 옆에는 같이 못 있겠다는 거야? 최세준이 CEO가 되고 박하나가 CTO가 되는 거랑 이유준이 회장이고 박하나가 CTO가 되는 거랑 뭐가 그렇게 달라?"

"이유준 씨가 내게 주겠다고 하는 사과는 7개도 7박스도 아니라 70000박스쯤 되어 보인다는 거, 그게 다른 거죠."

"내 스케일이 최세준과 다르게 큰 게 문제라는 거야, 지금?"

"아뇨, 스케일은 세준 씨일 때도 컸었어요. 당신은 잘 몰랐겠지만."

하나가 가능한 슬퍼 보이지 않게 웃었다. 이별을 전하는 하나의 마음이 쓰렸다. 지금도 하나는 그와 함께하고 싶었다. 그러나 두 사람에게는 상처가 아물 시간이 필요했다. 그 시간이 얼마쯤일지 알 수 없었지만. 하나는 또박또박 좋은 이야길 해 주기 위해 애썼다.

"나르카디아와 LK 그룹 전체를 쥔 당신이 살아갈 그 공간이 당신에게 낙원이길 바랄게요."

"……언젠가 너에게 돌려줄 거야."

"나에겐 필요 없어요. 한 가지 부탁하고 싶은 게 있다면 엄마 정도. 신세 지기 시작한 김에 그 부분은 계속 부탁해도 될까요."

"……얼마든지."

유준은 씁쓸하게 말하며 고개를 끄덕였다. 어차피 하나의 어머니에 대해서만큼은 자신이 책임질 생각이었다. 하나의 부탁이 아니었더라도.

"떠날 거야?"

"아마도요."

"나 때문인가."

"아뇨. 나도 나의 낙원을 찾아보고 싶어서요."

"지금도 낙원을 믿어?"

"내가 바보인가 보죠. 아직도 이유준 씨를 보면……."

차마 하나는 말을 끝마칠 수 없었다. 지금 이 상황에도 유준을 보면 여전히 심장이 뛴다는 말 같은 게 무슨 의미가 있을까.

"적어도 나르카디아는 내게 낙원이 아닌 것 같아요. 그러니까……."

"안 잡혀 줄 거지?"

"시간 낭비하지 말고 LK 그룹 손에 넣겠다는 목표에나 집중해요. 잘 있어요."

하나는 천천히 몸을 돌렸다. 유준은 그녀를 잡고 싶은 마음을 꾹 눌러 참았다. 자신에게는 그럴 자격이 없었다. 하나와의 낭만과 이상이 아닌, LK 그룹이란 현실과 목표를 택한 것은 본인이었다. 그렇기에 스스로의 낙원을 찾아 떠나겠다는 하나를 놓아주어야 했다. 함께 정글과 같은 전쟁터로 가

자는 이야기를 할 수 없었다.

하나가 완전히 눈앞에서 사라지고 나서야 유준은 남아 있는 술을 전부 입안에 털어 넣었다. 이유준에게 낙원이란 영원히 존재하지 않을 무언가 같았다. 나르카디아, 그토록 낙원 같아 보이던 곳이 이제 와 생각해 보니 한낱 신기루였다.

"……아주 역설적이네."

유준이 자조적으로 웃으며 자리에서 일어났다. 알맹이를 통째로 잃어버린 지금 껍데기라도 가져야 했다. 가능한 빨리 승리자가 되겠노라고, 그것이 하나에게 이유준이 해 줄 수 있는 최소한의 약속이었다. 낙원이지만, 낙원이 아닌 그 공간. 단 하나뿐인 역설적 낙원, 그것을 가질 자격이 있는 유일한 사람에게 돌려주기 위해서.

Epilogue 1

"여긴 정말 살기 좋은 곳이네요."

"그래서 사람들이 지상 낙원이라고 부르지."

두 사람이 나르카디아에 머물기 시작한 지 한 달이 되는 날이었다. 도착한 첫날부터 지금까지 나르카디아에 들어온 다른 사람은 한 명도 없었다. 나르카디아의 주인이 이유준이었기에 가능한 일이었다. 두 사람은 그렇게 아무도 방해하지 않는 공간에서 오롯이 둘만의 시간을 보냈다.

그사이에 많은 이야기를 나누었다. 과거와 현재의 이야기. 이야기는 뒤죽박죽 섞였고 두 사람은 서로에 대해 조금씩 더 알게 되었다. 둘은 서로를 잘 알면서도 아주 모르는 사이이기도 했다.

여전히 박하나는 이유준을 용서하지 않았다. 이유준 또한 박하나에게 용서를 구하지 않았다. 용서는 언젠가의 몫으로 남겨 둘 생각이었다.

대신 두 사람은 늘 현재에 충실했다. 여전히 그녀는 그를 사랑했으며 그는 그녀를 사랑했다. 두 사람은 서로의 이름을 거의 부르지 않았다. 이름은 과거로 이끄는 족쇄 같았다. 그렇게 둘만의 낙원에서 어떤 것에도 얽매이지 않고 사랑했고 사랑했으며 계속 사랑했다. 오로지 시간과 공간만이 그들의 증인이었다.

세상에는 관심을 두지 않았다. 돈도, 명예도, 권력도 낙원에서는 중요한 것이 아니었다. 그들에게 나르카디아는 유토피아였다. 풍요로운 자연, 들뜸 속에서 절로 흘러나오는 노래들, 사랑이 넘쳐나는 그들만의 유토피아.

"유준 씨."

"……응?"

서로의 이름을 부르지 않길 원했던 건 하나였다. 그리고 그런 하나가 먼저 이름을 불렀으니 유준의 눈빛이 날카로워지는 것은 당연했다. 하나는 알면서도 모래사장에 드러누우며 일부러 그의 시선을 피했다.

"우리 계속 이렇게 살 순 없겠죠."

"무슨 소리야."

"계속 이렇게 평온하게 살다 간간히 심심해지면 사람들

도우러 봉사 활동이나 하러 다니고, 그렇게 살 순 없겠죠?"

하나의 눈동자는 유준을 담고 있지 않았다. 유준 또한 하나를 바라보지 않았다. 하나가 이미 답을 알고 묻는다는 것을 유준 또한 알고 있었다.

"하나야."

"알아요. 당신 그렇게 못 살 사람인 거. 나 때문에 여기서 시간 보내고 있는 거."

5년은 모두에게 충분히 긴 시간이었다. 그 시간 동안 유준은 세준과의 위험한 동맹 관계를 유지했으며 그 결과 LK 그룹을 손에 넣을 수 있었다. 물론 세간에서는 고작 5년 만에 한국 최고의 기업가로 성장한 이유준을 칭찬하곤 했지만 홀로 정글 속에서 싸우며 진짜 맹수로 거듭나야 했던 유준에게 5년은 긴 시간이었다. 그 긴 시간 동안 그는 무엇에도 진심을 주지 않았다. 그저 워커홀릭처럼 일에만 매달릴 뿐.

아이러니하게도 날개가 꺾였던 유준에게 처음으로 힘이 되어 준 것은 세준의 선물이었다. 이탈리아 명품 브랜드와의 MOU는 면세점 사업에서 아주 좋은 무기였고 그것을 발판 삼아 진짜 사업가, 진짜 맹수가 될 수 있었다.

한편 태준은 주총 이후 실패한 책사 최세준을 신뢰하지 않았지만 그가 던지는 달콤한 미끼에 그만 혹하고 말았다. 어린 동생 유준과의 싸움에 매달리는 대신 정계에 발을 들이게 된 것이었다. 그다음은 쉬운 일이었다. 불법 로비, 선거 자금 마련, 정경유착 등 갖다 붙이면 무엇이든 말이 되었다. 정권 교체와 함께 태준은 모든 힘을 잃어버렸고 날개가 꺾인 그를 삼키는 것은 이미 맹수가 되어 버린 유준에겐 쉬운 일이었다.

유준은 약속대로 세준에게 LK 전자 주식을 넘겨주었을 뿐 아니라 LK의 계열사 몇 개를 통으로 건넸다. 세준은 약속을 지킨 그를 의외라는 듯 바라보았지만 유준은 설명을 덧붙이지 않았다. 어차피 정글에서 살아남는 것은 세준의 몫이었다. 그리고 LK 그룹은 이유준 혼자 힘으로 경영해 내기엔 벅찰 만큼 몸집이 크기도 했다. 아무도 믿지 못해 중요한 일의 대부분을 혼자 처리한 유준은 이미 지쳐 있었다. 5년 사이에 살이 5kg 이상 빠질 만큼 혹독한 시간이었다.

LK 물산 건물 꼭대기에 위치한 멋들어진 회장실 의자에 앉아 유준은 생각했다. 칠흑 같은 어둠 속 커다랗지만 공허한 공간에서 자신은 충분히 외로웠다. 그가 쉴 수 있는 곳은 딱 한 곳이었다.

유준은 자연스럽게 매달 편지를 썼다. 발신자는 이유준, 수신자는 박하나. 돌아오지 않을 답장. 그럼에도 유준은 늘 편지를 보냈다.

"그럴까, 과연."

한숨을 쉬는 하나를 보며 유준이 가볍게 미소 지었다. 그리고는 그녀 옆에 털썩 주저앉았다. 까슬까슬한 모래가 바지에 닿았다. 한 달 동안 두 사람은 이곳의 모든 것에 익숙해졌다.

"언젠가는 이렇게 살 수도 있겠지."

"지금은 아니란 소리로 들리네요."

그 5년 동안 하나도 성장했다. 그녀는 선배가 운영하는 벤처 회사에 입사해 반도체가 아닌 소프트웨어 개발에 몰두해왔다. 자신과 같은 가난한 형편의 아이들이 마음 놓고 공부할 수 있는 편안한 환경의 소프트웨어 개발. 말이 '취직'이지 사실상 무보수로 일하며 연봉 전부를 주변 시설에 기부해온 하나였다. 시간이 날 때면 직접 봉사 활동을 가는 것도 잊지 않았다. 늘 삶에 치이던 박하나는 여유를 찾았고 편한 꿈을 꿀 수 있었다.

그러나 미래는 단 한 번도 설계할 수 없었다. 하나가 그리는 미래는 무언가 빛바랜 사진처럼 희미했다.

하나에겐 매달 편지가 한 통씩 도착했다. 이사를 가도 여행을 가도 따라오는 편지에 하나는 도망치는 것을 포기하고 편지를 열어 보았다. 편지의 내용은 생각보다 별것 없었다. 유준은 자신의 일상을 적어 보냈지만 경제 신문 한 면의 기사보다도 복잡한 것이었다. 유준은 편지와 함께 꼭 티켓을 한 장 동봉하곤 했다. 다름 아닌 나르카디아로 향하는 배의 티켓이었다. 하나는 그것을 사용하지 않았다. 그저 자신의 서랍 속에 넣어 둘 뿐.

459

"아마도."

"이제 다 이룬 거 아닌가요. 더 뭘 하고 싶은데요?"

하나가 살짝 몸을 일으키더니 유준의 다리를 베고 다시 누웠다. 유준은 잠시 동안 하나의 머리칼을 쓸어 넘기다 천천히 입을 뗐다.

"그러게. 늘 여기까지만 생각해 봐서 그런가, 지금은 좀 공허하네. 생각나는 것도 없고."

"의외네요. 유준 씨가 그렇게 말하니까."

"가져야겠다, 내 것으로 만들어야겠다. 늘 그렇게 치열하게 살았어. 그런데 그 목표가 유일했던 거지. 막상 갖고 나면 뭘 해야 할지 생각해 본 적도 없이 말이야."

어느 달은 편지가 조금 늦게 도착하기도 했다. 그럴 때면 자신이 며칠씩이나 편지를 기다리고 있음을 눈치챘다. 그 순간 자신이 갖고 있던 미움도 원망도 이젠 아무 의미 없는 흑백 먼지가 되었음을 깨달았다. 그러나 나르카디아로 향하는 배를 탈 엄두를 내지는 못했다.

그리고 한 달 전, 평소보다 훨씬 단순한 편지가 도착했다.

낙원의 문 앞에서 기다릴게.

경제 신문부터 시작해 모든 언론에서 이유준 '회장'에 대해 떠들썩하게 보도하는 만큼 편지가 목표 달성에 대한 내용으로 가득 차 있을 것이라 생각했었다. 그러나 이상하게도 짧은 편지. 게다가 유준의 글씨는 평소답지 않게 깔끔하지 않았다. 바람에 흔들리는 풀잎 같은 글씨에서 하나는 외로움을 읽었다. 그 외로움은 자신의 눈물과도 닮아 있었다.

편지를 받은 지 일주일 만에 하나는 항구로 향했다. 그리고 유준을 만났다. 언제부터 그곳에서 기다리고 있었는지는 알 수 없었다.

두 사람은 처음으로 '함께' 낙원으로 향했다. 그날 둘은 아무것도 묻지 않았고 아무것도 답하지 않았다. 그렇게 함께한 영원 같은 한 달이 흘러갔다.

"네 말대로 사회에 환원하고 우리 둘이 떠날 수도 있겠다."

유준이 평생 생각해 본 적 없는 말을 내뱉으며 갑자기 키득거렸다. 예상치 못한 발언이었지만 말하고 보니 싫지는 않았다.

"내가 싫다고 하면요?"

"환원이? 아니면 떠나는 것이?"

"뭐겠어요."

"나는……."

유준이 고개를 하늘로 돌렸다. 하늘에는 새들이 날아다니고 있었다. 힘찬 날갯짓을 보고 있으니 제 팔이 간지러운 느낌이었다. 하늘로 날아오르려다 된통 추락해 본 이카로스 주제에 또 날고 싶으냐고 누군가가 비웃는 것만 같았지만 어쩔 수 없었다.

"나는 그런 사람이니까."

"능력 있는 사람인 건 예전부터 알았으니까요."

하나가 그럴 줄 알았다는 듯 피식 웃었다. 그녀의 눈에도 하늘을 나는 새가 보였다. 그리고 이유준이 보였다. 이유준의 눈동자가.

"세상에 낙원은 없어요. 세상 어느 곳에도."

"여기도 아냐?"

"여기가 가장 아니죠. 여기 때문에 그렇게 진흙탕 싸움이 벌어졌던 걸 보면."

"아……."

유준이 머쓱했는지 고개를 돌렸다. 하나는 그의 다리를 손가락으로 살짝 찔렀다. 이제 와 과거를 끄집어 낼 생각은 없었다. 그들은 이곳에서 현재를 살았으니 이제는 미래를 볼 차례였다.

"차라리 '우리'가 함께 있으면 그곳이 그나마 낙원인 것 같아요."

"하나야."

"그런 낙원도 괜찮아요?"

"'함께'일 수 있다면 나야 감사하지."

하나가 고개를 끄덕였다. 유준 또한 고개를 끄덕였다. 늘

닿을 듯 닿지 않던 두 사람의 미소가 어느덧 서로를 닮아 있었다.

"아주 오랜만에 한 번 더 묻고 싶은 게 있어."

"그래요."

"우리 잘까, 결혼할까."

하나가 피식 웃어 버렸다. 조삼모사 그날의 기억만큼은 아직도 생생했다. 하나가 어깨를 으쓱해 보이자 유준 또한 피식 웃었다.

"발전이 없네요, 이유준 씨."

"요즘 너무 내 자신에 안주한 것 같기는 해."

"재미없어요, 같은 레퍼토리. 식상해."

"그런가, 역시."

"그래서 그다음 본심은 뭐예요?"

"CTO가 되어 줘. 이젠 진짜로 네 아이디어가 필요해. 봐서 알겠지만 나 좀 진부하고 재미없는 사람이 되어 버린 것 같아서. 이제 시작인데 진짜 좋은 경영자가 되려면 조력자가……."

"보수는 세게 받아도 돼요?"

"나르카디아, 네게 줄게. 정확히는 돌려주는 거지만."

유준이 진지한 표정으로 단호하게 말했다. 하나가 유준의 표정을 살폈다. 그 표정에는 어떤 거짓도 거만도 묻어나질 않았다. 아마 진심일 것이다. 그러나 하나는 받을 생각이 없었다. 그래서 조심스레 고개를 저었다.

"원래 내 것이 아니에요."

"하지만……."

"그거 말고 다른 거. 다른 걸로 줘요, 보수는."

유준은 진심으로 나르카디아를 선물할 생각이었다. 이 공간은 둘만의 추억이 담긴 유일무이한 낙원이었으니까. 계획이 살짝 틀어지자 유준은 머쓱한 웃음을 짓더니 이내 입을 열었다.

"받아 줄 거야?"

"어떤 것이냐에 따라서요. 그런데 생각해 둔 게 있긴 한가 보네요?"

"정확히는 나르카디아를 네가 받고 나면 주려고 했던 또 다른 보너스들?"

"통 크네요, 이유준 회장님."

"그런가."

유준이 자리에서 일어나 해변 저쪽 편에 놓아둔 가방을 들고 나타났다. 하나는 아무런 말 없이 유준의 행동을 가만히 지켜보았다. 쑥스러운지 얼굴을 붉힌 유준이 이내 손가락으로 땅바닥을 가리켰다.

"뭐예요?"

"이 모래알들."

"이 모래알들을 내게 주겠다고요?"

"아니."

"모래알만큼 많은 돈을 주겠다던가 뭐 그런······."

"내가 부자긴 하지만 이 정도는 아냐. 모래알들은 자유재지. 거의 무한. 따라서 희소성도 없고 인간이 욕망을 부릴 필요도 없어."

"그렇죠."

"그리고 이건······."

유준이 조심스럽게 가방 안에서 꺼내 하나에게 건넸다. 나르카디아 여기저기서 볼 수 있는 꽃들로 만든 조금은 볼품없는 꽃다발이었다. 하나가 소리 내서 웃어 버렸다. 아무리 봐도 그가 직접 만든 것이 분명해 보였다. 유준이 잠시 헛기침을 내뱉고는 이내 말을 꿋꿋이 이어 갔다.

"이런 건 희소성이 있어서 대가를 지불해야만 하는 그런 경제재. 따라서 욕망도 불러일으키겠지. 하지만 그뿐이야."

"사람들이 갖고 싶어 할까요, 이런 꽃다발?"

"너라도 갖고 싶어 해 주면 됐지, 뭐."

"나쁘지 않네요."

하나가 생긋 웃자 유준도 따라 웃었다. 유준이 가방을 툭 모래사장 위로 던져 버렸다.

"그리고 이건······."

주섬주섬 주머니에서 무언가를 꺼내 든 유준이 천천히 자세를 낮췄다. 한쪽 무릎을 구부려 세운 채로 반짝이는 것을 내밀자 하나는 멍하니 유준을 바라보았다.

"진작 주려고 했었던 건데. 마음에 들어?"

"……글쎄요."

그건 반지였다. 작은 다이아몬드가 반짝거리며 박혀 있는, 하나의 마음에 쏙 드는.

"지난 5년간 나름대로 투 잡 뛰어서 산 건데."

"네?"

"익명의 애널리스트로 간간히 일했거든. 생각보다 바빠서 많이 못 했더니 고작 그거밖에 못 샀네. 세상에서 가장 귀한 걸 주고 싶었는데."

"됐어요. 이런 건 뭐라 하는지 저도 알아요. 사치재, 맞죠?"

하나는 반지를 받아 들지도 못한 채 쑥스러움을 감추려 일부러 퉁명스럽게 말했다. 그러나 유준은 아무런 말없이 그녀를 바라보았다. 하나의 붉어진 얼굴이 귀여웠다. 오롯이 자신의 노력으로 산 반지를 선물하길 잘했다는 생각이 들었다.

"그래서 반지는 서비스고 다른 걸 주려고 하는데."

"또 뭘……."

"세상에 대체재 없는 유일무이한 존재."

"설마 또 나르카디아 이야기……."

"아니, 이런 것 말고."

"그럼요?"

"나."

하나는 멍한 표정을 지었다. 귀가 잘못된 게 아니라면 유준은 지금 스스로를 말했다. 하나의 입이 열리는 순간 유준이 말을 막았다.

"대체재라곤 없는 세상에서 가장 귀한 존재인 나, 이유준. 그리고 그런 나를 보완해 줄 유일한 보완재, 박하나. 괜찮지 않아?"

"지금 그런 말로 설마 프러포즈 하는 거예요?"

하나가 어이없다는 듯 유준을 놀렸다. 예전 같으면 농담처럼 받아쳤을 유준이었으나 오늘만큼은 진지했다. 말 없는 유준을 하나가 빤히 바라보았다. 그는 여전히 자신이 알던 '그' 였다. 남들과는 다른 발상과 그것을 고집하는 뚝심까지.

"내 대답이 뭘 것 같아요?"

"글쎄, 여전히 불확정성의 원리를 운운하려나."

"아뇨."

"그럼 단칼에 거절이야?"

"왜 거절부터 나와요?"

"안 받아 줄 것 같아서."

조금은 시무룩해진 표정에 하나는 손을 뻗어 그의 이마를 만졌다. 마치 주름을 펴 주기라도 할 것처럼. 그러자 유준의 미간이 조금은 구겨졌다.

"뭐하는 거야."

"이유준 씨가 '딩'이면 나는 '댕', 이유준 씨가 '댕'이면 나는 '딩' 할게요."

"극단적인데? 완전히 반대쪽에 서겠다, 이거야? 거절은 아니지?"

"과학적으로 말하자면 둘이 합쳐 0. 완벽한 상태죠. 보완재 하라면서요."

"그냥 예스하면 될 걸 꼭 그렇게 돌려 말해야 해?"

"그렇게 이야기하는 방식을 좋아하는 줄 알았는데 아니었어요? 대체 프러포즈를 이렇게 하는 사람이 어디 있어요."

하나는 괜히 불만이라도 있는 양 중얼거렸지만 입에는 연신 미소가 걸려 있었다. 유준 또한 그런 하나를 보며 만족했다. 이내 그의 손이 하나의 손을 잡았다. 잠시 뒤 그녀의 네 번째 손가락에서 작은 반지가 반짝였다.

"한때 사랑으로 나르카디아를 사려고 했던 적이 있지, 너한테서."

"성공하셨던 걸로 기억하는데."

"아니지, 그건 만들어진 가짜 최세준의 사랑이지 이유준의 사랑이 아냐."

"……그런가요."

하나는 일부러 유준을 보지 않았다. 과거는 그들을 아프게 하는 상처였다. 상처는 극복해야 하는 법이었지만 흉터는 쉽게 지워지지 않았다.

"이유준의 사랑으로 대체 뭘 살 수 있을까."

"나를 사게요? 꿈 깨요. 나는 물건이……."

"결혼하자."

"……네?"

유준은 늘 쉬운 말을 돌려 말하곤 했다. 이번에도 그런 줄로만 알았다. 하나의 얼굴에 노을이 담겼다. 유준의 얼굴도 나르카디아의 석양을 품고 있었다.

"박하나의 사랑으로 이유준을 사 줘."

"내 사랑의 값어치가 이유준이란 대단한 사람을 살 정도가 되나요?"

"이유준이 선택한 유일한 사람이니까. 이유준이 함께 꿈꾸고 싶은 사람이니까. 그냥 이유준이 사랑하는 사람이니까."

"꿈."

"응, 꿈."

유준이 단호하게 대답했다. 그의 눈이 하나의 눈과 마주쳤다. 하나가 눈을 한 번 깜빡였다. 유준 또한 눈을 한 번 깜빡였다.

"무슨 꿈을 꾸는데요?"

"나는 오너이자 CEO로서 기업을 이끌겠지. 그리고 너는 그곳에서 CTO를 할 거고."

"뭔가 예전으로 돌아간 기분이에요. 그나저나 스카우트 제안을 이렇게 하는 거예요?"

"아니, 프러포즈. 결혼하자니까. 너 낙하산이야. 무려 오너의 사모님 겸 CTO."

"그건 좀 싫은데……."

하나가 입술을 삐죽였다. 유준의 손가락이 그녀의 입술을 살짝 쓸더니, 그녀의 입꼬리를 살짝 끌어 올렸다.

"'우리'가 함께 꾸던 꿈. 기억 안 나?"

"그때랑 지금이랑 유준 씨는 같은 사람일까요."

"사람은 늘 변화하지."

유준이 하나의 머리칼을 만지면서 중얼거렸다. 하나가 아무 말 없이 살짝 고개를 끄덕이자 그가 미소로 화답했다.

"변화는 나쁜 게 아니야. 정체되어 있는 게 나쁜 거지."

"우리 사랑은요? 다른 건 다 변해도 그건 안 변할까요?"

하나가 스스로도 민망했는지 붉어진 얼굴을 홱 바닷가 쪽으로 돌려 버렸다. 그런 하나의 귀를 살짝 만지던 유준이 이내 고개를 저었다.

"아니."

"너무 현실적인 답변이라 김새네요."

"변하는 게 더 좋은 거라고 방금 이야기했잖아."

"조삼모사 이야기 들었을 때랑 비슷한 기분인데……."

"사람은 성장하고 사랑은 깊어지고. 그것도 변화 아닌가."

유준이 마치 1 더하기 1은 2라는 것을 설명하듯 툭 던졌다. 그는 최세준일 때나 이유준일 때나 같은 사람이었다. 일반적인 가치관과 조금은 다르게 생각하는 사람, 그래서 자신을 설레게 만드는 사람. 아무리 지우려 해 봐도 그녀는 그로 인해서만 감정을 느낄 수 있게 되었다. 그런 지 오래였다. 이젠 정말로 인정할 때가 되었다는 것을 알고 있었다.

슬쩍 모래사장에서 몸을 튕기듯 상체만 일으킨 하나는 쪽, 가벼운 입맞춤을 하고는 다시 유준의 다리에 머리를 기댔다. 마치 아무 일도 없었다는 듯. 유준이 당황한 표정으로 그녀를 내려다보며 물었다.

"……무슨 뜻이야?"

"도와줄게요. 함께해요, 우리. 그런 뜻?"

"그래?"

"그리고 프러포즈에 대해서도 어쨌거나 예스란 뜻?"

"후회할 수도 있어. 힘들지도 몰라."

"이유준 씨 만나고 안 힘들었던 적이 없어서요."

"오히려 다 가진 지금이 더 어려울 거야."

"다 가져 본 적이 한 번도 없어서 그런 어려움은 잘 모르겠네요. 그렇지만 유준 씨는 없어 본 적도 없잖아요."

"아니, 있었어."

유준은 단호하게 대답했다. 하나를 똑바로 바라보며. 이유준에게도 '아무것도' 없었던 적이 있었다고 정확하게 대답할 수 있었다. 유준에게 모든 것이란 돈도 명예도 지위도 아닌 진심이고 사랑이고 박하나였다는 걸 그녀가 없었던 시간 속에서 뼈저리게 깨달았다.

"어쩌면 나랑 가는 곳이 지옥이 될지도 몰라."

"함께하면 어디든 낙원이라고 말했잖아요, 내가."

"그런가."

유준이 나지막하게 중얼거리며 고개를 끄덕였다. 그의 손이 하나의 손을 꽉 잡았다. 두 사람은 더 이상 아무 말도 하지 않았다. 더 이상 말이 없어도 그들은 알 수 있었다.

그녀는 그를 사랑한다. 그도 그녀를 사랑한다. 낙원은 세상 어디에도 존재하지 않는다.

이유준이 박하나를 사랑한다. 박하나가 이유준을 사랑한다. 둘이 사랑하는 한 세상은 그 어디라도 낙원이 되리라. 그곳에서 서로가 서로의 꿈이 되어 주리라.

결국 이유준에게는 박하나가, 박하나에게는 이유준이 유일무이한 낙원이었기에.

두 남자가 죽음 속에서 말했다. 이 세상 그 어느 곳에도 낙원은 없다고.

어리석은 이가 낙원을 찾아 나섰다. 어렵게 당도한 문 너머엔 쓰디쓴 현실이 있었다.

모두가 낙원이 존재하지 않음을 깨달았다.

절망, 그 속에서 사랑이 거짓과 진실의 꽃을 피웠다.

그 꽃은 그들에게 영원을 주었다. 현실의 문, 그 너머에 둘이 존재했다.

세상은 그 둘을 가리켜 낙원이라 불렀다.

어느 곳에도 존재하지 않지만 둘에겐 언제나 존재하는 그곳,

그곳이 역설적 낙원이더라.

Epilogue 2

"절대 불가능해요."

"그러니까 부탁하잖아."

"부탁이 아니라 명령이라도 안 되는 건 안 돼요. 현실성이 없다고요."

LK 전자 내 한 회의실은 무척 소란스러웠다. 주로 임원들이 모여 회의하는 곳이지만 지금은 두 사람의 소리만으로도 가득 찼다. 비서며 실무 담당자들까지 그 누구도 감히 들어갈 엄두를 내지 못했고 문밖에서 숨죽인 채 눈치를 보았다.

"지난 모델 실적이 예상보다 부진했어. 통계 다 보여 줬잖아."

"LK 전자 사장 되는 조건이 비현실성인가요? 대체 다들 왜 그래요. 야근에 특근까지 48시간 체제로 일해도 불가능하다고요."

"일단 나는 LK 전자 사장이 아니라 회장이야. 그리고……."

"네, 잘 알죠, LK 그룹 총수님."

"지금보다 딱 몇 그램만 가볍게 하자는 게 그렇게 어려운 일이야?"

유준이 한숨을 내쉬었다. 경쟁사들이 하반기에 출시할 제품 정보를 살펴본 결과 지금의 설계만으로는 승리를 장담할 수 없었다. 딱 1%가 모자란 느낌이었다.

"성능도 포기할 수 없는 거 아녜요?"

"그건 당연하잖아."

"이보세요, 이유준 회장님. 그 몇 그램이 고기도 아니고 채소도 아니고 기계잖아요. 기계는 기본적으로 성능이 좋아지면 무거워지기 마련이에요. 두 배 성능이 좋아졌는데 무게가 반으로 준다는 건 사실상 네 배의 발전이라고요."

"나도 잘 알아. 그러니까 딱 몇 그램만 빼자고, 박하나 책임연구원."

하나가 고개를 단호하게 저었다. 솔직히 지금의 설계도 충분히 무리수였다. 이미 개발팀 연구원들은 밤샘 근무 체제였다. 이 이상은 절대 불가능했다.

"실적 올릴 다른 방법 찾아보세요. 마케팅 방안이라든지, 디자인에서의 혁신이라든지."

"당연히 그쪽도 생각하지. 하지만 LK 전자의 제품은 성능이……."

"그럼 출시 일자를 미루세요. 절대 기한 안에는 불가능해요. 설사 가능하다 해도 급하게 진행하면 무슨 문제가 날지 몰라요. 우리 휴대폰도 불량으로 터지면 그땐 회장님께서 책임지실 건가요?"

"하나야."

"아니면 한 달 정도 제 얼굴 아예 못 볼 각오해 보시든지요."

"박하나!"

"연구원들이랑 합숙하면서 대안 찾아볼 테니……."

"졌다, 졌어."

유준이 한 손으로 자신의 이마를 짚으며 혀를 내둘렀다. 하나는 지금도 충분히 바빴다. 물론 자신 또한 무척 바빴다. 하나는 연구소에서, 자신은 국내외 출장으로 시간을 보내다 보니 지난 한 달간 집에서 얼굴을 본 횟수보다 회사에서 얼굴을 본 횟수가 더 많을 지경이었다. 그런데 앞으로 한 달은 아예 볼 생각도 말라니. 날카로운 눈빛으로 하나를 쏘아보았지만 그녀는 태연하게 어깨를 으쓱해 보일 뿐이었다.

"그럼 회장님, 전 이만 먼저 나가 보겠습니다. 회로 검토가 급해서요."

"박하나."

"네?"

"내가 어떻게든 이번 모델 실적 올릴 방안 찾을 테니까 너무 무리하지 마. 그리고 오늘 저녁은 같이 먹자."

아침 출근길에 비서가 하루 종일 회의가 있다고 신신당부 했었다. 그렇지만 오늘 저녁만큼은 어떻게든 시간을 비울 작정이었다.

"좋아요."

"그리고 그 회장님 소리 그만해."

"공과 사는 구분하는 게 좋지 않을까요, 보는 눈도 많은데."

하나의 손가락이 회의실 문을 가리켰다. 문 뒤편에 눈과 귀가 많음을 두 사람 모두 잘 알고 있었다. 유준이 자리에서 일어났다. 한 발짝, 그가 하나에게 가까이 다가섰다.

"LK 그룹 내에 나와 네 관계 모르는 사람이 어디 있어."

"그렇지만……."

"나는 그냥 이유준, 너는 그냥 박하나. 우리 그러기로 한 거 아니었어?"

하나가 천천히 고개를 끄덕이는 순간 유준의 입술이 그녀의 이마를 살짝 스쳤다. 하나의 얼굴이 살짝 붉어졌다. 1년, 두 사람이 함께한 지 벌써 1년이 되었음에도 언제나 그는 자신을 두근거리게 했다.

"그리고 생일 축하해."

하나의 귓가에 유준의 뜨거운 숨이 스치고 지나갔다. 멍하니 바보처럼 굳고 말았다. 지나치게 바쁜 나머지 제 생일마저 잊고 있었다.

"저녁때 봐."

유준은 장난스러운 웃음을 입가에 머금은 채로 손을 흔들며 먼저 밖으로 나가 버렸다. 회의실 문이 열렸다 닫히는 걸 바라보던 하나는 한숨을 내쉬었다. 복도로 나가면 직원들이 안에서 있었던 일을 물어볼 것 같은 불길한 느낌. 예감은 한 번도 틀린 적이 없었다.

❊　　　❊　　　❊

"요즘은 SNS 시대입니다. 모든 사람들이 자신의 일상을 공개하고 있죠. 그 중심엔 사진이 있어요."

"맞습니다. 카메라 성능은 스마트폰의 가장 중요한 요소라고 할 수 있습니다."

실무진과 임원급들이 모여 곧 출시할 스마트폰에 관한 전략 회의를 하는 동안 유준의 시선은 몇 번이고 시계로 향했다. 벌써 세 시간째였다. 약속 시간을 정확히 정하지는 않았지만 저녁 시간이 훌쩍 지나가 버릴까 신경이 곤두섰다. 계속해서 같은 안건만 반복됐다. 제자리걸음. 이를 정리해 마무리 지을 사람은 결국 자신이었다. 마음 한편이 찜찜했지만

이젠 결론을 내려야 했다. 하나의 생일을 이런 식으로 보낼
수는 없었다.

"신제품에서 카메라를 부각해야 한다는 건 저 또한 동의
하는 바입니다. 혹시라도 그 외 다른 의견 있으신 분은 말씀
해 주셨으면 합니다."

"회장님 말씀이 지당하십니다."

대부분의 회의 참석자들이 고개를 끄덕이며 한목소리로
찬성을 던졌다. 이유준 회장이 회의를 빨리 끝내고 싶어 한
다는 걸 눈치 못 챈 사람은 없었다. 게다가 직원들 모두 LK
그룹의 젊은 리더로서 성공적인 행보만 걷고 있는 유준의 자
신감과 능력을 믿고 있었다.

"하지만……."

"말씀하시죠, 송 팀장님."

유준의 미간이 살짝 찌푸려졌다. 자꾸만 시계 바늘 소리가
귓가를 자극했다.

"이번에 저희가 출시할 스마트폰은 지금까지 나온 모델
중에 가장 얇습니다. 그 정도 성능의 카메라를 넣으면 디자
인적으로……."

"불가능합니까."

"아뇨. 경쟁사 모델 중에 비슷한 이유로 카메라 렌즈가 뒤
로 튀어나온 것이 있었습니다. 하지만 소비자들 사이에서 불
만이 제기되어……."

"경쟁사 모델에서 렌즈가 튀어나온 게 문제였으면 우리는 당연히 벤치마킹해야겠네요."

"그래서 도저히……."

"혹시 말입니다."

유준이 잠시 눈을 감았다. 자유로운 분위기에서 다양한 의견이 오고 갈 때 회의가 잘 되는 법이었다. 그러나 시간이 문제였다. 결국 그는 자신의 의견을 이야기할 수밖에 없었다.

"디지털카메라처럼 버튼 하나로 렌즈를 접었다가 펼 수 있게 하는 방식은 불가능하겠습니까?"

"그게 미관상 좋지는……."

"일단 기술적으로는 가능하겠습니까?"

"네, 쉽진 않겠지만 불가능은 아닐 것 같습니다."

"디자인이 중요하다는 거 모르지 않습니다."

유준은 이번 신제품에서 성능을 최우선 과제로 여겼다. 성능은 LK 전자의 자존심이었다. 비록 하나의 말대로 무게를 조금 더 줄이는 것은 불가능하다 해도 나머지는 양보할 생각이 없었다. 그중에서도 카메라 성능은 핵심이었다. 디자인 면에서 약간의 문제가 있다 해도 포기할 수 없었다. 어차피 LK 제품에서 고객들이 거는 기대치의 대부분은 하드웨어 스펙이었다. 디자인 요소 또한 욕심이 나긴 했지만 자칫 기존 고객마저 놓치는 실수를 범하고 싶지는 않았다. 명확한 타깃 설정은 기본이었다.

"하지만 잘하는 것에 집중하고 싶습니다. 성능을 최우선으로 했으면 하는데 어떻게들 생각하십니까?"

회장의 의견에 이의를 제기할 용기를 가진 사람은 없었다. 게다가 그 의견이 일리 있는 것이라면 반대할 이유조차 없었다. 유준의 시선이 송 팀장을 향했다.

"대신 디자인은 전문가이신 송 팀장님께 맡기겠습니다. 쉽지 않은 거 알지만 가능한 이 안에서 최선을 찾아 주세요. 부탁드리겠습니다."

유준이 가볍게 고개를 숙였다. 송 팀장은 예상치 못한 유준의 반응에 어찌할 바를 모르고 자신 또한 반복하여 고개를 숙였다. 이후 회의는 일사천리로 진행되었다.

얼마 뒤 유준의 시선이 다시 한 번 시계를 향했다. 조금 늦은 감이 있지만 아슬아슬하게 저녁 시간에 맞출 수 있을 것 같았다. 재킷 안쪽 주머니에서 짧은 진동이 느껴졌다. 유준의 입가에 미소가 걸렸다.

"그럼 오늘 회의는 여기까지 하죠. 모두 수고하셨습니다."

이제 하나의 생일을 축하할 시간이었다.

✳   ✳   ✳

"왜 영화가 보고 싶었던 거야?"

"유준 씨랑 영화 본 적이 없다는 생각이 들어서요."

"아아."

유준이 고개를 끄덕였다. 생각보다 하나의 일이 더 늦게 끝나는 바람에 분위기 있는 곳에서 저녁을 먹으려던 그의 계획은 실패했다. 간단하게 저녁을 때우는 대신 하나에게 하고 싶은 것을 물었고 두 사람은 아주 오랜만에 영화관으로 향했다.

"유준 씨는 오늘 어땠어요?"

"글쎄, 회의가 뭔가 아슬아슬했어."

"뭐가요?"

"마치 케네디가 된 것 같은 기분이었거든."

유준이 영화 프로그램을 소개하는 전광판에 시선을 고정한 채 중얼거렸다. 하나는 눈을 동그랗게 뜨고 그를 바라보았다. 이해할 수 없는 말이었다.

"미국의 케네디 전 대통령이요?"

"응. 영화 뭐 볼래?"

"그게 무슨 뜻이에요? 유준 씨 정치하게요?"

"그럴 리가."

유준이 어이없다는 듯 하나를 바라보았다. 태준을 정계와 묶어서 나락으로 떨어뜨린 것이 자신이다. 바보가 아닌 이상 그 일을 답습할 리가 없었다.

"그럼……."

"1961년에 픽스 만 침공 사건이라고 들어 봤어?"

하나가 고개를 설레설레 저었다. 처음 듣는 이야기였다. 유준이 그럴 줄 알았다는 듯 고개를 끄덕이며 말을 이어 나갔다.

"집단의 의사 결정이 얼마나 바보 같을 수 있는지를 보여 주는 극단적인 사례야."

1961년 케네디와 측근들은 난민들을 훈련시켜 쿠바의 픽스 만을 침공했다가 실패했고 이는 국가에 엄청난 손실을 끼쳤다. 엘리트 중의 엘리트라는 이들이 모여 내린 의사 결정이 그토록 바보 같을 수 있음에 많은 연구진들은 의아함을 표했다.

1972년 심리학자 제니스는 이를 바탕으로 집단 사고(Group Think)에 대한 연구 결과를 내놓았다. 유준은 학부 1학년 때부터 이 연구 결과를 여러 번 반복해 들어 왔다.

"유준 씨, 팀에 대한 믿음이 꽤 강한 리더 아니었어요?"

하나는 두 사람의 첫 만남을 떠올리며 물었다. 아득히 멀게 느껴지면서도 생각보다 더 선명한 두 사람의 처음. 그때는 이 모든 일을 상상조차 하지 못했다. 하나는 왠지 웃음이 나왔지만 유준의 진지한 표정에 꾹 눌러 참았다. 유준이 미묘하게 씰룩이는 하나의 입술을 가만히 내려다보다가 입을 뗐다.

"효과적인 원 팀에 대한 믿음은 있지만 대부분의 집단은 그 정도가 못 되니까. 그런데 왜 그래?"

"문득 우리의 처음이 떠올라서요. 우연은 아니었겠지만……."

"우연인데."

"하지만 유준 씨, 그때는 분명히……."

하나가 말끝을 흐렸다. 시간이 한참 흘렀지만 여전히 과거를 언급하는 것은 흉터를 건드리는 일이었다. 유준이 하나의 머리를 가볍게 쓰다듬었다.

"정말로 우연이었어. 그날 난 네가 누군지도 몰랐어. 애초에 단합 대회에 참석하고 싶은 생각도 없었거든. 네가 응원전에서 도망쳐 준 덕분에 우리가 만날 수 있었던 거고, 네가 이름을 말해 준 덕분에 누군지 알게 된 거야. 그날 널 만나지 않았다면 내가 직접 널 만나러 가야겠단 계획도 없었을걸."

"듣고 보니 내 탓인 것 같네요?"

"네 덕분이라고 해야지."

유준이 하나의 말을 정정하면서 빙그레 웃었다. 복잡해 보이는 하나의 표정을 가만히 바라보던 유준이 손가락으로 그녀의 볼을 쿡 찔렀다.

"듣고 보니 아주 운명적인 우연이었네요."

"후회해?"

"그럴 리가요."

"그럼 됐잖아. 그래서 뭐 볼래? 이러다 또 못 보겠다."

"뭐든 괜찮아요. 유준 씨 엔터테인먼트 쪽 일에 도움 되는 한국 영화는 어때요?"

"나쁘지 않지."

어차피 뭐든 유준의 취향은 아닐 것이 분명했다. 차라리 일에라도 도움이 되면 시간이 덜 아까울 것 같았다. 물론 하나와 보내는 시간은 그게 얼마라도 아깝지 않았지만.

"그나저나 회의는 진짜 괜찮았던 거 맞아요?"

"지나치게 강한 집단 응집력, 강한 믿음을 넘어선 맹신. 이런 것들이 집단 스스로를 자만으로 밀어 넣고 결국은 반대 의견을 가로막아 비합리적인 의사 결정을 내리게 하거든."

"그래서요?"

"내가 그런 집단 분위기를 조장하는 리더였던 것 같아서."

"유준 씨 경영 감각은 탁월한 편이잖아요."

"그게 문제야. 모두가 날 그렇게 보고 있는 거. 케네디가 능력 없는 사람은 아니었거든."

"그럼 지금 회사 다시……."

"절대 사절이야."

유준이 고개를 단호하게 저었다. 한쪽 손으로 하나의 어깨를 감싸 쥐어 자신에게 꽉 끌어당기면서 전광판을 가리켰다.

"영화나 골라. 애초에 빨리 끝내려다 보니 회의가 그런 식으로 흘러간 건데 다시 들어가면 무슨 소용이야."

유준의 말은 하나를 탓하는 것이었지만 목소리에는 원망이나 화가 묻어 있지 않았다. 오히려 놀리는 듯한 조금은 개구진 말투였을 뿐. 하나는 유준이 조금 걱정되었다. 이번 신제품의 중요성을 잘 알고 있었다. 유준에게는 절대 안 된다고 단호하게 말해 놓고 연구소에 가자마자 무게 문제로 연구원들을 닦달한 건 조금이라도 도움이 되었으면 하는 마음 때문이었다.

"하지만……."

"생각해 보면 우리는 우연 같은 운명이야. 나를 평소답지 않게 만드는 건 너뿐이거든."

"칭찬이에요?"

"아닐걸."

"그럼……."

"그냥 내 사람이란 뜻이지. 평범하지 않은 이유준의 평범하지 않은 박하나."

유준다운 말에 하나는 결국 웃어 버렸다. 어차피 그녀 또한 무슨 영화를 보든 크게 상관없었다. 둘이 같이 있다는 것이 중요할 뿐.

영화는 뻔한 신파였다. 재벌가의 남자 주인공과 평범한 여자 주인공의 사랑을 다룬. 독한 악녀부터 기억 상실까지 한국 영화의 뻔한 클리셰를 조미료로 잔뜩 뿌린. 그러나 두 사람은 영화의 결말을 몰랐다. 끝까지 보지 못했기 때문이었다.

"유준 씨, 설마 영화관 처음 와 봐요?"

"어."

과거와 달리 거짓을 말할 필요가 없었기에 유준은 고민 없이 대답했다. 어차피 두 번 다시 올 것 같지 않았다.

"그래도 그렇지, 영화관에서 그렇게 시끄럽게 하면 어떡해요."

하나가 한숨을 길게 쉬면서 고개를 설레설레 저었다. 내용을 먼저 확인하지 못한 제 탓이 크다고 생각하면서. 아니, 애초에 유준이 영화관에 안 와 봤을 것이란 생각을 못 한 과거의 자신을 원망하면서.

한국 영화 중 시간 맞는 게 저런 뻔한 작품뿐이던 것이 문제였던 걸까. 남자 주인공이 재벌임이 밝혀지면서부터 불안해졌지만 정말로 유준이 그 자리에서 저건 말이 안 된다며 큰 소리를 낼 줄은 몰랐다. 결국 주위 사람들의 눈총에 하나는 유준을 억지로 끌고 밖으로 나와야 했다. 어차피 결말로 치닫는 과정에서 몇 번이고 비슷한 반응을 보일 것이 뻔했고 혹시라도 LK 그룹 이유준에 대한 이야기가 SNS에 이상하게 퍼지기라도 하면 티켓값을 날리는 것과는 비교도 안 될 수준의 문제가 될 것이었다.

"하지만 말이 너무 안 되잖아."

"재벌 2세 남자 주인공과 평범한 여자 주인공, 우리랑 똑같잖아요. 게다가 한국 드라마나 영화에서 재벌 이야기를 빼면 뭐가 나오겠어요? 물론 요즘은 전문직도 많이 등장하지만…….."

"그 자체가 문제란 건 아니야."

"네?"

하나가 눈을 동그랗게 뜨고 유준을 바라보았다. 유준은 주차장으로 발걸음을 서두르며 별것 아니라는 듯 말을 이어 나갔다.

"원래 고대 그리스부터 주인공은 보통 사람보다는 특별한 사람인 게 비극의 기본적인 법칙이야. 그런 주인공이 자신의 결점 때문에 저도 모르게 점차 파멸에 이르고, 그러다가 깨달음에 도달할 때 막을 내린다는 게 아리스토텔레스의 시학에 따른 설명이거든."

"그러니까 이유준 씨 같은 재벌이 특별한 사람이다?"

"고대에 왕이나 신의 자손이 담당하던 역할을 계급이 사라진 지금, 평범한 사람들에겐 낯선 인물들이 담당하는 게 당연하다고. 재벌, 전문직 같은."

"그런데 왜 특별한 사람들이 파멸하는 건데요?"

"못난 사람들이 파멸하는 건 당연한 거니까. 당연한 걸 보면서 감정을 느낄 사람은 세상 어디에도 없잖아. 그에 비해 특별한, 심지어 우월하기까지 한 사람들이 한순간의 실수로 파멸하면 그건 눈길을 사로잡기 좋지."

유준은 잠시 태준을 떠올렸다. 대중들은 아마 웬만한 비극보다도 태준의 뉴스를 보며 카타르시스를 느꼈을 것이다. 태준은 비극의 주인공이 될 자격이 충분했다. 그리고 그건 유준 역시 마찬가지였다. 그는 자신이 특별하다는 것을 부정하지 않았다. 평범함을 연기해 본 이후 더더욱 인정할 수밖에 없었다. 그건 특권 의식이 아니었다. 그저 스스로에 대한 자신감일 뿐. 이유준은 특별할 자격이 충분한 사람이었다. 그리고 그의 눈엔 하나 또한 특별한 사람이었다.

"그럼 뭐가 문제예요?"

"현실과 지나친 괴리. 아리스토텔레스에서 시작해서 셰익스피어를 거쳐 라신과 괴테가 이미 몇 세기 전에 완성해 놓은 고전주의 비극의 원리를 그대로 따라가는 주제에 합리성도 균형감도 갖추지 못한 이런 작품은 아무 쓸모가 없어."

유준의 신랄한 비난에 하나는 못 말리겠다는 듯 고개를 절레절레 저었다. 주변 사람들의 눈초리에 쫓겨나듯 도망쳐 나와야 했던 자신에 대한 미안함은커녕 당당함으로 무장한 이 남자. 그는 여전했다. 그가 열어 준 조수석에 올라타면서 하나는 언제나처럼 그가 하는 말에 수긍하였음을 인정했다. 영화를 보는 것보다는 그와 대화하는 것이 좋았다. 비록 그 말이 자신의 관점에서는 많이 엉뚱하더라도.

"그런데 유준 씨, 유준 씨 말도 일리는 있지만요."

"응?"

"사람들은 왜 이런 영화를 볼까요? 어쨌거나 대중들이 지갑을 열고 시간을 쓰는 이유가 있을 거잖아요."

하나는 진심으로 궁금하다는 듯 물었다. 경영진으로서 대
중들이 돈을 쓰는 요인을 파악하는 것은 무척이나 쉬운 일이
었기에 유준은 태연하게 답을 이야기했다.

"시학에 따르자면 카타르시스."

"정화요?"

"사실 카타르시스의 번역에 대해서는 아직도 논란의 여지
가 많지만, 대개는 응축되었던 감정의 정화라고 보고 있지."

"하지만 그래 봤자 남의 일이고 심지어 꾸며 낸 일인데 그
런 걸 보면서 진짜 정화를 느끼긴 할까요?"

"그게 포인트야."

"햄릿과 맥베스를 볼 때 관객들이 즐길 수 있는 건 그 일
이 나한테 일어나지 않으리란 확신이 있기 때문인 거지."

"네?"

"난 비극이 감정의 정화가 아니라 '나는 괜찮다'는 안도감
때문에 팔린다고 생각해."

유준은 부드럽게 액셀러레이터를 밟아 서서히 속도를 올
렸다. 까만 하늘과 빌딩의 조명들. 충분히 아름다운 야경이
었다. 살짝 열린 창문을 타고 들어오는 가을바람까지 모든
것이 완벽했다.

"모든 관객들이 유준 씨 같으면 영화 안 팔리겠어요."

"모든 사람들이 나 같으면 애초에 재벌이 영화 주인공이

될 일도 없지 않겠어?"

"아무튼 내가 괜히 영화 보자고 해서 미안해요. 안 그래도 없는 시간, 낭비하게 만든 기분이네요."

"아냐. 생각보단 의미 있었어."

"다신 영화관에 오지 않아야겠단 교훈을 얻었단 점에서요?"

"그런 것보다는……."

유준은 말꼬리를 흐리며 창문을 더 활짝 열었다. 시간을 투자해 원치 않는 영화를 보고도 효용을 두 가지나 얻었다. 그만하면 나쁘지 않은 거래라고 생각했다. 첫 번째는 사람들이 비극을 통해 안도감을 찾는다는 확신. 현대에서 비극의 주된 축을 차지하는 것이 영화였다. 그렇다면 자신이 머릿속에만 품고 있던 새로운 마케팅 방안을 도입해도 될 것이었다.

"오늘 회의 때문에 신제품에 대해 약간 걱정하고 있었는데 그게 해결된 느낌이야."

"무슨 뜻이에요?"

"이번 신제품을 영화에 PPL로 넣어 볼까 고민하고 있었거든."

"영화에요? 그런데 오늘 본 영화에 제품들 뭐가 나왔는지 기억 안 나는데…… 그게 의미가 있긴 한 거예요?"

흔하지 않은 일이었다. 생방송으로 찍다시피 하는 드라마에서는 얼마든지 신제품을 실시간으로 홍보하는 것이 가능했지만 영화는 상황이 달랐다. 영화 제작은 빨라도 몇 개월, 늦으면 몇 년이 걸리기도 했다. 개봉 시점에 구식이 되어 버릴 것이 뻔했기에 그다지 매력 있는 마케팅 수단이 아니었다.

그러나 유준은 며칠 전부터 영화 PPL을 고려하고 있었다. 평소 영화에 전혀 관심이 없는 그였지만 유독 LK 엔터테인먼트의 새 영화에는 눈길이 갔다. 자연재해로 인한 고난을 다룬 영화. 재난 영화에서는 휴대폰의 역할이 꽤 결정적일 것이다. 사실 성공하리란 확신은 없었다. 그저 감이었을 뿐.

그러나 오늘 영화관에서 유준은 확신을 얻었다.

"설마. 사람들이 비극을 통해 얻고자 하는 게 안도감이라면, 재난 영화에서 주인공에게 결정적으로 도움을 줄 휴대폰이 얼마나 잘 팔릴지 기대된단 뜻이었어."

"재난 영화요?"

"응."

"음, 나는 마케팅을 잘 모르지만 괜찮을 것 같기도 해요. 사실 유준 씨가 애초에 남들이 해 봤던 것만 하는 성격이 아니잖아요? 생각해 보면 할리우드 영화에서 로고를 보는 건 흔한 일이기도 하고요. 해커들을 다룬 영화가 있었는데 보면서 나도 맥북이 사고 싶더라고요. 그러니까 유준 씨 아이디어도 의미가 있을 거 같은데요?"

"사실 내 생각이 아집일까 봐 좀 걱정하고 있었거든."

"그럼 다행이네요. 이유준 회장님의 그 비싼 시간을 낭비한 게 아니라니."

"하나야."

"네?"

"너랑 보내는 시간에 낭비가 어디 있어. 원하면 언제든 말해. 마음먹고 길게 어디 다녀오자 그래도 스케줄 비울 테니까."

유준이 오늘 시간을 투자해 얻은 두 번째 효용은 바로 하나였다. 그녀와 보내는 시간, 그녀와 함께한 데이트, 그녀와 나누는 대화. 모든 것이 즐거웠다.

"오 비서한테 내가 혼날걸요."

"비서가 감히 사모님을 혼내?"

"혼낸다기보다는…… 어쨌든 말만이라도 고마워요."

"진심인데."

"회장님은 그러셔도 되는지 모르겠지만 난 안 돼요. 신제품 출시 전까지는 오늘이 마지막 여유예요. 사실 충분히 바빠요. 연구소 펑크 나면 줄줄이 차질 생길 거 알잖아요."

"가끔 보면 네가 나보다 더 바빠 보이는 것 같은데."

"나는 직원이고 유준 씨는 회장님이니까요."

"그러게 CTO 하라니까."

"그것도 직원인 건 마찬가지잖아요. 그리고 지금도 충분히 낙하산이라 그건 사절이에요. 난 지금 이 정도가 딱 좋아요."

하나가 배시시 웃으며 고개를 돌려 창밖을 바라보았다. 결혼하고 처음 맞이하는 생일. 다를 바 없는 날이었지만 유준이 있어 모든 게 특별해지는 하루가 그렇게 흘러가고 있었다. 그가 옆에 있다는 것만으로도 하나에게는 최고의 생일이었다.

❋   ❋   ❋

모든 것이 순조로웠다. 하나의 채찍질로 연구소에선 예상보다 조금이나마 더 가벼운 제품을 만들어 내는 데 성공했다. 디자인 팀은 카메라의 성능을 높였고 길어진 렌즈를 접을 수 있는 기술을 도입했다. 마케팅 팀에선 떠오르는 한류 스타를 모델로 내세워 적극적으로 CF 및 프로모션 활동을 진행해 나갔다.

물론 디자인을 중시하는 소비자들에게 접히는 렌즈는 낯선 것이었고 혹평으로 이어지기도 했다. 그러나 대다수의 소비자들은 혁신과 성능에 호평을 보냈다. 기존 고객들을 만족시키고 일부 새로운 고객들을 유입시키는데 성공한 LK 전자의 주가는 일주일 연속 상승세를 탔다. 물론 이를 이끄는 이유준 회장은 다시 한 번 언론의 스포트라이트를 받았다.

마케팅의 기본은 STP(Segmentation, Targeting & Positioning).

시장을 세분화하고 타깃을 명확히 잡아 제품의 위치를 선정하는 것. 유준은 이것에서 성공한 스스로에게 아낌없는 칭찬을 보냈다. 원래 모든 것은 기본이 가장 어려운 법이었다.

"예약 판매 대수가 예상보다 훨씬 웃돌고 있습니다."

"이게 다 회장님의 선견지명 덕분입니다."

회의실에서는 웃음이 끊이질 않았다. 실적 그래프는 볼 필요도 없었다. 국내 판매량뿐 아니라 해외 판매량 또한 최고치를 연일 경신하고 있었다.

"영화 PPL이 결정적이었습니다. 어떻게 그런 생각을……."

유준이 처음 영화 PPL 안건을 회의실에 들고 나타났을 때 반대했던 한 이사가 멋쩍게 웃으며 말했다. 사실 이 자리에 있는 거의 대부분의 사람들이 반대했다. 그들의 논리는 아무도 하지 않는 데는 이유가 있다는 것이었다. 그러나 유준은 그들을 설득했다. 가지 않는 길을 가야만 남들을 이길 수 있다고. 만일 일이 잘못되면 자신이 책임지겠다고 나름 강수를 둬 가면서까지 도입한 새로운 마케팅 방안이었다.

"그냥 제 감이었을 뿐입니다. 잘 되었으니 다행입니다."

사실 회의 전날 하나가 잘 될 거라 응원해 주지 않았다면 결국은 못 했을 일이기도 했다. 새삼 유준은 하나에게 고마움을 느꼈다.

"아무래도 PPL 했던 영화의 특성상 재난안전처와 MOU를 맺고 필요한 어플리케이션을 공급하는 형태로 2차 마케팅을 해 볼까 하는데 회장님께서는 어떻게 생각하시는지⋯⋯."

"그건 그렇게 진행하셔도 괜찮을 것 같습니다."

"혹시 또 회장님께 좋은 아이디어가 있으신지 여쭤 보고 싶습니다."

마케팅을 주로 담당하는 본부장이 조금은 쩔쩔매는 말투로 물어왔다. 유준은 그 말이 무언가 위험 신호처럼 느껴졌다. 정확히 알 수 없지만 제 감이 경고를 보내고 있었다. 그러나 유준은 회의를 마저 진행하고 끝내야만 하는 위치였다. 그가 약간은 굳어진 표정으로 입을 열었다.

"저번 홍수 피해 입은 지역에 구호 물품 보내면서 이번 신제품도 함께 보내 주세요."

"네?"

"사람들이 진짜 안도할 수 있을 때 제 마케팅이 궁극적으로 성공할 수 있습니다."

유준은 자신의 전략이 성공한 것은 재난 영화를 본 사람들이 비슷한 불행을 피해 가길 원했고 영화 속 제품을 따라 구입함으로써 안심했기 때문임을 잘 알고 있었다. 사람들의 불안함을 이용해 돈을 벌었다면 그들에게 진짜로 안도감을 돌려주는 것이 맞았다. 그렇지 않는다면 이는 일시적인 성공에 그칠 것이 뻔했다.

"그게 지시하실 사항 전부입니까?"

"그리고 드라마 PPL의 경우 실시간으로 원하는 부분 반영이 가능할 테니까……."

갖고 있었던 아이디어를 이야기하는 혀끝이 이상하게 씁쓸했다. 갑자기 유준은 하나가 보고 싶었다. 제가 느끼는 이상 신호에 대해 이야기를 나눌 수 있는 단 한 사람.

"방진과 방수 기능을 주로 홍보해 주세요. 소비자들이 조금 더 확신을 가질 수 있도록. 물론 지금처럼 카메라 기능에 대한 부분도 빠뜨리진 않았으면 합니다."

"혹시 또……."

"글쎄요, 지금은 더 떠오르는 게 없군요."

유준은 자신에 대한 기대감으로 넘치는 눈망울들이 부담스러워 시선을 피했다. 이유준에 대한 과신의 정도가 지나쳤다. 이러다가는 LK 전자 수뇌부라는 집단이 정말 잘못 굴러갈지도 몰랐다. 집단 사고의 위험함. 유준이 한 손으로 자신의 관자놀이를 꾹꾹 눌렀다.

"일단 오늘 하루 동안 조금 더 생각해 보기로 합시다."

유준은 모두가 자신에게 인사를 하고 밝은 표정으로 회의실에서 나갈 때까지 한참을 생각했다. 언제나 잘될 때가 더 조심해야 할 때였다.

"우리 휴가 갈까요?"

늦은 밤, 책상에 엎드려 있는 제 남편을 의아하게 바라보던 하나가 말을 건넸다. 모든 것이 잘 되어 가고 있는 지금,

축배를 들기는커녕 기운이 빠져 있는 건지 이해할 수 없었다. 어쩌면 일이 너무 많아 지쳤는지도 모르겠다고 생각하며 축 처진 유준의 어깨를 살포시 감싸 안았다.

"지금 이 시점에 회장이 휴가 가도 될까?"

"글쎄요, 다 잘 되어 가고 있는데 좀 쉬어도 되지 않을까요?"

"잘 되어 가고 있는 거 맞을까?"

"그렇지 않아요? 연일 실적도 최고치라고 들었는데, 아녜요?"

"그건 그렇지."

유준이 한숨을 푹 내쉬었다. 하나는 예상치 못한 한숨에 눈을 동그랗게 떴다.

"무슨 일 있어요?"

"특별히 일이라기보다는 그냥 느낌이 좀 그래."

"무슨 일인지 몰라도 혼자 감당하려 하지 마요. 나도 있고, 직원들도 있고, 유준 씨는 이제 주변에 사람들을 좀 믿을 때가 됐어요."

"믿음은 좋은 말이지만 아무래도 쉽지 않아. 무슨 일이 날지 모르거든. 예전에도 말했지만 경영자가 의사 결정을 위해서 봐야 할 축은……."

"아뇨, 이유준 씨가 봐야 할 축은 오직 하나예요."

"어?"

"박하나, 하나라고요."

의외의 말에 놀란 유준이 살짝 당황한 표정으로 자신을 보자 하나가 살짝 웃어 보였다. 그가 말하던 방식을 어느새 자신이 닮아 가고 있었다. 사랑하면 서로가 닮는다고 했던가. 어렸을 때 엄마에게 들었던 말이 이제야 실감이 났다.

"너무 많은 짐을 지려고 하지 마요. 어차피 혼자 힘으로 세상 모든 일을 예측할 순 없어요. 그건 하늘만이 알고 있을……."

순간 하나의 말문이 막혔다. 유준의 숨이 그녀의 숨과 만났다. 두 눈이 절로 감겨 서로를 볼 수 없었지만 상관없었다. 둘의 마음은 언제나 서로를 향하고 있었다. 그렇게 한참을 유준은 하나만을, 하나는 유준만을 바라보았다.

얼마의 시간이 흘렀을까. 한결 편해진 마음으로 유준이 입을 열었다.

"아무래도 저질러야 할 것 같아."

"뭘요?"

"나는 내 감을 믿거든. 경고가 왔으니 따라야지."

"엄청난 일을 저지를 것 같은데 걱정해야 돼요?"

"아니. 그냥 날 믿어 주면 돼."

"나는 유준 씨 믿어요. 경영자로서 이유준 회장도 믿고요."

하나의 손이 유준의 손을 꽉 잡았다. 더 자세한 것은 묻지 않았다. 그 또한 하나에게 너무 세세한 것을 이야기하지는 않았다. 말보다 두 사람의 온기가 서로에겐 최고의 설명이고 격려였다.

"하늘이 다 아는지 모르겠고 하늘이 내 편인지도 모르겠는데 네가 내 편이면 난 만족해."

오랜만에 보는 유준의 웃음에 하나 또한 미소 지었다. 말이 아닌 심장으로도 충분한 두 사람이었다.

"휴가 가자. 일주일 후, 어때?"

"일주일이면 돼요? 내년에도 괜찮……."

"아무리 바빠도 내일이 결혼기념일인 건 안 까먹었어. 일주일만 기다려 줘."

유준의 눈빛이 언제 지쳐 있었냐는 듯 의욕으로 타오르고 있었다. 사실 그가 결혼기념일을 까먹을 정도로 바쁘다 해도 하나는 개의치 않을 자신이 있었다. 연구소야 한숨 돌렸다지만 경영진들은 그렇지 않으리란 것을 잘 알고 있었기 때문이다.

그러나 두 사람이 함께 보낼 수 있다면! 하나에겐 더 바랄 것이 없었다. 일주일 정도 미뤄지는 건 아무렇지 않았다. 날짜는 의미 없는 숫자였다. '함께'라는 그 당연한 듯 당연하지 않은 사실만이 가장 중요했다. 물론 행선지는 물을 필요도 없었다. 둘이 함께 기념일을 축하할 수 있는 장소는 세상에 딱 한곳이었다.

❖ ❖ ❖

"올해는 고작 1박 2일이지만 내년엔 좀 더 길게 오자."

"난 올해 당일치기도 힘들 줄 알았어요. 무리하지 마요."

나르카디아의 해변에 몸을 맡긴 두 남녀는 두 다리를 쭉 뻗은 채 하늘을 바라보고 있었다. 아직은 따사로운 햇살, 이미 초겨울이었지만 나르카디아에서는 추위를 느낄 수 없었다. 한결 더 포근해진 낙원. 나르카디아는 언제나 그대로였다. 변한 건 두 사람의 마음이었을 뿐.

다음 날 회의에서도 모든 실무진과 임원들은 눈을 껌뻑이며 유준만을 바라보았다. 굳이 의견을 이야기할 생각도 없어 보였다. 그저 능력 있는 회장이 지시하는 대로 움직이는 게 궁극적으로 회사에 도움이 된다고 믿고 있는 게 분명했다. 그의 계획 발표만을 기다리는 이들에게 결국 유준은 준비했던 폭탄을 던졌다.

"앞으로 LK 전자를 포함한 LK 그룹의 모든 의사 결정은 실무진 회의에서 이뤄지게 될 겁니다. 저는 조금 뒤에서 지켜볼까 합니다."

모두가 기겁을 했다. 이유준 회장 없이는 자신 없다고 했다. 그러나 유준은 일주일의 말미에 홀연히 털어 냈다. 하나와 약속했던 날, 그는 자신을 붙잡는 수많은 서류들을 실무진들에게 일임한 채 미련 없이 헬기에 올랐다.

생애 처음, 가벼워진 마음으로 찾아온 낙원은 1년 전보다 따스했고 20년 전보다 평화로웠다. 그의 옆에는 단 한 사람이 있었다.

"나 당분간 한가해. 거의 바지 사장 노릇할 거거든."

"다른 사람도 아니고 유준 씨가요? 말도 안 돼."

"왜?"

"그럴 성격 아닌 거 알아요."

"너 하나만 보라며."

"그건······."

하나의 얼굴이 쑥스러움으로 붉게 달아올랐다. 위로하기 위해 분명 그런 말을 했었지만 정작 다시 들으려니 민망했다. 유준이 피식 웃었다.

"나도 나이 들었나 봐. 이제 여러 가지 고려하는 거 지쳤어."

"벌써 그러면 어떡해요."

"뭐 LK 그룹이 나만의 것은 아니잖아? 회사 사람들이 알아서 하겠지."

"조금은 편해 보여서 좋네요."

"네 덕분이야."

유준의 칭찬에 하나는 헛기침을 했다. 그에게 조금이라도 도움이 되었다는 것이 행복했다. 하나도 이곳이 1년 전보다 더 포근하게 느껴졌다.

"스탠퍼드 실험이라고 알아?"

"대학에서 교양 수업 때 얼핏 들어 본 것 같아요. 무작위로 죄수 역할과 교도관 역할을 분배하면 결국에 죄수 역할을 맡은 사람들은 정말 죄수 같아지고 교도관 역할을 맡은 사람들은 정말 교도관 같아진다는 그 실험 말이죠?"

이곳저곳에서 많이 인용되는 실험이며 영화에서도 차용된 바 있는 유명한 연구 결과이기도 했다. 심지어 피실험자들에게 끼치는 영향력이 너무도 커 이제는 연구 윤리 규정상 할 수 없는 실험이기도 했다.

"응."

"갑자기 그건 왜요?"

"생각해 보니까 내가 그 실험의 대상 같아서."

"무슨 뜻이에요?"

"태어나면서부터 지금까지 내게 배정되었던 역할은 'LK 그룹을 이끌어 갈 사람'이었던 거지. 그래서 계속 그렇게 살아왔던 거고."

하나가 말없이 고개를 끄덕였다. 정글에서 맹수의 아들로 태어나 평생을 그렇게 살아와야 했던 사람. 새삼 그가 안쓰러워 보였다. 낙원에서조차 편히 쉴 수 없었던 유준의 어깨가 유독 무겁게 느껴졌다.

"그런 나한테 새로운 역할을 준 게 너야."

"되게 좋은 칭찬인데요? 무슨 역할인데요?"

"박하나의 남자. 박하나의 남편."

"나한테도 유준 씨는 충분히 새로운 역할을 많이 준 사람인걸요."

하나의 마음속에 다양한 감정이 펼쳐졌다. 유준은 그녀에게 여러 가지로 처음인 사람이었고, 여러 가지로 새로운 사람이었다.

"그런 의미에서 하고 싶은 말 있는데."

"뭐든 해요. 이곳은 우리만의 낙원이잖아요."

"새로운 역할 부여 좀 하자."

"네?"

"내년에는 이곳에 셋이 오고 싶거든."

"그게……."

하나의 얼굴이 새빨개졌다. 나르카디아의 하늘을 붉게 수놓던 노을이 가려 주지 못할 만큼. 그녀의 볼을 유준이 제 손으로 톡톡 쳤다.

"널 닮은 여자애였으면 좋겠어."

"유준 씨, 너무 갑작……."

"며칠 전에 생각한 건데 아이만큼은 평범하게 키우고 싶어. 욕심인 거 알지만 어쩌겠어. 알잖아? 나 욕심 많은 거."

"아니, 그니까…… 유준 씨, 저……."

"그게 내가 '우리'한테 부여한 새로운 역할인데, 어때?"

유준의 눈망울이 바닷물을 반사해 반짝였다. 하나가 바싹 말라 버린 제 입술을 혀로 훑었다. 무어라 대답해야 할지 알 수 없었다. 갑작스러운 말이었다. 그러나 그의 새로운 꿈이 마음에 들었다. 응원해 주고 싶을 만큼. 아니, 함께 걷고 싶을 만큼.

대답을 재촉하려는 듯 유준의 입술이 반쯤 열렸을 때 하나의 상체가 가까이 다가갔다. 두 사람의 입술이 맞닿았다. 이제 곧 셋이 될 두 사람의 일상을 축복하며 나르카디아의 해가 서서히 저물어 갔다.

— *fin*

작가 후기

안녕하세요, 이예담입니다.

아직도 끝났다는 것이 실감이 나지 않습니다. 아마도 완성된 책을 받는 순간에도 저는 끝을 실감하지 못할 것 같습니다. 제게 〈역설적 낙원〉은 언제나 진행형인 글입니다. 아직도 유준과 하나가 어딘가에서 이야기를 펼쳐 나가고 있을 것만 같습니다.

처음 이 작품을 썼던 건 2013년이었습니다. 무려 3년 만에 세상에 정식으로 내놓게 되니, 새로운 기분입니다. 제 오래된 친구가 독자 분들께도 좋은 추억으로 남기를 소망합니다.

제게는 첫 책이기도 합니다. 처음은 무엇이든 설렙니다. 그래서일까, 〈역설적 낙원〉에는 정말 애정이 많이 갑니다.

그만큼 손도 많이 간 작품입니다. 쓰고 지우고, 쓰고 지우고 몇 번이고 반복했네요. 자신 있게 이야기할 수 있는 건 정말로 많이 노력했다는 것입니다. 프로는 최선이 아닌 최고여야 한다지만, 처녀작이라는 핑계로 부족한 필력을 가려 보려 합니다. 더 나아질 다음을 기약할 수 있으니까요!

편집자님께서 〈역설적 낙원〉과 어울리는 계절은 가을 같다고 해 주셨던 말이 생각납니다. 어느덧 조금은 서늘해진 바람을 맞으며 최종적으로 원고를 검토하고 있자니, 그 말에 절로 고개가 끄덕여집니다. 가을에 잘 어울리는 작품을 가을에 선보일 수 있게 되어 무척 기쁩니다.

저는 원래 제목을 참 못 짓는 작가입니다. 그러나 이 작품만큼은 제목을 정해 놓고 한동안 뿌듯해했던 기억이 있습니다. 그래서 더욱 애착이 갑니다.

좋아하는 그림 중에 '아르카디아에도 나는 있다(Et in Arcadia Ego)'라는 작품이 있습니다. 프랑스 화가 니콜라 푸생의 것으로, 작품의 주제는 메멘토 모리(Memento Mori) 즉 '죽음을 기억하라' 입니다.

제 〈역설적 낙원〉의 출발은 바로 이 그림이었습니다. 아르카디아는 고대 그리스인들의 이상향이자 지상 낙원인데, 그곳에도 죽음은 있다는 것을 기억하라는 푸생의 메시지가 꽤 강렬하게 와 닿았습니다. 자연스레 '역설'이라는 단어를 떠올렸고, 제목을 쉽게 지을 수 있었습니다. 작품 속에 등장하는 나르카디아 지명 역시, 아르카디아에 부정의 N을 덧붙인 것뿐입니다.

글을 쓰는 내내 줄다리기를 한 기분입니다. 유준과 하나의 이야기에 더 집중했어야 했는데, 한 가상 기업의 스펙터클한 서사시에 지나치게 몰두한 것은 아닐지 조금은 걱정이 되기도 합니다. 신문 기사부터 경영학 교과서까지 많은 정보들을 활용했고 때로는 어쩔 수 없이 어려운 말들을 적어야 했지만, 결국 〈역설적 낙원〉은 유준과 하나, 두 사람의 서정시입니다. 독자 분들께도 그렇게 기억되었으면 좋겠습니다. 에필로그에서나마 둘의 이야기를 조금 더 보여 드릴 수 있어서, 죄송스러우면서도 한편으로는 다행이라고 생각합니다.

로맨스 소설의 일반적인 틀에서 벗어나, 남자 주인공인 유준에게 상당히 많이 집중했던 작품입니다. 사실 유준의 독특한 가치관을 그려 내는 것이 작가로서 매우 즐거운 작업이었습니다.

특히 하나와의 대화를 써 내려갈 때가 어떤 장면을 쓸 때보다도 행복했습니다. 이 부분에는 대학 시절 친구들과의 토론에서 영감을 얻은 것들이 많습니다. 역시 서로 다른 사람들과 가치관을 나눌 때, 배우는 것이 많은 것 같습니다.

그런 의미에서 〈역설적 낙원〉을 쓰는 동안 옆에서 응원해 주고 읽어 주고 조언해 주었던 제 사람에게 고마움을 전합니다. 혹시라도 나르카디아와 같은 공간이 존재한다면, 한 번쯤 함께 가 보고 싶네요. 부모님께도 감사하고 또 죄송하다는 말을 전하고 싶습니다. 꼭 낙원이 아니라, 그 어느 곳이라도 셋이 다녀올 수 있으면 행복할 것 같습니다.

대한민국 굴지의 대기업 몇몇 곳에도 고마움을 전하고 싶습니다. LK 그룹의 계열사들은 사실 실제 한 기업에서 많이 차용한 것입니다.

또한 다양한 경제 신문에 실린 기업 사례들이 소설 속 사건들의 많은 모티브가 되어 주기도 했습니다. 대표적으로 LK 호텔과 LK 병원 에피소드는 국내 모 호텔과 모 병원이 아니었다면 생각지 못했을 이야기입니다. 때로는 현실이 더 소설 같은 때가 있다는 말이 〈역설적 낙원〉을 쓰는 내내 와닿았던 것 같습니다.

경험에서 우러나온 에피소드들도 있습니다. 예를 들어 서랍 속 주사기들과 그를 본 누군가의 오해에서 빚어진 에피소드는 실제로 의료계에 종사하는 지인에게 들었던 이야기입니다. 소설로 녹여내다 보니 실제 사례보다 더 극적인 요소들이 추가되었네요.

하나 더 말씀드리자면, 영화관 팝콘에 대한 유준의 설명은 과거 한 신문사 영화 담당 기자분께 들었던 이야기에서 비롯되었습니다. 그날 이후로 저도 영화관에서 팝콘을 안 먹는데, 소설을 쓰던 중 불현듯 그 생각이 나서 살을 붙여 보았습니다.

이렇듯 당시엔 스쳐 지나갔던 이야기가 어느 날 아이디어와 만나 소재가 될 때가 있습니다. 그래서 어떤 경험이라도 허투루 하지 않으려고 노력하는가 봅니다.

사실 무슨 글을 써도 길어지는 편이라, 분량 문제에서 고민이 많았던 작품입니다.

본격 대기업 암투 소설이 될 뻔한 〈역설적 낙원〉의 중심을 잘 잡아 주신 봄 미디어 김민지 편집자님께도 진심으로 감사하다는 말씀을 전하고 싶습니다. 능력 있는 편집자님 덕분에 더욱 의욕 있게 글을 쓸 수 있었습니다. 물론 아쉽게도 중간중간에 쳐내야 했던 에피소드는 언젠가 다른 작품에서 다른 형태로 다룰 기회가 있을 것 같습니다.

저는 아직 부족한 것이 많은 글쟁이입니다. 〈역설적 낙원〉을 마지막까지 수정하면서 제 나쁜 습관들을 알게 되었는데, 다음 작품에선 고칠 수 있을지 걱정이 되기도 합니다. 그때는 조금 더 말랑말랑해지기만을 바랄 뿐입니다.

다음 작품에도 하나의 섬이 나옵니다. 이번에는 가상의 섬이 아닌, 하와이로 떠나 보려 합니다. 중심 소재는 '미술'입니다.

또 한 번 서사시와 서정시 사이에서 줄다리기를 하게 될까 봐 조금 불안하기도 합니다. 그래도 한 작품, 한 작품 나아갈 때마다 조금은 더 성장하기를 소망합니다. 독자분들 책장 한편에 유쾌한 기억으로 자리 잡을 수 있는 글쟁이라면 더 바랄 것이 없겠네요.

　항상 끝은 또 하나의 시작이라고 생각합니다. 언제나 진행형인 작가로 살아가겠습니다.

　　　　　　　　　　　　　2016년 9월의 끝자락에서,

　　　　　　　　　　　　　　　　　이예담.

참고 자료

『MGMT Asia Pacific 2010/2012 Edition』 WILLIAMS, McWilliams

『Kotler의 마케팅 원리』 Philip Kotler, Gary Armstrong

『마이어스의 심리학』 David G. Myers

『정서심리학』 James W. Kalat, MICHELLE N. SHIOTA

조선일보의 『하이에나 부자』 박정훈 칼럼 (2016.06)

오마이뉴스의 『삼성전기 백혈병 노동자 사망 사건, 철저히 조사해야』 정민규 (2014.08)